U0467965

谨以此书献给

中华人民共和国成立75周年
中国人民政治协商会议成立75周年
中国人民解放军长江支队入闽75周年

南平市政协文化文史和学习委员会
南平市中国人民解放军长江支队历史研究会 编

中国人民解放军

长江支队在闽北

黄文麟 题

海峡出版发行集团 | 海峡文艺出版社

《长江支队在闽北》编委会

顾　问：林　斌

主　任：余建坤　黄苏福

副主任：黄信敏　高天明　张　荣　朱胜勇
　　　　赵洪生　和　勇

委　员：雷　莉　叶玉香　张　瑛

△ 全国政协原主席贾庆林　题词

△ 全国人大常委会原副委员长叶飞　题词

長江支隊 薄一波

△ 国务院原副总理薄一波　题词

功在八闽 方毅

△ 国务院原副总理方毅　题词

△ 中共山西省委原书记陶鲁笳　题词　　　　　△ 中共山西省委原书记胡富国　题词

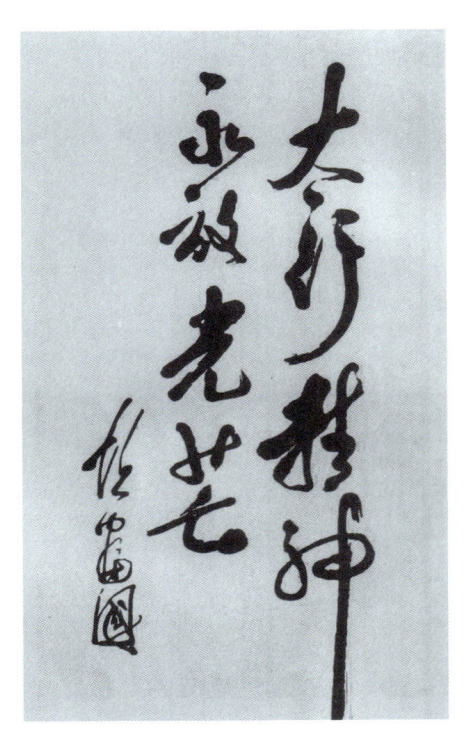

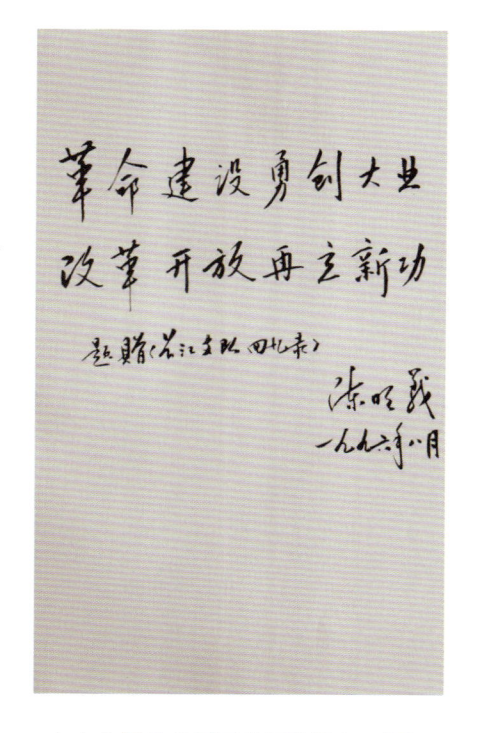

革命建设勇创大业
改革开放再立新功

题赠《苏区支队回忆录》

陈明义
一九九六年八月

△中共福建省委原书记陈明义　题词

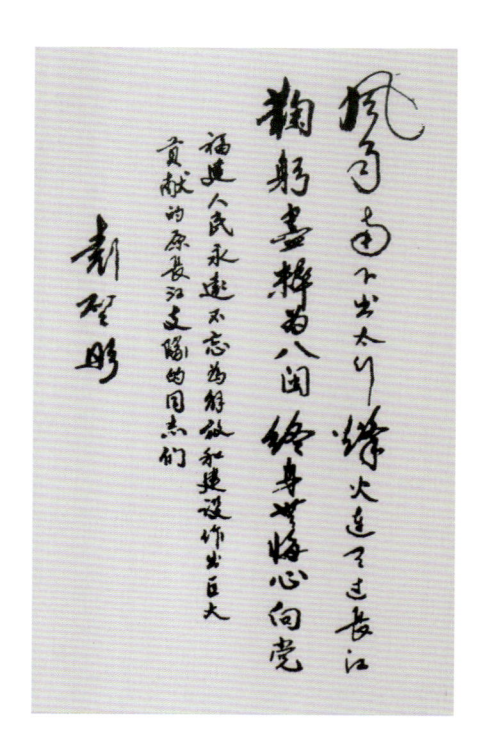

风雨不出太行峰火连飞过长江
鞠躬尽瘁甘为八闽　终身矢志向党

赠福建人民永远不忘为解放和建设作出巨大贡献的原长江支队的同志们

袁启彤

△福建省人大常委会原主任袁启彤　题词

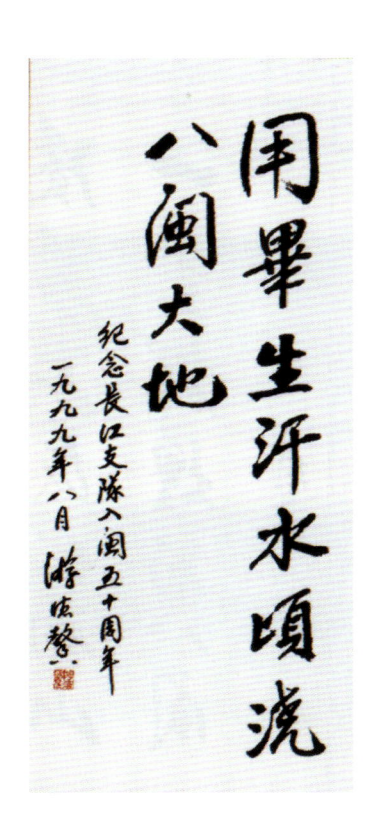

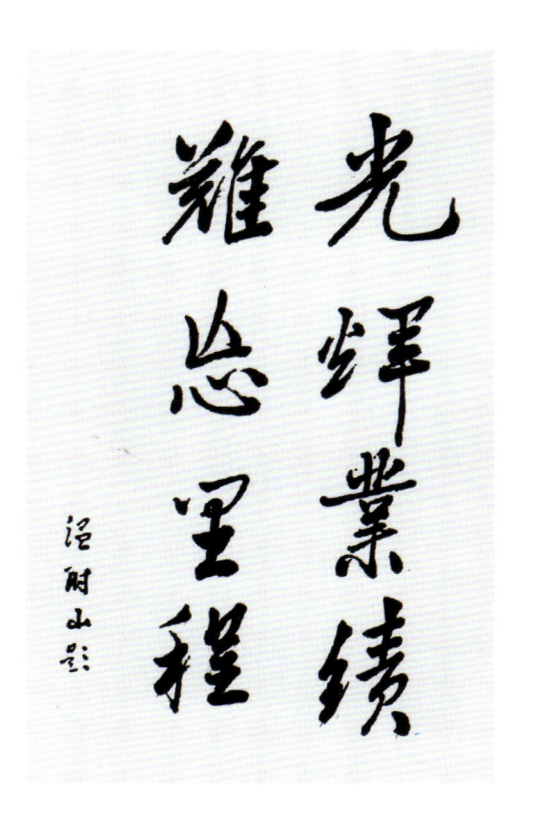

△福建省政协原主席游德馨　题词　　△长江支队队员、福建省原副省长温附山　题词

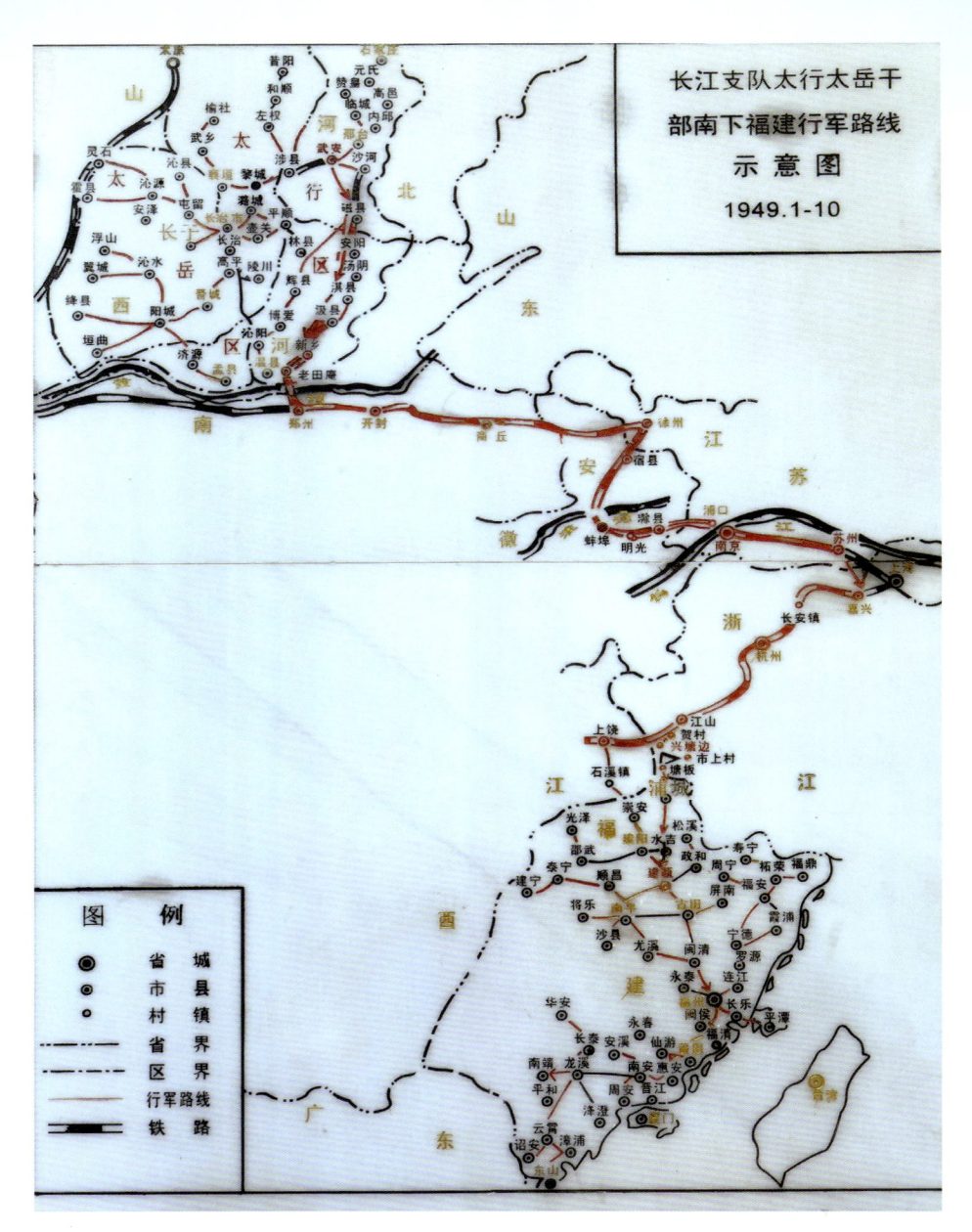

△长江支队太行太岳干部南下福建行军路线示意图

冷楚
（1899-1962），河北省易县人，长江支队区党委书记兼军区政委。曾任福建省委常委、组织部长、党校校长、华东行政委员人事局长、中央干校第一副校长

刘尚之
（1913-2001），长江支队区党委常委、组织部长。曾任福建省人事厅厅长、党组书记，中央司法部部长助理、党组成员、顾问、全国政协委员

刘裕民
（1914-1970），山西省太原市人，长江支队区党委委员、行署主任。曾任福建省实业厅厅长、工业厅厅长、国家建筑工程部部长、党委书记，国家建委副主任

周璧
（1919-1993），山西省平定县人，长江支队区党委常委、宣传部长。曾任福建省委副秘书长、上海市政协副主席

陶国清
（1911-1992），安徽省金寨人，长江支队区党委委员，军区司令员，曾任山西省军区司令员、1955年授予少将军衔、曾荣获二级八一、独立自由勋章、一级解放勋章

叶松
（1915-1982），湖北省英山县人，长江支队区党委委员，社会部部长。曾任福建省公安厅厅长、省委政法委主任、福建省副省长、福建省委常委、省革委会副主任、湖北省政协委员

侯振亚
（1912-1974），河北沙河县人，长江支队区党委委员，组织部副部长。曾任福建省人事厅厅长、福建省委组织部部长、福建省委常委、省委书记处书记兼福建省委监察委员会书记

△长江支队南下区党委班子

△ 1949年3月11日，太岳直属机关欢送南下干部临别留影

△ 1949年3月17日，太岳区党委军区行政公署欢送南下干部长治合影

△ 1949年4月25日清晨,长江支队从河北武安出发南下。图为武安长江支队出发地纪念碑

△ 长江支队三大队二中队队员白魁元南征日记(1949年4月25日)摘要

△ 1949年5月23日下午,长江支队从南京乘火车南进

△ 1949年5月24日，长江支队到达苏州。
三野十兵团给长江支队每人发的人民解放军军装、八一帽徽、解放军臂章等

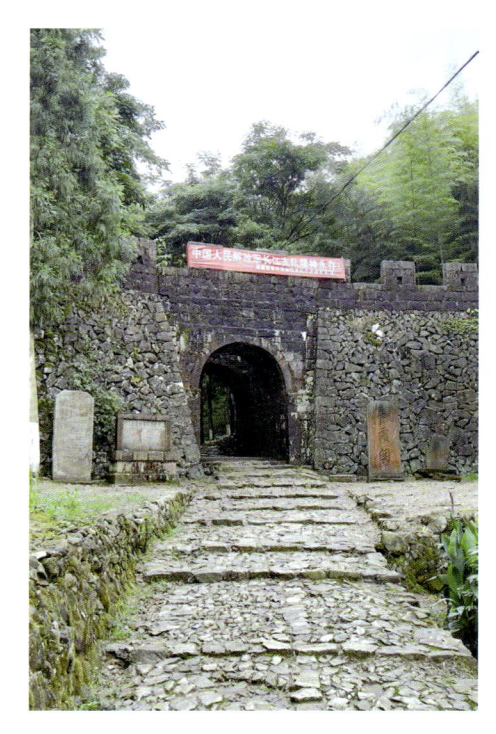

◁ 1949年7月下旬，长江支队各大队分别从江山县新塘边镇出发，分批次翻越浙闽交界的仙霞关，浩浩荡荡向福建挺进

◁ 长江支队入闽第一关——位于闽浙交界的浦城县枫岭关

△ 1949年6月21日，上海市学联在天蟾舞台隆重召开组建华东随军服务团动员大会

▷ 1949年8月11日，中共福建省委与先后进入福建的三野十兵团10万多人、长江支队4000多人、华东随军服务团与华东南下干部2000多人，还有长期坚持地下斗争的地方同志等五路大军代表在建瓯大戏院隆重举行胜利集结会师大会，吹响了解放福州、解放全福建的前进号角

◁ 1949年11月，福建一专署首届县长会议合影

◁ 1950年10月，贾久民（中）、候国英（左一）在南平梅峰园与战友们合影

▷ 1950年10月，南平地区专员公署第四届行政会议合影

▷ 1951年4月，建阳地委县书会议合影

◁ 1950年12月，南平地委第一届党代会全体代表合影

▷ 1950年5月，分配在闽北各县的华东随军服务团队员们在南平合影留念

◁ 1949年10月，剿匪缴获战利品

◁时任建阳地委书记蔡良承（右一）在顺昌参加改造农田基本建设劳动

▷时任政和县委书记李怀智（左一）在改造低产田会战劳动第一线

◁栗金旺，曾任南平市委书记（县级），国家非物质文化遗产传承人，荣获国家科技进步一等奖

◁ 1958年，崇安机场建成投入试飞留影（前排中王泽民）

▷ 1964年大比武时期，南平市党政军领导和女民兵神枪手合影

◁ 在闽北林区和林业工人一起劳动

△郝兆文陪同外商在南平纺织厂考察

△王希云（左一）、杨成森（左二）在建瓯县东游市场调研

◁1990年1月，申步超在泰宁纸厂调研

▷受国家派遣赴非洲援外，帮助当地发展农业

◁ 1982年，陈晋龙（左二）出席中国驻扎伊尔大使（左四）递交国书仪式，扎伊尔总统（中）参加

▷ 1983年，建阳地区投资公司李堆金（左三）访问日本丰田公司

◁ 1997年，李瑛（左一）陪同贝宁总理（右二）参加中国援贝医院落成典礼

长江支队队员任南平（建阳）地委主要领导名录

姓　名	籍　贯	职　务	任职时间
贾久民	山西省代县	南平地委书记	1949.8
王竞成	安徽省太平县	建阳地委书记	1949.8
郭述尧	山西省沁源县	建阳地委书记	1952.4
侯国英	山西省长治县	南平地委书记	1952.6
刘健夫	山西省原平县	南平地委书记	1952.12
张格心	江苏省睢宁县	建阳地委书记	1953.2
申步超	山西省武乡县	南平地委代书记	1966.7
蔡良承	山西省昔阳县	建阳地委书记	1973.11
陈福科	山西省昔阳县	建阳地委书记	1977.12
赵　毅	山西省介休县	建阳地委书记	1981.3

长江支队队员任南平（建阳）行署主要领导名录

机构名称	姓　名	籍　贯	职　务	任职时间
建阳专员公署	郭述尧	山西省沁源县	专　员	1949.8
	杨　柳	山西省洪洞县	专　员	1955.10
南平专员公署	侯国英	山西省长治县	专　员	1949.8
	秦定九	河北省赞皇县	专　员	1952.12
	杜锷生	河北省世鹿县	专　员	1958.6
建阳地区革委会	蔡良承	山西省昔阳县	主　任	1973.11
	陈福科	山西省昔阳县	主　任	1977.12
建阳地区行署	霍庆林	河北省内邱县	专　员	1979.2

△ 1988年3月，（太岳区）一地委史料座谈会在建瓯召开。图为建瓯县班子成员与二中队同志合影

△ 建瓯小桥南下工作的老同志和建瓯县委、小桥乡党委、阳泽村支委在支前征粮烈士墓前合影

△ 1996 年 7 月 8 日，《中共太行太岳南下区党委第三地委入闽史料》首发式在榕同志合影

△ 1996 年 7 月 22 日，《中共太行太岳南下区党委第三地委入闽史料》首发式在南平与会同志合影

△ 1999 年 8 月，长江支队二、三大队南下福建南平 50 周年纪念大会合影

◁ 1999年8月，长江支队二大队二中队进驻建瓯50周年纪念合影

▷ 1999年8月，长江支队三大队五中队进驻顺昌50周年纪念合影

◁ 1999年9月，长江支队二大队三中队进驻邵武50周年纪念合影

△ 2009年9月，长江支队南下福建南平60周年纪念合影

△ 2009年9月，长江支队三大队五中队部分壶关籍战友南下顺昌60周年纪念合影

△ 2010年12月5日，南平市中国人民解放军长江支队历史研究会召开成立大会，长江支队老队员马三县（左二）当选首任会长

△ 大会前，时任南平市委书记雷春美、副书记石建华、市政协副主席郭建声与福建省长江支队历史研究会会长、长江支队老队员吕居永、栗金旺和省文化厅厅长宋闽旺合影

△ 南平市中国人民解放军长江支队历史研究会成立大会合影

△南平市中国人民解放军长江支队历史研究会成立大会长江支队老队员合影

△2015年9月，南平市长江支队历史研究会纪念抗日战争胜利70周年座谈会合影

△2015年9月14日，时任南平市市长林宝金（右二）前往长江支队历史研究会看望马三县会长（右一）

△2017年5月27日，中国人民解放军长江支队南平纪念园举行开园揭牌仪式

△长江支队南平纪念园照壁正面 　　　　△长江支队南平纪念园照壁背面

△长江支队南平纪念园全景

△ 2018 年 6 月 26 日，南平市中国人民解放军长江支队历史研究会召开第二届第一次会员代表大会，赵洪生当选为会长

△ 南平市中国人民解放军长江支队历史研究会第二届第一次会员代表大会合影

△ 2019 年 8 月 9 日，在建瓯市召开"中国人民解放军长江支队入闽 70 周年建瓯纪念大会"

△ 中国人民解放军长江支队入闽 70 周年建瓯纪念大会合影

△ 2019 年 8 月 24 日，纪念中国人民解放军长江支队入闽 70 周年大会在福州举行

△ 中国人民解放军长江支队入闽 70 周年福建省纪念大会合影

△ 2019 年 9 月 28 日，南平市长江支队历史研究会庆祝新中国成立 70 周年、纪念长江支队入闽 70 周年座谈会合影

◁ 2019 年 10 月 26 日，长江支队三大队三中队入尤 70 周年暨《忠诚奉献》发行合影

▷ 为庆祝南平市长江支队历史研究会成立 10 周年，2020 年 12 月 5 日开展"学军事、话传统、悟初心"主题活动

◁ 2021 年 6 月 29 日，长江支队顺昌纪念园落成

▷ 长江支队顺昌纪念园全景

△ 2021年7月3日，南平市、顺昌县长江支队历史研究会联合在长江支队顺昌纪念园开展"喜庆建党百年华诞，弘扬长江支队精神"主题活动

△ 福建省人大常委会原副主任马潞生在活动上致辞

△ 热烈庆祝中国人民解放军长江支队顺昌纪念园开园暨"喜庆建党百年华诞，弘扬长江支队精神"主题活动合影

◁ 2021年12月22日，山西省长治市慈善总会举行"慈善情暖万家"暨福建省南平市长江支队历史研究会、南平市山西商会捐赠抗洪救灾物资发放仪式

△ 2022年9月24日，南平市长江支队历史研究会开展"喜迎二十大 永远跟党走 迈向新辉煌"庆祝新中国成立73周年主题活动

△ 2023年8月18日，邵武市长江支队历史研究会成立合影

△ 2023年11月28日，顺昌县长江支队历史研究会合唱团成立合影

◁ 2019年清明前夕，南平市长江支队历史研究会在古田杉洋烈士牺牲地举行敬献花篮仪式

▷ 2018年11月，山西省壶关县政协领导在南平看望王根书烈士遗孀（左二）

◁ 2021年清明前夕，南平市长江支队历史研究会、闽北革命历史纪念馆、南平市新四军研究会、南平市闽浙赣边区革命史研究会等联合在武夷山新四军赤石暴动烈士陵园开展祭先烈学党史，传承红色基因活动

◁ 2022年8月6日，南平市长江支队历史研究会在建瓯市小桥镇阳泽村烈士陵园向革命烈士敬献花篮

▷ 2023年4月15日，南平市长江支队历史研究会、南平市山西商会联合在闽清县池园镇"十一都事变旧址"开展"铭记历史缅怀英烈 弘扬长江支队革命精神"主题活动

◁ 1999年8月5日，中共建瓯市委、市政府在黄华山公园设立"长江支队二大队二中队驻瓯50周年纪念碑"

△ 2019年8月1日,福建省、南平市和宁德市长江支队历史研究会在古田杉洋区公所遗址举行"杉洋事件英烈碑"揭幕仪式和长江支队杉洋纪念馆开馆典礼

△ 邵武市委党史和地方志研究室、中共邵武第四中学总支部委员会和南平市长江支队历史研究会在"邵武县新生人民政权保卫战"遗址共同勒石纪念。2021年8月19日,在长江支队进入邵武72周年之际,在邵武四中协和楼举行纪念碑揭幕仪式

△ 2020年10月23日,在建瓯市南雅镇举行"长江支队建瓯会师纪念馆"开馆暨"红色教育基地"挂牌仪式

△ 2020年10月,顺昌县元坑镇党委、政府,顺昌县政协文化文史和学习委、顺昌县党史和地方志研究室、南平市和顺昌县长江支队历史研究会联合在元坑区公所保卫战遗址立碑

△ 位于闽浙交界的浦城仙霞古道枫岭关，是 1949 年 7 月底长江支队进入福建第一关

△ 自 2021 年 3 月以来，南平市关工委联合南平市长江支队历史研究会邀请南平市人大常委会原主任徐肖剑到学校、机关、部队、社区、乡镇、企事业单位做《永生的雷锋》宣讲报告会近百场。图为 2022 年 3 月徐肖剑在南平师范附属小学宣讲

△ 2023 年 9 月 7 日，南平市政协机关开展"深学党史悟思想 同心共筑中国梦"主题宣讲暨党史教育活动，邀请南平市长江支队历史研究会会长、南平市"银发人才"库党史学习分队队长赵洪生作《永远的长江支队》专题讲座

△ 2018 年 10 月，南平市长江支队历史研究会在东山谷文昌纪念馆开展"缅怀谷文昌，弘扬长江支队革命精神"活动

△ 2017年5月27日晚，福建省长江支队历史研究会艺术团到南平市大剧院演出大型情景歌舞剧《人民公仆谷文昌》，南平市领导及干部群众近千人观看

△ 2019年6月，南平市长江支队历史研究会前往浙江省江山仙霞关开展"追寻父辈足迹，传承红色基因，再走长江支队入闽路"活动

△ 2021年5月9日,南平市委老干局、南平市长江支队历史研究会、南平市关工委、中国少先队南平工委、共青团延平区委等联合举办"薪火传承心向党 争做时代好少年——浓清五月 以孝为先 感恩母亲"主题活动

△ 2021年6月,驻延平某部队在长江支队南平纪念园开展主题党日活动

△ 2021年10月3日，南平市长江支队历史研究会与南平银保监分局、中国工商银行南平分行联合在延平区激情广场举办"长江支队精神进社区 金融普惠知识进万家"公益活动

△ 2023年3月，赵洪生会长代表南平市长江支队历史研究会授予南平一中少先队大队"中国人民解放军长江支队红领巾大队"荣誉称号

△ 2023年9月23日，南平市长江支队历史研究会、南平市山西商会联合在宁化县长征出发纪念馆开展"追寻革命先烈足迹 弘扬红军长征精神"主题活动

△ 2024年5月，浦城县长江支队历史研究会在"中国人民解放军长江支队入闽第一关"开展"追寻先辈红色足迹 弘扬长江支队革命精神"活动

△ 在谷文昌同志"文革"期间下放的宁化县石壁镇隆陂水库开展"学习和弘扬谷文昌精神 传承长江支队优良传统"主题活动

△ 2024年6月27日上午,福建省长江支队历史研究会"重走长江支队南下路"的队员们从河北武安到达会师地建瓯,建瓯市领导和南平市、福州市、漳州市、邵武市、顺昌县、建瓯市、浦城县等地长江支队研究会的代表,参加在建瓯黄华山革命烈士纪念碑举行的敬献花篮仪式

△ 2024 年 7 月 12 日，泉州市长江支队历史研究会组织参加"寻根之旅——心系故乡情，重走南下路"活动的队员到建瓯南雅参观长江支队建瓯会师纪念馆

△ 2024 年 8 月 24 日，南平市长江支队历史研究会、闽北日报社联合开展"感党恩 学军史 守党纪 助发展"庆祝新中国成立 75 周年、纪念长江支队入闽 75 周年主题活动

前　言

　　新中国成立前夕，中共华北局响应党中央、毛主席"打过长江去，解放全中国"的伟大号召，多批次地从华北老解放区成建制抽调干部随军南下，建立（接管）南方新解放区地方政权。

　　"南下、南下"，成为时代潮流。闽北上了岁数的人，大都知道"南下干部"，但对中国人民解放军长江支队知之甚少。

　　在中国人民解放军军史上，长江支队是一支有着特殊番号的队伍。它成立时间虽短，不到一年，但它播撒的种子已生根开花结果，生生不息；它人数不多，有4000多人，按照新解放区、省、地、县、区新生人民政权，党、政、军、群机构配备齐全的干部队伍，其中80%以上是中共党员，绝大部分是经历过大革命、土地革命战争、抗日战争和解放战争的老红军、老八路；它虽然有着部队的番号，但主要从事地方工作，是一支随军解放福建、成建制接管福建、建设福建的南下干部队伍。长江支队的历史是一段传奇的革命历史。

　　闽北，是长江支队的会师地。1949年8月11日，福建新老省委与先后进入福建的三野十兵团10万多人、长江支队4000多人、华东随军服务团与华东南下干部2000多人，还有长期坚持地下斗争的地方同志等五路大军代表在建瓯大戏院隆重举行胜利会师大会。闽北，是长江支队随军解放、接管福建有关地区的出发地。根据新的中共福建省委部署，长江支队6个大队，加上支队部共7个单位，分赴全省除厦门、龙岩以外的地区开展工作。部分同志还参与省直部门工作。后随着工作调动变迁，长江支队队员陆续分布全省各地。闽北，是长江支队工作人数最多的地区。其中第二大队辖建瓯地区9

县（后改为建阳地区）、第三大队辖南平地区9县，第二、第三大队1300多人，加上后期调入闽北工作、学习、生活的，约有半数的长江支队队员先后在闽北工作、学习、生活。闽北，是解放全省的征粮支前后勤保障基地。第二、第三大队到位后，克服语言、习俗、环境困难，团结当地干部群众，迅速投入到剿匪建政、征粮支前工作中，为解放福州、厦门等地做出重要贡献。闽北，是长江支队队员牺牲最多的地区之一。据初步统计，长江支队队员共有66位烈士，其中牺牲在闽北的有21位。

新中国成立后闽北发生了巨大变化，尤其是改革开放以来经济建设和各项社会事业突飞猛进，闽北的每一个进步，都深深凝聚着长江支队老前辈的心血和汗水。长江支队的历史功绩，永远值得我们纪念。长江支队的革命精神，永远值得我们学习。长江支队的光荣历史，永远值得我们总结。历史记着你们，闽北人民不会忘记你们！

习近平总书记指出，历史是最好的教科书。要把认真学习党史、新中国史，作为不忘初心、牢记使命的重要途径，在深入学习和不断领悟中，弄清楚我们从哪里来往哪里去，做到知党爱党，知史爱国。南平是著名的革命老区，市委、市政府高度重视弘扬革命文化，传承红色基因，大力支持长江支队历史研究。1999年在建瓯市黄华山公园建设了全国第一个长江支队纪念亭，2017年在延平区玉屏山公园建设了长江支队南平纪念园，2010年批准成立了南平市中国人民解放军长江支队历史研究会，2019年在建瓯隆重召开纪念长江支队入闽70周年纪念大会，有关县（市）编撰了《长江支队在顺昌》《长江支队在邵武》《长江支队在浦城》等，并通过演讲、报告会、长江支队纪念园现场教育等形式，开展革命传统教育，讲好地方党史的"长江支队故事"。

不忘历史才能开辟未来。今年是新中国成立75周年、人民政协成立75周年，也是长江支队入闽75周年。为了赓续红色血脉，弘扬革命精神，南平市政协文史委与南平市中国人民解放军长江支队历史研究会联合编撰《长江支队在闽北》，再现长江支队光荣的革命历史，重温以谷文昌为代表的长江支队队员的英雄事迹，缅怀在闽北剿匪、战斗工作牺牲的长江支队革命英烈，以期引导党员、干部不断学史明理、学史增信、学史崇德、学史力行，凝聚起奋力推进中国式现代化南平实践的强大动力。

谨将此书敬献中华人民共和国成立75周年！

敬献中国人民政治协商会议成立75周年！

敬献中国人民解放军长江支队入闽75周年！

致敬长江支队老前辈！

《长江支队在闽北》编委会

2024年8月

目 录

《长江支队回忆录》序 …………………………………… 贾庆林　1

提前入闽　解放福州 ……………………………………… 叶　飞　3

冷楚同志在武安的两次讲话 ……………………………… 成波平　11

永远活在人民心中的县委书记谷文昌 …………………… 张全景　14

在长江支队南下福建50周年纪念大会上的讲话 ………… 陈明义　29

纪念长江支队入闽60周年贺信 …………………………… 卢展工　32

纪念长江支队入闽60周年贺信 …………………………… 黄小晶　33

在纪念长江支队南下福建65周年大会上的讲话 ………… 于伟国　34

在纪念长江支队南下福建65周年大会上的讲话 ………… 袁启彤　36

在长江支队入闽70周年纪念大会上的讲话 ……………… 王　宁　39

在长江支队南平纪念园开园仪式上的讲话 ……………… 罗志坚　42

在长江支队入闽70周年建瓯纪念大会上的讲话 ………… 丘　毅　44

1

毛主席接见太行区党委和长江支队主要领导，畅谈"四面八方"

  经济政策 ·· 陶鲁笳 47

从岳北到闽北

  ——长江支队二大队南下纪实 ······ 侯林舟 赵 毅 郭亮如 52

中共太行、太岳南下区党委第三地委入闽史料

  ···································· 贾久民 刘健夫 申步超 71

中共建阳（第一、建瓯）地委

  ···················· 摘自《中国共产党福建省组织史》资料 118

长江支队二大队一中队（主要由沁县干部组成）南下福建开展工

  作纪实 ·· 山西省沁县政协 121

漫漫征途

  ——长江支队第二大队二中队随军南下记 ············ 黄伟栋 128

长江支队二大队三中队（主要由沁源县干部组成）南下福建邵武

  县工作历程 ···································· 山西省沁源县政协 150

长江支队二大队四中队（主要由长子县干部组成）南下福建浦城

  纪实 ······ 赵进堂 赵志万 李耀明 李东城 李堆金 邢富山 163

长江支队二大队五中队（主要由屯留县干部组成）南下福建纪实

  ············ 赵旭光 李 莲 张连庆 山西省屯留县政协 180

长江支队三大队一中队接管福建南平（县级）纪实

………………………… 郝雪廷　魏　平　山西省武乡县政协　193

长江支队三大队二中队接管福建沙县纪实 ………… 张盛钏　206

长江支队三大队三中队南下福建纪实 …… 山西省潞城市政协　231

长江支队三大队四中队南下福建回忆

………………… 王耀源　许天保　刘印波口述　林剑英整理　250

长江支队三大队五中队南下入闽记

………………………… 苏　里　李增福　山西省壶关县政协　256

回忆建瓯地区的剿匪斗争 ………… 侯林舟　赵　毅　郭亮如　266

回忆关麒麟等四位同志牺牲的情况 ………… 许天保　王耀源　268

顺昌匪特围攻元坑区公所纪实 ………………………… 吕文龙　272

先烈鲜血映红的南雅山乡 ……………………………… 杨卫国　278

李双喜血洒闽北多壮志 ………………………………… 王志刚　283

剿匪安民献青春

——刘斌烈士传略 …………………………………… 李　任　287

温锁成烈士传记 ………………………………………… 施树有　292

甘洒热血写春秋

——张清和烈士传略 ………………………………… 吴建兴　296

永恒的记忆　深切的怀念

　　——忆顺昌县原县委书记李森

　　……赵　辉　苏　里　李增福　秦来胜　路元存　杜扎根　秦和英　300

回忆王根书同志做人处事的工作作风………………………赵群枝　304

峥嵘岁月协和楼

　　——记邵武县新生人民政权保卫战遗址…………和　勇　308

"八闽楷模"

　　——洋口林场与长江支队……………吴建兴　赵福龙　314

永远的长江支队………………赵洪生　和　勇　张　瑛　322

长江支队第二大队名单……………………………………326

长江支队第三大队名单……………………………………333

长江支队支队部及其他大队曾在南平工作人员名单………341

长江支队英烈谱……………………………………………343

长江支队二、三大队烈士简介……………………………345

后　记………………………………………………………350

《长江支队回忆录》序

贾庆林

《长江支队回忆录》记述的是中国人民解放军长江支队随第三野战军十兵团挺进福建、接管福建、建设福建的历史事实。这是中国人民解放战争灿烂辉煌的历史画卷中的重要篇章。这本书不仅写下了中国人民解放战争历史的光辉一页，也是为福建人民留下的一份十分宝贵的精神遗产。对福建人民来说，这段历史弥足珍贵，意义深远，子孙后代都应该永远铭记长江支队留下的不可磨灭的历史功勋。

中国人民解放军长江支队，是解放战争期间，中共华北局执行党中央、毛主席"打过长江去，解放全中国"的战略部署，从太行、太岳两个老解放区选调四千多名干部组成进军福建的一支干部队伍。它组建于一九四九年初，经武安、苏州、建瓯三次会师，行程二千多公里，历经千山万水，于一九四九年八月初到达福建，与三野十兵团十万多人、华东南下干部二百多人、上海南下服务团二千多人和长期坚持地下斗争的福建地方干部，组成解放福建、接管福建的"五路大军"。在中共福建省委的领导下，长江支队除部分同志留省直机关工作外，大部分同志参与组建了建阳、南平、福安、闽侯、晋江、龙溪等六个地区的地、县、区三级党政群团领导班子。几十年来，他们团结一致，紧密配合，在接管政权、土地改革、民主建政和社会主义建设中，付出了辛勤劳动，发挥了重要的作用。长江支队四千健儿"好比种子"，在福建生根发芽，与福建人民共同奋斗了近半个世纪，共同经历了胜利与曲折的种种考验，与党同命运，与人民同前进。新中国成立后，福建发生了巨大变化，尤其是改革开放以来经济建设和各项社会事业突飞猛进，能有今天这么好的局面，这么大的成绩，深深凝聚着长江支队四千健儿的心血和汗水。历史记着你们，福建人民不会忘记你们！

　　长江支队这段历史，是值得回忆、总结、继承和发扬的一段光荣历史。去年五月，在贾久民、温附山、王禹等老同志的主持下，为此成立了编撰委员会和编辑小组，并着手进行资料收集、整理、编撰工作。经过许多老同志一年多时间的共同努力，现已汇编成册。书中收集的回忆文章、文献资料朴实无华，它从不同角度、不同侧面展现、描绘了长江支队四千健儿听从党的召唤，远离家乡亲人，冒着枪林弹雨，从北到南，扎根八闽的真实历程和感人事迹，谱写了他们与福建人民同甘共苦，艰苦创业，奉献青春，奉献才智，奉献全部精力乃至宝贵生命的壮丽篇章。从这些历史记述中，从长江支队老同志身上，我们又一次受到党的光荣传统和优良作风的深刻教育。如今，长江支队健在的老同志都已年过花甲，离职休养，可贵的是他们一如既往，壮心不已，宝刀不老，豪情未减，讲政治、顾大局，仍在继续为党和人民的事业发挥光和热。

　　《长江支队回忆录》的出版，正是他们为挖掘历史财富、总结历史经验所做的又一件大好事，为继承发扬党的优良传统提供了资料，增添了内容。这本书，必将成为我省对广大干部群众，特别是广大青少年进行革命传统教育的好教材。长江支队的精神，必将激励福建人民更加坚定共产主义信念，更加勇于开拓进取，在以江泽民同志为核心的党中央领导下，沿着邓小平建设中国特色社会主义理论指引的道路阔步前进。

　　是为序。

1996 年 8 月 17 日
（作者时任中共福建省委书记）

提前入闽　解放福州

叶　飞

新的决策

解放上海之战正打得热火朝天，中央和毛泽东主席来了电令：提前入闽，任务交给了我十兵团。

为什么说提前入闽呢？因为中央原决定是要在1950年解放福建的。

毛主席从来是高瞻远瞩，全局在胸的。对于解放全中国，早有通盘打算。1948年12月12日，淮海大地战斗正酣，黄维兵团尚未歼灭；平津战役正在毛主席具体电令下包围北平，攻击天津，切断塘沽。而毛主席却告诉淮海战役总前委的同志解放全中国的具体打算是：1949年5、6月间进行渡江作战，三野、二野协力经营东南；四野协同华北主力解决平津之敌后，则于8月渡长江，经营湖北南部、湖南全省及江西一部，第二步夺取两广；一野与华北主力夺取绥远、宁夏，再肃清兰州、潼关线上及其以南以北之敌，然后入川。

1949年1月10日，淮海战役以歼灭国民党军55.5万人的巨大胜利告捷。1月14日，解放天津，歼敌13万余人。"中国的阶级力量对比已经起了根本变化"。1月18日，毛主席为中央起草的党内指示《目前形势和党在一九四九年的任务》指出："1949年和1950年将是中国革命在全国范围内胜利的两年。"确定"1949年夏秋冬三季，我们应争取占领湘、鄂、赣、苏、皖、浙、闽、陕、甘等省的大部，其中有的省则是全部"。对福建来说，是相机占领靠近浙江的闽北一些地区，1950年再解放全省。当时考虑"不但就军事上来说，而且就政治上和经济上来说，国民党政权是被我基本打倒了"。但是我军渡江占领京沪杭长江三角洲后，需要一段巩固时期。这里是蒋介石的老窝，江浙财阀的发源地，丢给我们的烂摊子要收拾起来，复苏起来，是需要花费一定的时间和极大精力的。我们只能依靠长江三角洲这一富庶地区的人力物力，进军福建、两广、大西南，解放全中国。

而且指示中说得很清楚；"我们从来就是将美国直接出兵占领中国沿海若干城市，并和我们作战这样一种可能性，计算在我们的作战计划之内的。这种计算现仍然不要放弃，以免在事变万一到来时，我们处于手足无措的境地。但是，中国人民革命力量愈强大，愈坚决，美国进行直接的军事干涉的可能性就将愈减少，并连同用财政及武器援助国民党这件事也就可能要减少。一年以来，特别是最近三个月以来，美国政府的态度摇摆不定和某些变化证明了这一点。"

中央对上述的分析是完全正确的。毛主席、周恩来总理看到形势发展比预想的快得多，渡江很顺利，全歼了南京地区的敌军，上海残敌逃掉不多，杭州顺手而得，国民党政权四分五裂，美帝国主义也没有敢动手。为了一鼓作气追歼土崩瓦解的国民党军，也为了最后消除美帝国主义的武装干涉危险，中央决定提前一年解放全中国。

5月23日，毛主席、中央军委电示三野："你们应当迅速准备提早入闽，争取于6、7两月内占领福州、泉州、漳州及其他要点，并准备相机夺取厦门。入闽部队只待上海解决，即可出动。"并电示二野："亦应准备于两个月后以主力或全军向西进军，经营川、黔、康。"并指示，"二野目前主要任务是准备协助三野对付可能的美国军事干涉，此项准备是必需的，有此准备即可能制止美国的干涉野心，使美国有所畏，而不敢出兵干涉"。并且指出："如果上海、福州、青岛等地迅速顺利解决，美国出兵干涉的可能性业已消失，则二野应争取于年底或年底以前，占领贵阳、重庆及长江上游一带……"并对一野、四野都作了相应的部署。

提前一年解放全中国的战略决策，这是毛主席伟大的气魄和胆略，贯彻将革命进行到底而不要半途而废的思想。早在1948年12月30日他发表的《将革命进行到底》一文，宣告了要"用革命的方法，坚决、彻底、干净、全部地消灭一切反动势力，不动摇地坚持打倒帝国主义，打倒封建主义，打倒官僚资本主义，在全国范围内建立无产阶级领导的以工农联盟为主体的人民民主专政的共和国"。1949年4月胜利渡江解放南京后他创作了脍炙人口的诗句："宜将剩勇追穷寇，不可沽名学霸王"。这个思想就表达得很清楚了。

准备入闽

5月27日中午，解放上海之战甫告结束。我十兵团就接到三野首长电示：未担任警备任务各军于战斗结束后撤至市郊休息，十兵团全部进行入闽准备。兵团部及所属三个军随即集结于苏州、常熟、嘉兴一带休整，进行入闽的各项准备工作。

开始，三野司令部认为逃到福建的蒋军都是残兵败将，不会有大的战斗，入闽兵力的部署只准备使用十兵团的两个军。20世纪二三十年代，我在厦门、福州做过秘密党的地下工作，又在闽东坚持三年游击战争，对福建的情况我是熟悉的，我深感以两个军入闽兵力不足，因此，建议以十兵团全部三个军担负解放福州、厦门及福建全省的任务。华东局和野司同意了我的建议，决定以十兵团全部兵力入闽。并为防备在解放福州、厦门时美帝国主义的可能介入，进行军事干涉，以二野主力控制浙赣线，掩护十兵团执行上述任务。

鉴于上海战役中十兵团伤亡较大，部队也相当疲劳，调整组织，配备干部，需要时日。加之入闽准备工作，政治动员，任务繁重。我又提出建议：部队休整一个月。当时，张鼎丞也认为入闽的接管工作，也需要时间进行筹措，赞同我的建议。华东局报党中央后，批准十兵团休整一个月。

党中央决定由张鼎丞任福建省委书记，主持地方的工作。张老当时是华东局组织部部长。他觉得经营福建的最大困难是干部力量不足。福建历来有"八闽"之称也就是说，福建省从元代开始，就有建宁、延平、邵武、汀州、福州、兴化、漳州、泉州八路或八府。这种长期沿用的行政区划是根据地形、交通、人口密度和经济情况形成的。全省共有80多个县，福州是首府，厦门是对外的重要口岸，福、厦都是所谓五口通商城市。因此，接管和经营福建省，需要有1个省级、2个市级、8个地区级、80多个县级的党政领导班子和业务领导干部。当时张老手上只有由太岳、太行地区调集来的1套区党委、6套地委专署的4000多名干部。张老说，接管浙江有8000干部，我们去福建只有他们的一半，怎么行呢？这倒不是中央或华东局重浙轻闽，而是由于提前一年解放全中国的新的战略部署，很多工作就跟不上了。所以张老很赞成我建议让部队休整一个月的要求，他可以做好调集干部等方面的准备。我又帮张老出主意解决干部问题，当时陈丕显任苏南区党委书记，通过他在苏南地区商调了两套市级领导班子的干部；又在上海、苏州吸收了几百名知识青年，这样才有了5000余名干部，组成福建省委及各级党政机构。后来有的人说什么当年入闽的南下干部太多了，外来的干部太多了，这只能是对历史的无知。当年组织起这支干部队伍谈何容易！当然，南下干部与当地地下党干部之间曾经发生过一些矛盾，那时是带普遍性的问题。外来干部与本地干部，军队干部与地方干部之间的团结问题非但是新中国成立以后，在我党我军的历史上也是带普遍性的问题，毛泽东在《整顿党的作风》里就专门论述过这一点。决不能天下打下来了，建设起来了，要把人家赶走了，这是"过河拆桥"。张鼎丞和我都是福建人，开始就在福建搞革命，可以说是本地干部，又是南下干部，又是军队干部，就可以在这三者之间起调节作用。其实本地干部之间，这一地区与那一地区，这一部门与那一部门，又何尝没有矛盾。福建地下党和坚持武装斗争的干部较多，事实上大量的干部都妥善安排了。当时，厅级领导干部不少是福建人。而福建人中又是闽西南人多，于是有些福州人讲怪话，说是福州屏山的镇海楼大门向南开，闽南人得了风水，统治福建。这也是革命斗争的历史形成的，闽西南的革命根据地建立得早，坚持革命斗争的时间长、参加革命斗争人多，干部也就出得多，应该客观地分析这些情况。

毛主席早就有了要派我带部队回福建的打算。我在回述抗日战争和解放战争的往事时就提到在1944年底南下浙西和解放战争初期，外线出击和组建十兵团南下时就派我去福建，因为我熟悉福建。同样，毛主席让张鼎丞去福建的打算在外线出击时就有了。张老在福建影响很大，特别是在闽西，老百姓把他叫作"土地爷"。

用人和组织干部队伍，这也是进军福建准备工作的关键。

冒暑进军

这时，浙赣铁路已通车到上饶。第二野战军的杨勇兵团驻在上饶，以一个师前出南平。6月上旬，我们先派二十九军参谋长梁灵光率领一个工兵营为先遣队，进抵建瓯，同当地党和游击队建立联系，了解情况，整修公路，筹措粮秣。古兵法说兵马未动，粮草先行。福建的情况"草"是不成问题的，粮的问题大。福建是个缺粮的省份，按正常年产量，一年缺粮三四个月，全靠外省调进补缺。十万大军入闽，粮食就是大问题了。当然，也有有利条件：二野已经解放南平，这是闽北重镇；而且山东、苏北的支前民工一直跟着部队打到福建，给我们极大支援。在这里，我以十分感激的心情，感谢山东、苏北老区人民给予我们的宝贵支援！张老提出"保证部队吃饱饭、打胜仗"的口号，起了很大的鼓舞作用。

进军福建的最大困难是交通不便，武夷山、洞宫山、雁荡山、仙霞山、括苍山等都在1000米以上，山峦连绵，道路崎岖，村庄分散，人烟稀少，仅有的几条公路也因多年失修，加上国民党撤退时桥梁大部分被破坏，都无法通车。河道也因水急土石壅塞，大多不能利用，能利用的只有几条河道，船只载量也极小。

先遣队的任务是艰巨的。他们乘汽车出发，途径嘉兴、杭州、衢县到浦城。浦城以南公路被敌人破坏，改为步行，经水吉、建阳等地，于20日左右抵达建瓯，与在福建坚持斗争的曾镜冰胜利会师。

在先遣队到达建瓯之后,我们收到梁灵光6月12日的电报,说:"有困难,可以克服。"6月15日又收到先遣队的电报:"困难不少,问题不大。"梁灵光的电报,具体汇报了二野各部的位置和闽北游击队的情况,当时我军已控制闽北山区各小县的县城,而且闽北是我党长期坚持斗争的老区,有着长期斗争的光荣传统。先遣队与曾镜冰等同志会师以后,6月底在建瓯县城广场召开庆祝会师大会群情激昂,对人民群众支前情绪大大推进了一步。

曾镜冰是海南琼山县人。1927年加入共青团,1931年进入中央苏区,1933年4月到闽北。他在黄道领导下,坚持三年游击战争。新四军北上后,曾镜冰留下坚持斗争,1938年后任福建省委书记,以后任闽浙省委书记,被选为七届中央候补委员。解放战争时期,坚持武装斗争,任闽浙赣人民游击纵队司令员兼政委,在福建坚持了十几年斗争。会师后,他和当地其他领导同志听了梁灵光的汇报后,立即进行了研究和布置:黄扆禹配合后勤先遣组负责支前粮草工作;粘文华负责支前交通工作;苏华潜入福州收集敌情和做好接管福州的准备工作。曾镜冰亲自出任建瓯军管会主任。

7月2日,韦国清政委和我率十兵团部队从苏州、常熟、嘉兴等,冒暑前进。

冒着炎夏向南方进军,确实艰苦,每天因中暑而非战斗减员的人数不少……

天气对于军事行动的影响很大,所以过去说,六腊月不动兵。严寒和酷暑都是不利于军事行动。但是,最不利的季节,出敌不意,却常常能收到意外的战果。何况这时的蒋家王朝已成丧家之犬,分别向台湾、广州、重庆逃窜,必须乘胜追击勿使敌人喘息,为解放中国大陆而奋勇进军。

大军分两路入闽,部队从浙江嘉兴车站上火车,沿浙路车运西行,分别于浙江江山县和江西上饶下车。兵团部率28军、31军在江山下车后,经浦城长驱250余公里,向建阳、建瓯进发;29军在上饶下车后,经崇安行程100多公里,于7月26日会合于建阳、建瓯和南平。为侦察宁海、温州方向敌军动向,保障东翼安全另派出一个侦察营由金华下车后,经丽水、云和一线,行程340公里,抵达福建寿宁、福安地区。

全歼闽境之敌，策应各战场作战，当然是首歼福州地区之敌，尔后乘胜南进，解放漳（州）厦（门）。

我们从地下党和情报部门等几条渠道，搜集到驻守福州的敌军情报。福建全境的敌军，共有十五万之众。其中龟缩在福州地区的有：福州绥靖公署、六兵团朱绍良、李延年所辖的二十五军、九十六军（位于城西北闽江西侧地区）、七十三军（位于福清及平潭岛）、七十四军（位于连江琯头一线）、一〇六军（防守福州市区）等五个军十四个师六万余人。蒋介石企图坚守福州、厦门，以确保台湾。他还是那个战略意图，总想拖美国下水。也有人说，他想保住台湾，等待第三次世界大战爆发时反扑。朱绍良自知兵力不足，而且都是残兵败将，士气低落，战斗力很差，主张放弃福州，力主保住海上的退路。敌方对守不守福州有争论，蒋介石严令坚守福州，朱绍良不能违抗蒋介石的命令，不能擅自撤守，但也没有派部队前出到古田。我也不占。古田成了缓冲地带。十兵团全部到达建阳、建瓯之线集结后，决定先攻取福州。

进攻福州的作战方案有两个。一是采取大迂回，断其陆上、海上退路，向南迂回，占领福州以南的福清、宏路，截断福厦公路，分割福州朱绍良兵团和厦门方向汤恩伯兵团之联系，截断福州之敌从福厦公路南逃的退路。执行这个方案困难较大，因为向南迂回的部队，要从尤溪出发，翻越百余公里崇山峻岭，然后从永泰钻出来，攻占东张，才能夺取福清、宏路。这一路全程200多公里，山多，山高，没有公路，没有大路，只有山地小径，不能携带大炮、山炮，只能轻装。第二个方案就是只向东迂回，攻占马尾，断敌海上退路。两个方案相比，前者不但艰苦，而且也是一着险棋。险在哪里呢？担任攻占马尾任务的部队，只有两天路程；而担任攻占福清、宏路的部队，却要走五天，武器弹药不算，每人还要自带五天粮食，翻山越岭，天气酷热，长途跋涉，确实相当艰苦疲劳，但这是步险棋，险就险在疲惫之军，插入福州、泉州之间，可能遭到敌人南北夹击。如果采取第二方案，虽然比较稳妥，但由于没有大迂回占领福清、宏路，不能断敌陆上向南退路，即使追得再快，也不能顺利通过闽江桥，渡过乌龙江，可能变成赶鸭子，不能全歼敌人，福州之敌可能由陆路沿福厦公路向南逃去。所以我与张鼎丞、韦国清同志权衡再三，决心采取第一个方案，实行大迂回，在福州外围撒下一张大网，以求全歼福州之敌。

福州战役的作战部署：以三十一军为左路军，由古田出发，担任攻占马尾、断敌海上逃路的任务，得手后即由马尾向福州攻击前进；以二十九军为右路军，由南平出发翻越沙县、永泰大山，担任攻占福清、宏路，截断福州朱绍良与厦门方向汤恩伯兵团之联系，断敌从陆上南逃之任务；以二十八军为中路军，担任由古田向福州正面攻占之任务。左路军于八月十三日晨向丹阳守敌施行攻击，十时占丹阳继而向连江方向攻击，十六日攻取连江城，歼敌七十四军一部、二十五军大部；继而攻下闽安、马尾，歼敌二十三师、二十一师一部，完全控制闽江北岸。右路军由南平出发，翻越沙县、永泰大山，攻占福清、宏路，切断敌南逃陆路，并向南构筑工事，实施警戒。中路军十六日下午攻取福州外围的徐家村，勇猛迫近市区，由西郊西洪门向市区攻击。我三路军，密切配合协同动作，配合得很好。所以当我左路军由东向西攻击，中路军由西向东对福州发起总攻时，敌人即向闽江以南溃退。我右路二十九军已先敌占领阵地，迎头一兜，全歼在逃敌人。逃走的只有少数，共歼敌一个兵团部、五个军部、十四个师计五万余人，而我军伤亡不足五百人。我军于八月十七日占领福州。后来福州市大街命名为"八一七路"以为纪念。可惜，只差半个小时，朱绍良、李延年乘飞机跑掉了。

实战证明，我军采取第一个大迂回的方案是正确的，如果采取第二方案，即不可能全歼敌人。福州战役的胜利，我军控制了福建中部，打开了局面，然后就可乘胜南下，续歼泉州、漳州、厦门地区敌人了。

冷楚同志在武安的两次讲话

成波平

1949年3月，长江支队在武安集训时，冷楚同志先后有两次讲话，一次是3月7日动员南下，另一次是3月10日讲城市政策。

冷楚同志说，大家响应党中央和毛主席的号召随军到江南去，从老区到新解放区是一个大转变，也是新生活的开始。我们党从1921年诞生，经过艰苦奋斗，流血奋战，付出了很大代价，才取得了今天的胜利。现在我们要打过长江去，彻底埋葬蒋家王朝，建立新中国。

他说，在我党历史上有三次伟大的进军，一次是抗战初期，我党领导工农队伍来到太行山区抗日前哨，抗击日本帝国主义；第二次是日本投降，1945年冬天，从太行、太岳抽调了大批干部去东北加强接管东北的力量；第三次是1947年刘邓大军过黄河，挺进大别山，开创革命根据地，李雪峰同志带领大批干部到中原解放区开展工作。这次我们是向江南进军，条件比上几次好得多，那时候敌人占优势、我们处劣势，现在我们占优势、敌人处劣势。辽沈、平津、淮海三大战役后，国民党主力消灭得差不多了，杜聿明、孙元良、李弥都被消灭了，国民党现在能够作战的部队只有八十多万了，我军现在正规军三百多万，还有大批的地方武装和民兵。

我们采用了三种方式解放城市：第一种是天津方式，集中强大兵力，消灭敌人；第二种是北平方式，通过谈判争取起义；第三种是绥远方式，围而不打，逼其放下武器投降。这三种方式，今后仍将采用。北平方式的好处是，一枪不发，没有破坏，人民没有损失，但缺点是敌有残余力量，可能还有潜

1950年，中共福建省委组织部部长冷楚（前排左三）与组织部干部合影

伏的特务，但基本上是有利的，估计这种方式今后还是最主要的。大的战斗可能不多了，但也不能麻痹，要做充分准备，如果敌人胆敢顽抗，我们还是要采用天津方式，坚决消灭之。

我们这次的任务是随军南下，打过长江去，解放全中国，敌人仅有几十万能作战的部队，那就不像华北作战那样了。大的城市可能很快成为我们的，中小城市更没问题，因此我们要重视城市工作，根据中央七届二中全会精神，今后工作的重心由乡村转入城市，以城市领导乡村，这是个很大的变化，我们必须很快学会城市工作。

他说，中国的阶级力量发生了根本性的变化，群众拥护我们，知识分子欢迎我们，自由资产阶级也靠近我们。敌人十分孤立，蒋介石引退，叫李宗仁出来搞假和平，为他们取得喘息时间。一切革命力量都团结在我们一边，敌人已四分五裂，兵败如山倒。美国人过去帮助蒋介石，现在他也看出来了，军事援蒋要失败的，他想用软的办法和我们拉手,想在我们革命内部进行破坏。我们打过长江，美国是否出兵？中央早有准备，我们提出打倒反动政府，是把美国也估计在内的，估计他大的出兵不可能，小出兵有可能，不管他们如何，胜利肯定是我们的。

我们的任务是将革命进行到底。今天军事上的胜利是第一位的，我们第二个胜利是要搞建设，建设搞好了才是最彻底的胜利。

关于城市工作问题。过去我们长期在农村，对城市工作方面经验不多，研究得也不够。从现在开始，我们大家都要学习城市政策，我也在和大家一起学习。首先要有正确的认识，我们认识城市应从自己的立场、观点出发，因为我们是无产阶级的政党，应坚决执行党中央所规定的路线、方针和政策。中国是半封建半殖民地的国家，无产阶级革命的任务是反对帝国主义、封建主义和官僚资本主义，目的是建立新民主主义而不是旧民主主义的国家，新民主主义是无产阶级领导的，以解放工农和其他劳动人民为目的，求得社会建设与人民的权利，逐步建成社会主义国家。

城市是政治、经济、文化的中心，是工人阶级的集中地，也是封建统治阶级土豪、劣绅、恶霸的集中地，交通方便，人口集中，所以说城市是乡村的脑壳。过去城乡矛盾很大，帝国主义、资产阶级和官僚资本欺压农民，低价收购农民的原料产品，高价出售资本家的产品。现在解放了，打倒了帝国主义、封建主义和官僚资本主义，推翻旧的制度，在农村实行减租减息和土地改革，实现"耕者有其田"，在城市实行劳资两利的政策，没收官僚资本，把人力、物力、财力组织起来支援前线，实行工农联盟、城乡联盟。

过去我们光抓农村，现在要先抓城市，抓脑壳来带动全身，抓住城市来改造乡村。城市与农村不同，我们的政策也不同，比如农村的地主阶级应当消灭，但城市的资本家应当按政府规定的政策受到保护，否则就要犯"左"的错误。接收城市，要学好城市政策，对工人阶级主要是教育发动，团结起来，改善生活，进行生产；对知识分子团结使用；对民族工商业者是保护和劳资两利，限制他们操纵市场、哄抬物价，在策略上又联合、又斗争。

目前接收城市要注意几点：

1．必须具备主人翁的思想与观念；
2．要保证接收完整，不犯自由主义和游击主义；
3．刚解放必须实行军管，防止反动分子漏网和敌特的破坏活动；
4．严格分清敌我界限，区别打击对象和团结、依靠的对象；
5．加强组织纪律性，加强请示汇报制度，还要学习和遵守外事纪律。

（根据冯德民、李玉合同志笔记整理；摘自《长江支队回忆录》）

永远活在人民心中的县委书记谷文昌

张全景

在福建省东山县，到处传颂着老书记谷文昌的动人事迹。他虽然去世多年了，但他的名字一直铭刻在人民心中，并没有因为他的去世而泯灭，也没有因为岁月的流逝而淡忘。他和全县人民共同创造的业绩，至今在东山大地上熠熠生辉。随着东山日新月异的变化，人们对他的怀念与日俱增。

昔日东山，风沙肆虐，旱涝为害，一片荒凉。谷文昌和县委一班人带领全县军民拼搏奋战了14个春秋，植树造林防治风沙，打水井、建水库抗旱排涝，修公路、筑海堤、建海港、造盐田……从根本上改变了东山旧貌，为今天的全面发展奠定了坚实的基础。

谷文昌

"一任接着一任干，历任都有新贡献。"特别是改革开放、贯彻落实"三个代表"重要思想以来，东山县发展工业，调整农业，兴办第三产业，开发旅游，呈现出生机勃勃、兴旺发达的景象。一座水碧、沙白、林绿、礁奇的海岛，雄踞于万顷波涛之中。农业经过产业结构调整，已建立起芦笋种植、海洋捕捞、网箱养鱼、围垦养殖、水果开发五大高优农业生产基地，农业商品率达96%。2002年农民人均纯收入4171元，成为全省第一批农村小康县。工业已经形成芦笋制罐、水产加工、建材开发、塑料包装、海盐生产等产业支柱。旅游业从无到有，旅游年收入达 2.7 亿元。党的建设、精神文明建设、民主法制建设和社会各项事业取得明显进步。近几年先后被评为"全国科技工作先进县""全省基层组织建设先进县""全省环境最佳县""国家级生态示范县"，连续四次荣获"全省双拥模范县"等荣誉称号。

对于今天的发展和进步，东山人民很自然地把它同共产党、解放军和改革开放、"三个代表"重要思想紧密地联系在一起，同老书记谷文昌紧密地联系在一起，称赞他是"东山翻身解放的带头人、幸福富裕的奠基人""共产党的好干部、人民的好书记"。

不朽丰碑，一个铭刻在人民心中的共产党人

谷文昌，太行山的儿子，河南省林县（今林州市）人。1950 年 5 月随军渡海解放东山岛，先后在这里担任城关区委书记、县委组织部部长、县长、县委书记，1964 年调任省林业厅副厅长。"文化大革命"期间下放宁化县农村劳动，1972 年后曾任龙溪行署林业局局长、农办主任、副专员。

谷文昌在病重弥留之际深情地说："我喜欢东山的土地，东山的人民。我在东山干了 14 年，有些事情还没有办好。死后，请把我的骨灰撒在东山，我要和东山的人民，东山的大树永远在一起！"1981 年 1 月 30 日，癌细胞夺走了他的生命。噩耗传到东山，东山的树静静地默哀，东山的水呜咽悲鸣，东山的人民泣不成声："谷书记，没有你哪有我们的今天！"

政声人去后，丰碑在人间。1986 年，东山县委为了弘扬谷文昌精神，满足广大群众的心愿，决定将谷文昌的骨灰安葬在当年他亲手建起的赤山林场。村民们听到这一消息，纷纷赶来，为他的坟墓添加一抔热土。山口村第一任党支部书记陈加福说："谷书记，你为我们辛苦了一辈子，现在我要天天打扫陵园，为你守墓一辈子！"许多两鬓斑白的老人说："过去刮一阵风，谷书记就一脸沙、一身汗地赶来看我们，现在就永远和我们在一起吧！"

1987 年 7 月，在茫茫林海中树起一座"谷文昌同志万古长青"的丰碑。

20世纪五六十年代和他一起在县委工作过的同志相约来到碑前，栽下8棵青松。面对丰碑，他们重复着谷文昌经常说的话："一个人活着要有伟大的理想，要为人民做好事，为人民奋斗终生。"回乡探亲的海外同胞，目睹了故乡的沧桑巨变，恭恭敬敬地前来瞻仰："共产党真了不起，把人间荒岛变成了人间乐园。丰功伟绩，足以雄视百代。"每逢清明、春节等传统节日，当地群众"先祭谷公，后祭祖宗"，许多人带着朴素的感情到碑前缅怀："谷书记，你领导我们战胜贫困，送走穷神，我们不会忘记！"

1990年，全县党员、干部、职工、学生三四万人捐资，为谷文昌建造了一座半身雕像，时任福建省委书记的陈光毅题写了"绿色丰碑"四个大字。12月10日，参加雕像揭幕仪式的有上万人。昔日的"乞丐村"——山口村全村老幼来到雕像前表达他们的思念："谷书记，您生前种树，死后还回东山看护着树林。"

多年以来，中共东山县委、漳州市委、福建省委先后发出向谷文昌同志学习的通知。特别是在开展"三讲"和"三个代表"重要思想学习教育活动、贯彻党的十六大精神中，广大党员干部以谷文昌为榜样，找差距，定措施，抓落实。省、市教育部门把谷文昌的事迹编入当地中小学乡土教材，用谷文昌精神教育下一代。《福建日报》等媒体用多种形式广泛宣传谷文昌事迹。

1999年，东山县各界捐资修建了谷文昌事迹展览馆及谷文昌公园。工人、农民、解放军战士、学生怀着崇敬的心情经常到这里参观、瞻仰，少先队员到这里过队日，党员、团员到这里举行入党（团）仪式，过组织生活。许多人动情地说："如今虽然时代不同了，但是，为人民服务的宗旨不能忘，艰苦奋斗的精神不能丢！""全

谷文昌（左二）在东山检查工作

面奔小康，必须学习谷文昌！"

2001年4月，福建省林业厅在东山召开现场会，将谷文昌誉为"林人楷模"，号召全省林业职工学习。

在福建省，凡是知道谷文昌的人，无不对他肃然起敬，大加赞扬。1963年，时任省委书记的叶飞在考察东山后，对东山的变化感到吃惊，当即提出让谷文昌在即将召开的全省农村工作会议上介绍经验，并向省委建议重用谷文昌。1981年，时任省委书记的项南看了东山后，非常激动地说："搞四化建设就需要这样的好干部。"当听说谷文昌病危时，他连夜冒雨赶往漳州看望。谷文昌去世后，他建议《福建日报》在头版发表消息，并亲自将标题改为《为东山人民造福的谷文昌同志去世》。

谷文昌南下后把中原的先进生产技术、工具介绍到东山，又把南方的经验传播到林县。两县人民为了纪念这位党的好干部，共同在他家乡建立了"谷文昌纪念碑"和"文昌阁"。

丰碑是由事业和民心铸成的。一个热爱人民的人，必然得到人民的热爱。谷文昌的精神和业绩，鲜明生动地回答了一个共产党员"入党为了什么，当了干部做什么，身后留下什么"的人生课题。也向我们说明，共产党人只有始终代表先进生产力的发展要求，代表先进文化的前进方向，代表最广大人民的根本利益，才能赢得人民群众的爱戴。

百折不挠，一心让人民过上好日子

千百年来，东山人民被风、沙、旱、涝压得抬不起头、喘不过气。那里流传着这样的民谣："春夏苦旱灾，秋冬风沙害。一年四季里，季季都有灾。""微风三寸土，风大石头飞。"据新中国成立时的记载，东山一年中刮六级以上大风的时间长达150多天，在全岛194平方公里的土地上森林覆盖率仅为0.12%。东山在新中国成立前的近百年间，风沙吞没了13个村庄，1000多座房屋，3万多亩耕地。1949年全岛6万多人，有2000人死于天花，外出当苦力、当乞丐的占 1/10。地处风口的山口村共 900 多人，讨饭的就有 600 多人。山口、湖塘两村的 1600 人中因风沙为害而患红眼病、烂眼病的 400 多人，失明或半失明的 90 多人。海岛东南部横亘着 30 多公里长的沙滩，茫茫一片，寸草不生，还有 40 多个流动沙丘，沙随风势不断向人们进逼。有田无法种，种了无收成。粮囤空空，锅里煮着青菜，一年到头缺吃缺烧，许多人扶老携幼，拿着空篮破碗外出讨饭，乘船过海到大陆上割草砍柴。

面对多灾多难的群众，谷文昌流下了泪水，吃不好饭、睡不好觉，做梦也在想着战胜风沙，根治旱涝，让人民过上好日子。他反复思考一个问题："群众希望共产党给他们带来幸福，如果我们不为民造福，要我们到这里来干什么？群众分到了土地，但种不出粮食，分地又有什么用？""不解除群众疾苦，我们心里有愧啊！"

在这样一个世代受苦的地方，谁不想改变面貌呢？但是，怎么改？怎么变？很多人感到无能为力。谷文昌动情地说："共产党人，不能做自然的奴隶，不能听天由命，不能在困难面前退缩！"

"要向风沙宣战，条件再差也要建设社会主义！"

经过多次讨论，县委、县政府的思想统一了："挖掉东山穷根，必先制服风沙。"他们带领群众踏上了治理风沙的漫漫征途。

在一个飞沙走石的冬天，谷文昌率领林业技术员吴志成等同志，探风口，查沙丘，在风沙扑打中前进，用血肉之躯，感受狂风的力度，飞沙的流向。从苏峰山到澳角山，从亲营山到南门湾，谷文昌走遍了东山的大小山头，把一个个风口的风力，一座座沙丘的位置详细记录下来。他走村串户，和村干部、老

谷文昌（中）与当地群众同吃、同住、同劳动

农民促膝长谈，制定了"筑堤拦沙、种草固沙、造林防沙"的方案。

从计划到实践、从实践到成功，是一个多么艰难的历程啊！县委、县政府统一指挥，千万人上阵，花了几十万个劳动日，在风口地带筑起了2米高、10米宽的拦沙堤39条，总长达22000多米。但是，好景不长，仅仅过了一年，无情的风沙就摧垮了长堤。种草固沙，谈何容易！草籽播下，不是随风沙搬家就是被掩埋沙底，勉强出土的幼苗，一经风吹沙打随即奄奄一息。县委、县政府领导群众植树造林，先后种过10多个树种，几十万株苗木，一次也没有成功，灾荒和贫困依然笼罩着东山。许多人摇头叹息："东山这个鬼地方，神仙也治不住风沙！"

失败和挫折，没有压垮谷文昌。他指天发誓："不制服风沙，就让风沙把我埋掉！"他和县委的同志一道认真总结经验教训，重新制订方案。1956年东山县第一次党代会就全面实现绿化、根治风沙通过决议。谷文昌号召全县人民"苦干几年，将荒岛勾销，把灾难埋葬海底！"他还描绘了一幅宏伟蓝图："要把东山建设成美丽幸福富裕的海岛。"

1957年，转机终于出现了，喜讯不断。林业技术员吴志成报告，查到了国外种植木麻黄有效防治风沙的资料。谷文昌高兴地说："不管外国货中国货，只要能治风沙就行！"第二个喜讯，省林业部门通报：广东省电白县种植木麻黄成功。又一个喜讯，调查组发现白埕村的沙丘旁生长着6株挺拔的木麻黄。谷文昌面对一个个信息又惊又喜，第二天就带领参加县区乡三级干部会议的同志到6株树下，边看边议。木麻黄能在这里成活，全岛不能种活吗？时任县委农业部部长（后为副书记）的靳国富带领林业技术员、农村干部20多人到广东省电白县参观。他们亲自种树，实地学习，还向电白县的同志要回一捆树苗，分种在西山岩林场和几个村庄。一段时间后，树苗长势甚好。县委决定：大种木麻黄。县长樊生林亲自指挥调种。全县派出230多人到厦门、永春、平和、南靖等地采种。省林业厅、地委、专署大力支持，林业部从国外进口树种给予支援。

改变东山面貌的时机到了！1958年县委向全县军民发出号召："上战

秃头山，下战飞沙滩，绿化全海岛，建设新东山。"谷文昌亲任指挥，驻岛部队和有关部门负责同志任副指挥。县直机关干部、驻军、工人、农民、店员、学生，几天突击，种下1000多万株木麻黄、黑松、相思树等幼苗。人们看着这绿色的生命，忘记了苦干的疲劳，绽开喜悦的笑脸，翘首企盼新生命的复苏。岂料，天不作美，树刚种完，气温突降，持续一个多月的低温，成活的树苗寥寥无几，东山的绿色之梦再一次被击碎。

面对大片枯死的树苗，悲痛叹息、埋怨、懊丧、讽刺挖苦接踵而至。有的说："荒沙能长树，鸡蛋能长毛！""夏天烫得可炒花生，冬天狂风吹倒房，站不住人、睁不开眼的地方怎么能种树呢？"谷文昌到白埕村现场，看到大片苗木死掉了，但又发现有九株幸存。他看了又看，摸了又摸，亲切地对技术员和随行的同志、赶来的群众说："没有失败就没有成功，失败了再干，这就是共产党人的气概和风格！大家看，不是活了九株吗？能活九株，就能活九千、九万，绿化全东山。""只要我们有决心，光秃秃的海岛，一定会变成绿油油的海岛。"他还风趣地说，待树木长高了我们要昂起头来看，还得当心帽子掉下来呢！

吃一堑长一智。东山县委组成了由领导干部、林业技术员、老农三结合的试验小组，谷文昌亲任组长。他们在飞沙滩上，"旬旬种树"，定时观察气候、湿度、风向、风力对新种植木麻黄回青、成活的影响。谷文昌又在白埕村和村林业队一道种下20亩丰产试验林。功夫不负有心人，他们终于摸清了木麻黄的生长习性，总结出了种植木麻黄的技术要点，并通过多种方式让广大干部群众掌握。为了在全县造林，县委制定了新的政策：国造国有，社造社有，房前屋后个人所有。集体种树实行包工、包产、包成本、包质量，同工同酬，一亩以上的育苗地抵销征购任务。政策调动了群众的积极性，试验坚定了群众的信心。

1959年，在全县军民植树造林誓师大会上，谷文昌代表县委提出了绿化东山的目标："举首不见石头山，下看不见飞沙滩，上路不被太阳晒，树林里面找村庄。"每逢雨天，有线广播即刻播送造林紧急通知，各级干部率先冲进雨幕，百里海滩上布满了造林大军，歌声同雨声齐飞，汗水与雨水交融。连续3年，天一下雨，东山人民就冒雨出动，先后植树8.2万亩。400多座山头，3万多亩沙滩，全部披上了绿装。

种树还要管树。县政府下发文件：老天下雨就冒雨种树；天旱了幼树不返青，磨破肩膀、冒着烈日、踏着火烫的细沙也要挑水浇树；遇到大风天气，要及时把被风沙掩埋的幼树挖开，被吹歪了的扶正；肥料不足，到大海捞小鱼小虾积肥喂幼树。全县广泛开展护林教育，加强病虫防治，很快建立起62个林业队，有护林员1100多人。谷文昌每次下乡总要带上一把剪刀，一把铁铲，看见歪倒的小树亲手扶起来，看到该剪的枝杈随手剪掉。他爱树如命，见人就说，谁要伤一棵树，就是伤了我的胳膊，谁折断一根树枝，就是折了我的手指。他经常告诫基层干部："喊破嗓子，不如干出样子。"在他的带动下，全县管树护林蔚然成风。细种精管，几年下来，177条每条宽50至100米、总长达194公里的林带，覆盖了东山大地。一排排木麻黄四季常青，昂首挺立，构成第一道防线。用材林、经济林次第展开，纵横交错，宛如一条条绿色长龙，顶狂风、镇飞沙、抗怒涛，环护着田园村舍。"林成片，地成方，大路两旁树成行"，不仅美景如画，而且扩大耕地1万多亩，改良农田7万多亩，提高了复种指数，出现了林茂粮丰，百业兴旺的景象。群众高兴地说："人种了树，树保了地，地增了粮，粮养了人"，"林带就是粮带、钱带、生命带"。谷文昌所描绘的蓝图变成了现实：荒岛变绿洲。

40多年过去了，经过全县人民的不懈努力，目前全县林地面积已达12万亩，森林覆盖率达36%，绿化率达96%。据省林业部门测定，岛上风力减弱了41%—61%，冬温提高了1.5℃，蒸发量减少22%，相对湿度提高10%—25%。过去颗粒无收的沙地，现在不仅可以种植粮食作物，而且大量种植优质高效的经济作物，荔枝、龙眼、芒果也已在这里安家落户。一个个荒沙村，彻底摆脱了风沙之苦，人们生活在枝繁叶茂、绿树成荫、花红草绿的优美环境中。一些富裕起来的小康村年人均收入6000多元，粉墙红瓦的别墅楼林立成片。人们面对蓝天碧波，无忧无愁，抚今追昔，怎能忘怀当年与

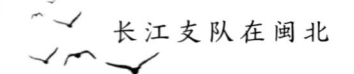

他们同甘共苦的谷书记呢！

实事求是，一切向人民负责

新中国成立后，东山面临一个非常特殊的"壮丁"家属问题。国民党军队溃退时从岛上抓走的"壮丁"4700多人被迫当了国民党兵。他们的家属、姻亲关系遍及全岛。能不能为他们摘掉"敌伪家属"这顶帽子呢？谷文昌想到了入岛的那一天，既有欢腾的锣鼓，又有哭诉的群众，"亲人哪！你们怎么不早来一天？"谷文昌向县委提出建议："共产党人要敢于面对实际，对人民负责。国民党造灾，共产党要救灾。"县委决定：把"敌伪家属"改为"兵灾家属"。对他们政治上不歧视，经济上平等相待，困难户予以救济，孤寡老人由乡村照顾。这两个字的改变，是一项多么重大的政策！又需要多么大的勇气和胆量啊！一项德政，十万民心。这些家属对国民党恨之入骨，对共产党亲上加亲。她们说："国民党抓走亲人，共产党却把我们当作亲人，哪怕死了做鬼，也愿为共产党守岛。"

1958年，"千斤稻，万斤薯""拔白旗，放卫星"之风吹进海岛。在地区评比的图表上，东山养的猪还不如外县的猪尾巴大。谷文昌心里有数，掷下铿锵有力的四个大字：实事求是。年终东山县超额完成生猪调拨任务，在地区评比表上"猪尾巴"变成了"猪头"。

大炼钢铁之风吹遍全国，许多地方小高炉林立，炉火熊熊，扶"钢铁元帅升帐"。东山怎么办？谷文昌冷静地说："东山缺柴烧，又没有矿石，怎么炼？"上边催得紧，下边更着急。谷文昌说："那就先砌个炉子试一试。"试的结果，不言而喻。

"人有多大胆，地有多高产"的口号铺天盖地，把亩产吨半谷万斤薯的典型吹上了天。谷文昌带上县乡干部到"吨半谷"的地方参观。不看不知道，一看吓一跳。谷文昌彻底明白了，这样的密植不能搞。但是，上边批评他"右倾保守"。他却不急不躁地说："我们先试一试吧！"他在埕英大队搞了一分试验稻,按照上边的要求密植,一周后叶黄了、根烂了。还在山后大队搞了一亩密植地瓜试验,结果是枝叶茂盛,但不是万斤薯,而是万根须。

当"大办食堂敞开肚皮吃饱饭"的时候,食堂的大锅里却没有饭吃,有些人还得了水肿病。谷文昌面对现实,直言不讳:"革命的目的,就是为了群众生活,如果我们不关心群众疾苦,就是没有群众观点,就无所谓革命。"他鲜明地提出:"抓生活就是抓政策,就是抓生产力。"他建议渔业部门向灾区群众每人出售几十斤杂鱼,盐业部门供应低价盐,向地委、专署报告实际情况……县委做出决定:"不准在东山饿死一个人!"要特别关心妇女、儿童、老人;机关干部要下基层,组织农民抢种蔬菜和早熟作物,安排生活;组织医生、护士下乡巡回医疗,为群众治病。地委、专署也向东山调拨了200万斤粮食。谷文昌和县委办公室、组织部的同志到困难较大的樟塘村蹲点,住在农民的柴草间里,一日三餐与群众吃在一起,白天和群众一起劳动,晚上与群众一起座谈,共商抗灾和恢复发展生产大计。当时谷文昌身患胃病、肺病,常常头昏、咳嗽、出冷汗。随行的同志找医生开了证明买来一斤饼干,他当即严肃批评并让退掉。他说:"我们要和群众吃一样的饭,受一样的苦,干一样的活,群众才会信任我们。"经过几个月的艰苦奋斗,他们终于带领全县人民度过了最为困难的日子。

谷文昌经常教育干部,无论办什么事情都要有群众观点,为群众着想,从实际出发,不能随心所欲。他语重心长地说:"事实是无情的,好的动机并不一定收到好的效果。要把动机和效果统一起来,必须深入群众,吃透情况。"他说:"我们既然是为人民服务的,为什么不多听听群众的意见呢?"

他要求干部坚持群众路线,发扬优良作风,到农村工作时,不当东转西看的"风水先生";说话办事一是一、二是二,不能弄虚作假;吃饭住宿不搞特殊;关系群众的事同群众商量,不能强迫命令。谷文昌还要求干部"把政治、技术、业务结合起来,孜孜不倦地学习。结合的最好方法是做什么学什么,管农业的,要懂农业、会干农活,管盐业的要会制盐坎、晒盐……不仅要从书本上学,还要从实践中学"。他以身作则,不仅刻苦学习理论,而

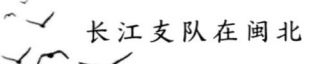

且带头学习技术。

谷文昌一年到头，大部分时间在基层。东山的山山水水闪动着他的身影，村村寨寨留下他的足迹，在田头他与农民席地而坐谈生产，在村舍他与农民一道卷着土烟拉家常。全县四五百个生产队长，他大都能叫出名字来。干部找他汇报工作，群众找他反映问题，他什么时候都不烦，三更半夜也不嫌。他自己常年穿一双黑布鞋，一套灰中山装，深入田间，挽起袖子植树，卷起裤脚犁田，拿起钢钎打石头，群众想什么，盼什么，他就带领群众干什么。这样的县委书记，怎能不赢得群众的信任呢？

殚精竭虑，一刻不停地为人民造福

东山岛地处福建东南海域，与大陆的最近距离只不过五六百米，但水深浪高，给群众的生产生活带来很大困难。千百年来，舟覆人亡的惨剧时有发生。世世代代的海岛人，总想有一天奇迹出现，天上的玉皇或哪一路神仙修一条海堤，架一座彩桥，把东山与大陆相接，使孤岛变成半岛。几百年、几千年过去了，奇迹没有出现，人们面对滚滚怒涛，无不望而生畏，"精卫填海"只不过是千古神话。当时的东山，人力、财力都非常有限，修一条海堤谈何容易！

"把海岛变半岛"是人民群众的愿望。谷文昌说："人民的需要就是我们的工作。我们要敢闯新路，勇往直前！"他反复听取群众和技术人员的意见，与县委、县政府的同志酝酿讨论，毅然拍板：修一条海堤！把海岛与大陆连接起来，将会促进海岛发展，扩大对外联系；方便群众，免除舟楫之苦；有利于加强战备，巩固国防；促进发展养殖，利用苦卤制造化工原料；围垦盐田，扩收渔盐之利；沿堤修筑渡槽，引大陆淡水入岛，解决人畜饮水、浇地用水……

谷文昌担任建堤领导小组组长，县长樊生林亲任指挥。经过勘察设计，海堤从东山县八尺门至云霄县。这一段海水最深处 10.9 米，全长 569 米，外延公路 1000 米。大堤高出水面 5 米，底宽 110 米，顶宽 13 米，防浪墙高 6.25

米。初步测算需投入普通工、船工、技工 100 万个工日，土、石、沙料近 50 万立方米，总投资 200 万元。真可谓工程浩大！福建省委、省政府，龙溪地委、专署批准了这一方案，由国家投资，福州军区、龙溪军分区全力支持。1960 年初工程动工，县长樊生林吃住在工地，全力以赴，具体指挥。东山县民工是主力，龙海、云霄、诏安等县的民工、船工、技工，驻岛部队指战员、机关干部组成了浩浩荡荡的筑堤大军。谷文昌经常到工地检查指导，参加劳动。经过一年多的艰苦奋战，1961 年 6 月海堤竣工，天堑变通途，海岛变半岛的美梦终于成了现实。如今从东山开往四面八方的大小车辆，日夜在海堤上穿梭；高 21 米、长 4 公里的雄伟渡槽，跨过海堤，把云霄县的淡水引入东山，造福人民。

谷文昌经常告诫自己，"世上没有永远不变的事物，必须不断前进。党要求什么，群众需要什么，我们就去做什么。"东山原来没有一条像样的公路，谷文昌就带领群众修路，到 20 世纪 60 年代中期实现了村村可以开进汽车、拖拉机。如今四通八达、纵横交错的公路网，就是在当年基础上建成的。

东山缺水，十年九旱。谷文昌带领全县人民大办水利，一眼眼水井、一处处塘坝、一座座水库、一条条管道逐步建立起来。全县最大的红旗水库干支渠长达 13 公里，直至目前不仅仍灌溉着 6000 多亩土地，而且以水库为水源建起了自来水厂，为城镇居民、码头、企业提供用水。1963 年大旱，连续 241 天没有下雨，谷文昌和县委副书记陈维义等同志到群众中总结抗旱经验。"地面无水向地下进军！"打大井、深井、塘中套井……建永久性抗旱工程 285 处，临时工程 892 处，省政府调来抽水机支援，这一年仍然取得较好收成。

东山还是一个易涝的地方，特别是遇到海潮，"一次水淹，三年绝收"。谷文昌请水利部门统一规划，建水库、修水渠，挖沟排洪，筑堤建闸防海潮。1961 年 8 月，东沈、南埔、樟塘等村又一次暴雨成灾。谷文昌和县委副书记靳国富、办公室主任林周发冒雨赶到，深一脚浅一脚，跌跌撞撞，查看水势。情况探明后，当即研究决定，清理旧沟、开挖新沟、筑海堤、建闸门、修扬水站，使之抗旱、排涝、防潮三全其美。工程完工后，一条长 1500 米、宽

50米的鸿沟既可排水又可蓄水，两座13孔节制闸，有效地发挥调控作用。这些村庄不仅扩大了500多亩耕地，而且粮食、甘蔗、花生大幅度增产，至今免除了内涝、扩大了灌溉的土地仍然是一片丰产田。

建海堤、防海潮，发展多种经营，也是谷文昌的日夜所思。当时的岐下、西崎等7个自然村深受海潮之害、无路之苦，县委即确定修一条1300米长的海堤，阻挡海潮，兴建盐场、农场。海堤建成后，大路相通，保护了群众的生命财产。县里还建起了180公顷盐场，最高年产达3万吨，为当时的东山创造了可观的财政收入，至今仍发挥着较好效益。

东山土地不多，谷文昌提出"以海为田，向海域进军"。大力发展制盐、捕捞、养殖。解放初期全岛渔船都是破旧的木船，网具落后。谷文昌与渔民乘船出海，体验渔民生活，到渔民中调查研究。面对渔民的疾苦，他千方百计带领群众改造旧船，改进网具，重建后澳避风港，渔民们无不喜笑颜开。

新中国成立前，东山的文化教育十分落后，全县儿童入学率很低，没有一处文化娱乐场所。谷文昌提出抓教育、抓扫盲。经多方筹资，建起了剧场、影院，至今仍在使用。为了让群众听到广播，他亲自出面请盐场赞助，建起了有线广播站。东山成为全省第一个村村通广播的县。当地群众喜欢看潮剧，他就提议建潮剧团，没有武功师傅，他从家乡请人来传授武功。为了繁荣当地文化生活，他还鼓励文化馆的同志创作好作品，广泛开展农村文化活动。江泽民同志曾说："党的先进性是具体的、历史的，必须放到推动当代中国先进生产力和先进文化的发展中去考察，放到维护和实现最广大人民根本利益的奋斗中去考察，归根到底要看党在推动历史前进中的作用。"谷文昌就是一位带领人民群众不断推动历史前进的共产党人。

廉洁奉公，一生保持人民公仆的高尚情操

谷文昌心里装着人民，从不计较个人得失。1958年他一度被调为二把手，却毫无怨言，一如既往地工作。"文化大革命"期间，他遭受残酷批斗，全

家被下放到三明地区宁化县禾口公社红旗大队（今石壁镇红旗村）当社员，却仍千方百计帮助生产队发展生产，手不闲、腿不闲、口不闲，使红旗大队亩产跃上千斤。群众看着黄澄澄金灿灿的稻谷满囤满仓，把谷文昌亲切地称为"谷满仓"。

1970年7月，谷文昌被任命为隆陂水库总指挥，他和民工一起，吃住在工地。经过一年奋战，水库建成了，禾口人民结束了缺水缺电的时代。30多年来，水库在防洪、抗旱、发电、改善生态环境、群众饮水等方面，发挥了重大效益，至今人们对他念念不忘。

谷文昌总是满腔热忱地对待群众，为群众排忧解难。人们数不清谷文昌究竟接待了多少群众，帮助了多少有困难的人。但许多鲜活的事例：资助贫困学生，为烈军属、五保户送温暖，为来访群众买车票，为民工买红糖熬姜汤，关心水利技术员的婚事……至今被人们传为美谈。

1972年，谷文昌在龙溪地区任林业局局长。他回到东山，走进造林模范蔡海福的家。从20世纪50年代到60年代，蔡海福亲手种下的树不计其数。为护林，他不管刮风下雨或天寒地冻，整夜打着手电筒在树林里巡逻，因为护林还得罪了一些人，"文化大革命"中他受到批斗，贫病交加，家人想为他准备一口棺材，却没有木板。谷文昌看到多病的蔡海福，心情沉重，带他到龙溪医院治病。1978年蔡海福去世，谷文昌特地关照民政部门为他批了木板，让这位种了一辈子树的老模范在寿板中安眠。

谷文昌严于律己，始终保持了共产党人的高尚情操。1962年东山县的高考落榜生，绝大多数被安排了工作。谷文昌的大女儿谷哲惠也未考上大学，却仅被安排为临时工。谷文昌开导女儿说："总不能自己安排自己吧！年轻人应该多锻炼锻炼。"1964年当谷文昌调离东山时，有关部门提出给谷哲惠转成正式职工，一起调到福州。谷文昌说："省里调的是我，没有调女儿，给她转什么正？"就这样把一个孩子留在东山，直到1979年才转为正式工。小女儿谷哲英，1974年高中刚毕业，谷文昌就让她到农村插队锻炼。谷文昌的二女儿结婚，想让他批点木材做家具，他严词拒绝："我管林业，如果我做一张桌子，下面就会做几十张、几百张，我犯小错误，下面就会犯大错误。当领导的要先把自己的手洗净，把自己的腰杆挺直！"谷文昌大半辈子与林业打交道，从不占公家一寸木材。从福州回到漳州，妻子提出是不是去买点家具？谷文昌买了竹凳、藤椅、石饭桌。"为什么不买点木制的？"妻子问他。谷文昌说："林业局局长家一下子添了木制家具，外人会产生误会，我们也不能写个声明贴出去：'这是买的。'"他经常教育家属子女："要看看老百姓穿的是什么，吃的是什么，不能一饱忘百饥啊！"1980年他的儿媳杨小云从师范毕业了，想让公公出面安排个工作单位。谷文昌说："还是听从组织分配吧！"后来杨小云被分配在市区一所小学校，又想让他帮助调一调。他说："不论单位大小，只要努力，在哪里都可以做出成绩。"这样，杨小云在那里一干就是13年。

谷文昌一贯严格要求自己和家属子女，不搞特殊，不以权谋私。许多人称赞他是一位"时刻想着群众，忘记自己的人"，是"一辈子做好事，不做坏事，一贯地有益于广大群众，一贯地有益于青年，一贯地有益于革命，艰苦奋斗几十年如一日"，非常高尚的人。

前人栽树，福荫后人。谷文昌把自己的生命注入生生不息的绿树，融入为人民造福的伟大事业，而在人民群众中获得了永生。

著名诗人臧克家在一首诗中写道：有的人活着，他已经死了；有的人死了，他还活着……给人民做牛马的，人民永远记住他！

（作者系中央组织部原部长，本文原载于《人民日报》2003年2月21日第1版，谷文昌为长江支队五大队三中队队员）

在长江支队南下福建 50 周年纪念大会的讲话

（1999 年 8 月 10 日）

陈明义

各位革命老前辈、老同志：

再过 7 天就是福建省会福州解放 50 周年，再过 51 天就是新中国成立五十周年。在迎接新中国成立 50 周年大庆之际，同志们欢聚一堂，纪念中国人民解放军长江支队入闽工作 50 周年，这是很有意义的。

新中国成立后的 50 年，虽然在中华民族文明史上仅占百分之一的岁月，但却使作为这个民族载体的神州大地发生了翻天覆地的变化，出现了前所未有的盛世辉煌。今天，当我们回顾这半个世纪福建的发展历程时，就不能不想起中国人民解放军长江支队的同志们为福建人民所建树的历史功绩。

中国人民解放军长江支队，是解放战争期间，中共中央华北局执行毛主席、党中央"打过长江去，解放全中国"战略部署，从太行、太岳两个老解放区选调了 4000 多名干部组成的进军福建的一支干部队伍。

1949 年初夏，中国人民解放战争的胜利形势迅速发展，毛主席和中央军委对中共中央华东局、中国人民解放军第三野战军发出了提早进军福建的命令，要求"迅速准备提早入闽，争取六七月两月间占领福州、泉州、漳州及其他要点，并准备相机夺取厦门，进而解放全福建"。但新中国成立后，接管福建、经营福建还需要大批的党、政、群、团干部，而此时，华东局从鲁中、胶东、渤海三个区党委抽调的 15000 名准备南下接管新区的干部大都已经分配出去了，干部不足成了入闽接管的最大困难。长江支队正是在这样的困难情况下，由张鼎丞同志向党中央建议、并得到党中央批准而南下福建的。

长江支队南下福建，为接管和经营福建奠定了基础。

长江支队的干部来自老解放区，多数是区县以上的领导，大都具有较强的政治素质以及丰富的斗争和工作的实践经验，具有良好的组织领导能力。长江支队待机南下之际，长江支队的主要领导还与太行区党委负责同志一起，在北平受到毛主席、朱总司令的亲切接见。毛主席向他们畅谈了关于实行"四面八方"经济政策的问题。毛主席的重要谈话和党的七届二中全会精神更成为长江支队同志们入闽后，接管福建、迅速恢复和发展生产、巩固福建新生的人民政权的锐利思想武器。

长江支队与三野十兵团、华东南下干部、上海南下服务团和长期坚持地下斗争的福建地方干部，组成了解放福建、接管福建、建设福建的"五路大军"。在中共福建省委的领导下，长江支队入闽之初，除部分同志留在省直机关工作外，大部分同志参与组建了建阳、南平、福安、闽侯、晋江、龙溪等六个地区的地、县、区三级党、政、群、团领导班子，在接管政权、土地改革、民主建政、恢复和发展国民经济的过程中，付出了辛勤的劳动，发挥了重要的作用。此后，长江支队的同志们与福建人民共同奋斗了半个世纪，共同经历了胜利与曲折的无数考验，创造了光辉的业绩。这些经历和业绩作为福建解放后五十年历史的重要篇章，将永远留在福建人民的记忆之中。

历史是一面镜子，是一本人生的教科书。长江支队入闽工作、奋斗的五十年历程，确实是很不平凡的，是值得总结的一段光荣历史。我们今天开会纪念长江支队入闽工作五十周年，就是要继承发扬长江支队的光荣传统，继承和发扬他们从北到南，扎根八闽，与福建人民同甘共苦、艰苦创业的革命精神；就是要继承和发扬他们为党的事业奉献青春，奉献才智，奉献毕生精力的高贵品质。如今，长江支队的老同志，有的已经谢世，但却留下了宝贵的精神财富；健在的老同志，也已年过花甲，离职休养。可贵的是，他们壮心不已，豪情不减，仍在为福建省走向新世纪继续发挥余热。

总结历史，是为了开辟未来。当前，我们肩负着扎实推进新一轮创业、建设海峡两岸繁荣的历史重任。新的形势和任务给我们提供了良好的机遇，也面临着严峻的挑战。总的来讲，我们的干部队伍主流是好的，但也有一些干部的精神状态不能或不完全适应新形势和新任务的需要。这就要求我们全面加强党的建设，进一步提高干部队伍素质。当务之急就是抓好"三讲"教育，以整风精神解决领导班子和领导干部存在的突出问题，切实提高各级党组织的凝聚力和战斗力。在建党78周年前夕，江泽民总书记就深入开展"三讲"教育，加强党的建设发表了重要讲话。前不久，胡锦涛副主席来我省视察，在肯定我省成绩的同时，要求我们认清形势，抓住机遇，坚定信心，迎难而上，努力实现福建经济的持续稳定发展；要求我们切实加强思想政治工作，把"三讲"教育引向深入。中央领导同志的指示给我们以极大的鞭策和推动。我们一定要认真学习领会，切实贯彻到推进社会主义现代化建设事业中去，贯彻到加强和改进党自身建设中去，进一步解放思想，开拓奋进，以扎实的工作和良好的业绩，迎接新中国成立50周年，迎接新世纪的到来。让我们在以江泽民同志为核心的党中央领导下，高举邓小平理论伟大旗帜，继承和发扬党的优良传统，同心同德，群策群力，把我省改革开放和现代化建设不断推向前进。

（作者时任中共福建省委书记）

长江支队在闽北

纪念长江支队入闽 60 周年贺信

尊敬的长江支队全体老同志：

欣闻长江支队老同志召开大会庆祝新中国成立 60 周年暨中国人民解放军长江支队南下福建 60 周年，我谨向各位老同志致以崇高的敬意和诚挚的问候！

在新中国诞生前夕，太行、太岳老解放区 4000 多名干部，组成中国人民解放军长江支队，响应党中央、毛主席的号召，冒着战火硝烟，挺进福建，参与接管地方政权，推行土地改革，建设民主政治，恢复发展生产。峥嵘岁月稠，辉煌留八闽。长江支队的老同志在福建解放、建设和改革开放的各个时期的卓越贡献历史永远铭记，在长期的革命和建设中敢于胜利、甘于奉献的崇高精神人民永远铭记。

当前，福建发展正处在一个新的历史起点上。全省上下坚持以科学发展观为指导，贯彻落实国务院《意见》精神，加快建设海峡西岸经济区。前进的道路上，我们要有所作为，仍然需要大力弘扬老同志身上所展现的"三平"精神，以对党忠诚的坚定信念、胸怀大局的责任意识、开拓进取的拼搏意志，开创海峡西岸经济区建设的新局面。

衷心祝愿各位老同志身体健康、阖家幸福！

卢展工

2009 年 8 月 29 日

（作者时任中共福建省委书记）

纪念长江支队入闽 60 周年贺信

尊敬的长江支队各位老同志：

今年是新中国成立 60 周年，也是中国人民解放军长江支队南下福建 60 周年。值此你们召开纪念大会之际，我谨致以热烈祝贺，并向大家表示崇高敬意和亲切问候！

60 年前，长江支队 4000 多热血青年怀着对理想信念的执着追求来到福建，历经艰难险阻，始终矢志不移，把青春、心血和才智奉献给福建人民，在八闽这片红土地上谱写了一曲曲壮丽诗篇，为福建的革命、建设和发展作出了重要贡献。

在新的历史起点上，我们要大力弘扬长江支队爱党爱国、艰苦奋斗、无私奉献的光荣传统，认真贯彻落实中央的决策部署，提升思路求作为，精心谋划求作为，突破重点求作为，艰苦奋斗求作为，为加快推进海峡西岸经济区建设作出新的贡献。

祝各位老同志健康长寿，阖家幸福！

黄小晶

2009 年 9 月 1 日

（作者时任中共福建省委副书记、省长）

在纪念长江支队
南下福建 65 周年大会上的讲话

（2014 年 11 月 28 日）

于伟国

尊敬的各位老领导、老前辈、同志们：

今天，很高兴和当年解放福建、接管福建、建设福建的长江支队老领导、老前辈欢聚一堂，隆重纪念中国人民解放军长江支队南下福建 65 周年。

不忘本来才能开辟未来。以习近平同志为核心的党中央高度重视对党的历史总结运用。习近平总书记强调："历史是最好的教科书。""学习党史、国史，是坚持和发展中国特色社会主义、把党和国家各项事业继续推向前进的必修课。"今天我们召开纪念长江支队南下福建 65 周年大会，目的就是要始终牢记长江支队的历史功绩，倍加珍惜长江支队老领导、老前辈们创造的宝贵精神财富，在历史接续奋斗中始终把握正确的前进方向，在继承先辈优良传统中坚定走向未来的信念。

长江支队是福建解放、改革事业的先驱者、开拓者和参与者。65 年前，4000 多名热血青年响应党中央、毛主席"打过长江去、解放全中国"的号召，冒着战火硝烟，历经艰难险阻，来到福建，与福建人民同甘共苦、艰苦创业，在剿匪支前、接管政权、土地改革、民主建政、社会主义建设和改革开放中，经受了各种考验，创造了光辉业绩，为福建的革命、建设和发展奉献了毕生精力，立下了不朽功勋，有的甚至献出了自己宝贵的生命，在八闽大地上谱写了一曲曲壮丽诗篇。长江支队的历史功勋，永远值得我们学习。历史记着你们，福建人民永远记着你们。

对比新中国成立之初，福建经济社会面貌发生了翻天覆地的变化。1952年至2013年，全省地区生产总值从12亿元增加到21759亿元，增长1800多倍；财政总收入从2.21亿元增加到3428.76亿元，增长1500多倍。今年，在面临经济下行等诸多困难的情况下，全省依然保持强劲的发展势头。1至10月，全省生产总值增长9.6%，公共财政总收入增长10.9%，城乡居民人均可支配收入分别增长9.3%和11.3%，大部分经济指标高于全国平均水平。这些成绩的取得，是全省上下团结一心、开拓奋进的结果，也是包括长江支队老领导、老前辈在内的广大老领导、老同志长期关心支持、积极奉献的结果。

当前，福建正面临千载难逢的重大机遇。习近平总书记亲临福建考察指导，明确表示支持福建进一步加快经济社会发展，殷切希望我们抓住机遇，推进科学发展跨越发展，努力建设机制活、产业优、百姓富、生态美的新福建。中央支持福建的一系列政策举措，包括重大基础设施、重大产业项目、重大民生项目等等，正在逐步兑现。福建的每一个发展进步，都倾注着老领导、老同志的心血、智慧和汗水；未来福建的发展事业，仍需老领导、老同志的关心、指导和支持。衷心希望各位老领导、老前辈在安享晚年的同时，坚持发扬长江支队革命精神，发挥政治、经验、威望的优势，继续关心福建经济社会发展，一如既往地支持省委、省政府做好各方面工作。我们将大力弘扬长江支队的优良传统，团结和激励全省广大干部群众，为推动福建在新的起点上加快发展而努力奋斗，把我省改革开放和社会主义现代化建设事业不断推向前进。

（作者时任中共福建省委副书记）

在纪念长江支队
南下福建 65 周年大会上的讲话

（2014 年 11 月 28 日）

袁启彤

各位老同志、老战友，

长江支队第二代、第三代年轻的朋友们、同志们：

今天，我很高兴应邀参加这个纪念会。五年一次这样的纪念会我今天是第三次参加了，其实我以前是有叫必到。尽管我和老战友们都是耄耋之年了，但我希望咱们三次、五次甚至更多次相聚在一起召开这五年一次的纪念会。我也希望有更多的长江支队第二代、第三代的年轻朋友们参加这样的纪念会。

长江支队的历史已经深深地融入了福建的革命、建设与改革发展的历史，长江支队的同志们为福建的解放事业和建设事业所作出的历史性贡献永载史册，永远值得纪念。刚才吕居永同志在讲话中提到的谷文昌、延国和、赵顶良同志，他们是福建的焦裕禄，是长江支队的代表，是长江支队的骄傲，也是福建人民的骄傲。他们和许许多多长江支队的同志一起从太行山麓汾河水畔来到了武夷山下闽江岸边，扎根福建，不为名不为利，清正廉洁，全心全意为福建人民服务。刚才吕居永同志说长江支队 4000 多人 65 年来没有一个人有经济罪行问题，说明了这支队伍确实是一支信仰坚定、思想作风过硬、功绩卓著的队伍。"风华正茂出两山，一生辉煌留八闽"，这是长期担任山西省委主要领导职务的陶鲁笳同志对长江支队的评价，长江支队的全体同志当之无愧。长江支队南下福建体现了山西老解放区人民对福建人民的支援和帮助。长江支队当年是由太行、太岳两个区党委中受过长期革命斗争锻炼、有着丰富工作经验的地、县、区各级领导骨干组成的干部队伍。我当年是南下服务团的一名成员，是长江支队抽调了一批骨干带领着2600余人的南下服务团一起随军南下的，服务团的同志至今不忘当年长江支队同志们的教导和培养。"五路大军"解放福建、接管福建、建设福建体现了革命队伍五湖四海的大团结，这种团结是我们各项事业取得胜利的重要保证。

人到晚年喜欢回忆往事。而每当我们回忆起这段"激情燃烧的岁月"时往往心情激动，许多感慨油然而生，会感到自己的信仰得以强化，思想得以净化，为人民服务的宗旨不敢淡忘，贪图名利的念头不敢滋长。我们庆幸自己当年选择了一条正确的人生道路，追随中国共产党，追随社会主义，并为此奋斗了一生。特别是不少同志虽曾蒙冤受屈、经历坎坷，但仍初衷不改、信仰不移，难能可贵。

我们现在都已经老了，不少同志体弱多病，确确实实面临着许多新的问题，我有几点建议与大家共勉：

一是建议活到老学到老。学习是加油是充电，是健康的需要，明理做人的需要，老了也应当不断学习。学习的内容与方法应是多种多样、丰富多彩的。时事政策应当学，党和国家的大政方针应当知晓。学习对调整心态、增进健康大有好处。既然是这个时代的人，就要不断学习，不被这个时代所抛弃。

二是把心态调整好，健康第一。要因人因地因时制宜把我们的老年生活安排好。一个人不管你的年龄多大，不论职务多高，现在的每一天都是你余下生命中最年轻的一天，要好好把握，多多珍重。劳请二代、三代的亲人们，大家都来关心爱护老人，因为人人都会老，家家有老人，老年人的今天就是年轻人的明天。"老吾老以及人之老，幼吾幼以及人之幼""百善孝为先"这是中华民族的古训。老同志们要有健康的信心信念，这很重要，千万不能自我消沉消极，同时还要有保持健康的科学方法。党和国家给我们的政治待遇、生活待遇已经很好了，要珍惜，知足者常乐。

三是要让长江支队的革命精神薪火相传，激励更多的后来者。要大力收集、抢救、挖掘、整理、研究、存储长江支队的历史资料，这是宝贵的精神财富。

在这方面我看到省和几个市的研究会已经收集了大量的珍贵的历史资料,去年由省委宣传部、长江支队历史研究会等单位联合制作的12集历史专题片《永远的长江支队》国庆期间在电视台播出,深受观众喜欢。习近平总书记曾说党的历史是最好的"教科书""必修课"。他前天在会见全国离退休干部先进集体和先进个人代表时还说,要发挥老同志的政治优势、经验优势、威望优势,讲好中国故事、弘扬中国精神、传播中国好声音,推动全党全社会更好培育和践行社会主义核心价值观。根据这个精神,我觉得对这些历史资料的收存研究工作还应继续加强,不仅我们这些老同志积极参与,还要大力鼓励、吸收我们的第二代、第三代年轻人来参与这项工作。我在南下服务团的纪念会上也说到这个问题,希望能适时地把二、三代的优秀的年轻人请来,充实到团史研究会,年轻人具备计算机、互联网的知识,他们能以云计算云存储的方式将资料收存,这对党史资料的整理工作很有利,同时,这个过程也是年轻人接受革命传统教育的过程,有利于他们的成长。

　　同志们,战友们,历史不能忘记,也不会被忘记,"忘记过去意味着背叛"。65年来我们历尽风雨坎坷走到今天,我们对历史对将来都负有责任。我们人虽老但革命激情不能衰减,意志不能衰退,牢记当年投身革命时"全心全意为人民服务"的誓言,紧密团结在以习近平同志为核心的党中央周围,为圆好中国梦,实现中华民族的伟大复兴继续作出自己的贡献。

(作者系福建省人大常委会原主任)

在长江支队入闽70周年纪念大会上的讲话

（2019年8月24日）

王　宁

尊敬的各位老领导、老前辈、同志们：

今天，很高兴和长江支队的老领导、老前辈欢聚一堂，隆重纪念中国人民解放军长江支队入闽70周年。

省委高度重视和关心长江支队的老领导、老同志。来之前，于伟国书记特别嘱咐要注意关照好与会老领导、老同志的身体，保障好会议顺利举行。首先，受于伟国书记、唐登杰省长的委托，我代表省委、省政府，对大会的召开表示热烈祝贺！向各位老领导、老前辈，致以崇高敬意！

长江支队是福建解放、发展、改革事业的先驱者、开拓者、参与者。70年前，4000多名南下干部，响应党中央、毛主席"打过长江去，解放全中国"的号召，冒着战火硝烟，历经艰难险阻来到福建，与福建人民同甘共苦、艰苦创业，在剿匪支前、接管政权、土地改革、民主建政、社会主义建设和改革开放中，经受了各种考验，创造了不朽功绩，为福建的革命、建设和发展，奉献了毕生精力，立下了汗马功劳，在八闽大地上谱写了一曲曲壮丽诗篇。长江支队的历史功绩，永远值得我们纪念，各位老领导、老前辈的革命精神，永远值得我们学习。历史记着你们，福建人民永远记着你们！

习近平总书记指出，历史是最好的教科书。这次主题教育，中央要求把认真学习党史、新中国史，作为牢记初心、使命的重要途径，在深入学习和不断领悟中，弄清楚我们从哪里来、往哪里去，做到知史爱党、知史爱国。

今天，我们召开纪念大会，目的就是始终牢记长江支队的历史功绩，倍加珍惜长江支队老领导、老前辈们创造的宝贵精神财富，在历史接续奋斗中，把握正确的前进方向；在继承先辈优良传统中，坚定走向未来的信心决心。

新中国成立以来，经过福建全省人民的团结奋斗、不懈努力，我省经济社会取得了长足发展，有一组对比数据：1952年至2018年，全省GDP从12亿元，增加到3.58万亿元（全国第10），增长了2800多倍；人均GDP从102元，增加到9.1万元（全国第6）增长了141倍；财政总收入从2.21亿元，增加到5045亿元，增长了6300多倍。今年上半年，全省GDP增长8.1%。保持稳中有进、稳中向好的态势。

与此同时，福建城乡面貌发生了翻天覆地的变化，教育、医疗、养老等民生事业全面进步，特别是交通越来越便利：县县通高速、镇镇通干线、村村通公路。城乡居民也跟着富裕起来了，收入水平分别位居全国第7、第5位。

生态省建设走在前列，水、大气、生态环境质量多年全优，森林覆盖率提升到66.8%，常年保持全国第一，主要城市空气优良天数比例为98.6%，福建既保持了"绿水青山"，又收获了"金山银山"。

这些成绩来之不易，是以习近平同志为核心的党中央坚强领导的结果，饱含着长江支队老领导、老前辈的辛勤付出、积极奉献。

当前，全省上下正以习近平新时代中国特色社会主义思想为指引，认真贯彻落实党的十九大精神，全面贯彻落实习近平总书记参加福建团审议时的重要讲话精神，坚持全面从严治党，坚持高质量发展落实赶超，努力营造创新创业创造的良好发展环境，建设台胞台企登陆的第一家园，扎实推进老区苏区脱贫奔小康，奋力谱写新时代新福建建设的崭新篇章。

回望历史，福建的每一个发展进步，都倾注着老领导、老前辈的心血、智慧和汗水；展望未来，福建的高质量发展，仍需要各位老领导、老前辈的关心、指导。

我们衷心希望，各位老领导、老前辈，继续传播红色文化、弘扬革命精神，一如既往地关注福建发展，参与福建建设，帮助我们把各项工作做得更好。

我们衷心希望，长江支队历史研究会，不断提高政治站位，结合主题教育，深入学习贯彻新思想，树牢"四个意识"，坚定"四个自信"，坚决做到"两个维护"，更好地用长江支队的光荣历史、伟大功绩感召人，用革命先烈的英勇事迹、崇高精神激励人。

我们将发扬长江支队精神，弘扬长江支队的优良传统，团结、激励全省广大干部群众，不忘初心、牢记使命，努力推动高质量发展落实赶超，走好新时代的长征路，把革命前辈开创的伟大事业，不断推向前进。

祝纪念大会圆满成功！

祝各位老领导、老前辈身体健康，阖家幸福！

（作者时任中共福建省委副书记）

在长江支队南平纪念园开园仪式上的讲话

（2017年5月27日）

罗志坚

正当全市上下开展"建设新南平、再上新台阶""百日攻坚"工作热潮之际，中国人民解放军"南平长江支队纪念园"今天建成开园，受袁毅书记、许维泽市长委托，我代表市委、市政府对"南平长江支队纪念园"建成开园表示热烈祝贺！向各位老领导、老前辈致以崇高敬意！

不忘初心才能开辟未来。习近平总书记高度重视对党的历史的总结运用，强调指出"学习党史、国史，是坚持和发展中国特色社会主义，把党和国家各项事业继续推向前进的必修课"，建设纪念园的目的，就是为了弘扬传承"听党召唤、一心为民、艰苦奋斗、求真务实、廉洁奉公、无私奉献"的长江支队精神，在继承先辈优良传统中坚定走向未来的信心。

长江支队是福建解放、发展和改革事业先驱者、开拓者和参与者，其中1300多位直接参加了闽北的剿匪土改、民主建政。社会主义建设和改革开放，经受了各种考验，为闽北的革命、建设和发展奉献了毕生精力，做出了重要贡献，有的甚至献出了自己宝贵的生命。长江支队的历史功绩，永远值得我们纪念，各位老领导、老前辈的革命精神永远值得我们学习。历史记着你们，南平人民永远记着你们。

当前，南平正面临千载难逢的重大机遇，"百日攻坚"取得重大成效，一批重大基础设施、重大工业、重大民生项目陆续兴建。南平的每一个发展进步，都倾注着老领导、老前辈的心血、智慧和汗水；未来南平的各项工作，仍需老领导、老同志的关心、指导和支持。衷心希望各位老领导、老前辈在安享晚年的同时，一如既往地支持市委、市政府的工作。我们将弘扬长江支队革命精神，"建设新南平、再上新台阶"。

忆往昔峥嵘岁月稠，看今朝辉煌满人间。衷心祝愿各位老领导、老前辈健康长寿、阖家幸福。

（作者时任中共南平市委常委、组织部部长）

在长江支队入闽 70 周年
建瓯纪念大会上的讲话

（2019 年 8 月 9 日）

丘　毅

尊敬的长江支队老前辈，尊敬的省人大常委会原副主任马潞生，尊敬的各位嘉宾、女士们、同志们、朋友们：

大家上午好！

今天上午，我们在这里隆重召开"中国人民解放军长江支队入闽 70 周年建瓯纪念大会"，我代表南平市委、市政府，建瓯市委、市政府，向大会召开表示热烈祝贺！向到会的长江支队老前辈致以崇高敬意！向到会的老领导、同志们表示衷心的感谢！

南平地灵人杰，钟灵毓秀。十个县（市、区）都是"红旗不倒"的"原中央苏区"。1926 年 7 月，中共建瓯支部成立，宣告闽北成为福建最早建党的四个地区之一；1928 年 9 月和 1929 年 1 月，崇安上梅农民暴动，建立了工农武装，闽北成为福建五大农民暴动地之一；1931 年 4 月和 1932 年 9 月，方志敏两次率领红十军入闽，闽北苏区被纳入中央苏区版图，成为被毛泽东称颂的"方志敏式根据地之一"；自 1936 年 6 月闽赣省委成立至新中国建立，闽北是中共闽赣省委、福建省委和闽浙赣省委等三个省级党组织的诞生地及长期战斗地；1934 年 10 月中央主力红军长征后，闽北成为南方三年游击战争中建立的 15 块游击根据地之一；1938 年 10 月，闽北红军游击队被编入新四军第三支队，闽北成为新四军的重要来源地之一；1949 年 5 月 9 日崇安解放，成为全省第一个解放的县城，闽北成为解放大军纵深推进全福建的前进基地；1949年8月11日，建瓯又迎来了中国人民解放军长江支队南下干部与长期坚持福建革命斗争的地下党和游击队的胜利会师。会师大会上，张鼎丞同志传达了中共中央和华东局决定，宣布了以张鼎丞同志为首组成的福建新省委名单，同时宣布了闽浙赣省委工作结束；宣布明确了长江支队各大队接管的地区，其中二大队接管建瓯所辖九县；三大队接管南平所辖九县。

在建瓯会师，从建瓯出发，长江支队4000多名干部与华东野战军十兵团、华东南下干部、上海南下服务团、福建省地下党和闽北游击纵队共五路大军共同组成了解放福建、建设福建队伍、开启了福建省的剿匪反霸、土地改革、民主建设、社会主义革命与建设、改革开放、习近平新时代中国特色社会主义建设的光荣历程。

巍巍太行，泱泱闽江。70年来，长江支队南下干部为闽北解放、建设、发展做出了重大贡献，其中有20多位烈士牺牲在闽北这块土地上，曾在闽北工作的1300多位二大队、三大队老前辈大多数已相继故去，但他们留下的"听党话、跟党走、一切为人民"的长江支队精神是我们宝贵的精神财富，我们必须永远继承并发扬光大；今天冒着酷暑到会的9位长江支队老前辈，是我们的宝贵财产，在此恭祝你们身体健康，万事如意！今天到会的嘉宾，有的是长江支队的后代，有的是长期关心支持帮助闽北、建瓯工作的老领导，有的本身就曾经主政过闽北、建瓯，对你们的到来表示最热烈的欢迎，并祝你们阖家欢乐，幸福安康；对省长江支队历史研究会及各设区市研究会的嘉宾的到来，表示欢迎，感谢你们来此传经送宝，并希望你们一如既往地关心支持闽北。

闽北的干部群众对长江支队南下干部深有感情，政治上信任，工作上支持，生活上照顾。1999年建瓯市委、市政府在黄花山公园建设"长江支队纪念亭"，去年又进行了维修，这是全省最早修建的"长江支队纪念亭（园）"的县（市）。

多年来，南平市各级党委、政府高度重视关心支持长江支队工作，每年组织慰问老队员。市财政、民政、社科联、党史和地方志研究室等单位扶持长江支队历史研究会工作。2017年5月，南平市委、市政府在南平玉屏公园投资建成"南平长江支队纪念园"，成为市爱国主义、党史教育基地；2018年顺昌县政协编辑出版了《长江支队在顺昌》；今年邵武市政协也将出版《长江支队在邵武》；顺昌长江支队纪念园正在规划建设，福建省及各兄弟市的长江支队历史研究会也给予了热情指导与帮助。

今天，我们在建瓯举行纪念大会的目的，就是要"不忘初心、牢记使命"，学习长江支队的优秀楷模谷文昌"心中有党、心中有民、心中有责、心中有戒"的精神，为建设"机制活、产业优、百姓富、生态美"的新南平而努力奋斗！

祝大会圆满成功！

（作者时任中共南平市委常委、建瓯市委书记）

毛主席接见太行区党委和长江支队主要领导，畅谈"四面八方"经济政策

陶鲁笳

1949年4月，获得和平解放已经两个多月的北平，春寒料峭，人民群众仍然沉浸在欢庆胜利的巨大喜悦之中，处处洋溢着热气腾腾、欣欣向荣的青春活力。此时此地，我作为太行区党委书记，正同前任书记冷楚同志、宣传部部长周璧同志一起参加中共中央华北局召开的会议，听取传达和学习党的七届二中全会文件。冷、周两同志早在元月即已受命带领太行、太岳两区四千多名干部，组建南下区党委即"长江支队"，随军到新区工作，眼下正待机南下。

从4月6日至14日的八天会议，是在极为热烈、兴奋、舒畅的气氛中度过的，这是与会同志的共同感觉。而使我们三人感到格外兴奋的是，会议进行中一天，华北局书记薄一波同志向我们透露了毛主席同意接见我们三人的消息，告诉了接见的日期。这是我们三人向一波同志表达过的共同夙愿。如此特大的喜讯，怎能不使我们欣喜若狂呢！

这个至今令人镂刻心中、终生难忘的日子到来了。4月15日，即华北局会议结束后的次日，我们三人带着一波同志的介绍信，驱车前往毛主席当时的住地北平香山的"双清别墅"。那天，晴空万里，万物复苏。我们满怀激情，向香山那峻拔雄巍的山峰奔驰。车到"双清别墅"，工作人员热情地接待我们，让我们在客厅里稍候。客厅里流水潺潺的假山，绚丽多彩的盆景，幽静清新的氛围，使人油然感到春的温暖。

不一会儿,毛主席和朱总司令面带笑容走进了客厅。我们三人站起来迎上去同主席、总司令亲切握手。这时我心里想,总司令是熟人。早在1937年到1938年开始创建太行山根据地时,我曾有幸几次和总司令见过面,听过他的讲话。前几天,即4月13日,在华北局会议上也听过他的讲话。这次和毛主席见面握手却是第一次。在握手的瞬间,毛主席他那高大魁伟的身躯、雄姿英发的面容和睿智潇洒的神态,即深深地印刻在我的心灵里了。

回忆在逝去的十多年战斗岁月里,我们只能在文件、文章中领略毛主席运筹帷幄、决胜千里的雄才大略,而眼前正当国共两党在北平进行和平谈判、人民解放军准备一旦谈判破裂就要渡江作战的重要时刻,我们能如愿以偿面见到毛主席,亲自聆听这位伟大领袖的教导,领略一代伟人的风采,这实在是莫大的幸运,不由得心潮澎湃,热泪盈眶。

谈话一开头,毛主席就一一询问了我们的姓名、籍贯、年龄、学历、职务等等。后来我才知道,这是毛主席同干部、工人、农民、知识分子初次接触时特有的谈话方式。这种拉家常式的谈话,可以使人感到宽松亲切。紧接着,毛主席询问了太行区农民生产、生活的情况,朱总司令询问了手工业恢复发展的情况。我们分别做了简要汇报。本来,我们期望毛主席能给我们讲讲当前的政治、军事形势,但出乎我们的意料,他没有讲这方面的问题,却兴致勃勃地畅谈了"四面八方"的经济政策。

毛主席的这次重要谈话,我于1949年5月3日在太行区党委会议上做了口头传达。现在根据查找到的会议记录,摘录如下:

我们的经济政策可以概括为一句话,叫作"四面八方"。什么叫"四面八方"?"四面"即公私、劳资、城乡、内外。其中每一面都包括两方,所以合起来就是"四面八方"。这里所说的内外,不仅包括中国与外国,在目前,解放区与上海也应包括在内。我们的经济政策就是要处理好"四面八方"的关系,实行公私兼顾、劳资两利、城乡互助、内外交流的政策。

关于劳资两利,许多同志只注意到其中的一方,而不注意另一方。你们看二中全会决议中讲到我们同自由资产阶级之间有限制和反限制的斗争。目前的侧重点,不在于限制而在于联合自由资产阶级。那种怕和资本家来往的思想是不对的。如果劳资双方不是两利,而是一利,那就是不利。为什么呢?只要劳利而资不利,工厂就要关门;如果只有资利而劳不利,就不能发展生产。公私兼顾也是如此,只能兼顾,不能偏顾,偏顾的结果就是不顾,不顾的结果就要垮台。四个方面的关系中,公私关系、劳资关系是最基本的。二中全会决议中提出要利用城乡资本主义的积极性,不这样就不行。新富农是农村的资产阶级,要发挥他们的积极性,现在他们实行"四面八方"的经济政策,要注意到,我们现在是工人阶级、农民阶级、小资产阶级和自由资产阶级的联盟。这四个阶级联合起来反对封建主义、帝国主义、官僚资本主义。国民党就是帝国主义、封建主义、官僚资本主义三者的集中代表。全国胜利以后,还要集中力量对付帝国主义。

当然,在实行"四面八方"的经济政策时,对投机商业不加限制是不对的。应当在政策上加以限制,但限制不是打击,而是要慢慢引导他们走上正当的途径。我们要团结资本家,许多同志都不敢讲这句话。要了解,现在没有资本家是不行的。

上面所引的毛主席的三段话,篇幅不足千字,却是当时在经济政策问题上,统一全党的思想认识、迅速恢复和发展生产、巩固新生的人民政权的锐利思想武器。我们三人在乘车离开"双清别墅"返程的路上,议论风生,大家都感到听了毛主席的谈话,思想上顿开茅塞。虽然我们刚刚学习了毛主席在七届二中全会上的报告,但思想上片面地记住了在全国胜利后,要警惕资产阶级糖衣炮弹的袭击,因而有一种怕犯"右"倾错误的精神状态,实质上这就为"左"倾错误开了方便之门。二中全会结束后一个多月的时间内,毛主席就以非凡、敏锐、深邃的洞察力,发现在长江以北新解放城市的经济工作中,有盲目性、片面性的思想认识和"左"的错误倾向。所以,他以"四面八方"为题,针对这种实际情况,贯穿着要警惕"右",但主要是反"左"的精神,全面地辩证地揭示了"四面八方"的内涵及其相互关系,从而对全国胜利后在国民经济恢复时期的新民主主义经济政策,做出了"公私兼顾,劳资两利，城乡互助，内外交流"四句话的科学概括和深入浅出的生动表述。这是二中全会制定的基本路线和基本经济政策结合实际、实事求是的具体体现，具有重要的理论意义和实践意义。

在毛主席谈话后的第九天，即4月24日，我在天津听了刘少奇同志在一次干部会议上的讲话。他说，遵循二中全会的路线，达到恢复和发展生产的目的，只有实行毛主席说的"四面八方"的经济政策，并说毛主席讲得很好、很全面。少奇同志用"四面八方"这个思想武器，尖锐地批评了在对待民族资产阶级问题上出现的"左"倾错误。例如，他批评说，天津有一部分工人的要求太高，使资本家负担不起，因而或因成本太高；产品销不出去，无法维持再生产；或因提高产品价格使农民吃亏。所以工资问题是包括工人与农民的关系问题，工业品与农产品的交换问题。也即与劳资两利与城乡互助的关系问题。这一点，当时我就感到对深刻理解"四面八方"的相互关系很有启发。少奇同志在讲话中还提出了实施"四面八方"政策的一系列具体办法。特别是对劳资两利提出了十项具体规定。实践证明，这些办法和规定的贯彻实施，收到了很好的效果，避免了过去土改中侵犯私营工商业者的错误。中央根据天津经验，为了正确处理公私、劳资关系之间的问题，曾发出了专门指示。由此，我联想到五六十年代，毛主席在中央工作会议上曾讲过，单有正确的路线还不行，还必须有相应的具体政策和实施政策的条例、暂行办法等等。否则，任何正确的路线都势必落空。这是非常宝贵的经验之谈。

现在我还深深地体会到，"四面八方"的经济政策，不仅是在当时的历史条件下对新民主主义经济政策最通俗、最准确的表述；而且也是对辩证法的核心对立统一规律的最生动、最准确的说明。完全可以说，毛主席"四面八方"的谈话，是一篇精辟的经济辩证法论述。它的一个特点，是既可防"左"又可防"右"。以劳资两利为例，如果只是资利而劳不利，那就"右"了；反之，如果只是劳利而资不利，那就"左"了。而既反"右"又反"左"，正是二中全会路线的基本精神。它的另一个特点是，易懂易记，又有极强的逻辑性、说服力，所以很快为广大干部和群众所掌握，并迅速转化为推动国民经济恢复、发展的强大物质力量。由此我联想到，五六十年代毛主席在几次中央工作会议上讲过："辩证法应该在中国得到发展。"而且倡导中央和各省、市领导同志在每次开会时要结合实际讲一点辩证法。毛主席自己就是把马克思主义的唯物辩证法应用于中国革命和建设的具体实践并使之发展的表率和导师。

1952年8月4日，毛主席在全国政协的一次会议上说："过去我们想，国民经济是否三年可以恢复。经过两年半的奋斗，现在国民经济已经恢复，而且已经开始有计划地建设了。"现在回头来看，当时国民经济破烂不堪、民不聊生，何等严重！新中国成立后恢复得如此之快，确实是了不起的！毫无疑问，这个伟大成就的取得是党的七届二中全会的路线和"四面八方"经济政策的胜利。

（作者曾任中共太行区委书记兼太行军区政委、中共山西省委书记）

从岳北到闽北

——长江支队二大队南下纪实

侯林舟　赵　毅　郭亮如

岳北地区南下干部在战火纷飞的岁月里成长，后又响应党中央、毛主席"打过长江去，解放全中国"的伟大号召，编入中国人民解放军长江支队二大队，不畏艰险，长途跋涉到达闽北山区，参加社会主义革命与建设。历经沧桑，我们已步入老年，回首往事，历历在目，无不感到自豪。现在撰写这段历史，对身临其境者是一种慰藉，对后人也俾有启迪。

在革命战争中成长

我们来自太岳山脉的北部，岳北抗日根据地，即太岳区第一专区所辖：平遥、介休、灵石、崔县、赵城、沁源、沁县、安泽、屯留、长子等十县。岳北地势险要，东至白晋铁路，东南靠上党盆地，地势平坦，土地肥沃，历来是山西的粮仓和兵家必争之地；西临同蒲铁路，西北环山，俯瞰晋中平原，交通便利，商贸繁荣；沁源、安泽是山西的重点林区，森林茂密，郁郁葱葱。岳北地区不论山区和平原，都蕴藏着丰富的煤铁资源，堪称山川秀丽，人杰地灵。

早在20世纪20年代马列主义就传入岳北。1925—1926年，中国共产党在平遥、霍县、屯留等县建立了中共党支部或党小组。1927年，在霍县、赵城、介休等县建立了中共县委。1927年"四一二"反革命政变，蒋介石背叛革命后，岳北党组织遭到严重破坏，一些同志被捕，上下级失去了联系，革命形势转入低潮。但是，共产党人并没有停止战斗。沁源共产党员宋乃德等同志，于1929年发动群众一举捣毁国民党县党部。1930年11月，建立了中共沁源县委。1933年成立了中共屯长支部。20世纪30年代初期安泽建立了中共党组织。1936年2月，红军东征，肖克同志组建的河东抗日游击队，在赵城、霍县、灵石等地进行游击战，并发展了一批共产党员，播下革命火种。这都为抗日救亡运动高潮的到来打下了思想基础和组织基础。

1936年"西安事变"促成国共两党合作抗日。1937年7月，抗日战争爆发后，中共代表周恩来于9月5日到达太原会晤阎锡山，商讨红军入晋抗日事宜。朱德率领八路军三个师进入山西，9月25日，八路军一一五师首战平型关，消灭日军板垣师团1000多人，取得了全国抗战第一个大胜利，大大鼓舞了全国军民抗战的信心和决心。接着，八路军主力部队转入开展敌后游击战。在短短一年多的时间里，建立了晋绥、晋察冀、太行、太岳、吕梁等抗日根据地，形成了以山西为战略支点的华北抗日局面。山西的抗日救亡运动走向高潮，岳北各县党的组织重新活跃起来。真是"野火烧不尽，春风吹又生"。

1936年冬开始到1938年，中共党员以牺牲救国同盟会的名义，在岳北各县发动、组织抗日救亡运动。与此同时，各县恢复和建立了中共县委，发展了大批共产党员。到1939年岳北各县已发展党员5000多名，其中最多的沁县达2000人。岳北各县的农村党支部、区委普遍建立起来，为战争动员，粉碎日寇进攻和巩固抗日根据地做了组织准备。

1938年，日寇大举进攻，侵占了岳北一带的县城和重要集镇，国民党的军队不堪一击，丢盔弃甲仓皇逃命，阎锡山的政府官员携带金银财宝和眷属西逃。岳北一时处于无政府状态。这时八路军工作团进驻各县，已建立中共县委和未建立县委的党组织，对外都以八路军工作团的名义，在党的统一领导下，组织各种抗日群众团体，工、农、青、妇救国会，开展了声势浩大的抗日救亡运动。坚持抗日民族统一战线，调动一切抗日积极因素、团结抗战。

对旧政权实行改造，独立自主地建立了以共产党为主，团结各民主党派和无党派人士的"三三制"抗日民主政府。摧毁日寇利用汉奸组织的维持会。抗日政府颁布法令政策，实行减租减息，改善农民生活，实行合理负担，组织开辟财源，巩固发展了抗日根据地。

当国民党发动第一次反共高潮时，阎锡山也发动了"十二月事变"。1939年11月，自派代表与日军代表在临汾刘村进行了联合反共秘密谈判（通称"临汾会议"），12月1日，阎锡山命令决死二纵队为一线与日军接火，又令晋绥军六十一军、十九军从同浦线上霍县、灵石第二线上夹攻决死队。蒋介石、阎锡山向抗日根据地的太岳区八路军、抗日决死队搞摩擦、抢地盘，一度把临屯公路以南大片地区占领，逼使我方撤到临屯公路以北，太岳抗日根据地一度缩小到沁源一个县和沁县、屯留、安泽三个县的一部分。后来，中条山战役蒋阎军队被日军击溃，我军奉命向岳南挺进收复失地，同时，我党派一批地方干部随军开辟岳南工作，在开辟岳南工作中也不是一帆风顺，付出了牺牲和代价。太岳区是依托岳北向南发展，原来只有十几个县的太岳区与晋豫区合并后仍称太岳区，到1947年时，太岳区发展到四十多个县。

1940年百团大战大捷震撼中华大地之后，日寇对华北抗日根据地进行报复性的频繁扫荡。岳北地区自然成了日寇扫荡的重点，对抗日根据地进行了惨无人道的"杀光、烧光、抢光"的三光政策，岳北地区各县都受到极大的破坏。据屯留县的档案材料记载，敌人杀害我军、民13000余人，烧毁房屋20000余间。岳北各县党和政府领导人民群众，对日寇进行反扫荡斗争，破坏公路大道、阻止敌人长驱直入，进行空室清野，敌人入侵时不但找不到人，连粮草也难找到。游击战术的夜袭战、地雷战、"麻雀"战，更使敌人胆战心惊，寸步难行。

1942年，岳北抗日根据地处于严重困难时期，日寇进行五次"治安强化"运动，使原来的游击区部分变成敌占区，原来薄一波、陈赓领导的太岳区党政军首脑机关所在地沁源县城于1942年10月也被日军占领。建立了"山岳剿共实验区"，妄图造成"没有人民的世界"（即无人区）。该县军民奋力顽强地与日寇斗争,从1942年10月到1945年4月,围困敌人两年半,没有一个村庄为日寇组织维持会,逼使日寇1945年4月败退。沁源军民所表现的英雄气概受到党中央的赞扬,1944年1月17日延安《解放日报》发表"向沁源军民致敬"的社论,名扬全国。

  在抗日战争中,岳北人民作出巨大的贡献。各县人民忍饥挨饿,以数百万、千万担的粮食支援抗战;根据地的广大妇女一针一线地做出千百万双布鞋,无偿地支援八路军和决死队穿用。在战争中付出了巨大的牺牲,日寇杀害抗日根据地人民数以万计。仅八万人口的沁源县被害死和牺牲的13000人,伤残14250人。

  1945年8月,日本帝国主义宣布投降,除沁源、安泽两县日寇被迫逃跑外,蒋介石、阎锡山的军队抢占了同蒲、白晋两条铁路沿线的城镇,抢夺坚持十四年抗日军民的胜利果实。我们采取了针锋相对、寸土必争的方针,1945年秋打响了具有全国战略意义的上党战役。军民同仇敌忾,并肩战斗,一举消灭了敌军35000人,约占当时阎军兵力的三分之一,同时全歼了强占长子县城、屯留县城之蒋阎和日伪军。1946年,沁县县城的敌人被迫逃跑,太岳区和太行区连成一片。1948年,岳北党政军民全力投入支援晋中战役。晋中战役胜利,解放了同蒲铁路沿线的平遥、介休、灵石、霍晋绥边区连成一片。

  在这期间,岳北地区民主改革也取得了巨大的成绩,广大农村先后进行反奸清算斗争。减租减息、土地改革,废除了封建地主土地所有制,真正实现了"耕者有其田"。农民获得了土地,翻身做了主人,欢天喜地。他们的的阶级觉悟和政治觉悟也大大提高了。为了保卫翻身果实,他们积极支援自卫战争,踊跃参军。仅1947年,屯留县中共县委书记、区委书记、村支部书记,党员层层带头参军的农民达5000人。沁县也有3600人,从沁县的参军人数中精选250余名组成先锋队,由县公安局局长徐清带队开赴陕北,受到毛主席接见,编入警卫部队,肩负保卫党中央、保卫毛主席的光荣任务。参战的武装民兵和民工随军到晋西南、吕梁山,有的随军到豫西的伏牛山,安徽的大别山,参加支援前线的人数达百万人次。在战争中,岳北农民表现了高度政治觉悟，参军、参战支援了战争，保卫了人民的胜利果实。

在抗日战争和解放战争中，岳北的党员干部曾进行过两次集中系统的思想建设学习。1942年整顿党的"三风"，整顿学风，反对主观主义；整顿党风，反对宗派主义；整顿文风，反对党八股。通过学习，思想上更加实事求是了，组织上更加团结了，文风更加大众化了。1947年，中共岳北地委集中全区的区科级以上党员干部，在沁源城关进行"三查""三整"，即查阶级，查立场，查工作；整思想，整组织，整作风，清除了"左"和"右"的思想倾向。与会者受到一次深刻的阶级教育，政策学习，克服了盲目性，提高了自觉性。放下包袱，轻装上阵，精神焕发，为后来输送大批干部到新解放区工作，做了思想准备。

从1937—1949年，岳北地区连续进行了十多年的战争，打败了日本帝国主义侵略者，消灭了蒋介石、阎锡山的反动军队。在战争中，人民遭受日寇烧、杀、奸淫、蹂躏，蒋介石、阎锡山军队的摧残和抢掠。人民渴望和平，蒋介石、阎锡山撕毁和平协议，大举向解放区进攻，解放区军民奋起自卫反击。岳北人民踊跃参军，沁县参军13000多名；沁源县参军10000余人。岳北地区党培养起来的援外干部，数以万计，奔赴全国新解放区，其中沁县和沁源县援外干部各5000人；中共岳北地委在党中央和上级党委领导下，领导全区人民，进行了艰苦卓绝的斗争。在战争中，我们的干部队伍得到了锻炼成长，革命意志坚强，不怕困难，不怕牺牲，斗争经验丰富，组织管理才能日渐成熟。

我们这批南下干部，就是在这样的特殊环境中、特定的历史条件下成长起来的。其中有第一次国内大革命战争时期的老党员，有第二次国内革命战争时期包括北上抗日又南下的老红军，大部分是抗日战争时期参加工作的年轻老干部，也有少数是第三次国内革命战争时期参加工作的青年干部。年龄多是二十到三十岁之间，也有少数四十多岁，最小年龄十五六岁，可谓年轻力壮。

奉命南下　不畏艰险　勇往直前

1948年，中国人民解放军在各个战场上捷报频传，辽沈、淮海、平津三大战役中，消灭了蒋介石的主要军事力量。长江以北各省广大地区已基本解放，人民群众欢欣鼓舞、安居乐业。长江以南山河依旧仍为国民党蒋介石统治，人民仍在水深火热之中。1949年元旦，新华社发表了新年献词《将革命进行到底》。党中央毛主席发出了"打过长江去，解放全中国"的伟大号召。同时，决定从老解放区抽调53000名地方干部，随军南下，接管新解放区工作。

1949年1月，中共岳北地委根据党中央的决定和太岳区党委的指示，从地直机关和五个县选拔500名干部（共产党员478人），其中：地专级8人；县级48人；区级202人；一般干部242人。另有后勤人员111名（共产党员63人）。共计611名（女干部39人）。加上灵石、霍县两县南下干部和后勤人员141人，总共752人。组成一个专区的地委、县委、区委三级党、政、武装、群团的领导班子及其相应的民、财、建、教、金融、贸易等政府职能部门，随军南下。这批干部在当时当地的在职干部中是比较优秀的。他们政治觉悟高，组织观念强，有斗争经验，有领导工作水平，身体好。在选拔中，进行了大量的思想政治工作和组织工作。绝大多数同志是自愿报名并服从组织挑选，但也曾遇到一些思想问题和具体困难，有的同志留恋小家庭，满足"老婆娃娃热炕头"。有革命不离家的思想，有的新婚夫妇依依不舍；有的父母年迈，无人照顾；有的妻孕儿幼家中无人料理。这些都在情理之中。正像有的南下干部说：谁都有亲人，谁都有困难，但个人的困难和响应党中央号召"打过长江去，解放

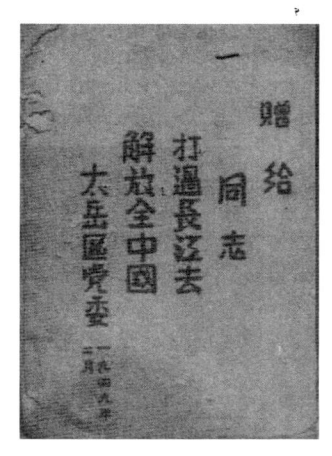

1949年2月，太岳区党委赠送给南下干部的纪念册

全中国"相比，简直算不了什么。同时，组织上做了具体安排，并明文规定了南下干部的家属按军属待遇，家中无劳力者村政府组织代耕。经过深入细致的思想工作，大家愉快地服从南下，一接到调动通知，纷纷回家抚慰、安排父母妻子生活，很快准备就绪，待命集中出发。

3月，北国大地回春，万象更新，在全国大好形势鼓舞下，南下干部精神饱满，昂首阔步地离开了岳北老区。沁源、安泽、霍县、灵石四县的南下干部，在岳北地委所在地沁源县城集中。岳北地委开了欢送会，地委书记刘开基同志致欢送词，他说了一句令人难忘的话：你们南下到新解放区开辟工作是党的播种机，一定会开花、结果。接着连同沁县、长子、屯留等县所调干部先后于3月15日到达长治市，和太岳区其他地委的南下干部会合。太岳区党委、太岳行署主持召开了欢送南下干部大会。会上行署主任牛琮、区党委组织部长郭钦安同志分别讲了话。结合分析当前形势，着重讲了四点要求：（1）到新解放区工作，必须从实际出发，充分发动群众；（2）要理论联系实际，防止教条主义和经验主义；（3）要认真执行党中央关于新区工作的方针政策；（4）要注意团结各方面的力量，把老区不怕困难、艰苦奋斗的作风带到新区。

3月19日，太岳南下干部队伍从长治市出发。在英雄街上，太岳区的领导同志和长治市党、政、军、群夹道欢送，敲锣打鼓，高呼"向南下干部致敬！打过长江去，解放全中国！"的口号，锣声、鼓声、口号声，声声激励着南下干部的心弦。南下干部深深感到任重道远。离开长治，一路东进，出了东阳关，走出山西进入河北的涉县。回首向西眺望东阳关，思绪万千！3月21日，从涉县的河南店乘上开往武安运煤的小火车，车小人多，既无座位，更无卫生设备，一个个像木桩一样竖立车上，挤得水泄不通，无法大小便，憋得难受。北方的三月夜晚，气温还很低，人们并没有因又冷又挤而埋怨，反倒逗趣地说，"挤一点好，不会冷"。不少人是第一次坐火车，感到挺新鲜。火车开得很慢，一夜才走120公里，因此，人们有点急，直喊什么时候能到目的地，硬是又挤又憋到天亮，才到武安。武安城的党政领导和广大群众热烈欢迎，热情接待，使我们忘记了疲劳和饥饿。从此，太岳区南下干部和太行区南下干部，共同学习，共同训练，结成并肩南下的战友。

3月30日，南下区党委在武安召开了第一次南下干部大会，区党委书记冷楚同志在大会上传达了中共中央七届二中全会精神。讲了当前形势和任务，分析了解放战争的形势，敌我力量变化，大决战后，蒋介石的主要军事力量只剩下一百多万，分散在从新疆到台湾的广大地区和漫长的战线上，首尾无法相顾。我们打过长江，敌人就没有什么抵抗能力了。今后作战方式不外三种形式：一是天津式，用强大的火力消灭敌人；二是北京式，谈判，敌军起义，和平整编；三是绥远式，围而不打，逼敌自动投诚。不管哪种方式，敌人一定垮台，我们一定胜利。冷楚同志的报告，极大地鼓舞了大家，人们情绪沸腾，恨不得一步跨过长江。

冷楚同志接着讲了我党今后的工作方针，过去我们是农村包围城市，现在是以城市领导农村，这是战略的转变。所以大家要有思想准备，南下不仅接管小城镇，还要接管大城市，因此，我们要全心全意地依靠工人阶级，团结农民群众，知识分子欢迎我们，民族资产阶级靠近我们，这是人心所向；蒋管区各界人民掀起了反饥饿反迫害的群众运动，使敌人孤立，蒋介石根本不能维持他的统治了。毛主席提出和国民党谈判的八项条件，是针锋相对的斗争。我们南下就是要将革命进行到底，夺取全国胜利，这是我们奋斗二十多年的目的。党中央的七届二中全会号召全党在胜利面前，务必保持谦虚谨慎、不骄不躁和艰苦奋斗的作风。我们南下两项任务，一是铲除反动基础，二是胜利后建设新中国。任务是艰巨的，既有有利条件，也有不少困难；新解放区群众对我们不了解；我们多数是北方人，不习惯南方生活，气候炎热，语言不通；我们对新的环境不了解，对中央关于新解放区的工作方针政策学习不够，领会不深，不能把老解放区的农村经验生搬硬套到新区。搞不好会犯错误。当前主要是学习，学习党的七届二中全会精神，认清党的工作重心转变的重要性和迫切性，要加强党的组织性，反对自由散漫。在新解放区工作，要提高警惕性，防止敌人破坏，警惕资产阶级的"糖衣炮弹"。要主动地团结民主党派和民主人士，使他们同我们站在一道。接着区党委宣传部部长周壁同志和组织部部长刘尚之同志安排了学习计划，宣布了南下干部队伍的编制和任职名单。

二大队主要领导：

王竞成 （1917—1967）女，安徽省太平县人，1937年2月参加革命工作，同年3月加入中国共产党，历任山西运城、夏县等地区牺盟会中心区负责人，太岳区党委妇委书记、县委书记、地委常委，1949年3月参加中国人民解放军长江支队随军南下福建，时任南下区党委办公室主任。1949年8月入闽后先后任建阳地委书记、全国合作总社推销局局长、全国妇联常委、科学实验局局长等职。文革期间受到迫害，于1967年7月逝世，年仅50岁。

郭述尧 （1910—1994），男，汉族，山西省沁源县人。1938年5月加入中国共产党。先后任沁源县一区区长、县长、太岳区第一专署专员。1949年3月参加中国人民解放军长江支队随军南下福建，1949年8月入闽后历任建阳专署专员、建阳地委书记、福建省林业厅厅长、省委农村工作部部长、省委常委等职。

南下干部队伍编为中国人民解放军长江支队。南下行署主任为支队长，南下区党委书记为支队政委。地委的建制为大队，专员为大队长，地委书记为政委。县委的建制为中队，县长为中队长，县委书记为指导员。区委的建制为小队，区长为小队长、区委书记为小组长。我们岳北地委、专署的南下干部编为长江支队二大队。大队长郭述尧，大队政委王竞成；二大队下辖六个中队：直属中队，中队长侯林舟，指导员何海瑞；沁县为一中队，中队长李一农，指导员赵毅；安泽为二中队，中队长雷宏，指导员孟健；沁源为三中队，中队长郭亮如，指导员南纪舜；长子为四中队，中队长秦尚武，指导员刘健；屯留为五中队，中队长李树荣，指导员李生堂。另外，原岳北地委的霍县、灵石两县的南下干部在武安时划归长江支队四大队。原岳北地区所辖的平遥、介休两县南下前就划归晋中地区。赵城县划归临汾地区。

从3月22日到5月24日，在武安经过整编，形势学习，政策学习，军事训练，政治思想上有很大的提高，增强了自觉性，对打过长江去解放全中国的南下重要性，对新解放区党的工作政策有新的认识，特别是明确全党工作战略转变，由农村包围城

1949年4月，长江支队二大队部分队员武安集训合影

市到城市领导农村的重大意义和必要性，为到新区开辟工作打下思想基础。军事训练，纪律教育，保证路上行军，到新区执行严格的组织纪律，不犯少犯盲动性的错误。这段学习非常重要，从某种意义上讲，是政策思想观念的一次大转变。

四月中旬，河北平原一望无际，春光明媚、鸟语花香、生机盎然。我们脱了冬季的棉衣，换上雪白的衬衫、崭新灰色的夏季军服，军容整齐，生气勃勃。人与自然交相辉映，预兆着从胜利走向胜利。4月25日，在军号声中出征，挥师南下，武安城大街上，站满了党、政、军、民人群，夹道欢送，锣鼓声、鞭炮声响彻云霄，大队人马英姿焕发，斗志昂扬，浩浩荡荡地向南方进发。

武安城锣鼓喧天，鞭炮齐鸣。人民群众纷纷涌向队伍途经的道路，为南下队员送行

行军开始不久，天下大雨，大家都被雨水淋得全身湿透。道路泥泞，坎坷不平，一步一滑，不少同志滑倒爬起来再走，没有怨言，无人叫苦。大雨稍停，有的同志苦中取乐地说，"春雨贵似油，下得满地流，今年好收成，支前不发愁"。日行夜宿，日复一日，一路行军，一路歌唱，高歌猛进！因为当时的通信手段落后，许多胜利消息没有及时听到，直到从武安出发后在路上才听到。一路上的捷报频传：4月21日我军百万雄师横渡长江。4月23日南京解放。4月24日太原解放。人们欣喜若狂，陶醉在胜利中，胜利消息鼓舞大家前进，行军中人们感到有使不完的劲。4月28日夜宿安阳的梁家掌村，这里离敌人盘踞的安阳城只十多里路，我们这支没有武器却穿军装的解放军，在敌人枪炮射程之内，从安阳城边走过。5月3日从河南省汲县出发，急行军40公里路，绕过敌人盘踞的新乡市，又经过一次危险区。5月4日传下命令，为了赶到黄河北岸的老田庵火车站坐火车过黄河，再次急行军。凌晨3点动身，天亮前已走了15公里路。为了加快步伐，一路上你追我赶，听不到人们说笑声，只有脚步哒哒哒的声音。饿了取干粮边走边吃，有的同志太累了，边走

经过10天的行军,长江支队于5月3日下午4时赶到黄河北岸的老田庵车站

边打瞌睡,后面的人撞到前面人身上,脚上的水泡破了不叫疼,小腿肿胀继续走。风尘仆仆,长途跋涉,这天走了65公里路。当天下午五时到达老田庵火车站,人困马乏,一坐下就很难站起来,两条腿僵硬的像木棍。有的同志就地卧倒睡着。火车到站时,吹军号集中上车,大家振作精神,艰难地爬上火车,松了一口气。敞车上没有座位,又臭又脏,原是载牲畜的车厢,有的坐闷罐车,缺乏空气,就这样也感到比急行军轻松些。二大队直属中队领导在车上清点人数时,发现少了李万傲,误以为他开了小差,实际情况是火车开动时,他因过度疲劳,睡着掉队了。后来,李万傲同志一路步行,爬车,追到南京归队。由此可见,南下干部的自觉性和革命性多么坚强,真是难能可贵。从4月25日到5月4日,连续十天的急行军,风餐露宿,不畏艰险,表现了一不怕苦、二不怕死的革命精神。到达奔腾的黄河畔时,人常说,不到黄河心不死。过了黄河,远离老家。难免有抬头望明月,低头思故乡之感。为了打过长江去,解放全中国,大家抛弃杂念,勇往直前。

　　5月4日晚,到达开封。在这里传来消息,我军所向披靡,江苏省会、镇江和丹阳、无锡、常州等城市相继解放。5月8日当列车驶到明光镇时,前方铁路被敌人破坏。大家下车徒步行军120公里。5月12日,到达长江北岸浦口,隔江观望南京,同志们高兴地说,蒋家王朝倒台,南京终于回到人民手中。长江后浪推前浪,一代新人换旧人。"沉舟侧畔千帆过,病树前头万木春。"这句诗象征着时代在前进!当日下午3时,乘坐轮渡过江,下船登岸,在下关码头上,大队领导人崔予庭同志做了简短讲话,他说我们就要进南京了,这里是六朝古都,又是蒋介石反共反人民的老巢,也是我们南下以来一路上最大的城市。我们是胜利者,虽然感到疲累了,但要振作精神,军容要整齐，要严守纪律。然后，我们大队人马，昂首挺胸、精神抖擞，雄赳赳地开进了南京城。南京是中国的大城市之一，许多人是第一次看到这样宽阔的大街，沿街两旁是琳琅满目的大小店铺，五颜六色的霓虹灯，人车川流不息，大街上有穿长袍马褂的老爷少爷，有穿西装革履的官僚绅士，有跑得满头大汗的人力车夫，还有残脚拐腿的乞丐，贫富悬殊对照强烈。我们先驻在国民党原交通部大楼，因遭敌机几次空袭扫射，而后转移到国民党原空军司令部所在地。南京虽然解放了，但敌人并不甘心失败，不会放下屠刀，立地成佛，还在垂死挣扎，潜伏的特务分子、散兵游勇到处破坏。领导再三嘱咐，单人不能外出，要提高警惕，我们的头脑要更加清醒，敌人还没有完全消灭，我们也未完成解放全中国的任务，社会秩序还很混乱，扫帚不到灰尘照例不会跑掉，残渣余孽暗中捣乱，这些都有待于我们去解决。我们在南京驻了11天，参观了一些名胜古迹，特别是看了雨花台，许多革命烈士都倒在这里的血泊中，深深感到解放南京的革命胜利果实来之不易，是许多先烈为革命抛头颅洒热血，才换来的胜利，我们一定要珍惜、保护它！

5月23日的下午，奉命乘火车东遭抵达苏州。从5月24日到7月13日在苏州待命。6月12日，华东局在苏州召开了中队以上领导干部会议，传达了长江支队随十兵团到福建的决定。华东局组织部部长张

二大队女队员在苏州留影

鼎丞扼要地介绍了福建的地貌风情，政治条件。福建虽然山高路险，但气候好，四季常青，植物宜于生长，特别是毛主席曾率领红军在福建建立过苏区，播下了革命种子，红军北上后，有共产党领导下坚持多年红旗不倒的游击队区域。城市里的地下共产党组织也非常活跃。福建人民需要你们，欢迎你们去建设。张鼎丞同志的报告朴实热情，鼓舞人心，大多数同志表示服从组织需要，党指向哪里，我们就奔到哪里，我们是为人民服务，哪里需要就到哪里。但是，

也有些同志思想准备不足。因为原来曾说过,这次南下干部到苏杭一带,人们常说,"上有天堂,下有苏杭",这下,要到福建,一时转不过弯来,曾引起一场小小的思想波动,经过深入的思想教育后,很快平静下来。但也有极个别人经不起胜利的考验,怕死怕苦不告而别,半途离队。绝大多数同志革命意志坚强,不畏环境险恶,不怕残敌土匪,不但经得起战争的考验,也经得起胜利考验。为了拯救水深火热中的人民,党指向哪里,我们就奔向哪里。

在苏州时,从华东地区分配来一批南下干部,充实了我们一些中队力量。这批同志朝气蓬勃,有江苏人,也有山东人。后来,华东局又从我们长江支队抽调一批骨干,到上海接华东局组建的"华东随军服务团"(即南下服务团)。这批同志文化素质高,革命热情高,不久,也开进福建。我们这支革命队伍来自五湖四海,为了一个共同的革命目标走到一起来了。

7月13日,我们从苏州出发,进军福建,路经江苏的吴江县,徒步沿太湖到达嘉兴。乘火车从浙赣铁路南下,当快到江山时,敌机轰炸了贺村,调过头来又对准我们坐的火车,敌机多次俯冲扫射,火车紧急刹车,大家迅速跳下火车、分散到山边有利地形隐藏。幸未遭受大的损失。离开火车,几经曲折,步行到江山县的塘板村。时值三伏天,气温高达三十八九摄氏度,暑热熏蒸,北方人刚到,身体适应不了。一些同志中暑病倒,行军过程中又缺医少药,日子实在难熬,驻村周围环境又不安宁,这里是国民党特务头子毛森的家乡,特务、土匪不时骚扰。为此,支队部向野战军领来一批枪支弹药发给大队和各中队,挑选一批有战斗经验的同志组成武装连,自卫警戒。支队部命令轻装,每个人的行李不能超过15斤,把病号和女同志及轻装下来的行李,转运江西上饶,送往福建。

7月24日,我们从塘板出发,踏着坑坑洼洼、坎坷不平的大道前进,荡起蒸发的尘土,

三野十兵团从浙江江山仙霞岭进入福建途中

昊日当空似烈火,浃背的汗水渗透了全身衣裳,有的同志索性光着膀子走,不料晒起满背血泡;有的同志因过度疲劳,太热中暑晕倒。从浙江到福建这条路上,不仅炎热道路难走,还有土匪骚扰袭击。在我们路过仙霞岭前一天,我野战军十兵团曾和国民党大批残军交火,敌人受到歼灭性的打击。当我们路过仙霞岭时,气氛紧张,被击毙的残余国民党军人的尸体沿路可见,横七竖八,腐臭难嗅,令人作呕,只能掩鼻跑步而过。同志们明知道路很艰难,越是艰险越向前。越过仙霞岭福建在眼前,大家屈指而笑。由北往南,经过八个省(晋、冀、豫、皖、苏、浙、赣、闽),行程数千里,历尽千辛万苦,终于在1949年8月5日先后到达闽北重镇建瓯。

闽北会师　志同道合　打开局面

　　1949年8月11日,新组建的中共福建省委,在建瓯县城前街大戏院召开了首次空前具有历史意义的南下干部和坚持游击战及地下斗争的地方干部会师大会,省委书记、省政府主席张鼎丞同志做了重要讲话,从当前形势与任务到会师的重要意义,都有精辟的阐述。他对地方党坚持十年斗争的功绩作充分肯定;对党中央派来的南下干部,不远千里到来,表示欢迎。并勉励大家要相互团结、取长补短,共同为解放福建、建设福建做出贡献。会师大会开得隆重热烈,亲切感人,洋溢着一派团结友好的气氛。

　　省委决定,我们长江支队二大队的南下干部到闽北建瓯地区工作。并宣布了中共建瓯地委的领导班子和闽北各县的领导人。二大队政委、地委书记王竞成同志调省工作后,地委书记兼军分区政委由陈贵芳担任(地方),地委副书记兼专员郭述尧,地委组织部部长肖文玉,宣传部部长崔予庭,副专员张翼(地方)、任开宪,军分区司令员闻盛森,副司令员赖求兴(地方),副政委陈超凡,参谋长童金水,政治部主任林敏,公安处处长何海瑞,地委党校主任任璜。

　　长江支队二大队有五个中队即五个县的党、政、军、群团领导班子,而

建瓯地区当时有九个县,为了适应形势任务的需要,地委决定从地直机关和五个县抽调部分骨干和一些地方干部迅速组建了松溪、政和、光泽、水吉四县的县区领导班子。经调整后的闽北各县的主要领导人是:一中队到建阳,县委书记赵毅、县长李一农;二中队到建瓯,县委书记孟健,县长雷宏;三中队到邵武,县委书记南继舜,县长郭亮如;四中队到浦城,县委书记刘健,县长秦尚武;五中队到崇安,县委书记李生堂,县长李树荣;政和县委书记陈政初(地方),县委副书记王文麟,县长侯林舟;松溪县委书记叶风顺(地方),县长郭国杜;水吉县委书记池云宝(地方),县委副书记张雨辰,县长程盛福(地方);光泽县委书记赵植民,县长李旭。各县县委书记都兼任县大队政委。九个县52个区的班子先后组建起来。各县领导班子宣布后,所有人员随即前往各县上任,开展新区工作。

到闽北后,所见所闻令人兴奋,闽北山高林密,是华东地区最大的林区,森林资源丰富,雨量充沛。碧水青山之间,有金黄的稻穗和绿油油的晚稻苗,生长在田间,人称闽北是福建的粮仓。建溪、松溪、富屯溪上的舟帆川流不息,百舸争流。还有全国闻名的武夷山,奇峰秀水,两岸山峰倒影,尽收于碧波

1951年3月,松溪县委会召开区科长分书会议合影

1951年,光泽县分书会议全体同志合影

1951年7月,水吉县人民政府公安局全体干部欢送贾秘书蔡观星暨省厅学习纪念

之中，山光水色、上下交映。文化也较发达，南宋著名理学家朱熹曾在崇安、建阳、建瓯讲过学，闻名全国，至今还流传着朱熹的许多故事，还留有朱熹活动的遗迹。虽然地方语言不通，但懂普通话的人不少，南下干部和本地干部、群众交谈，容易沟通思想，彼此关系很快融洽，商讨问题大家情投意合，感情甚笃。闽北，虽然是新解放区，但也是二十多年红旗不倒的老区。1930年5月建立了崇安县苏维埃政府，以后曾建立了闽北工农红军独立师。红军北上抗日后，这块老区的工农武装力量，在敌人层层封锁、屡遭围剿的逆境中，在闽浙赣边界开展游击战。一直坚持到1949年5月，中国人民解放军二野四兵团和五兵团各一个师，在闽浙赣游击队的密切配合下，解放了闽北。6月曾经成立了中共建阳地委和专署，除光泽外，各县都建立了中共县委和人民政府，并开始施行政府权力，维护社会治安，组织支援前线。7月，中国人民解放军三野十兵团挺进福建，二野部队奉命转战西南。二野部队参加地方领导工作的军队干部，也随之撤走。地方干部非常缺乏，急需补充。8月，建瓯会师后，长江支队二大队同志们到达闽北各县。当时地方党的同志们真是喜出望外，以"久旱逢雨"的心情热烈欢迎南下干部到来。从此，南下干部、地方干部以及华东随军服务团的同志、部队转业干部，团结一致，情同手足，并肩携手，共同工作建设闽北，直至今天记得有许许多多团结战斗的动人事迹。

闽北虽然解放数月，但是，原国民党的乡、保、甲基层政权尚未改造，敌人的欺骗宣传，人民群众不太了解我们，形势依然十分严峻。福州、厦门、闽南沿海尚未解放，支援前线任务十分繁重。社会秩序混乱，物价暴涨。财政收入极度困难。

1949年冬，闽北的气温零度左右，而我们政府工作人员无棉衣可发，只得从敌人遗留的仓库中，拣旧棉衣御寒。每天发的标准菜金赶不上物价上涨，能吃到豆腐就算改善生活了。城镇基础设施几乎是零，像建瓯这样四万多人口的较大县城是闽北的政治、文化、交通中心，但实际上是道路不平，电灯不明，电话不灵，卫生条件极差，瘟疫流行，患血丝虫病和疟疾病到处可见。我们南下干部刚到时，许多人都发过疟疾。农村里的农民更是处在贫病交加，饥寒交迫之中。国民党的残渣余孽、散兵游勇，和反动迷信组织、恶霸、地主、土匪，横行乡里，骚扰破坏，杀人放火，无恶不作。南下干部遇到不少困难，人地两生，语言不通，不少人病倒，在这样困难情况下，同志们带病深入农村访贫问苦发动群众，组织群众，开展支前剿匪工作。

各县领导班子到任，与地方同志会合后，面临的首要任务，是要做好支前工作，坚决响应张鼎丞同志提出的"吃饱饭，打胜仗"的号召，为解放全福建做贡献。在土匪横行的情况下，征粮筹款十分困难，支援前线付出很大代价。建瓯县一区财粮助理员常全同志（南下干部）和武工队17人，前往阳泽乡北通村进行征粮时，路上被土匪伏击，常全等14位同志壮烈牺牲。此类事件，各县程度不同地都有发生。就是在这样困难的情况下，闽北人民为了支援闽南沿海、福州、厦门人民的解放，全力以赴，尽最大的努力，成百成千的民工肩挑船运，把一批批军用物资运往闽江下游。其中有军械炮弹，有闽北征集来的大米、柴草。建溪、富屯溪河流上的大小船只接连不断，源源驶向下游。公路上的民工肩挑背扛，从筹岭运往古田，供应前线十几万大军所需粮柴，还有福州市民的所需。全区九个县征集粮食五千多万公斤。例如建阳县1949年底1950年初，组织700名民工，300条船，将600万公斤粮食，100万公斤柴草，运往指定地点，供应军需。军队向前进，粮草随后跟，福州和闽南的解放，是解放军的功劳，也和先解放了的闽北人民无私大力支援分不开。

当时，一面支援前线作战，一面进行剿匪。土匪活动非常猖獗，邵武县城曾两次被土匪骚扰，第三次被大刀会暴徒六千余人包围了邵武县城三天三夜，割断通往地委机关和外地的电话线，截堵县城周围的道路桥梁，直向县城进攻。县剿匪指挥部掌握的武装力量连同南下干部在内不满200人，在敌众我寡的危急情况下，县剿匪指挥部的领导同志，坚定镇静，固守岗位，沉着应战，指挥自如，南下干部和地方同志团结一致，共同对敌，坚持了三天三夜。后来，地委组织部部长肖文玉同志带领的解放军赶到，内外夹击，一举粉碎了敌人围攻。

土匪的破坏，使我们遭受不少损失。据建瓯县的档案材料记载：新中国成立后的一年时间里，土匪杀害我们的军人、干部以及群众 381 人。其中地方干部 24 人，军人 90 人，群众 267 人。劫车 15 次，劫船 534 次，劫舍 147 次，焚房 1490 间，奸淫妇女 44 人，绑票 208 人次，勒派、抢劫大米 19.6 万公斤，黄金 652.6 两，银圆 3.24 万枚，人民币 6145 万元，猪 394 头。

在省委统一领导下，在十兵团副政委刘培善指挥下，解放军整师、整团、整营地开往各县，与当地军民紧密配合，共同剿匪。在强大的军事围剿、政治攻势下，使一度横行的土匪土崩瓦解。据浦城县材

二大队一中队队员、建阳县一区武委会主任、剿匪英雄——霍凤武

料记载，1950 年一个月里，生俘土匪 1500 余人。建瓯县歼灭土匪 3768 人，并缴获步枪 1148 支，还有小炮、机枪。在闽北各县的剿匪中，南下干部和地方干部、地方部队同志并肩战斗，出生入死，赴汤蹈火，冲锋陷阵，勇敢杀敌，一些南下干部在剿匪中光荣牺牲。到 1950 年，闽北土匪已基本消灭。打开了工作局面，完成了支前任务，安定了社会秩序，为全区进行土地改革和民主建政创造了条件。

长江支队二大队的南下干部，从岳北长途跋涉，历尽艰险，到达闽北以后，参加剿匪反霸、镇反、民主建政、土地改革，恢复经济，发展生产等，及各项社会主义革命和建设，直到党的十一届三中全会战略任务转变为以经济为中心的改革开放的各方面工作，都作出了应有的贡献。可以说，我们没有辜负岳北老解放区党和人民对我们的培育和希望，不愧为经过长期残酷战争锻炼考验的老党员和老干部的光荣称号。四十多年来的火热斗争，我们已和福建人民建立了血肉关系，福建是我们名副其实的第二故乡。在 47 个春秋岁月

1951年4月，建瓯县第一批土改结束后全县区书合影

中，福建人民哺育了我们，我们也为福建人民洒下了无数血汗。我们的子孙后代将代代留在福建，生根开花。一些同志为人民流血牺牲，一些同志因积劳成疾过早离开人世。他们永远为福建人民所怀念。现在，健在的同志都已离休，欢度晚年，即使年已古稀、耄耋之年，他们仍然在关心着党的事业兴旺发达，都还在通过各种方式发挥余热。

忆昔日惊心动魄的斗争经历，看今天改革开放大潮澎湃。祖国社会主义现代化建设日新月异，人民生活日益改善，深感欣慰。真是，"江山如此多娇""数风流人物，还看今朝"。

1996年4月22日

（选自《中共太行、太岳南下区党委第二地委入闽史料》，南平市委党史研究室编）

中共太行、太岳南下区党委第三地委入闽史料

贾久民　刘健夫　申步超

（一）胜利形势　重大决策

1945年6月，我们党召开了第七次全国代表大会，决定了党的路线，"放手发动群众，壮大人民力量，在我党领导下，打败日本侵略者，解放全国人民，建立一个新民主主义的中国"。在这条正确的路线指引下，加上苏联支援，从而取得了抗日战争的胜利。

1945年8月抗日战争胜利后，美国政府实行扶蒋反共政策。蒋介石依靠美援，积极准备内战。中共中央发表《对目前时局的宣言》阐明我党争取和平民主，反对内战独裁，建设独立、民主、统一、富强新中国的方针。蒋介石在积极准备内战的同时搞"和谈"阴谋，请毛泽东到重庆谈判，我党中央为争取和平，决定毛泽东、周恩来、王若飞代表我党赴重庆谈判。并通知全党，不要因谈判而放松对蒋介石的警惕和斗争。这时，党中央决定撤销中共北方局，建立中共晋冀鲁豫、晋察冀中央局和晋冀鲁豫、晋察冀军区，加强两大战略区。邓小平任晋冀鲁豫中央局书记、军区政委，刘伯承任军区司令员，薄一波任中央局副书记，徐向前、滕代远、王宏坤任副司令员，张际春任副政委兼政治部主任，李达任参谋长。聂荣臻任晋察冀中央局书记、军区司令员。在谈判期间，蒋介石命令所部进攻解放区的张家口和上党地区。美国为蒋介石提供武器、运送军队，美海军先后在我塘沽、秦皇岛等港口登陆，助蒋抢占东

北，争夺华北。我党中央根据美蒋勾结准备内战的形势，发出《关于向北发展向南防御的战略方针》，调整战略部署，巩固华北、争取东北、坚持华中。在谈判中，我党既坚持原则，又做了必要的让步，加上邓小平、刘伯承领导晋冀鲁豫军民奋起自卫，取得了上党战役的胜利，促进了《双十协定》的签订。国民党被迫同意我党提出的和平建国方针。不久，蒋介石违反《双十协定》，继续调遣大军，进攻华北解放区。毛主席回延安后及时指出，国民党一面搞"和谈"，一面积极打内战，我解放区要自卫作战。许多地方干部现在要到前方去，到了那里就要生根、开花、结果。遵照党中央、毛主席的战略决策和部署，我军首先控制了热河和辽西，建立东北局，彭真任书记，组织强大力量，迅速挺进东北，建立东北根据地，打破了美蒋勾结企图独占东北，从而南北夹击华北、华中解放区的反动战略部署。组成华东局，加强华东统一领导。加强山东省军区、华中军区，陈毅军长兼山东省军区和野战军司令员；组成华中军区，张鼎丞任司令员，邓子恢任政委，粟裕任野战军司令员，谭震林任政委。江南我军转入江北，集中兵力，向南防御。以李先念为主组成中原局、中原军区，阻敌北进。10月下旬，刘伯承、邓小平指挥晋冀鲁豫军民进行平汉战役（邯郸战役），围攻沿平汉路北进的蒋军三十军、四十军和新八军，争取了十一战区副司令长官兼新八军军长高树勋率部万人在邯郸内战前线起义，其余两军，大部被就歼。河北人民在党的领导下，举行了对平汉线的大突击，有力地配合了刘邓大军作战，粉碎敌人妄图迅速打通平汉路、进入平津、抢占东北的反动部署。加以同蒲、平绥、津浦等战役的胜利，扩大保卫了华北解放区，掩护了东北我军战略展开，建立东北根据地，推动了蒋管区反内战运动发展，引起了美国工会和进步人士批评美国政府扶蒋反共政策，促进了国共停战协定的签订。12月15日，美国总统杜鲁门对华声明，假意赞成中国的团结和民主。20日派总统特使马歇尔来华"调停"中国内战。在马歇尔参与下，国民党反动派和我党于1946年1月10日签订停战协定。美国以"调停"作掩护，援助国民党反动派。蒋介石在停战的幌子下，进行大规模内战的准备。蒋美合谋稳住华北、抢占东北、关内小打、关外大打。我党中央制定 1946 年解放区工作的方针:"以自卫立场粉碎国民党的进攻等中心任务。同时抓好练兵、减租和生产,加强军队,巩固根据地。"我党为了加强根据地,依靠人民制止内战,党中央 5 月 4 日发出《关于土地问题的指示》,指出解决解放区的土地问题是我党目前最基本的历史任务,是一切工作的最基本环节。各解放区发动群众迅速开展了土地改革运动,巩固了解放区,加强了支援自卫战争。

全面内战前夕,美国政府提出《军事援华法案》。1946 年 6 月 22 日,毛主席发表声明,指出美国援蒋是中国大规模内战爆发和继续扩大的根本原因。我党坚决反对美国继续将军火交给国民党独裁政府,坚决反对美国派遣军事顾问团来华,坚决要求立即撤回在华美国军队。蒋介石在美国坚决扶蒋反共政策的支持下,不顾毛主席发表的声明,公然破坏停战协定。向解放区发动全面进攻,妄图 3 个月至 6 个月打败人民解放军,消灭解放区。7 月,党中央指示"以自卫战争粉碎蒋介石的进攻",指出只有在自卫战争中彻底粉碎蒋介石的进攻,中国人民才能和平。蒋靠美援内战,人心不顺,我军爱国自卫,人心所归,我军必胜。为了粉碎蒋介石的进攻,必须实行人民战争,必须自力更生,努力发展生产,做到粮食和布匹完全自给,必须厉行节约,力戒浪费。9 月,中央军委指示"集中优势兵力各个歼灭敌人",指明我军处于战略防御时的作战原则。我军举行了中原突围、苏中七战七捷晋中等战役。刘邓指挥晋冀鲁豫军民进行陇海、定陶战役,粉碎蒋军从徐州、郑州向我晋冀鲁豫区的钳形攻势,策应中原突围和苏中作战。9 月 29 日,毛主席在和美国记者斯蒂尔的谈话中指出,美国政府的政策是借"调解"做掩护,以便从各个方面加强蒋介石压迫中国民主力量,使中国实际变为美国殖民地。马歇尔"调解"是骗局,蒋介石是内战祸首。这时敌人进攻我晋察冀张家口,我军进行了张家口保卫战,经激战,敌人于 10 月侵占我张家口。蒋即迅速召开伪国大,通过伪宪法,以后选出伪总统蒋介石、副总统李宗仁,把独裁、内战、卖国合法化。当时,我党代表周恩来发表声明,指出这一"国大"是违背政协决议与全国民意,中共坚决反对。各民主党派、民主人士也表示反对。这时,国民党反动政府进一步出卖祖国，依赖美帝国主义，11月签订《中美友好通商航海条约》，12月签订《航空协定》。从此，美军公开在中国活动，美国顾问广泛打入蒋介石政府，连警察、特务组织也要中美合办。我党揭露美蒋的反动阴谋宣传我军自卫作战的胜利消息，促进了我党领导的蒋管区爱国民主运动和南方闽粤赣、浙赣、浙东等地的人民游击战争。

1947年3月，蒋介石在国民党六届三中全会上宣布国共破裂，决心把内战打到底。在此前后，我各解放区军民艰苦奋斗、英勇抗敌，取得晋绥吕梁战役、晋冀鲁豫钜金鱼战役、华东宿北战役、鲁南战役的胜利。接着组成华东军区、华东野战军，加强华东全军统一指挥后，举行莱芜战役，大量歼敌，迫使敌人于3月放弃全面进攻，改为向陕北和山东重点进攻，妄图两翼迂回华北。蒋介石命令其嫡系胡宗南率23万部队（比我军多十倍的兵力）向陕北重点进攻，妄图消灭或驱逐我党中央和解放军总部。毛主席、周副主席等党中央领导和党中央、解放军总部继续留在陕甘宁边区，领导全国解放战争。同时由刘少奇、朱德、董必武等组成中央工作委员会，进至晋察冀解放区平山县西柏坡开展工作。由叶剑英、杨尚昆等组成中央后方委员会，进至晋西北临县统筹后方工作。彭德怀司令员、习仲勋政委指挥西北我军进行延安保卫战，主动撤出延安取得了青化砭、羊马河、蟠龙三战三捷；刘邓指挥晋冀豫军民发动豫北和鲁西南攻势，歼敌王仲廉四兵团，有力地配合我军陕北、山东作战，打破敌东西两战场的联系；晋察冀我军发起正太战役，解放了娘子关、阳泉等地，孤立了石家庄之敌；陈毅、粟裕指挥华东我军举行孟良崮战役，全歼敌五大主力之首整编七十四师，打击了敌人重点进攻。这时，朱德总司令提出，我们要大量培养干部，准备将来打出去使用，这是很重要的任务。我们的老干部不多了，抗战时期的干部是我党干部中最主要的部分，把他们好好培养起来，准备担负起解放全中国的任务。

1947年6月30日，刘伯承、邓小平遵照中央指示，指挥晋冀鲁豫野战军突破敌人黄河防线，取得鲁西南战役胜利，揭开了我军战略进攻的序幕。敌人被迫由重点进攻转入全面防御。但蒋介石仍然利用其空军优势、袭扰解放区后方，同时敌人飞机多次轰炸我军长治军工基地，晋冀鲁豫军区滕代远副司令员指示军工部赖际发政委和太行山地委开展反轰炸斗争，保卫长治军工基地。

9月，中央工委在河北省平山县西柏坡召开了土地会议，通过《中国土地法大纲》，指出实行彻底土改是支持长期战争，取得全国胜利的最基本条件。各解放区进行整党和彻底土改，提高了党的战斗力和广大群众的阶级觉悟，有力地支援解放战争。但也出现"左"的偏向。9月1日，中共中央指示解放战争第二年的基本任务是举行全国性的反攻，打到蒋管区，发展解放区。军事部署是两翼牵制、三军配合。就是西北解放军出击榆村、沙家店歼敌，将敌军拖在陕北；山东解放军保卫胶东，把敌军引向东部。刘邓大军抢渡黄河，中间突破，在鲁西南歼敌后挺进大别山，发展鄂豫皖；晋冀鲁豫陈谢兵团由晋南豫北抢渡黄河，挺进豫西，发展豫陕鄂；陈毅、粟裕华东野战军主力突破陇海路，挺进豫皖苏。三路大军互相配合，英勇作战，大量歼敌，迫敌由全面防御转入分区防御。我军创建了中原解放区，成为打倒蒋介石，解放全中国的重要战略基地。

10月10日，我军发布《中国人民解放军宣言》，提出"打倒蒋介石，解放全中国"的伟大号召。12月，党中央在米脂县召开重要会议，讨论通过毛主席的《目前形势和我们的任务》报告。毛主席指出："中国人民的革命战争，现在已达到转折点"，敌人走向失败，人民走向胜利。阐明夺取胜利的方针、政策。实行克敌制胜的十大军事原则，实行没收封建阶级的土地归农民所有。没收官僚资本，归新民主主义国家所有，保护民族工商业三大经济纲领。国民经济的方针是发展生产，繁荣经济，公私兼顾，劳资两利。必须实行联合工农兵学商、各被压迫阶级、各人民团体、各民主党派、各少数民族、各地华侨和爱国分子，组成民族统一战线，打倒蒋介石独裁政府，成立民主联合政府的基本政治纲领。加强党的建设，解决党内不纯、作风不正问题，这是解决土地问题和支援长期战争的一个决定性的环节。这次会议确定的政策是我军转入战略进攻后的行动纲领。冬初，聂荣臻司令员指挥晋察冀部队攻克石家庄，使晋察冀和晋翼鲁豫两大解放区连成一片。东北我军继秋季攻势进行冬季攻势，将敌人压缩在长春、沈阳、锦州等城市。西北野战军于1948年3月初取得宜川大捷，挺进泾、渭之间，乘胜收复革命圣地延安。西北战场形势好转后，3月20日，党中央发出《关于情况通报》指明，中央在12月会议后，集中力量解决新形势下各方面的政策和策略问题。反对党内"右"的和"左"的偏向，主要是"左"的偏向。只有党的政策和策略全部走上正轨，中国革命才有胜利的可能。政策和策略是党的生命，各级领导同志务必充分注意，万万不可粗心大意。我们的军事方针是稳扎稳打，不求速效。我们将使华北解放区统一起来，这样可以抽调大批干部，支援新解放区。

  3月下旬，毛主席、周副主席和中共中央、解放军总部从陕北关堡县东渡黄河，进入山西临县，会见了中央后方委员会叶剑英等同志，调查研究土改情况，尔后到晋绥解放区领导机关兴县会见贺龙司令员、李井泉书记等同志，检查、指导晋绥工作。4月初，对晋绥干部和《晋绥日报》编辑人员作重要讲话，强调现阶段党的总路线总政策是"无产阶级领导的、人民大众的、反对帝国主义、封建主义和官僚资本主义的革命"。这个革命要推翻的敌人，就是帝国主义、封建主义和官僚资本主义。这些敌人的集中表现，就是蒋介石国民党的反动统治。封建主义是帝国主义、官僚资本主义的同盟者及其统治基础。因此，要土地改革，消灭封建剥削制度。土地改革的总路线和总政策是依靠贫农、团结中农、有步骤有分别地消灭封建制度，发展农业生产。为发展工业生产，变农业国为工业国奠定基础。希望晋绥解放区的同志，要领导好农业和工业生产，否则就不是一个好的马克思主义者。党报要正确地宣传党的纲领、路线、方针、政策和工作任务，通过报纸，加强党和群众的联系。善于把党的政策变为群众的行动，要使群众认识到自己的利益，团结起来，为自己的利益而奋斗。这是一项马列主义的领导艺术。如果忘记了党的总路线总政策，我们就是一个盲目的革命者，就会迷失方向，贻误工作。4月4日，毛主席、周副主席一行离开兴县，路经岢岚、神池、崞县、代县，沿途对土地改革、保护工商业和关于整党、关于新区工作方面的各项政策和策略进行调查研究,并进行工作指导。4月5日我军再克洛阳,三军会合,解放中原西部。党中央于4月8日在繁峙县发出新解放区城市政策指示。尔后上五台山、出龙泉关,到达晋察冀解放区领导机关阜平县城南庄会见了聂荣臻书记兼司令员。党中央研究了敌我斗争形势,认为应把敌人主力消灭在长江以北。决定把晋察冀中央局和晋冀鲁豫中央局合并建立华北局,并加强中原局,建立中原军区。于5月中旬到达西柏坡。

在西柏坡,中央及时加强了华北和中原解放区的领导,刘少奇兼中共华北局第一书记,薄一波任第二书记、华北军区政委,聂荣臻任第三书记和军区司令员,徐向前任军区第一副司令员,董必武任华北人民政府主席。邓小平任中共中原局第一书记,陈毅任第二书记,邓子恢任第三书记。刘伯承任中原军区和中原野战军(原晋冀鲁豫野战军划归中原)司令员,邓小平任政委,陈毅任中原军区第一副司令员,仍兼华东职务。经过夏季奋勇作战,华北我军攻克晋南重镇临汾,把晋冀鲁豫和晋绥两大解放区连成一片,把围城兵力组成华北军区第一兵团,尔后解放晋中,迫敌孤守大原;华东我军出击胶济、津浦,迫敌孤守济南、青岛;中原我军豫东大捷,歼敌第七兵团,迫使敌人防守东北、华北、华东等战略要点,战略决战的时机已经到来。

为了夺取全国胜利,党中央1948年9月在西柏坡召开政治局重要会议,首先听取毛主席的报告,大家围绕"军队向前进,生产长一寸,加强纪律性,革命无不胜"的中心思想讨论。确定建设500万人民解放军,在5年左右(1946年7月算起)打倒国民党反动统治的总任务,必须每年歼敌100个旅。在解放战争第三年要更进一步加强正规战,在长江以北准备打更大规模的歼灭战。会议讨论了为夺取全国政权所需要的干部的准备工作问题,要求我党迅速地有计划地训练大批能够管理军事、政治、经济、党务、文化教育等项工作的干部。在解放战争第3年内必须准备好3至4万下级干部、中级干部、高级干部随军前进,能够有秩序地管理大约5000万至1亿人口的新解放区。会议一致认为,恢复和发展解放区的工农业生产,是支援战争战胜敌人的重要环节。会议要求全党加强党的集中统一领导,克服无政府、无纪律状态,克服地方主义和游击主义。会议要求加强党的建设，提高干部马列主义理论水平，扩大党内民主。这次中央政治局会议，为我军进行战略决战，夺取全国政权，在军事上、政治上、组织上做了极为重要的部署和准备。

在我军强大攻势下，美国与蒋介石策划从东北、华北撤军，确保华中，以便争取时间，卷土重来。党中央在蒋美策划犹豫未决之时，4月先攻克济南，全歼守敌，揭开战略决战的序幕。接着举行辽沈战役，消灭敌卫立煌东北剿总集团，解放东北全境，为东北支援全国打下基础。10月间，开始组织淮海战役，中央军委指示刘伯承、陈毅、邓小平即速部署攻击郑徐线，牵制敌孙元良兵团。刘邓大军22日解放平汉、陇海铁路枢纽郑州，并乘胜再度解放开封。10月中旬华北军区指示十四纵队和大行军区配合中原作战，进行豫北作战，歼敌四十军一部和太行四分区土顽武装全部，控制了黄河大铁桥、小冀至郑州铁路、焦作至获嘉铁路，太行四分区全境解放，孤立了新乡之敌，使大行区和中原解放区连接起来。遵照陈毅司令员、李达参谋长先后指示，太行四分区迅速修通豫北至长治军工基地的公路，支援南线作战。

毛主席指出，中国的军事形势现在已进入一个新的转折点，人民解放军不仅在质量上早已占优势，而且在数量上现已占优势。国民党军已由430万人下降到不足300万人，解放军已由120万人发展为300多万人。看来，从现在起再有1年左右的时间，就可能打倒国民党反动政府。这时，蒋介石紧急要求美国派高级军官帮助指挥作战，迅速增加军援。中共中央发表声明，指出国民党政府正力图把他们垂死的统治，放在美国军事保护之下，这是无耻的叛国行为。中央抓紧时机，以刘伯承、邓小平、陈毅、粟裕、谭震林组成总前委，邓小平为书记，统一领导中原和华东解放军，指挥淮海战役，歼灭刘峙、杜聿明徐州剿总集团，解放了长江以北华东、中原地区。接着，组织东北和华北野战军进行平津战役，歼灭新保安和天津之敌，傅作义将军率北平守军接受改编，和平解放北平。经过辽沈、淮海、平津三大战役，基本上消灭了敌人主力，取得了战略决战的伟大胜利，全国革命处于胜利的前夜。

1948年12月30日，针对美蒋反动派搞假和谈真内战的阴谋，新华社发表毛主席写的新年献词《将革命进行到底》,向中外郑重宣告:我军向长江以南进军,把伟大的人民解放战争进行到底,在全国范围内,推翻国民党的反动统治,建立无产阶级领导的以工农联盟为基础的人民民主专政的共和国;造成统一的民主的和平局面,造成由农业国变为工业国的先决条件,造成由人剥削人的社会向社会主义社会发展的可能性。

1949年1月8日,党在西柏坡召开政治局会议,会议通过毛主席的《目前形势和党在一九四九年的任务》报告,提出"打过长江去,解放全中国"的任务,制定了向全国进军的计划。刘伯承司令员在这次会议上建议,在军队未出动前,最好有一套地方党政及军区的干部配备,这是马上得天下、马上治天下的军政府。中央完全同意刘伯承的建议。1月14日,毛主席发表时局声明,提出以彻底消灭反动势力为基础的八项和谈条件。蒋介石被迫"引退",美国支持李宗仁上台,同意和我党和谈,企图保持在江南的统治。

为夺取全国胜利,建设新中国制定正确的方针、政策,党中央于1949年3月初,在西柏坡举行了党的七届二中全会,讨论通过毛主席的重要报告。会议决定:(1)消灭国民党残余部队,用天津方式仍然是我们必须首先考虑的。南方现时还是国民党的统治区,在这里的任务是在城乡消灭反动武装,建立党的组织和政权,发动群众,建立工农等民众团体、人民武装,肃清国民党残余势力,恢复和发展生产事业。现在准备随军南下的53000名干部,对于不久将要被我占领的极其广大的新区来说是很不够用的。人民解放军不但是一个战斗队,同时又是一个工作队。我们必须准备把210万解放军全部化为工作队。(2)现在开始了由城市领导乡村的时期。党的工作重心必须由乡村转移到城市,但绝不可丢掉乡村,要有城乡一体的观点,必须城乡兼顾,使工人和农民、工业和农业紧密地联系起来。城市工作的中心是恢复和发展工业生产。我党必须全心全意地依靠工人阶级,团结劳动群众和知识分子,用极大的努力学会管理和建设城市,将消费城市变为生产城市。(3)规定党在全国胜利以后,在政治、经济、外交等方面将采取的基本政策,以便迅速地恢复和发展生产,对付国内外反动势力,使中国稳步地由农业国转变为工业国，由新民主主义国家转变为社会主义国家，把中国建设成为一个伟大的社会主义国家。（4）加强党的建设。中国革命即将在全国取得胜利，党不要骄傲自满，不要贪图享受，要预防资产阶级糖衣炮弹的攻击。夺取全国胜利只是万里长征的第一步，全党必须继续保持谦虚、谨慎、不骄不躁和艰苦奋斗的作风。防止对个人的歌功颂德。掌握好批评和自我批评这个马列主义的武器，去掉不良作风，迎接新的更加伟大的任务。毛主席还强调加强党的领导，要求各级党委遵循党委工作方法十二条，要求党的各级干部加强马列主义基本理论学习，认真读好马列著作《共产党宣言》等12本书。毛主席指出国民党反动派政府还准备作战。我们不拒绝谈判，要求对方完全承认八条，谈判的时间拟在3月下旬。我们希望4月或5月占领南京，然后在北平召集政治协商会议，成立联合政府，定都北平。党中央已指示华东局、华东军区立即移至徐州，同总前委一同工作，集中精力，部署南进。会后，中共中央和人民解放军总部迁入北平，以北平为政治军事中心，领导渡江战役，向全国进军，为打倒蒋介石，解放全中国，成立民主联合政府，建设新中国而奋斗。

（二）开辟新区　选调干部

随着解放战争胜利发展，中共中央决定从晋冀鲁豫等老解放区调配大批干部随军南下。晋冀鲁豫边区是抗战初由中共中央北方局和八路军总部领导一二九师（师长刘伯承、副师长徐向前、政委张浩后为邓小平）创建的抗日根据地。晋冀鲁豫中央局、军区辖原北方局直属的太行、太岳、冀南、冀鲁豫4个区党委、军区。晋冀鲁豫解放区是我党我军夺取全国革命胜利的战略要地，是老区支援新区调出部队和干部较多的地区。太行区基本上是这个地区的腹心区。冀西、太行一地委（辖元氏、井陉、高邑、赞皇、临城、内丘、沙河、邢台等县），二地委（曾辖左权——原辽县、和顺、武乡、榆社、襄垣、昔阳、平定、寿阳、榆次、太谷、祁县等县），三地委（辖长治市、长治县、黎城、潞城、平顺、壶关），四地委的陵川县和修武、沁阳、博爱等县，是太行区先开辟的地区。太岳区也是这个解放区的腹心区。太岳一地委（辖沁县、沁源、屯留、安泽、介休、灵石、霍县等县），三地委（辖阳城、晋城、沁水、高平、长子等县），是太岳区先开辟的地区。太行二、三、四地委和太岳一、三地委地处太行和太岳山脉的要地，地势险要，有娘子关、峻极关、东阳关、虹梯关、柳树口、天井关等关隘；有产粮区、产棉区；有漳河、沁河水源；有丰富的煤、铁、硫黄等矿产资源和煤、铁等工业和手工业基础；有勤劳勇敢的人民；有1931年夏中共山西党领导的平定起义，建立红二十四军的影响。1936年春，为贯彻中共中央瓦窑堡会议确定的抗日民族统一战线方针，组成抗日先锋军。毛泽东兼政委，彭德怀任司令员，杨尚昆任总政治部主任，叶剑英任总参谋长；率红一军团、红十五军团、红二十八军等部，东渡黄河入晋抗日东征。红军抗日东征，提高了山西人民的觉悟。5月，我党发出停战、议和、一致抗日的回师通电，提出了陕甘晋首先停战议和，对推动山西当局抗战起了重要作用。秋天，党派彭雪枫秘密去太原任红军办事处主任，和山西当局建立了统战关系。抗战初彭雪枫任八路军驻晋办事处主任，推动二战区抗战。10月间，中共北方局派薄一波等同志入晋，开展山西抗日统战工作，加强牺盟会的领导，派张友清等同志加强中共山西工委的领导。不久，改为中共山西省委，张友清任书记。抗战前夕，中共北方局由天津转到太原。1937年9月初，中央派周恩来副主席代表我党我军坐镇太原，指导华北抗战工作。我党我军代表周恩来、彭德怀、徐向前当即在代县雁门关内大和岭口与二战区当局会谈，商定八路军作战方针是敌后游击战争，作战地区是晋绥冀察边区，并在太行山脉北端建立抗日根据地。同时采纳我党代表提出的全民抗战和积极防御的方针、计划。商定成立二战区民族革命战地总动员委员会，加强了我党我军与二战区的团结抗战。

接着周恩来副主席和彭德怀副总司令又到石家庄、保定，会见一战区司令长官程潜等，商定八路军在晋察冀边区作战问题和在一战区建立八路军联络处，后即派中共北方局军事部长朱瑞在新乡建立八路军一战区联络处，朱瑞兼联络处主任、唐天际任副主任。一面进行统战工作，一面开展党的工作。

在焦作建立冀鲁豫省工委，开展豫北抗日游击战争，并建立"华北干部学校"培养革命干部。

9月上旬，周恩来在太原各界欢迎会上说："八路军开往前方到敌占区开展游击战，创造敌后抗日根据地，配合友军共同抗日。"9月17日，毛泽东关于八路军的战略部署致电周恩来，提出将三个师布置在晋东北、晋西北、晋东南山脉。周恩来与二战区交涉后，一一五师继续开往晋东北，一二〇师开往晋西北。22日，周恩来同朱德再次前往太和岭口会见阎锡山，经谈判阎同意八路军进行独立自主的山地游击战，商定八路军的游击地区和平型关战役问题。23日，朱德抵五台南茹村八路军总部，下达侧击平型关日军的作战命令。24日，周恩来向中央电报华北抗日战争形势，他说：太行山脉沿正大铁路西侧，山势极险，极利于游击，并与太岳山脉连接，最便于转移。根据敌猛攻保定的情况，提议一二九师迅速开往正太线地区，夺取先机。中共中央同意周的提议，即命令一二九师先开往正太路一带，以后向太行山转移。我八路军（十八集团军）先后配合平型关战役、忻口战役，取得平型关、雁门关、阳明堡三战三捷，威震全国，鼓舞了全国的抗日信心。9月27日，周恩来代表中共在牺盟会山西全省第一次代表大会的祝词中，提出发动群众建立抗日根据地。1937年9月，薄一波率领决死队第一总队开赴晋东北，在五台向八路军朱德总指挥汇报了山西形势与决死队的情况。朱总指挥告诉薄一波关于八路军3个师的部署情况，之后指出晋东南上党地区是个"空子"，要薄一波通过与阎锡山的特殊统战关系，率领决死队南下，在上党地区建立抗日根据地。

薄一波遵照朱德同志的指示，于9月底到大和岭口二战区行营，向阎锡山说明上党地区是个军事要地，要求亲自带领决死一总队前往控制上党地区。阎锡山同意薄一波的要求，并委任薄一波为山西第三行政区政治主任。薄一波当即又向阎锡山提出再建5到10个旅的新军，阎锡山答应了5个旅的番号，委托薄一波全权负责，从速扩建新军。抗战初期，薄一波任决死一纵队政委和山西三行政区（驻沁县、沁源）主任，戎伍胜任决死三纵队政委并于

1938年6月兼任五行政区（驻长治）主任，在牺盟会、决死队、统战政权和中共秘密工作开展的基础上，适时建设革命根据地。1937年10月中旬，中共中央北方局（书记刘少奇、副书记杨尚昆、组织部部长彭真、军事部部长朱瑞）在太原，根据党中央独立自主的山地游击战，发动群众创建抗日根据地的战略方针，经中央批准决定撤销中共平汉省委（书记李菁玉、宣传部部长李雪峰），建立中共冀豫晋省委（书记李菁玉、组织部部长李雪峰，由中共山西省委秘书长徐子荣任宣传部部长。不久李菁玉调冀南、李雪峰任书记）。1938年8月后改为中共晋冀豫区党委，书记李雪峰、宣传部部长徐子荣、组织部部长何英才、民运部部长彭涛、统战部部长安子文（常住太岳，中共太岳工委后改为太岳特委书记），主管平汉路西，同蒲路东、正大路南、黄河以北的1200万人口地区的党的工作，辖晋中、晋冀、冀豫、太南、晋豫5个特委和太岳工委（后改为太岳特委）。1937年10月16日，刘少奇同志发表《抗日游击战中若干基本政策问题》，指出"游击战争是今后华北人民抗日的主要方式，应该建立巩固的抗日战争根据地"。10月18日我八路军一二九师刘伯承师长率三八六、三八五旅的一部抵平定一带，驰援娘子关，即与在平定的中共冀豫晋省委研究开辟根据地工作。师部当即决定，以教导团一部为基础，成立一二九师秦赖支队（司令员秦基伟、政委赖际发），结合地方党，在榆次、太谷、寿阳、平定、阳泉、昔阳、和顺、辽县一带开展工作。我八路军一二九师等部连续伏击沿正太线西进之敌，控制了以上地区，为开辟太行抗日根据地创造了决定性的条件。1937年10月下旬至11月初太原失守前夕，我党中央代表周恩来，中共北方局和中共山西省委由太原转至临汾，八路军总部由山西五台山转入太行山和顺县马坊镇。11月8日太原失陷后，11日八路军总部根据中央指示，作出在华北创立根据地的具体部署的决定。由聂荣臻带领一一五师一部加速创建晋察冀根据地，由一二〇师（师长贺龙、政委关向应）创建晋西北根据地，由一二九师依托太行、太岳山脉创建晋冀豫根据地，由一一五师（师长陈光、政委罗荣桓）率三四三旅转入吕梁山创建晋西南根据地。13日在朱总司令、彭副总司令领导下，一二九师在和顺县石拐镇召开干部会议，中共冀豫晋省委领导同志参加了会议，传达总部决定，部署分兵发动群众开展游击战争，建立晋冀豫抗日根据地。会后，总部经榆社、沁县、沁源，朱总司令沿路指导工作，之后转到洪洞，靠近北方局，共同领导华北抗日游击战争。一二九师师部和中共冀豫晋省委一起移住辽县开展工作。11月15日，上海失陷后，中共北方局根据中央指示，发出《独立自主地领导华北抗日游击战争》的指示，指出：华北的正规战大体结束，今后在华北坚持抗日的将是八路军为主的游击战争。目前我党在华北就是要在统一战线的原则下，进一步独立自主地去领导游击战争。要集中全力动员广大群众参加游击战争，扩大八路军建立的游击队，争取广大的乡村成为游击战争根据地。在游击战争中，我党应以华北最大的政党资格出来建立抗日民主政权与新的抗日武装部队，在各根据地建立边区政府、军区司令部，改造与建立各县、区、乡政府，还必须建立工、农、青、妇抗日救国会。在游击战争中我党已成为政权、武装与群运的主要领导者，因此要建立公开的党的领导机关，发展党员，建立健全地方党委，加强党在政权、武装、群运和一切方面的领导作用。16日，周恩来在山西临汾二战区各界群众代表大会讲话指出：日寇的战略中心第一步仍在取得华北。坚持抗战，必须坚持以华北抗战为中心，八路军留在华北作战，我们就有办法在华北在山西进行持久抗战。华北几个战略根据地开创后不久，周恩来、刘少奇回中央，杨尚昆任北方局书记。八路军将领彭雪枫、韦国清等先后由山西调进新四军。

1938年1月，八路军总政治部副主任邓小平任一二九师政委，加强部队和创建晋冀豫根据地工作。我军粉碎日寇九路进攻后，奠定晋冀豫根据地基础。春季，先后派陈再道、宋任穷率部队开辟冀南工作。夏季，为配合徐州战役，由徐向前副师长率主力一部，挺进冀鲁豫开展抗日游击战争，建立冀南抗日根据地，并为开辟冀鲁豫根据地创造有利条件。1938年初，二战区计划反攻太原，八路军朱总司令、彭副总司令兼任东路军总、副指挥，统一指挥晋东南地区军队，有利于创建根据地。日寇沿邯长公路进攻临汾，八路军总部转入晋东南沁县、屯留指挥作战。北方局转入晋西，强调统一战线中独立自主，加强党对军队的领导，加强根据地建设。

1938年12月间，为了贯彻我党六届六中全会确定的巩固华北、发展华中的方针，中共中央北方局由吕梁山转到晋东南和八路军总部驻在一起，部署八路军一一五师主力由晋西挺进山东，加强山东抗日根据地。留晋西支队（即陈士、林枫支队）和我党领导的山西新军决死二纵队，政卫本队（后发展为二〇九旅）、政卫一支队（后发展为二二旅）、政卫二支队（后和政卫三支队合编为二一二旅），坚持晋西南抗日根据地斗争。一二〇师主力由晋西北一度挺进冀中，加强冀中抗日根据地，留三五八旅一部和我党领导的山西新军决死四纵队工队（后发展为工卫旅）、几支游击队（后发展为暂一师），坚持晋西北抗日根据地（后发展为晋绥抗日根据地）。由一二九师刘邓亲率三八六旅等部由太行挺进冀南和鲁西北，巩固和发展了冀南和鲁西北抗日根据地。中共北方局由吕梁山转到晋东南后，潞城、武乡、辽县是八路军（十八集团军）总部和中共北方局驻地。八路军总部先在武乡、榆社、辽县、黎城、潞城等县建立军工厂，之后建成以长治（古上党郡所在地）为中心的我军军工重要基地。1939年冬至1940年间，在我党中央领导下，北方局和八路军总部在坚持抗战、反对投降，坚持团结、反对分裂，坚持进步、反对倒退的方针下，打退了国民党顽固派的第一次反共高潮，根据地更加巩固。

1940年春天，中共北方局杨尚昆书记，在武乡北方局党校县团主干学习班上讲授建设抗日根据地政策。提高了党政军民主要干部建设革命根据地的水平。4月，中共北方局在黎城召开高干会议，杨尚昆书记主持会议，提出建党、建政、建军三大建设任务，会议决定建立太行军政委员会，邓小平任书记，统一领导太行、太岳、冀南地区工作。会议同意小平同志提出的成立冀南、太行、太岳行政联合办事处。会议决定统一全边区党政军民的领导，促进了根据地的巩固。1941年7月在辽县桐峪镇召开晋冀鲁豫边区临参会，8月成立边区政府，杨秀峰为主席，薄一波、戎伍胜为副主席。1942年秋，根据中央指示，成立中共北方局太行分局，邓小平任书记，刘伯承任常委主管军事，李大章任副书记兼宣传部部长，李雪峰任组织部部长兼晋冀豫区党委书记，下辖晋冀豫、太岳、晋豫，不久并入太岳、冀南、冀鲁豫5个区党委。1943年秋，根据中央指示，太行分局并入北方局，邓小平代理北方局书记。一二九师与八路军总部合并（保留一二九师番号）。随后晋冀豫区党委改为太行区党委，书记李雪峰。晋冀豫军区改为太行军区，李达任司令员，李雪峰兼政委。1944年秋，根据中央开辟河南工作的指示，太行组成豫西抗日游击支队，皮定均（曾任八路军总部特务团团长、太行七分区司令员）任司令员，徐子荣（曾任太行区党委组织部长）任政委，挺进豫西，开展伏牛山抗日游击战争。之后转战华东，成为华东之主力部队之一。七大后，张鼎丞赴华东，路经太行区，区党委召开扩大会，请张老作了延安整风报告，提高了太行区干部马列主义、毛泽东思想水平，加强了太行区党的建设。太行、太岳区创建以来，经过抗日战争、自卫战争、减租、反霸、土地改革、生产建设、整风整党，彻底土改，发展经济，加强了党的建设、政权建设和人民武装建设，形成了比较巩固的革命根据地，培养了大批干部，为调干随军出征，支援东北、中原、江南解放，打下基础。

1945年秋，遵照中央争取东北的战略部署，中共晋冀鲁豫中央局批准太行区党委的决定，由太行区一地委书记、分区政委高扬带领太行区东北籍重要干部杨志冰、郭峰、王一伦、赵德尊、王铮、杜者衡、顾卓新、吴泽等随军支援东北。之后，又调一批县、团干部支援东北。1947年秋，中共中央和晋冀鲁豫中央局决定，中共太行区党委书记李雪峰、行署主任李一清带领太行区党、政、群大批干部随刘邓大军出征，支援中原，从太行区成批成建制地调出干部多达5批。1948年10月20日，中共中央华北局指示太行区党委，为了全国解放，开辟新区工作，调干支援南方，要准备南下干部2690人，组成一个区党委班子。12月初，华北局按照中央的战略部署，召开会议。决定由太行、太岳选调一批得力干部，组建一个中共南下区党委（包括党、政、军、民）的成套班子。区党委基本上由太行调，其中组织部由太岳调；行署基本上由太岳调，其中财政、金融由太行调；军区司令部（包括警卫连）由太行调，政治部由太岳调。中共南下区党委辖6套地委成套班子，由太行区调3套（编为一、三、五地委），由太岳区调3套（编为二、四、六地委）。每个地委辖5个县委成套班子，每个县委辖5个至9个区委成套班子，县的编制为120名。整个南下区党委成套班子干部3000多名，加上通讯、警卫、服务员共编制4000多名。为保证南下干部的质量，华北局规定南下干部的条件是：党性强、政治觉悟高、组织观念强、有斗争经验、有领导水平、身体好、自愿出征。并决定中共南下区党委的班子：区党委书记、军区政委冷楚（原任太行区党委代书记、军区政委），组织部部长刘尚之（原任太岳二地委书记，曾任北方局组织部干部科长），宣传部部长周璧（原任太行区党委宣传部副部长）。以上为区党委常委。社会部部长、行署公安总局局长叶松（原任太行公安总局局长），组织部副部长侯振亚（曾任决死一纵队政治部干部教育部长），行署主任刘裕民（原任太岳三专区专员），军区司令员陶国清（原任太行五分区司令员）。以上为区党委委员。为适应长途行军，开辟新区工作，实行军事化，中共南下区党委的番号是中国人民解放军长江支队。地委班子编为大队，地委书记为政委，专员为大队长。县委班子编为中队，县委书记为政治教导员，县长为中队长。区委班子编为小队，区委书记为政治指导员，区长为小队长。会议要求保质保量，调配好成套的南下区党委的各级领导班子。

1948年冬，中共太行区党委遵照党中央和华北局为解放全国调干南下的指示精神，要求地委、县委领导班子进行双线配备，积极为调干南下、支援新解放区培养各级领导骨干，为调干随军南下做好准备，在保证质量前提下成套调出。1949年1月间，中共太行区党委召开常委扩大会议，研究决定南下区党委成套班子的组建问题。由冷楚主持会议，陶鲁笳、赵时真出席会议，周璧、王谦、张慧如、贾久民等同志参加会议。会议传达了中共中央华北局决定，由太行、太岳组成中共南下区党委成套班子的组织和区党委的人事配备。会议遵照中央的要求，确定南下区党委成套班子中有关太行区的人员配备。

南下区党委：

冷楚兼人武部部长，王禹任人武部副部长，张大英任宣传部科长（赵子青、陈光亦在宣传部工作），毕际昌任副秘书长，张桂如任办公厅主任，赵玉堂任秘书科科长,商超任行政科科长,张尚德任卫生科科长,巨联江任总务科科长,高宏志任人武部办公室主任,王伯英任人武部宣教科科长。

南下行署:

杨文蔚任财政处处长,马子明任税务局局长,冯天顺任银行副行长,陈学文任工商处副处长,段福来任公安总局科长。

南下军区:

张慧如任副政委,王远芬任副司令员兼参谋长,金东新任作战科科长,郝峰云任通讯科科长,程治材任后勤科科长,骆××任卫生科科长。

会议确定了太行区调配的3套地委成套班子。由太行区冀西一、六地委组成南下区党委的一地委,由太行区晋东南的二、三地委和豫北的四地委一部分,组成南下区党委的三地委,由太行区豫北的四、五地委、新乡市委组成南下区党委的五地委。会议根据上级规定的南下干部条件,并要求有主要干部出征。决定了3个成套地委领导班子。

一地委领导成员:

地委书记常化之,专员郭良,宣传部部长王炎,组织部部长智世昌(以上为地委常委),人武部副部长王振海,公安处处长刘肃,军分区副司令员张作人,军分区政治部主任史电光。

三地委领导成员:

地委书记、军分区政委贾久民(原任四地委书记、军分区政委),专员侯国英(原任三、六

三大队主要领导:

贾久民(1912—1996)男,汉族,山西省代县人。1936年参加牺盟会,1937年11月入党。先后任太行区长治地委副书记、焦作地委书记。1949年3月参加中国人民解放军长江支队随军南下福建,时任长江支队南下区党委三地委书记。1949年8月入闽后历任南平地委书记、军分区政委、省交通厅厅长、福建省副省长、省委副书记兼福州大学校长、省人大副主任。

侯国英(1911—1986)男,汉族,山西长治人。1937年8月入党,1937年至1949年任山西省潞城县抗日游击队、太行第三、六专署副专员。1949年3月参加中国人民解放军长江支队随军南下福建,1949年8月入闽后,历任福建省南平专署专员、福建省粮食厅厅长、辽宁省有色金属管理局局长、朝阳地区革委会副主任、地委书记、鞍山市委书记。

专区专员），宣传部部长刘健夫，组织部部长陈玉山（以上为地委常委），社会部部长、公安处处长赵仲田，人武部副部长刘玉更，军分区副司令员王亚朴（以上为地委委员），军分区司令部参谋长胡定疑，政治部主任陈琅。

五地委领导成员：

地委书记李伟（原新乡市委书记），专员丁乃光（原四专区专员），宣传部部长罗晶，组织部部长马兴元，军分区司令员李成芳（以上为地委常委），政治部主任皇甫琳，人武部副部长马英武，公安处处长许振平。

会议规定南下干部家属按军属待遇。会后，接到华北军区正式命令，由太行军区组成一个军区并3个军分区南下建立苏南军区，共调干部130名、警卫连战士70名。

同时中共太岳区党委决定了由太岳区调配的南下干部职务。根据区党委组织部长刘尚之、行署主任刘裕民提供，其干部构成是：

南下区党委组织部：侯振亚任副部长兼干部科科长，关子平任组织科科长，范敬德从事干部工作；

南下行署：秘书长王利宾，民政处处长赵源，教育处处长张雄飞；

南下军区：政治部主任雷绍典，组织部部长李力，宣传部部长张立，保卫部副部长金树鼎。

二地委书记王竞成（女，曾任决死一纵队政治部组织部部长），专员郭述尧（原一专区专员），组织部部长萧文玉，宣传部部长崔于庭，公安处处长何海瑞，人武部副部长任璜。

四地委书记郝可铭，专员温附山，组织部部长李敏唐，副部长李俞平，宣传部部长郑思远（曾任太行分局宣传部宣传科长），公安处处长师建昌，副处长裴文玉，人武部部长韩灵甫。

六地委书记王毅之，专员康润民，组织部部长李步云，宣传部部长董奥林，公安处处长苏奋，人武部副部长曹胜功。

1949年1月中旬，太行区二、三地委各县，均根据上级关于调配干部南下的指示，对全体干部进行动员，组织干部学习毛主席《将革命进行到底》

的新年献辞,在提高干部政治觉悟的基础上,在全国胜利形势的鼓舞下,干部报名南下踊跃,各县均超过了应调的任务。二地委由于有支援解放太原的任务,确定由左权、武乡、榆社、襄垣、和顺、昔阳6个县,每县选调30—50名干部,共240余人,组成2个县和15个区的领导班子。于2月中旬集中到左权县城,经地委领导同志动员编组后,到区党委指定的地点河北省武安县城报到。行前得到地委和左权县委的热烈欢送。三地委长治市、长治县、平顺、黎城、潞城、壶关6个县(市)调的干部,于2月12日到地委集中、学习、编组,编成3个县和23个区领导班子,共340余人。2月20日地委举行了欢送大会,24日离开长治向武安县城集中。路经潞城、黎城,均受到县党政领导欢送。26日步行到涉县城后坐了一段小火车,27日到达武安县城。四地委抽调的军分区干部和人员20多名也于2月下旬到达武安县城。

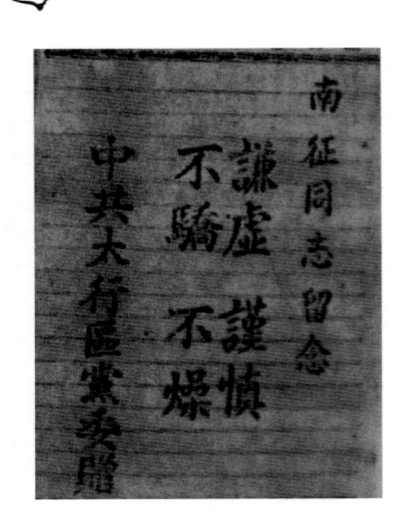

中共太行区党委赠送南下干部的笔记本

(三)集中整训 待命出发

太行区各地、县抽调的干部,在2月下旬陆续到达武安县城,中共太行区党委领导同志看望了大家。支队在武安县城集中待命整编学习共50多天。

一地委地级机关的干部配备是:地委秘书长黄仁伟,组织科科长王文元,宣传科科长王定华,专署秘书主任秘书江琦、王免珍,财粮科科长赵登英,工商科科长白盘夫,教育科科长王仪庭,军分区参谋长王振海。

以磁县、沙河县干部组成一中队,县委书记张平,县长白××(因病未来),组织部部长席振中,宣传部部长张玉英,公安局局长边圻。

以涉县、武安干部组成二中队,县委书记高华杰,县长邵永仕(后为马鸣琴），组织部部长郭文，宣传部部长冯兴华，公安局局长杨德山。

以邢台、内邱干部组成三中队，县委书记张德贞，县长高霆，组织部部长孟进城，宣传部部长宋自民，公安局局长王继堂。

以临城、高邑干部组成四中队，县委书记曹王昆，县长吕雨人，组织部部长宋双建，宣传部部长李英贵，公安局局长赵启贞。

以赞皇、元氏干部组成五中队，县委书记尚书翰，县长魏荫南，组织部部长杜孟来（因病未来），宣传部部长赵允福，公安局局长尚炯。

二、三地委和四地委抽调的干部，组成的南下三地委和五个县、区的领导班子，到了武安县城后，就依照南下区党委、支队的指示进行整顿，组织学习。

地委、专署、军分区机关干部配备是：

地委和专署机关以二地委为主组成，地委机关干部配备是：秘书长武士诚，秘书科科长刘玉堂，干部科科长申步超，宣传科科长赵苏健，总务科科长赵裕存。专署机关干部配备是：秘书主任马象图，民政科科长白世林，财粮科科长王尚先，税务局局长郝绍，贸易公司经理李安唐，人民银行行长霍庆林，人武部政工科科长耿世民，秘书科科长王焕然，公安处科长王成秀、李金全。军分区由四分区组成，司令部参谋科科长王仲青，后勤科科长李永德，卫生科科长沈明廉；政治部组织科科长狄文琏，宣传科科长石川。地级机关干部共60多名。

由二地委调配的两个县的干部组成一、二中队，三地委调配3个县的干部组成三、四、五中队，五个县的县、区领导干部是：

由武乡、襄垣、昔阳干部组成一中队。县领导干部：县委书记秦定九，县长李生旺，组织部部长翟万昌，宣传部部长李耀春（以上均为县委常委），公安局局长聂石柱，武委会主任武冲天。县机关干部是：县委秘书郝世文，县政府秘书刘玉堂，民政科科长王桂芳，财粮科科长侯同，税务局局长张性善。7个区级领导干部：区委书记：毕千毛、岳健、李恩举、秦继耀、郑本善、李凌云、郝兆文；区长：胡昌、陈国锁、李怀智、刘忠汉、郑本善（兼）、王靖一、王道祥。

由左权、榆社、和顺干部组成二中队。县领导干部：县委书记郑钦礼，县长王德甫，组织部部长王泽民，宣传部部长白子文，公安局长石毓维（以上均为县委常委），武委会主任武英富。县机关干部：县委秘书原效先，县政府秘书李尚仁，民政科科长郝海泉，财粮科科长李儒清，行政科科长张谦福，人民银行行长张铭。八个区领导干部：区委书记：赵顶良、吴槐保、董年维、申玉辉、程景伊、李拴林、秦保昌、安庆余；区长：马补留、张振清、马占胜、原世祯、李成富、徐养德、曹由烨、赵仕经。

由黎城、潞城干部组成三中队。县领导干部：县委书记吴炳武，县长武彦荣，组织部部长李芝，宣传部部长路炳生，公安局局长原宪文（以上均为县委常委），武委会主任关合义。县机关干部：县委秘书卫守一，县政府秘书栗树旺，财政科科长程继枝，银行行长史春成，农会主席王甲寅，工会主席杜生德。9个区领导干部：区委书记：赵起仓、彭建文、王芳芹、杨森堂、李恩庆、秦进忠、珠孩、韩宝奋、宋炳龙；区长：程有才、霍芳、李二丑、王显禄、李全盛、李景堂、赵树德、陈士贤、陈晋龙。

由平顺、长治县干部组成四中队。县领导干部：县委书记蔡竞，县长卢士辉，组织部部长张育魁，宣传部部长李新文，武委会主任傅德义（以上均为县委常委），公安局局长牛天福（县委委员）。县级机关干部：县委秘书王进，县政府秘书王英贤，民政科科长申怀珠，财粮科科长赵守经，银行行长刘兴旺。7个区领导干部：区委书记：牛进才、刘毅、赵致中、王义科、关麒麟、岳培煊、张成好；区长：王月孩、张富顺、李成玉、岳金水、张健、李荣生、郭聚发。

由壶关干部组成五中队。县领导干部：县委书记李森，县长杜继周，组织部部长鲍志学，宣传部部长苏里，公安局局长李晋湘（以上均为县委常委），武委会主任吕文龙。县机关干部：县委秘书申增甫，县政府秘书王志献，财粮科科长马鸣珂，民政科科长路元存，税务局局长乔献祥。7个区的领导干部：区委书记：赵布礼、张志芳、张双喜、段守成、王河旺、×××、×××；区长：李增福、杨春生、秦来胜、徐松根、侯仁礼、×××、王重阳。

太行四、五地委干部组成南下五地委，地级机关的干部配备是：地委秘书长未立功，干部科科长杨廷标，组织科副科长康仲杰，宣传科科长鲁光，总务科科长张茂林，办公室秘书张田丁；专署民政科科长冯火，财粮科科长张景彬，干事郭步云，税务局局长田庄，建设科科长董庆魁，秘书科科长张儒鸿，武委会科科长石瑞、魏宏。

以温县、修武、博爱干部组成一中队，县委书记秦秀峰，县长王杰，组织部部长王成柱，宣传部部长肖苏，公安局局长崔世源，武委会主任李振经。

以陵川、沁阳干部组成二中队，县委书记武克，县长杜锷生，组织部部长郑国栋，宣传部部长赵克良，公安局局长崔维华，武委会主任张书田。

以林县干部组成三中队，县委书记蔡良承，县长郭景舟，组织部部长李玉科，宣传部部长郭丹，公安局局长董清晨，武委会主任刘扬生。

以汲县、淇县干部组成四中队，县委书记陈砚田，县长白珩，县委副书记兼组织部部长赵振旅，宣传部部长王洛，公安局局长金树鼎。

以辉县、汤阴干部组成五中队，县委书记吴越飞，县长侯东明，组织部部长张存友，宣传部部长李光，公安局局长马振兴。

3月2日，冷楚向太行区全体南下同志做了《南下进军把革命进行到底》的报告。他说："我们的目的是解放全国人民，我们已奋斗29年，现在是夺取全国胜利的时候了。这次进军江南，必定取得全国解放的伟大胜利。我们有丰富经验的党的领导，有强大的人民解放军做支柱，我们一定能胜利。我们响应毛主席的号召，担负起随军解放江南的伟大任务。"冷楚同志勉励大家要认真学习政治、军事和各种政策，要做一个听从指挥，服从纪律的好党员、好干部。他最后宣读誓言："我愿和同志们接受这个任务，愿为党贡献力量，我们是毛泽东、党中央领导的队伍，坚决完成党的任务！"

在我们学习一段时间之后，太岳区的同志们到达武安。于3月30日，南下区党委在武安召开全体南下干部大会，由南下区党委书记冷楚在大会上传达党的七届二中全会精神，讲当前形势与任务。我们南下是将革命进行到底夺取全国胜利，南下有两个任务：一是铲平反动基础，二是胜利后建设新

长江支队三大队四中队部分队员在武安城外留影

1949年4月21日，毛主席和朱总司令发出了《向全国进军的命令》，命令中国人民解放军奋勇前进，打响渡江战役

中国。当前任务主要是学习七届二中全会文件，弄清党的工作中心转移的重要性、迫切性，明确党的方针、政策，克服盲目性，加强党的组织性，反对自由散漫，做一个好的无产阶级革命战士，到新区工作，提高警惕，防止敌人破坏等。在会上由南下区党委组织部长刘尚之同志宣布南下区党委和各地委、专署、军分区领导干部名单。区党委宣传部部长周璧对学习任务作了布置，要求认真学习冷楚的报告和七届二中全会文件精神，认清当前形势，弄清接管城市的方针、政策，并学习军事知识。

在武安学习期间，太行区党委书记陶鲁笳前来看望大家。他希望大家学好党的七届二中全会文件精神，做好新解放区工作。全支队在学习期间一律按军事生活行动。太行区党委为了丰富同志们的文化生活，还调来各种剧团演出《血泪仇》《闯王进京》等剧目，教育大家不忘阶级苦，牢记血泪仇，进城后不要忘记劳动人民。同时安排好我们的伙食，使大家精神饱满地投入紧张的学习之中。

我党和国民党和平谈判，于4月1日在北京举行，15日我党代表团将《和平协定》《最后修正案》交给南京政府代表团，20日南京政府拒绝在和平协定上签字。毛主席、朱总司令于4月21日发布了"向全国进军的命令"，号召解放军奋勇前进，坚决、彻底、干净、全部歼灭中国境内一切敢于抵抗的国民党反动军队，解放全国人民，保卫中国领土主权独立完整。我二野、三野百万雄师，在邓小平为首的前委统一指挥下，强渡长江，摧毁了敌人苦心经营的长江防线。在此情况下，长江支队部于4月19日召开了小队长以上会议，宣布南下进军的训令。训令规定：各级领导必须以严肃认真的态度、高度负责的精神，做好每个人的思想工作；必须严格遵守三大纪律八项注意，建立严格的请假制度；要严肃军容风纪；务必保持谦虚谨慎、不骄不躁和艰苦奋斗的作风。毛主席非常重视长江支队的组成，北平会议期间，毛主席、朱总司令亲自会见了冷楚、周璧同志和新任的中共太行区党委书记陶鲁笳。4月23日，区党委召开第二次全体干部会议，由冷楚、周璧同志传达中共中央北平和华北局会议精神，说明解放战争形势发展很好要求干部迅速南下。会上宣布长江支队到苏南工作。

（四）随军渡江　挥师南下

中国人民解放军长江支队于4月24日，从武安出发徒步冒雨行军，向南挺进。中午，传来我军23日解放南京的胜利消息，大家欢欣鼓舞，喜不自胜。当晚住河北省磁县城南村，25日又传来我军24日攻克太原的胜利消息，两大胜利振奋人心。26日夜住磁县的四村营，27日住河南省安阳县的水冶，28日住

1949年4月23日南京解放。中国人民解放军由下关经挹江门关进入南京

安阳县河间村，一路上均受到干部群众的热烈欢迎欢送，大家斗志愈加高昂。29日到汤阴县城，支队组织大家参观岳飞庙，受到了一次民族气节的教育。30日经过淇县，夜宿汲县城，次日参观汲县纺织厂。5月2日夜宿新乡城西的小城村，新乡城虽未解放，但已被我军包围。5月3日为了赶郑州的火车，队伍早上5时出发，急行军130华里，当日下午4时即到达黄河北岸的老田庵车站，天黑，大家整队上火车，夜过郑州，转向陇海路，经开封、徐州等

地，于5月5日中午到达淮河北岸。因淮河铁桥被敌人破坏，队伍下车步行到蚌埠市宿营。在蚌埠市休整学习时得知无锡、杭州已解放。5月8日从蚌埠继续乘火车南下经过明光（嘉山）后沿三野八兵团进军路线，继续步行，经安徽滁县日夜赶路，于12日下午到达长江北岸的浦口，乘渡船到达下关码头。我们三大队住在下关码头的仓库里，大家来到刚解放的国民党首府南京，情绪激动，深感天翻地覆的伟大胜利来之不易。5月14日国民党反动派飞机轰炸下关，三大队防空好，无一伤亡。南京市军管会为了安全，让长江支队搬到九草山原国民党空军司令部住宿。宋任穷同志（原晋冀鲁豫中央局组织部部长、二野领导成员）和彭涛同志（原太行区党委宣传部部长、二野三兵团政委）分别看望我们，同志们深为感激。不久华东局通知苏南已派干部接管，长江支队到苏州待命。5月23日下午，从南京乘火车，24日到达苏州，我三大队住在原国民党陆军监狱。

三大队地委宣传部部长刘健夫（右）在南京下关码头部署工作

三大队四中队部分队员在南京休整时留影

我军渡江后，党中央的军事部署是由二野控制浙赣铁路配合三野作战，以防美国武装干涉，尔后进军西南；由三野控制京沪铁路线，攻占上海，解放京沪杭地区；由四野进攻武汉，直下中南。由于中央正确的领导，美国未敢出兵干涉。我们到苏州后，陈毅司令员指挥三野经过激战于5月27日解放我国最大城市上海。由于解放战争胜利形势发展很快，因此又决定长江支队随十兵团进军福建。三大队了解这一情况后,有部分同志思想上产生了波动,贾久民同志于5月29日向全大队做了动员报告。其主要内容是认清新形势,服从革命需要,继续前进,加强纪律性,革命无不胜。我们南下是授命于中央,是为了解放江南劳苦大众,是为了解放全中国,为建设伟大的社会主义国家,为将来实现共产主义而奋斗。选择地区和怕艰苦的思想是错误的。大家要服从革命需要,进一步将革命进行到底。经过动员和学习讨论,全大队同志提高了政治觉悟,表示一定服从组织决定,接受党的考验,为解放全中国,为建设社会主义而奋斗。

1949年6月11日,中共中央发出《中央关于准备抽调三万八千名干部问题的指示》,明确规定:现在尚未分配工作之冷楚队(长江支队)全部交二野。6月19日,中共中央给华东局复电中,批准组成以张鼎丞为书记的中共福建省委。同时,批准长江支队入闽

6月初,华东局组织部副部长温仰春同志来苏州了解长江支队干部情况,又传达了华东局指示,确定长江支队7月随十兵团进军福建,并要支队抽调一批领导干部去上海接收一批上海知识青年,组成随军服务团南下福建。南下服务团是一批信仰马列主义、毛泽东思想,自愿在中共领导下,南下参加解放福建、建设福建的青年知识分子,他们到了福建之后,奔赴八闽各地,不怕苦,不怕死,勤劳工作,如袁启彤等190名分配在南平地区工作,就是如此。我们大队派去王亚朴、武彦荣、卢士辉、白世林、石川、吕文龙等同志,作南下服务团的大队、中队领导工作。不久,华东抽调20多人组成一套县委班子,编为一大队的第六中队,县委书记张格心,县长徐仲杰,组织部部长张至宣,宣传部部长李庆京

和我们一同进军福建。

6月12日，张鼎丞同志（华东局组织部部长，中央任命他为中共福建省委书记）来苏州做动员报告，主要讲了当前形势，讲了他要和大家一起到福建工作，并结合大家的思想顾虑，对福建情况做了介绍，特别讲福建有红旗不倒的老苏区，他们艰苦奋斗了几十年，现在盼到了解放，他们欢迎我们去。老区群众觉悟高，会支持我们的。大家要学好城市政策，到福建先接管城市并在乡村开展借粮支援前线，还要积极恢复农业生产，恢复工商业。要领会毛主席提出的将革命进行到底的精神，听从党的指示，哪里有困难，我们就向哪里冲。应"先天下之忧而忧，后天下之乐而乐"，要放下包袱，轻装上阵。福建的党和人民欢迎我们去。支队领导布置我们学习讨论张鼎丞同志的报告，学习《将革命进行到底》《解放全中国》两篇文章和《中国人民解放军宣言》《中国人民解放军布告》，提高大家对形势和任务的认识，提高政策水平。此时华东局确定成立华东纵队，领导长江支队、华东支队等干部队伍，进军福建，由张鼎丞同志总负责，王兴刚任参谋长，金东新任参谋处长。

三大队五中队队员在苏州留影留念

7月1日，第三大队由贾久民同志向大家做了纪念党的生日的报告，主要讲了中国共产党是工人阶级的先锋队，是中国革命和社会主义事业的领导核心。党在现阶段为实现中国的新民主主义而奋斗，并为进入社会主义做好准备。党的最终目的是在中国实现共产主义。希望大家以实际行动，纪念党的生日。要坚决响应党的号召，进军福建，为解放福建、建设福建而奋斗。经过几次听报告和学习讨论，大家的政治觉悟进一步提高，认识到一定要听从党的召唤，进军福建为党的事业而奋斗。

在苏州学习期间，由支队部统一安排，我们还参观了一些工厂、苏州的园林建筑和虎丘山等名胜古迹，激发了我们热爱祖国、建设祖国的热情。

在出发福建前，中共华东局和华东军区、三野在上海召开了进军福建的重要会议。参加会议的有中国人民解放军十兵团的领导干部和长江支队地委和分区以上主要干部，我们大队由贾久民、胡定疑参加会议，听取华东局、华东军区、三野领导同志陈毅关于目前形势和任务的指示，他指出渡江作战以来，形势发展很快，但蒋军残余势力仍企图盘踞闽台顽抗。中央决定提前一年，由华野十兵团解放福建；由二野继续控制浙赣铁路配合三野解放福建，以防美帝出兵干涉；由张鼎丞同志负责带领华东纵队几个干部支队，随军入闽。粟裕副司令员做了关于进军福建的作战指示。与会同志还参观了上海军事设施和市容。在苏州，方毅同志召开了长江支队各大队管财经工作的同志会议，三大队派郝绍同志参加。会上方毅同志介绍了福建的经济情况，要求做好供给工作。苏州出发前，三野十兵团给长江支队每人发了毛主席的著作《论人民民主专政》，并补充了武器、弹药和军装，从政治上、军事上加强了长江支队。

（五）进军福建　会师建瓯

5月间，二野追击溃退之敌，在闽浙赣游击队的配合下四兵团十五军（军长秦基伟曾任太行军区司令员，政委黄镇曾任太行军区副政委）四十三师（师长张显扬）解放崇安、建阳、建瓯；四十四师（师长向守志）解放南平和周围一些地方；五兵团十七军五十一师解放浦城、松溪、政和等县，为十兵团进军福建，创造了有利条件。

7月13日，长江支队从苏州步行出发，随十兵团冒酷暑进军福建，15日到达嘉兴。从嘉兴乘

1949年7月2日、7月16日，三野十兵团、长江支队先后在浙江嘉兴乘火车向福建进军

火车到达浙江省江山县贺村。路上敌机两次扫射、轰炸，由于火车停得早、疏散快，三大队无一伤亡。全体同志从贺村下火车，步行至兴塘边的塘坂。这一带是国民党特务头子戴笠、毛森的家乡，政治情况复杂，散兵、土匪较多，时有打黑枪的。贾久民的同志警卫员任春煊同志曾被土匪打伤。为了安全，大队部加强军事教育和组织措施。不久，华东纵队负责人张鼎丞等同志带领华东支队一批干部（准备接受省级机关和福州市、厦门市的干部）也来到兴塘边。张鼎丞同志于7月26日在兴塘边召开了大队以上主要干部会议，三大队贾久民、侯国英参加了会议。张鼎丞同志向大家传达了党中央批准华东局的建议，确定张鼎丞同志为中共福建省委书记，叶飞（十兵团司令员）不久为副书记，曾镜冰（中共闽浙赣省委书记）、方毅、韦国清（十兵团政委）、刘培善（十兵团政治部主任）、冷楚、陈辛仁、范式人（未到）、梁国斌、伍洪祥、黄国璋为委员，组成中共福建省委。关于省人民政府领导，拟任：主席张鼎丞，副主席叶飞、方毅。省军区领导由十兵团领导同志兼任。同时宣布省委、省政府机关领导和有关干部名单：省委财委书记方毅，省委秘书长曾镜冰，副秘书长周璧，组织部部长韦国清（兼）（冷楚同志病好后为组织部部长），副部长刘尚之，宣传部部长陈辛仁，统战部部长彭冲（拟任），省青委书记伍洪祥，省农委主任拟定为魏金水（中共闽粤赣区党委书记），副主任江一真。省政府实业厅厅长刘裕民，社会部长、公安厅厅长梁国斌，副厅长叶松。张慧如（原太行六地委书记、南下军区副政委）任晋江地委书记，王禹调任晋江地委民运部部长，不久调任中共永安地委副书记。会议宣布，南下区党委的建制撤销，闽浙赣、闽粤赣区党委也要撤销。六套地委班子，均归中共福建省委领导。对各地委的工作地区作了安排：一地委到晋江地区工作，二地委到建阳地区工作，三地委到南平地区工作，四地委到闽侯地区工作，五地委到龙溪地区工作，六地委到福安地区工作。闽西地区属中央苏区，工作基础较好，干部较多，不派干部。在兴塘边停留期间，气温高达38—39℃，北方人很不习惯，有不少同志带病行军。为了进入福建承担紧张的工作，省委决定在江西上饶设留守处，各大队将身体有病的同志和女同志，组成一个小分队，到上饶休整，我们地委派刘玉更、耿世民等同志负责带领近百人去上饶休整待命，不久经崇安到南平。

7月28日，沿十兵团本部和二十八军、三十一军进军路线，我三大队从塘坂步行出发，经浙南保安向福建挺进。闽浙交界大山仙霞岭是我们必经之地，这一带土匪较多，人烟稀少，道路崎岖，行军艰苦，天气酷热，干部不断晕倒，大家互相帮助，克服困难。于8月1日建军节，胜利到达闽北浦城县城，在浦城庆祝建军节，学习解放军艰苦奋斗、英勇作战精神。于8月5日乘汽车到达建瓯县城，和长期坚持游击战争的中共闽浙赣省委、闽浙赣边游击纵队曾镜冰等领导同志胜利会师。中共福建省委书记张鼎丞召开了会议，强调大家团结一致开展福建工作。贾久民、侯国英参加了会议，认识了中共七届候补中委、闽浙赣省委书记、游击纵队司令员兼政委、新任福建省委委员、秘书长曾镜冰同志和闽浙赣省委左丰美、陈贵芳、黄国璋、王一平等同志。贾久民、侯国英同志建议，坚持游击战争的同志应参加各级领导班子，团结一致开展工作。张鼎丞和曾镜冰同志表示同意。又经曾镜冰同志介绍，我们还认识了黄辰禹、张翼等同志。

在建瓯，我们地委500余名同志住在紧靠县城北的豪墩村。8月10日，省委召开了南下干部和坚持地下斗争的干部会师会议。会议先由省委书记张鼎丞同志作了报告，主要内容是对坚持地下斗争的同志表示感谢，对南下的同志表示欢迎。他还讲了解放福建的胜利形势，福州即将解放，大军将向闽南推进。鼓励大家互相学习、团结一致，为革命事业，为建设福建贡献力量。并布置了工作：要求首先做好接管工作，动员群众借粮，支援前线；同时发动群众，剿匪反霸，打击敌人，稳定社会秩序。张鼎丞同志强调保证部队吃饱饭，打胜仗。曾镜冰同志在会上表示坚决在新省委的领导下做好工作，欢迎南下干部来解放福建，建设福建。会师会议开得隆重热烈，亲切感人。会后，省委书记张鼎丞和秘书长曾镜冰召集贾久民、侯国英、王竞成、郭述尧等开会，由曾镜冰同志宣读了省委关于干部问题的决定：王兴刚拟任省交通厅厅长，汪洋同志拟任省邮电局局长，左丰美同志拟参加福建省委为委员，苏华同志拟任省妇联主任，王一平同志调福州市委工作。南下区党委二地委成套班子分配在建阳地区工作，陈贵芳同志任建阳地委书记。南下区党委三地委成套班子分配在南平地区工作，黄辰禹同志任南平地委常委、副书记，林志群同志任南平军分区司令员、地委常委，江作宇同志任南平专署副专员、地委委员。经曾镜冰同志同意，又确定坚持游击战争的负责同志参加有关县委工作。

南下区党委二地委的干部分配在建阳地区和该地区的建阳、建瓯、邵武、浦城、崇安、松溪、政和、水吉和光泽等9个县，由南下干部和地方干部共同重新组建建阳地、专、县和区级的领导机构，配备了干部（从1949年9月至1950年12月）。

南平专区解放初期辖有南平、沙县、尤溪、古田、顺昌、将乐、泰宁、建宁、屏南9县，1956年，6月建阳专区并入南平专区后，辖区再增建西（1968年10月撤销）、建阳、建瓯、邵武、浦城、崇安、光泽、水吉（1956年9月撤销）、松溪、政和、三元、明溪、闽清等县，共计22县。1971年沙县、尤溪、将乐、泰宁、建宁、三元、明溪7县划给三明地区管辖，古田、屏南2县划给宁德地区管辖，闽清县划给福州市管辖。

中共南平地委、专署、军分区领导班子组成是：地委书记、军分区政委贾久民，副书记黄辰禹（地方），专员侯国英，组织部部长陈玉山，宣传部部长刘健夫（以上均为地委常委），民运部部长刘玉更，社会部部长兼公安处处长赵仲田，专署副专员江作宇（地方）（以上为地委委员），副专员魏善成（地方）、王亚朴。南平军分区司令员林志群（地方，不久调任永安地区专员，由刘荣华、郭挺万、闻盛森先后继任司令员，均参加地委常委），副政委罗斌（地委委员），副司令员胡××（不久调走）。后为钟大湖，政治部主任陈浪。地农委主任、农会主席黄亚朴。地工委书记、工会主席刘玉更（兼），工会副主席韩宝奋，地青委书记刘健夫（兼）。随后又确定地妇委书记吴利珍，副书记程克，妇委委员肖军、蔡濂，地委共青团负责人王向荣。

地委机关：秘书长武士诚，秘书科科长刘玉堂，干部科科长申步超，宣传科科长赵苏健。随后又确定组织科副科长白讲文，宣传科副科长赵晋国，地委办公室副主任靳书贤，地委党校副主任苏学礼，总务科科长赵裕存。专署机关：秘书主任马象图，财政科科长王尚先，税务局局长郝绍，民政科科长白世林，工商科科长兼贸易公司经理李安唐，人民银行行长霍庆林。随后又确定代理专署秘书主任、民政科科长、建设科科长王泽民，粮食科科长张景文。司法科科长王焕然，公安处侦察科科长王成秀，办公室秘书贾琳。南平军分区机关：司令部参谋长胡定疑，参谋科科长王仲青，后勤科科长李永德，卫生科科长沈明廉，政治部组织科长狄文琏，宣传科科长石川。

南平专区新的领导班子确定后，地委副书记黄宸禹同志给大家介绍了南平地区情况。全区9个县，建宁、泰宁是二次国内革命战争时的苏区，沙县、将乐曾有部分苏区，南平、古田、尤溪、沙县、顺昌、屏南在抗战时期，均有中共闽浙赣省委领导的秘密党组织和游击队的基础。第二野战军十五军四十四师进军福建后，在地下党领导的游击队配合下，5月14日解放南平，不久调走，由五十一师接防。6月14日解放古田，6月16日解放沙县，6月20日解放顺昌，7月5日和平解放尤溪。将乐、建宁、泰宁、屏南4个县还未解放。已解放的5个县已有坚持地下斗争的同志周道纯、叶明根、暨文海、郑荣堂、唐仙有、王德标、陈维新、蒋荣德等进行工作。他并向大家介绍了地下党组织情况和工作情况。

地委根据省委指示讨论确定了已解放的5个县领导班子。为了给尚未解放的4个县准备干部，每个县均留下二三个区的干部到地委待命。各县新的领导班子是：

南平县县委书记秦定九，副书记周道纯（地方），县长武彦荣，组织部部长翟万昌，宣传部部长李耀春（后程克，以上均为县委常委），公安局局长李金全，县大队教导员武冲天。

沙县县委书记郑钦礼，县长王德甫，组织部部长石毓维，宣传部部长白子文（以上均为县委常委），副县长王德标（地方），县农会主席（兼县大队长）唐仙有（地方），公安局局长聂石柱。

尤溪县委书记吴炳武，县长李生旺，组织部部长李芝，宣传部部长路炳生，公安局局长原宪文（后为关合义，以上均为县委常委），副县长蒋荣德（地方），公安局副局长蔡文明（地方）。

古田县委书记蔡竞，县长卢士辉，副书记叶明根（地方），组织部部长张育魁，宣传部部长赵苏健、副部长李新文，县大队副教导员傅德义（以上均为县委常委），副县长兼县大队副大队长郑荣堂（地方），公安局局长牛天福（以上为县委委员）、副局长陈光章（地方）。

顺昌县委书记李森、副书记暨文海（地方），县长杜继周，组织部部长鲍志学，宣传部部长苏里，公安局局长李晋湘（以上均为县委常委），组织部副部长吕文龙，公安局副局长李光耀（地方），县大队副大队长陈维新（地方）。

（六）抵达南平　开展工作

8月13日，我们南下第三地委的同志由建瓯启程，经过两天步行，于8月14日到达闽北重镇南平，与地方党和游击队的负责人王文波、林志群等同志胜利会师。

到达南平后，地委即和当地工作的黄垕禹、林志群、江作宇等同志以及即将调省工作的王文波（原地委书记）举行了会师会议，共同交流了情况和研究了工作，并强调团结一致，开展工作。会后召开地委扩大会议，布置了5个县的工作和待解放县的工作。会议明确提出紧急任务是建立县区领导班子，抓好接管工作，筹粮支前，支援解放军解放福州、厦门、晋江、龙溪等地。中心任务是发动群众，配合人民解放军进行剿匪、结合进行反霸、减租减息、恢复生产、稳定社会秩序，逐步建立农会和民兵组织。这时传来我解放军十兵团解放福州的重大喜讯。各县同志于8月20日左右到达各县开展工作。各县留在地区的干部和地区机关干部，协助南平县搞好接管学校、工厂、医院等工作。并由王泽民、武英富带一部分干部到南平县西芹、夏道做社会调查工作。

南下干部到达各县和地下党同志会师后，共同研究建立了县级机关和各区的领导班子。

（一）南平县级机关：县委秘书郝世文，组织干事孔庆满，宣传干事周永旺，县政府秘书王桂芳，县财粮科科长侯同，县总工会副主席宋文正，县妇联主任肖军。各区区委书记：一区李耀春（兼），二区毕千毛，三区岳健，四区李恩举，五区秦继耀，六区郑本善，七区李凌云，八区郝兆文。区长：一区陈国锁、副区长杜金贤，二区胡昌、副区长张植生（方），三区岳健（兼）、副区长许保易（地方），四区李怀智、副区长童进财（地方），五区刘忠汉、副区长吴开基（地方），六区郑本善（兼），七区王靖一、副区长黄世诸（地方），八区王道祥、副区长吴全婢（地方）。

（二）沙县县级机关：县委秘书原效先，组织干事李海珠，宣传干事石海泉，县政府秘书李尚仁，民政科科长郝海泉，财粮科科长李儒清，建设科科长张谦福，教育科科长曾德聪（地方），银行行长张铭，工会主席吴槐保，妇联主任郝变玲。各区区委书记：一区李拴林，二区董年维，三区安庆余，四区秦保昌，五区梁殿兰，六区张永芳。区长：一区马占胜、副区长马书贵（地方），二区曹由烨（后为马补留），三区赵任经、副区长冯廉玉，四区副区长陈福科，五区房金锁，六区副区长张子谦（地方）。

（三）尤溪县县级机关：县委秘书卫守一，组织干事陈晋龙，宣传干事郝志方，县政府秘书栗树旺，民政科科长李景堂，财粮科科长程继枝，税务局局长张性善，银行行长史春成，农会主席王甲寅，工会主席杜生德，县妇联主任花巧平。各区区委书记：一区郭珠孩（后王芳芹），二区秦进忠，三区彭建文，四区杨森堂，五区李恩庆，六区李全盛。区长：一区李二丑，二区赵树德，三区霍芳，四区王显禄（后原德树），五区茹景先，六区苗全成。

（四）古田县县级机关：县委秘书王进（后叶宗游，地方），民政科科长申怀珠，教育科科长宋世洪，财粮科科长郑向中（地方）、副科长赵守经，总务科科长关耀庭，银行行长刘兴旺，县妇联主任王曼乔。各区区委书记：一区路堂锁，二区刘毅，三区张成好，四区王义科，五区牛进才，六区王进，七区关麒麟。区长：一区李荣生、副区长赵良（地方），二区秦海保、副区长谢健（地方），三区郭聚发、副区长游品超（地方），四区岳金水，五区王月孩、副区长曾广福（地方），六区李成玉，七区张健。

（五）顺昌县县级机关：县委秘书申增甫（后董森木），县政府秘书王志献，民政科科长杨春生，司法科科长路元存，财粮科科长马鸣珂，税务局局长张崇阁。各区区委书记：一区张志芳，二区赵布礼，三区李增福，四区段守成，五区张双喜。区长：一区侯仁礼，二区申增甫，三区徐松根，四区李万珍（地方），五区秦来胜。

在已解放的5个县开展工作的同时，地委为待解放的4个县准备干部，1949年9月决定由申步超（后苏里）负责办了四期干部训练班共400多人，同时省委分配我区南下服务团袁启彤、佘名英、张梅霞、施桐君等100多位同志也于秋季陆续分配到地、专机关和各县，充实了地、县领导机关。

屏南县于1949年7月由中共城工部屏南游击队攻打县城，伪县长逃跑后，伪保安队薛敬凯和伪警察局长盘踞县城。8月下旬经地委研究由黄陆团率游击队配合解放军二十八军军直属队剿匪，发动政治攻势和统战工作，促使伪县保安队陈茂康带领100余人放下武器，于10月28日解放屏南县城，12月正式宣布建立县区领导机构。县委书记暨文海，县长黄陆团，公安局局长姚日演（以上为县委委员，地方干部）。县委秘书黄益凑。设3个区：一区区长李于春，二区副区长杨居隆，三区区长魏智。随后县区领导调整为：县委书记翟万昌，副书记周道纯、暨文海，组织部部长吕文龙（以上均为县委常委），宣传部副部长张开基，县长周道纯、副县长黄陆团。县大队副队长陈维新（地方），公安局局长马占胜、副局长姚日演。县委办公室主任黄益凑、王向荣，妇联主任史春兰，农会主席黄世诸。县政府秘书李吉昌，民政科科长陈挺锷，财政科科长王教美，粮食科科长张盛贞，工商科科长修中范，银行行长王延寿，供销社主任王增田，邮电局局长许友。各区主要领导干部：一区区委书记郭根有、副书记武师发，区长魏智，副区长林万潘；二区区委书记林振枝，区长杨居隆；三区区委书记李承德，区长李玉春。

此时，我十兵团不怕艰苦，连续作战，又取得了漳厦战役的胜利。在省委领导下，一地委进入晋江地区，地委书记张慧如、副书记常化之，组织部部长智世昌，宣传部部长王炎，专员郭良，副专员林汝南（地方）。

一、六中队到晋江县，张平调任地委秘书长，县委书记张格心（华东），县长许集美（地方），公安局局长边圻。二中队到南安县，县委书记高华杰（不久调走，赵登英继任），县长邵永仕（不久调走，白盘夫、赵登英继任）。三中队到仙游县，县委书记张德贞，县长高霆。四中队到同安县，县委书记曹玉昆，县长吕雨人（不久王德秀继任县长）。五中队一部分到惠安县，县委书记尚书翰，县长王振海、朱汗膺（地方）。另一部分到莆田县，县委书记魏荫南，县长尚炯。永春县委书记刘岗，县长张连（地方）。安溪县委书记徐中杰（华东），县长王新整（地方）。

五地委进入龙溪地区，地委书记卢叨（地方），副书记李伟，组织部部长马兴元，宣传部部长罗晶，专员丁乃光，副专员陈文平（地方）。一中队到平和、南靖，平和县委书记陈天才（地方）、副书记秦秀峰，县长陈天才（兼）。南靖县委书记王成柱、副书记王杰，县长陈清定（地方）。二中队主要分到云霄县，县委书记郑国栋（不久调任地委秘书长，由肖苏继任），石瑞任县长；一部分分到诏安，武克任县委书记，杜锷生调任专署秘书主任，县长张振国（地方）。三中队主要分配海澄县，县委书记蔡良承，县长郭景舟；一部分分到长泰县，县委书记董清晨，县长藉文彦；一部分分到东山，加上二中队一部分，县委书记郭丹，县长张书田。四中队分到漳浦县，县委书记吴越飞，县长柯永麟（地方），副县长侯东明。华安县委书记兼县长平浪。五中队分到龙溪县，县委书记陈砚田，县长白珩。1949年9月下旬，中国人民政协第一届全体会议通过了《共同纲领》，选出中央人民政府委员会，毛泽东同志当选为中央人民政府主席。10月1日中央人民政府举行第一次会议，决定《共同纲领》为政府的施政方针，任命周恩来同志为政务院总理，朱德同志为中国人民解放军总司令。同日首都北京隆重举行开国大典，毛主席宣告伟大的中华人民共和国中央人民政府成立，从此中国人民站起来了。朱总司令命令人民解放军迅速肃清国民党一切残余武装，解放一切尚未解放的国土。

中共南平地委、专署及时召开了干部会议，各界人民代表会议和群众大会，热烈庆祝开国的伟大胜利，并动员干部和群众认真学习毛泽东同志的《论人民民主专政》和《共同纲领》，坚决执行朱总司令的命令。初冬，省委、省军区指示要解放将乐、泰宁、建宁三县。1950年1月，中共南平地委、军分区遵照省委、省军区的指示，决定由地委委员刘玉更和南平军分区政治部主任陈琅统一领导，二十八军八十四师的二五〇团和3个县的党政干部，经过艰苦斗争，于1950年1月31日解放将乐县。2月9日解放泰宁县，11日解放建宁县。

三个新解放县、区的领导成员是：

将乐县：县委书记刘玉更，县长鲍志学（后为武士诚），副书记兼宣传部部长李耀春，组织部部长武英富，公安局局长原宪文（以上均为县委常委）。县政府秘书王志献，商业局局长赵益斋，县委秘书郭玉琴，银行行长刘兴旺。区委书记：一区赵顶良，二区申景锁，三区赵计锁，四区程有才，五区梁羊顺。区长：一区杜金贤，二区史惠吉，三区傅敬卿，四区王良盛，五区张继敬。

1951年，中共将乐县首届党代会全体代表同志及大会职员合影

1951年6月，中共泰宁县委扩大会留影

泰宁县：县委书记申步超，县长马象图，宣传部部长苏里，组织部部长赵泉，公安局局长耿世民（以上均为县委常委），县委秘书赵三蛮，县政府秘书欧阳英（地方）、李儒清，财政科副科长王泽州，税务所所

长白书林，粮食科科长赵佐益，银行代理行长张力羽，县妇联主任周苏民。区委书记：一区赵起仓，二区申玉辉，三区甘明杰，四区李华堂、副书记史培堂，五区赵三蛮。区长；一区田连生，二区李生友，三区王德修，四区高观臣，五区白景增。

建宁县：县委书记江作宇，副书记张育魁，宣传部部长秦继耀（兼县委秘书），组织部部长程景伊，县长董德兴（以上均为县委常委）。副县长兼秘书王英贤，公安局局长刘希增，民政科科长白彦成、副科长余彦山，财政科科长王教美，粮食副科长高桂昌，银行行长李金龙，县妇联负责人王建华。区委书记：一区王春阳，二区王茂盛，三区隋裕发，四区庄敏三，五区李兆修。区长：一区白彦成、副区长王善阳，二区缪顺然后班盛，三区任华芝，四区王继友，五区王长群。

1950年2月11日南平地区全区各县先后解放，但土匪较多，尤以尤溪、将乐、古田、泰宁、建宁、顺昌等县为甚，尤溪土匪约有5000余人，将乐、泰宁、建宁有以伪中将严正为首土匪3000多人，其他各县也有三五股土匪，社会极不安定。这些土匪多数是国民党残兵败将，他们不甘心灭亡的命运，垂死挣扎，到处骚扰破坏，奸淫妇女、抢劫民财，甚至袭击、包围我区、乡公所，残杀我干部和群众。国民党闽赣边界十县县长曾集中在泰宁召开"应变会议"，拼凑"闽赣边区民众自卫军指挥部"，并推举泰宁的土匪总头目、伪国大代表、县参议长严正为总指挥官，妄图凭借闽西北山区山高林密的复杂地形负隅顽抗。他们纠集国民党政府十县要员到泰宁开会，建立"闽西北情报总站"，以加强十县的情报联络。并私自印发伪钞——"流通券"，四处设卡，明火执仗地劫掠过往客商，在建黎泰边界制造了死60余人、伤100余人的"毛店惨案"，在古田杉洋制造包围区公所三天三夜、活埋干部的"杉洋事件"，在顺昌元坑制造突袭区公所、残杀革命干部7人的"元坑事件"。土匪的所作所为，严重地威胁了人民的生命财产安全。不灭匪患，正常的社会活动便无法开展。所以，各县区除做好接管工作外，中心任务是发动群众组织农会、民兵，整顿充实县、区地方武装，配合人民解放军坚决剿灭土匪，稳定社会秩序。在剿匪中，省委给南平专区各县派来一批解放军转业干部和一部分革大、军大、警官学校培训的干部，充实了将、泰、建和各县的县区骨干力量。整个剿匪工作在省委、十兵团、省军区领导下，由我人民解放军英勇进剿和地委、军分区及各县、区领导地方武装、民兵积极配合进行的。参加剿匪部队，先是二十八军八十三师副师长陈景山率部队在闽江护航剿匪，二十九军的二六一团在顺昌县剿匪，二十四军二一六团在古田、尤溪剿匪，保证解决福厦漳泉等地主力部队作战的给养运输，接着二十八军八十四师的二五〇团和军直属部队在将乐剿匪，最后为三十二军（军部驻南平）负责闽北、闽东、闽侯4个地区剿匪，九十六师二八七团驻将乐、泰宁、建宁，二八六团驻屏南、古田一带剿匪。全区剿匪约分三个阶段：1. 全面进剿时期；2. 重点围剿时期；3. 结合土改进行群众性的清剿时期。剿匪运动限在6个月内肃清股匪。在剿匪中全区上下全力以赴，坚决贯彻中央"首恶者必办，胁从者不问，立功者受奖"的政策。特别注意在军事打击下，大力进行政治瓦解。1950年2月9日，人民解放军二十八军八十四师二五〇团三营八连、机炮连和营部解放了泰宁县城，建立了人民政府，当即组织剿匪指挥部，派遣部队剿匪。由于当时的土匪活动十分猖獗，群众不敢接近剿匪部队，剿匪部队不明情况，无从下手。此时，匪占区有一青年李金茂冒着生命危险，逃离匪区向剿匪部队报告匪情，并为剿匪部队带路，打响了泰宁剿匪战斗的第一枪，一举消灭了豫章山区绥靖司令部和匪第六纵队匪众50多人，缴获各种枪支数十支，七九轻机枪一挺和弹药一部分。在剿匪斗争中，李金茂表现非常勇敢，积极带路，并为剿匪部队借粮借草，土匪对其恨之入骨。最后，当李金茂再次深入匪区刺探匪情时，被土匪杀害了。在古田县，以国民党潜伏特务、伪军政人员魏更、姚花尤和国民党县大队队长陈作成、反共自卫军第三、第四纵队头目黄炳午、黄直云等为首的几股土匪，到处抢劫、奸淫，破坏群众参加农会，尤其是1950年2月初，土匪集结在杉洋，将刚刚建立起来的七区区公所包围了三天三夜，区委书记关麒麟等同志与匪进行了顽强的斗争，打退了土匪多次进攻。土匪无计可施，便将区中队几个队员家属捆绑到区公所门前，逼她们叫门。在这紧急关头,关麒麟等同志为了保护人民生命安全,当机立断,冲出门去与土匪展开生死搏斗。由于寡不敌众,关麒麟、孟连珠等7位干部被捕。当路经一个悬崖旁时,孟连珠拖着一个土匪滚下山崖,结果被土匪开枪打死。土匪又将关麒麟、刘学礼、赵克俊三人拉到偏僻处,逼其投降。关麒麟等同志宁死不屈,终于被活埋在山岭下。

1951年12月15日,中国人民解放军在泰宁、大田搜缴匪首廖其祥、严正共用的电台

1949年南平解放不久,长江支队三大队一中队三小队干部奉命进驻樟湖区公所。当时,土匪乘部队调防之机大肆活动,经常出入溪口村扰乱破坏,区委决定派张全福、李双喜带工作组和剿匪部队进驻溪口。1950年2月,匪首沈书明与溪口伪保长合谋,带匪众潜入溪口。李双喜闻讯(张全福不在),立即带领部队兵分两路前往包围,李英勇无畏,冲在前面,突遭匪徒机枪射击,当场壮烈牺牲。1950年5月8日凌晨4点半,顺昌县元坑区公所被土匪和恶霸地主组织的大刀会匪徒300多人包围。敌从四面八方蜂拥而来,把元坑区公所(肖家祠堂)围得水泄不通。当时区公所内仅有县委组织部副部长吕文龙、区委书记段守诚等6位干部和6位武装人员,他们英勇抵抗,与敌展开了顽强的战斗。后来,疯狂的敌人放火烧开了大门,冲进了屋内,高喊要活捉区干部。区干部誓死不投降,且战且退,子弹打光了就用石块投掷,最后冲出了包围圈。在这次战斗中,小通讯员卢来福被杀害,干部黄长严和6名区中队队员被俘,后被匪徒吊死、打死在郑坊村的山坡上。但匪徒们的下场是可悲的,最终都落入人民的法网:1951年1月15日,活捉福建人民反共突击军第七纵队中将司令严正;2月19日,击毙反共救国军五十二师师长谢建国;2月底,反共自卫军第三、第四纵队匪首黄直云、黄炳午被活捉后,全区各县的土匪已基本消灭。在剿匪中,涌现出尤溪县林旺高、泰宁县吴立儒等先进英雄人物,受到省政府、省军区的表彰,在华东《解放日报》上做

了专题报道。为剿匪而牺牲了的古田县区委书记关麒麟和孟连珠、刘学礼、赵克俊，尤溪县区长王凤善和刘芳燕，将乐县王文生，泰宁县区农会主席廖启龙等区、村干部，以及李金茂等积极分子，成了人们永远怀念的革命烈士。在开展剿匪的同时，各县发动群众进行反霸和减租减息斗争，积极恢复生产。经过剿匪、减租减息、恢复生产，全区各县基本建立了村级政权和农会、民兵等基层组织，并开始建立了农村党组织。

1950年12月，南平专区第一届农业生产会议

1950年6月上旬，中共七届三中全会通过了毛主席《为争取国家财政经济情况的基本好转》的报告。6月中旬，中国人民政协一届二次会议讨论改革土地制度问题。下旬中央人民政府公布了《中华人民共和国土地改革法》。南平地委遵照省委指示，动员各级干部认真学习中央两个文件，联系实际做调查研究，为实行土地改革，争取财政经济好转努力工作。

新中国成立后，美国政府不甘心援蒋战争失败，继续帮助蒋介石轰炸我上海等城市，在福建先后轰炸了建阳城和福州市，并搞沿海封锁。1950年6月25日爆发了美帝国主义侵略朝鲜战争，27日美国总统杜鲁门宣布武装干涉朝鲜内政，同时侵占我国领土台湾。宣布美国政府决定美军第七舰队进入台湾海峡，侵略我国领土领海领空。28日周恩来总理发表声明，强烈谴责美国侵略朝鲜和中国台湾，干涉亚洲事务，把战火烧到我国东北边境，严重威胁我国安全的罪行。10月8日党中央做出抗美援朝保家卫国的战略决策，毛主席、朱总司令发出中国人民志愿军入朝作战的命令，协助朝鲜人民反对美帝侵略。经过两个月的作战，把敌人赶回"三八线"，扭转了战局。我抗美援朝取得胜利后，美国务卿杜勒斯又提出实行"和平演变"的战略，妄图颠覆新中国。毛主席十分敏锐地察觉到这个问题的严重性，提出要提高警惕、防止和平演变。

南平地委和全国一样开展了广泛深入的抗美援朝宣传教育运动，并发动干部和群众给志愿军捐款购献飞机。经过宣传教育，提高了广大干部和群众的爱国主义和国际主义觉悟，支援了朝鲜人民抗美战争。此时我们地区根据中央和省委指示进行镇压反革命工作，对极少数坚持反动立场的反革命分子，进行坚决镇压，鼓舞了人心，安定了社会秩序。经过抗美援朝教育工作和镇压反革命，进一步推动了经济恢复工作，物价稳定，为土改工作创造了条件。

1951年，泰宁县欢送赴朝参战人员留影

根据党中央和省委、省政府指示，南平专区于1950年秋开始到1951年底，全区各县进行了土地改革工作。根据《中华人民共和国土地改革法》和《中央人民政府政务院关于划分农村阶级成分的决定》，地委于1950年秋季发出了关于土改工作的指示，并在南平县做了调查研究，帮助该县在大横乡小仁洲村搞土改试点。各县也先后于1950年冬和1951年春，由县委主要负责同志亲自进行土改试点，并在试点基础上训练土改骨干，组成大批土改工作队，分二批或三批开展土改工作。各乡村进行土改，一般均经过调查研究，发动

1951年9月，建瓯县党政负责同志与赴朝慰问团青年文工团全体同志合影

1951年5月，建阳地委土改检查组留影

群众，划分农村阶级；对不法地主恶霸开展面对面的说理斗争，没收地主土地、森林；根据政策合理分配土地和财物等几个步骤。并坚持了土改和生产一齐抓的原则，做到土改、生产两不误。经过土地改革运动，废除了封建土地制度和消灭了封建势力，实现了农民的土地所有制，全区合计没收封建土地近200万亩，约60万农民分得土地，使无地少地农民获得了土地，人均分得土地2亩多，林地4亩左右。如南平县共没收封建土地24.9多万亩，分田农民9.9多万人，古田县没收封建土地33万多亩，分田农民15.3多万人，因而使农民真正得到了解放，政治思想觉悟提高，真正成为国家的主人，成为党在农村的可靠基础。由于这次新区土改是总结了老区土改的经验教训，严格执行了中央政策和群众路线，坚决贯彻了依靠贫农、团结中农、保护工商业、消灭封建、发展生产的方针，因而土地改革运动是健康的。结合土改在群众觉悟的基础上进一步肃清了残余土匪，使广大农村进一步安定。经过土改进一步健全了农会、民兵组织及村政权机构，并在大部分乡村发展了党员，建立了党的基层组织。

根据党中央"土地改革的根本目的是为了解放农村生产力，发展农业生产，为新中国的工业化开辟道路"的指示，1952年南平地委在全区各县开展了向农民进行组织起来的宣传教育。在农村广泛开展互助合作生产运动，成立了各种合作组织，积极兴修水利，恢复农业生产，逐步引导农民走组织起来的社会主义道路。

由于肃清残余土匪的胜利，土地改革的实施，农村生产力得到了解放，发展了农村经济，全区各县粮食生产都超过了刚解放时（1949年）的产量，有的县如将乐县1952年粮食产量达到6000余万斤，大大超过了1949年解放时3600余万斤的产量，初步改善了人民生活。

在这两三年中，在城镇做好接管工作的同时，抓了统一货币，稳定物价，恢复、发展工商业生产和文化教育事业，保证国家、军队和省的重点建设。对军委要求扩建上饶至南平、建瓯经古田至福州的公路，以适应国防建设的需要，不折不扣地完成；建立水运公司，加强南平至福州的水运；在古田溪水电梯级开发上，张鼎丞同志强调自力更生，艰苦奋斗，进行电站一级一期工程建设。地委、专署和有关县委、县政府，均认真进行思想动员，组织人力、物力保证重点建设。

经过这一段工作，初步了解闽北南平专区发展经济潜力极大：1. 在粮食和经济作物种植业有很大潜力。全区人口不足百万，而面积却占全省土地面积的15%。但粮食产量低，荒地较多，山地可供开发种植的面积为数不少。2. 在林业方面，南平、尤溪、顺昌、沙县为全省林业生产重点地区，将乐、古田、屏南、建宁、泰宁也有丰富的林业资源。全区荒地甚多，气候适宜发展林业，对保持水土、改善环保等方面的社会效益极大。3. 土特产丰富如茶叶、笋干、莲子、松香、纸张等大有发展前途。4. 在水力资源方面，建溪、富屯溪、金溪、沙溪、古田溪、尤溪等闽江上游中游一带，水力资源极为丰富。整个闽江水量相当于黄河。山多落差大，对发电、防洪、灌溉、水产、水运、城乡供水、开发滩地、发展旅游等潜力极大。综合治理闽江和其他江河，可以解决福建农业、能源、交通、供水、旅游、财政等问题，是发展福建社会主义经济根本性的大事，是利国利民的大业，是农业和整个经济的命脉，是发展国民经济的动力工业、先行工业和基础产业。5. 在矿产方面，资源也很可观，如将乐、顺昌、南平等地的石灰石、大理石、石英石，古田、泰宁的瓷土等蕴藏量丰富。这些优越的自然条件，是今后福建社会主义经济大发展的很好基础。

新中国成立初期的这段时间里，华东局、华东军区负责人陈毅同志亲临南平视察指导，省委书记张鼎丞、十兵团司令员叶飞等同志多次路经南平视察指导，对我们开展工作，促进极大。在省委、省政府、省军区领导下，经过剿匪、反霸、抗美援朝宣传教育，镇反和土地改革、恢复发展生产等工作，党在广大群众中，树立了威信，广大群众热爱党、热爱国家觉悟有了很大提高。南下同志到达南平地区后，以南下干部为骨干，结合坚持游击战争的同志，部队转业干部和南下服务团、革大、军大、警校的同志，以及新培养的大批地方干部、广大党员，在几年的艰苦斗争中，经受了严格的考验和锻炼，绝大多数同志树立了为人民服务的思想，发扬了我党艰苦奋斗，密切联系群众的优良传统，为以后社会主义改造、社会主义建设打下了基础。在此，我们对在剿匪对敌斗争中英勇牺牲的烈士们致敬，对因公积劳成疾去世的同志表示怀念！

（七）任重道远　奋勇向前

现在，我国已进入社会主义现代化建设时期，经济建设是中心任务。阶级斗争已不是主要矛盾，但阶级斗争还在一定范围内长期存在，在某种条件下，还有可能激化。存在坚持四项基本原则和资产阶级自由化的长期斗争，存在着国际反动势力搞"和平演变"与反和平演变的长期斗争，我们必须清醒地认识和正确地处理这方面的问题。

坚持四项基本原则是民富国强的立国之本，是保证安定团结的政治局面和根本原则。坚持四项基本原则和坚持改革开放都是为着解放生产力和发展生产力，这是社会主义的本质，在坚持一个中心两个基本点的问题上，我们要警惕"右"，但主要是防止"左"，"右"的表现主要是否定四项基本原则，搞资产阶级自由化。"左"的表现主要是看不惯改革开放，甚至否定改革开放。我们必须正确地认识，"右"和"左"都可以葬送社会主义。这是我党的一条重要历史经验。存在着国际反动势力搞"和平演变"与反和平演变长期的斗争，这是一个不以人们意志为转移的客观存在。搞"和平演变"、搞资产阶级自由化，就是走资本主义道路。如果我们不认真坚持社会主义，坚持社会主义的精神文明和物质文明建设，坚持一手抓建设，一手抓法制，资本主义就会逐步融进社会主义，社会主义就会走上邪路。

革命道路仍很遥远，担子依然沉重，我们必须：一、坚定地走社会主义道路。马克思、恩格斯创立唯物史观和剩余价值论，分析了资本主义社会生产的社会化同生产资料私人占有之间的基本矛盾，指出：社会主义取代资本主义是社会发展的客观规律，是社会发展的必然趋势。只有社会主义才能救中国，只有社会主义才能发展中国。不坚持社会主义道路，就要回到半封建半殖民地的旧中国。二、坚决维护共产党的领导。中国共产党是马列主义的政党、是工人阶级的先锋队，它是领导中国各族人民建设中国特色社会主义的坚强核心，没有共产党就没有新中国，也就没有现代化的社会主义中国。三、坚决维护人民民主专政，它是发扬人民民主、健全人民法制、加强对反动势力的专政，保证社会主义现代化建设的有力武器。没有人民民主专政就不可能有社会主义民主，我们就不可能保卫政权，也不可能建设社会主义。热诚拥护人民解放军，它是我党领导的人民子弟兵，是人民民主专政的坚强柱石，是保卫社会主义国家的钢铁长城。没有人民军队、就没有人民的一切。四、坚决拥护改革开放，它是我们国家强国之路。改革是社会主义制度的自我完善和发展，开放是学习外国先进技术、利用外资的必要手段。改革开放是有计划有选择地引进国外对社会主义建设有益的东西，但绝不能引进资本主义制度和它的丑恶腐朽的东西。不坚持改革开放，中国现代化建设就没有希望。五、坚持群众路线，依靠群众，调查研究，解放思想，实事求是，发扬自力更生、艰苦奋斗的优良传统和理论联系实际密切联系群众，批评和自我批评的作风。总结我党建设社会主义的历史经验，特别是党的十一届三中全会以来的经验，这就是：任何时候都必须坚持党的四项基本原则；坚持建设有中国特色的社会主义理论；坚持党在社会主义初级阶段的基本路线。特别要坚决贯彻执行党的十四大精神和十四届三中、四中、五中全会决议，才能有效地建设有中国特色的社会主义，才能把我国建设成为社会主义现代化的强国。这是我们党所以能够经受政治考验，顺利走向社会主义、共产主义的可靠保证。

（选自《中共太行、太岳南下区党委第三地委入闽史料》，南平市委党史研究室编）

中共建阳（第一、建瓯）地委

1949年8月，中共建阳地委与南下干部在建瓯会师，正式成立中共福建省第一地方委员会（驻地建瓯县）；11月改称为中共福建省建瓯地方委员会，地委机关迁驻建阳县。1950年9月改称为中共福建省建阳地方委员会。

1956年6月，撤销建阳地委，将其并入南平地委，原建阳地委所辖的建阳、建瓯、邵武、浦城、崇安、光泽、水吉、松溪、政和9个县委划归南平地委领导。

建阳地委领导先后任职：

书记陈贵芳（1949.8—1952.4）

书记郭述尧（1952.4—1953.2）

书记张格心（1953.2—1955.4）

书记王文波（1955.4—1956.6）

第二书记王文波（1954.12—1955.4）

第一副书记肖文玉（1952.3—1952.6）

第二副书记张格心（1952.4—1953.2）

副书记郭述尧（1949.8—1952.4）

副书记高华杰（1953.2—1954.8）

副书记赵毅（1954.12—1956.6）

副书记任璜（1955.9—1956.6）

常委肖文玉（1949.8—1952.3）

常委崔予庭（1949.8—1950.5）

常委张格心（1950.5—1952.4）

常委高华杰（1952.5—1953.2）

常委赵毅（1952.12—1954.12）

常委王文波（1953.2—1954.12）

常委李云诚（1953.7—1956.6）

常委任璜（1955.4—1955.9）

常委胡锦望（1955.4—1956.6）

常委韩向阳（1955.8—1956.6）

常委郭亮如（1956.1—1956.6）

常委杨柳（1956.3—1956.6）

建阳（第一、建瓯）专员公署

1949年8月，成立福建省第一行政督察专员公署（驻建瓯县、11月迁驻建阳县）；1950年4月，改称为福建省建瓯行政督察专员公署；9月，改称为福建省建瓯地区专员公署；1955年3月，改称为福建省建阳专员公署。1956年6月（国务院3月批准），撤销建阳专署建制，将其并入南平专署，原属建阳专署管辖的建阳、建瓯、邵武、浦城、崇安、光泽、水吉、松溪、政和9县全部划归南平专署管辖。

建阳专署领导先后任职：

专员郭述尧（1949.8—1952.10）

专员王文波（1952.10—1955.10）

专员杨柳（1955.10—1956.6）

副专员张翼（1949.8—1952.1）

副专员任开宪（1949.8—1953.8）

副专员刘健（1950.12—1952.6）

副专员李波涛（1952.10—1954.7）

副专员郭亮如（1954.6—1956.6）

副专员雷宏（1954.6—1956.6）

副专员侯林舟（1955.7—1956.6）

副专员郭洪元（1956.1—1956.6）

（摘自《中国共产党福建省组织史》，1992年12月第一版）

长江支队二大队一中队（主要由沁县干部组成）南下福建开展工作纪实

山西省沁县政协

沁县是革命老区，解放战争时期，沁县踊跃参军的人数就有1.3万余名；同时积极报名，奔赴新解放区工作，援外干部多达5000余人。

1949年元旦，新华社发表了《将革命进行到底》的新年献词。党中央、毛主席发出了"打过长江去，解放全中国"的伟大号召，同时决定从老解放区抽调大批地方干部随军南下，接管江南新解放区工作。按照上级党委的指示，沁县籍干部120人组成了中国人民解放军长江支队二大队一中队，汇入了南下大军的滚滚洪流。

组建队伍

1949年1月，中共岳北地委（第一专区）根据党中央的决定和太岳区党委的指示，从地直机关和所辖的沁县、沁源、安泽、屯留、长子五个县选拔了611名干部（其中干部500名、后勤人员111名），加上灵石、霍县两县南下干部和后勤人员141人，总共752人。在这一过程中，上级要求沁县县、区两级党政领导干部的正副职要一分为二，去留各半，选调1个县7个区的全套党政班子干部随军南下。

按照上级党委的指示，1949年3月，沁县抽调120名干部组成了1个县级班子和7个区级班子，由县委书记肖文玉（沁县籍）带队，随军南下接管新解放区。这些干部中,有第一次国内革命战争时期的老党员,有第二次国内革命战争时期包括北上抗日又南下的老红军,也有占大多数的抗日战争时期参加工作的年轻老干部,还有少数第三次国内革命战争时期参加工作的青年干部。他们的年龄大多在二三十岁之间,少数人四十多岁,年龄最小的只有十五六岁,可谓年轻力壮,朝气蓬勃。

1949年2月,山西沁县县委会全体欢送南下同志合影

1949年3月,山西沁县欢送南下干部留影

慷慨南征

1949年3月13日，随军南下的120余名沁县干部从故乡出发。数千名群众走上街头，像欢送子弟兵上前线一样，敲锣打鼓、载歌载舞为亲人送行。经过3天行军，沁县南下干部到达长治市，与安泽、沁源、屯留、长子等太岳区其他各县的南下干部会师。在会师会上，太岳区党委和行署的主要负责同志出席了会议，行署主任牛佩琮、组织部部长郭钦安分别在会上讲话，他们分析了形势，鼓励南下同志发扬太岳区军民一不怕苦、二不怕死的革命精神和优良传统，为建设新区贡献自己的力量。

在河北武安集结后，南下干部队伍编为中国人民解放军长江支队。沁县南下干部被编为长江支队二大队一中队，中队长李一农、教导员赵毅。（赵毅，山西介休人，时任沁县县委副书记、书记；李一农，武乡人，时任太岳区行署教导队主任）

经过2000多公里的艰苦行军，7月28日，长江支队二大队一中队终于随南下的大部队进入福建的浦城，休整数日后，于8月5日到达当时福建省委所在地建瓯县。8月11日在建瓯大戏院，召开了南下同志与坚持地下斗争的同志和游击队干部的胜利会师大会，对两地干部携手共同建设新福建打下了良好的基础。

扎根建阳

根据省委决定，长江支队二大队分配在建阳地区工作，主要由沁县籍干部组成的一中队分配在建阳县。根据工作需要，一中队原7个小队中，第一至五小队随中队到建阳，第六、七两个小队归二中队分配在建瓯的两个区工作。留守在江山和渡口镇的伤病员也于同年10月回归各自的队伍。

在建阳，一中队与坚持在本地斗争的地下党和游击队同志又举行了会师

长江支队在闽北

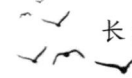

1949年8月13日，长江支队二大队一中队第一至第五小队全体同志欢送留闽建瓯第六、七小队离别合影留念

1950年2月，建阳县第一区全体干部合影

会，地下党县委的领导张翼以及中队领导发表了热情洋溢的讲话。随即成立了县委领导班子，后因张翼调地委工作，新县委由赵毅任书记，李一农任县长，胡锦望（沁县籍）、肖更旺（沁县籍）分任组织部部长、宣传部部长，张守忠（沁县籍）任农会主席，牛静华（沁县籍）任公安局局长，地下党的赖求兴、叶宗忠参加县委，并分任县大队长和公安局副局长。当时省会福州尚未解放，人民解放军正向福厦等地进军。新县委成立后，立即进入工作状态。一方面深入农村发动群众，打倒地主恶霸分田地、征粮食征军服支援前线；另一方面在各区成立"区中队"以武工队形式进行剿匪，为福建全省的解放做出了贡献。

伴随着接管政权、维护政权、巩固政权等各项工作的开展，也出现了一些有趣的现象。在北方干部成建制随军南下接管政权这个特定的历史背景下，福建解放初期的许多县级政权中，曾出现一个县内掌权的干部几乎均为北方某县籍干部的现象。例如，由沁县干部组成的长江支队二大队一中队接管了建阳县（现为县级市），在很长一段时期里，县里开党政干部会议往往是沁县口音唱主角，于是，有人戏称建阳县为"小沁县"。直到"文革"期间，

1950年元旦，建阳一区区干队全体留影

1950年12月，建阳县公安局兴师剿匪讨伐留影

1950年初，在建阳将口剿匪归来

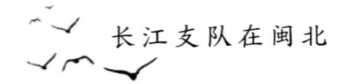

这种现象才有所改变。

踊跃支前

1949年8月，福州尚未解放。中国人民解放军长江支队二大队一中队于8月14日到达建阳后，县委把支前工作列为首要的紧迫任务，突出抓了两件事：

一是抽调干部带领民工运送军用物资，支援前线解放福州。在会师期间中队领导就抽调张进荣（沁县籍）、李培荣（沁县籍）、李巨才（沁县籍）、张永胜、马俊先（沁县籍）、李太云（沁县籍）等六位同志，由张进荣负责，带领民工到当时的解放福州指挥部所在地建瓯县培汉中学报到。他们一行人到指挥部报到后，领导安排他们带领建阳、松溪、政和三县民工数百人（其中建阳县300余人），组成一个支前大队。张进荣任大队长，部队一名同志任教导员，张永胜负责总务。支前大队下辖四个中队，任务是随解放大军解放福州，负责运送弹药，抬担架救护伤病员。临行前，领导指示他们要带好民工队伍，做好解放福州的支前后勤保障工作，为解放福州贡献力量。8月12日支前民工大队开始运送炮弹、子弹、手榴弹等，有的抬，有的挑，随解放大军沿建瓯往福州的公路向福州挺进。布满三角形石头的崎岖山路异常难行，民工大队脚上穿的是草鞋，走不多远鞋底就磨穿了，脚被尖石磨出血泡，只能忍痛前行。一路上烈日炎炎，烤得人们头昏脑涨、汗流浃背，有人晕倒，天上还有敌人的飞机空袭骚扰，但民工大队肩负重任沉着前进，秩序井然。行军路上，饮食、休息失去了正常规律，白天不能按时吃上饱饭，晚上就在公路旁和衣而睡。有的人病了，感冒、发烧、拉肚子，又无医生和药品，条件非常艰苦。但大家为了解放福州，坚持带病行军，运送物资，把痛苦、疾病和疲劳都抛到了九霄云外。经过一路上日晒雨淋的艰难行军，支前队伍到达古田县城待命。长江支队三大队的康裕同志带领的沙县民工中队也划入支前大队。此时他们见到了民工指挥部指挥左丰美、政委黄国璋和政和县县长侯林舟等同志，在他们的领导下，支前大队继续工作。8月17日，福州解放。

喜讯传来，大家万分高兴。后来参加了在古田县城召开的庆祝福州解放欢庆胜利的大会，黄国璋同志在大会上讲了话。支前大队奉命于8月24日由古田县城前往谷口把弹药交给总部后，走小路返回南平。走到葫芦山李巨才同志突然拉肚子，但继续随行至南平。从南平步行到建瓯后，建瓯地委办公室的李波涛同志接待了他们。随后，他们向专员郭述尧同志汇报了支前的情况。在建瓯住了几天回到建阳县后，又向县委做了汇报。地县领导对他们圆满完成支前任务表示满意和赞扬。

二是发动群众，征集和运送粮草支援前线。当时建阳县共设五个区，各区同志到达工作岗位后，首要任务是发动群众，征集和运送粮草。全县还建立了城关、将口、徐市、后山、莒口、麻沙六个粮草集运站。上级下派全县征粮任务1100万公斤。据统计，从1949年底到1950年上半年，全县共征集粮600万公斤、柴草100万公斤，先后组织民工700余人、船只300余条，抽调6名干部由舒海水带队，在解放军掩护下，将粮食和柴草从建阳运往南平随后转运福州。

漫 漫 征 途
——长江支队第二大队二中队随军南下记

黄伟栋

星移斗转,岁月流逝。在新中国前夕的1949年1月,我们积极响应党中央、毛主席《将革命进行到底》的号召,随军南下,至今已四十余年。回忆往事,犹如昨天发生,是那样的惊心动魄,那样的情真意切,令人难以忘怀,现据实整理,以资纪念。

大地回春　安泽砺兵

安泽县位于山西太岳区霍山南麓,古名岳阳,民国初年改名安泽。早在三十年代初期就有了党的组织,1937年8月抗日战争爆发不久,组织了"抗日牺牲救国同盟会"(简称"牺盟会")。11月,第三行政公署派原长治中心区巡视员邓肇祥(中共党员)接任安泽县县长。从此,建立了抗日民主政府,开展抗日工作。朱德总司令、左权参谋长于1938年2月间,率八路军总部途经安泽城关,2月20日应当地组织要求对广大干部做了一次《转敌后方为前线》的报告。还于24日到27日在三不管岭府城镇以东及古县七里坡,三次阻击日寇。1938年7月,抗日政府为适应对敌斗争形势,转移到和川镇。9月太岳区党委派来八路军工作团,当即组成县工委,由团长张潮兼县工委书记,副团长宋川为副书记。抗战初,1941年到1943年,太岳行署机关、军分区(对外称广东部）的薄一波、陈赓、牛佩琮、孙定国等领导，曾长期在贾寨、亢驿、宝丰一带工作；1944 年后又到河阳、杜村（行署驻地）领导太岳革命根据地工作。为适应斗争需要，安泽县临屯公路以南区于 1941 年建立翼氏县，后于 1946 年并入安泽。

在抗日战争的十四年中，除城关、旧县、草峪岭、小鲁山、黄梁山等处曾为日军占作据点外，百分之九十以上的地方均为太岳根据地的老解放区。对上述一些敌占据点，经我发动群众，组织军民，开展各项斗争，敌人于 1943 年至 1944 年撤走，最后一个据点的城关之敌到 1945 年 5 月才狼狈溃逃。

在抗战与解放战争期间，安泽人民在党的领导下，历经减租减息、民主建政、反奸清算、发展抗日武装，进行土地改革等运动；在参军参战、支前征粮等运动中，表现得非常出色。抗战初即组织"沁河游击队"，后来发展为安泽独立营，随后编入八路军建制，留下连排干部又成立了"霍山游击队"。英雄的安泽人民在党和人民政府的领导下，有四千多人参军，仅 1947 年 9 月一次就有两千人报名。解放平遥、临汾、闻喜、霍县等战役，县里都组织了武装民兵和担架队支前参战，较远的一次是 1947 年秋，全县组织了近千人的民工支前队，随陈、谢大军强渡黄河，去解放豫西地区支前参战。与此同时，还为支援东北、晋南、河南等新解放区调了几批干部，其中有县委书记石平，武装干部杨晋升、李书文，副县长巨和勤，科长吕滋生等同志。

随着辽沈、淮海、平津三大战役的胜利，党中央发出了"打过长江去，解放全中国"的伟大号召，华北局于 1948 年 12 月 29 日作出《准备外调干部及补充干部缺额的决定》，要太行、太岳两区党委组织选调一批得力干部组成一个区党委，包括党、政、军、群、省、地、县、区的全套班子，随部队挥师南下。

大地回春，万物复苏。安泽县委接到上级党委的通知后，经过充分准备，于 1949 年 1 月份召开动员大会，由县委书记葛莱作报告，他对全国的胜利形势作了分析讲解，深入浅出，通俗易懂；还组织大家学习 1949 年的元旦社论《将革命进行到底》。会上发布了自愿报名到新区工作的号召，并在会上宣布了调干条件：党性强、政治觉悟高、组织观念强、有领导水平、有独立工作能力、身体好等。经过学习，大家在胜利形势的激励、鼓舞下，争先恐后地报了名。当然也反映出了一些问题，这次调干数量之多（一个县的架子），时间之紧（半个月内就要出发）是以往所没有过的，所以在是否报名远赴他乡，思想上经历了激烈斗争，少数同志有"革命不离家"思想，他们想的是"三十亩地一头牛，老婆娃娃热炕头"。怕艰苦不愿报名，有的人虽然报了名，但却怀着"可能不被批准"的侥幸心理。后经大会动员，在骨干的积极带动下（当时传达了华北局的决定：凡随军南下的干部、职员均为军人，其家属一律以革命军属优待），绝大多数同志表示坚决服从组织决定，愿到最艰苦的地方去工作，积极准备南下。

根据工作需要和各人的实际情况，全县干部一分为二（包括县直各部门和区里的正副职）有去有留。留下来的坚持做好工作，去的充分准备，待命出发。最后报上级党委，批准了70名干部南下（另有10名警卫、通讯、炊事等服务人员），并组成南下县委班子：县委书记孟健、县长雷宏、组织部部长苏琴、宣传部部长梁生光、县公安局局长杨柳。由县长雷宏任队长，孟健任教导员。县直党政群系统干部编为一、二小队，三至七队的五个小队为各区干部组成，区委书记为党小组组长，区长为小队长。

在出发前的十几天中，和川镇（县府所在地）处于沸腾状态，一方面是待命的同志秣马厉兵，整装待发，县里为出征同志每人做了一套粗棉布灰色军装，大家都准备好了行军用品，如干粮袋、背包袋、挂包等；另一方面是单位领导同远征的同志互致临别赠言，合影留念，许多同志是本地土生土长，参加革命后也未出过远门；有的同志新婚不久，有的父母年老、子女幼小，要远调外地了，少不了回家乡告别亲人，安顿家庭。有的虽是外省外县籍干部，但在安泽工作多年，与当地干部群众建立了深厚的感情，突然要离开生死、患难相交之地，自然免不了产生留恋之感。许多人不远数十里之遥来和川镇看望送行，其情依依不舍。县里为欢送南下干部，还调来老城关南路梆子剧团，在二郎圪塔庙里演出《将相和》《闯王进京》，为南下干部壮行。文化部门用文艺、漫画等各种形式，宣传了三大战役的胜利。连日里和川镇街上人来人往，热闹异常。经过半个多月的准备，我们南下中队于1949年3月10日，从安泽的和川镇出发，迈出了南下征途的第一步。

长治汇合　武安集训

当时，太岳区的南下干部以地区为单位编成大队，县编为中队，我们安泽原为太岳一地委所辖，编为第二中队。沁县、沁源、长子、屯留等县分别编为一、三、四、五中队，集中地点在长治市（旧称潞安府）。离开和川镇，当天下午到了沁源县，受到岳北地委领导和群众的热烈欢迎。当晚招待安泽、沁源的南下干部，看了"绿茵"剧团演的新编现代剧《军民鱼水情》。后又经三天行军于3月15日到长治市，停了两天。太岳区党委派行署牛佩琮主任、区党委组织部长郭钦安专程来长治，为新组建的3个地委、15个县委的领导班子和一千多名南下干部送行。17日上午召开了欢送大会，会上郭部长和牛主任分别讲话，他们的讲话大意是：当前形势是，三大战役已经胜利结束，蒋匪军的主力部队已被我基本消灭。长江以北如太原、安阳等城市蒋军占据的孤点不日即可解放。国民党的军队望风披靡，节节败退，中国人民解放军正以排山倒海之势向长江流域推进。蒋军退到江南的兵力只有120万，敌我力量已经发生了根本变化，蒋政权的垮台已是必然。并指出了我们这次南下的有利条件和存在的困难，接着就如何开展工作讲了四点意见：一、要根据当地的实际情况，充分发动群众、组织群众，依靠群众开展工作。二、一切从实际出发，要切实注意理论与实践相联系，要求大家都注意调查研究，做好艰苦细致的思想工作，要切切实实地工作，不要生搬硬套，防止教条主义和经验主义。三、政策和策略是党的生命，要求大家学习党和政府的各项政策，如城市政策、工商业政策、新区土改政策等。四、要充分注意团结，团结就是力量，到一个新的地方，新的环境，要注意团结各方面力量，把老解放区的不怕艰苦、不怕困难的好作风带到新区。还提出和太行同志会师后，要搞好团结，克服困难，胜利完成南下任务。

最后，由刘尚之同志代表南下干部讲话。他表示一定要牢记党的教导，好好学习，刻苦工作，以实际行动来回答党组织和老区人民的培养和关怀，战胜一切困难，完成组织交给的光荣任务。

会后还在广场合影留念。

为充实二中队人员，大队领导还调来了雷普、郭秀珍、秦光、赵存旺、王素香、李健、史文兰、张日新、樊占彪九位同志。

区党委领导分头到各中队驻地看望了南下同志。之后，还给每位同志发了一件白衬衫，一本印有"打过长江去，解放全中国"红色大字的笔记本和一块防雨油布。这块黄色油布对我们长途行军的同志来说，用处可大呢。雨天可防雨，宿营可铺地防潮，又可做背包的包单，大家将它视为珍物。

3月18日，太岳南下干部队伍从长治出发时，太岳区的领导同志及长治市党政军民整队在英雄北街，敲锣打鼓欢送我们。离开长治一路东进，经过微子镇、潞城、黎城、东阳关、涉县、河南店。3月21日夜间，在河南店乘坐了当时太行山区唯一的一列专做运煤的小火车，车上没有座位，因人员太多，队部通知一个车厢里要上足55—60人，于是就一个挨一个地紧紧挤上车厢。头一回坐火车，开始时兴奋不已，到后来拥挤得难受，只能在心里暗暗叫苦。但再想想步行跋涉的情形，又感到满足了许多，大家苦中作乐地说："这样好，站着摇晃摔不倒""越挤越暖和"。第二天天亮下车时才看清对方的面孔，哈哈大笑起来，原来每个人都被煤灰抹黑了脸，都成了"黑老包"。

3月22日到了武安县，受到太行干部的热情接待。我们中队住在一个大院内，每个小队都分到一间房子。炕上不够睡的，就在地上铺谷草打地铺。武安县城虽然不大，但街道挺直的，房屋还算整洁，十字街头人来人往，颇为热闹。这里是太行六地委所在地，当时也是华北局太行太岳南下干部会师、整编学习、待命之地。

经过整编，将两个区党委抽调的4000多人，按6个地委、专署的架子，统一编为6个大队。专员任大队长，地委书记任政委。30个县编为30个中队，县长任中队长，县委书记任教导员。为了保密和行军方便，南下区党委对外番号为："中国人民解放军长江支队"（简称"长江支队"），随第二野战军南下。编组后，学习生活军事化，统一作息时间。每日早晨以中队为单位出操跑步，还上了好几次军事课，按军人须知讲三大纪律、讲军风纪、讲防空疏散、战地救护、夜间行军等知识和注意事项。支队组建就绪后，召开了县委委员以上干部会议。接着于3月30日南下区党委（即支队）在武安召开了第一次南下干部大会。区党委书记冷楚在大会上讲了当前形势和任务，主要内容是传达党中央七届二中全会精神，他首先讲了当时敌我力量的变化，我们的胜利和国民党蒋介石的失败已成定局，今后作战不外是三种方式：一是天津式，即用强大火力消灭敌人。二是北平方式，通过和平谈判解决问题。三是绥远式，即围而不打，逼其自动投诚。他还讲到我们这次南下，接管的新区、不仅有小城市，还有大城市。过去是农村包围城市，现在形势发生变化，中央决定从现在起要由城市领导乡村，这是战略性的转变。今后必须做好城市领导乡村的工作，依靠工人阶级，加强工农联盟，把革命进行到底。接着指出：夺取全国胜利只是万里长征走完了第一步。党的七届二中全会指出：在胜利面前务必保持谦虚谨慎，不骄不躁，艰苦奋斗的作风。在拿枪的敌人被消灭以后，不拿枪的敌人依然存在，我们决不可以轻视这些敌人，更要警惕他们用糖衣裹着的炮弹向我们进攻，我们绝不能在糖弹面前打败仗。我们南下的两个任务：一是铲平反动基础，二是在胜利后建设新中国。任务是艰巨的，但也是光荣的。当前的首要任务是学习，学习党的七届二中全会文件，正确地掌握党的方针政策，克服盲目性，加强组织性，反对自由散漫，做一个坚定不移的无产阶级革命战士。

会上还宣布了支队领导名单：政委冷楚，支队长刘裕民。我们第二大队政委王竞成（原地委书记），大队长郭述尧（原专员），组织部部长肖文玉、宣传部部长崔予庭、人武部副部长任璜、地委秘书长李蒙、任开宪、公安处处长何海瑞。

在武安一个月的学习中，我们着重学习了党的七届二中全会文件及《目前形势和我们的任务》，还听了大队领导的报告。王竞成书记做了形势、任务和城市政策的报告。肖文玉部长讲"党的建设，如何做一个合格的共产党员"，崔予庭部长讲了"对接管城市的保护、建设方针"和"党对知识分子政策"。此外，我们还学习了新区土改政策、税收政策、对伪军政人员的政策等。中队领导则是忙于组织大家讨论学习，收集汇报情况，做辅导报告，解答疑难问题，以及对全队人员食宿生活的管理，组织文体活动等。

为管理好上述工作，中队在大队统一领导下有如下组织：

供卫股：由靳文华负责，刘日德、王长祥、师传有等参加，负责全中队伙食、卫生等工作。

参谋股：由雷普负责，常广太、李荣贵参加，负责上下联系。

宣教股：由梁生光负责，秦光、刘国亮参加。

行军时还增设了联络、收容组，有郭瑞之（即戈锐）、贺锡禄、樊占彪等同志参加。

为了丰富文化生活，郭秀珍、黄伟栋、刘国亮三同志去大队学唱革命歌曲，回来后在中队教唱，其中有两首歌歌词内容生动，唱起来雄壮有力：

（1）毛主席、朱总司令家住在南方，万里长征到北方，把咱来解放，我们要打过长江去，解放全中国。

（2）风卷红旗哗啦啦地飘，解放大军像海浪，千军万马向前进，要把反动派消灭光！

七届二中全会报告中提道："现在准备随军南下的五万三千名干部，对于不久将要被我们占领的新区来说是很不够用的……"我们深感自己是这"五万三千"中的一员而自豪，当大家引吭高歌"千军万马向前进"时，无不激动万分，热血沸腾。

为充实文娱生活，太行太岳区党委还调来京剧团、豫剧团、晋剧团、河北梆子、秧歌剧团等，来武安演出《闯王进京》《血泪仇》《刘胡兰》《木兰从军》等名剧，启发大家，不忘过去。

我们在学习、待命期间，完全是军事化管理，外出以队、组活动，时刻注意军容风纪。为保证雨天在泥潭中行军不掉鞋，每人发一双"铁鞋卡"。中队于4月14日和17日对全中队做了一次学习测验（时事形势、城市工作政策、新解放城市的管理）和紧急集合检查（行动迅速、背包整齐、干净利落、不遗失东西），最后评出第五、第六组为先进组，各奖小红旗一面。接着各组根据先进标准，订出行军计划：一、自觉遵守三大纪律八项注意。二、发扬互助友爱精神，搞好团结，克服一切困难。三、搞好个人和公共卫生，保证身体健康。四、参加文娱活动，发扬革命的乐观精神。小队里除队长、组长全面总负责外，各个专项如行军纪律、文娱、卫生、通讯（写稿件），都各有分工，做到"事事有人做，人人有事做"。

挥师南下　金陵怀古

毛主席、朱总司令于4月21日发布了《向全国进军的命令》，于是，早已做好准备的人民解放军开始了规模空前地向江南和西北广大地区的大进军。

我们接到命令于4月25日从武安出发，这天凌晨4点钟就赶吃早饭，然后在城南门外广场集中。大队长郭述尧兴奋地把解放南京的消息告诉了大家。他说："人民解放军已经在23日晚开进南京，蒋介石统治中国22年的政治中心——南京从此回到了人民手中……"，顿时掌声四起，欢声雷动。6点多钟，我们的队伍浩浩荡荡地出发了，走了没多久，便下起了蒙蒙细雨，后来越下越大。大队人马冒雨前进，这时雨不停地下，大路很滑，行走十分艰难，随时都有摔跤的可能。为了保持平衡，许多人不停地乱舞，像在寻找支撑点，有不少人滑倒了，甚至摔出一米多，同伴立刻上前将他搀扶起来，继续前行。尽管如此，也没有一个人叫苦叫累，大家只有一个念头：向前进！向前进！尽快尽早赶到目的地。午间，又传来太原城于4月24日解放的捷报，大家无不欢呼雀跃。胜利的消息极大地鼓舞了每个同志。下午，队伍继续冒雨行军，夜晚在磁县南城村住了下来。雨天行军特别感到累人，第二天雨停了，天空开始放晴。中队接到大队通知：就地休息，晾晒被淋湿的衣物。有的同志风趣地说："老天爷把我们淋得湿了个透，结果它还得负责给咱们晒干呢。"大家一早起来就帮着群众打扫院子、挑水、整理柴草。年近四十的郭高明同志还帮助房东挑了两担水，这种以实际行动执行八项注意的吃苦精神，得到了大家的赞扬。

4月27日，行军30公里，夜宿磁县的东小屋村。

4月28日，继续行军，过了漳河，晚上宿营在离安阳仅有7500米的梁家掌村。

安阳县（旧称彰德府），它和我们将要路过的新乡市，都是恶霸、土豪等一伙亡命之徒和国民党军队做困兽之斗的据点。据当地群众反映，前十几天他们还来这个村里抢过粮食。现在他们虽成瓮中之鳖，但有时还向城外打枪。在梁家掌村，老乡们对我们十分热情，又是铺草、又是送水。言谈中，他们十分期望解放军能尽早打开县城，为民除害。我们也及时做些形势宣传，鼓励他们积极配合人民军队攻打县城，解放家乡。

4月29日，队伍继续南进。中午经过汤阴县城时临时休息。听说岳飞庙就在附近，不少同志趁休息前往参观。只见庙堂巍峨，正殿中岳飞塑像，威风凛凛，正上方匾上的"还我河山"四个大字苍劲有力，不禁使人产生无限崇敬之情。殿外南边，跪着秦桧夫妇及同党的五尊铁像，丑态毕露，任人唾骂。下午，队伍又出发了，一路上大家谈起岳飞庙的观感，心情久久不能平静，尤其是"撼山易，撼岳家军难"的名言，更是鼓舞了大家的斗志。当晚，住进了宜沟镇。

这时期的行军路线，基本上是沿平汉线南下，在河南省北部的平原上，有几天我们和向武汉挺进的第四野战军同步前进，步兵、炮兵、战马辎重，八路纵队朝南挺进，真有点排山倒海之势，不知是谁喊了一句，欢迎"四野同志唱歌好不好？""好！"全队马上高呼，唱了一个又欢迎"再来一个"，他们也喊我们"来一个"，一路上相互"拉"唱，歌声此起彼伏，完全忘记了长途跋涉的疲劳。

4月30日，夜宿淇县（此地曾是我国殷商时的国都）。

5月1日，我们到达了河南汲县（旧称卫辉府），是平汉线上的重镇之一。将到县城前的卧坊店，就看到许多小学生，排着长队，敲锣打鼓，高举着红布条幅标语，欢迎南下大军。这时，队伍前方一个接一个传来话："注意，服装整齐！"大家个个精神振奋，夹道欢迎的学生、老乡又是递水，又是握手问候，十分亲切。一条醒目的横幅上写着"是你们的血汗换来了我们的幸福！"同志们又是激动，又是自豪。今天，恰逢"五一"国际劳动节，工人同志也上街来欢迎我们，有的手拿标语，有的边走边跳，同时，通过这种形式来欢庆自己的节日，其场面是那样的热烈，那样的壮观。口号声、欢呼声和锣鼓声，驱散了连日来一路行军的疲劳。

5月3日离开汲县，急行军40公里，绕过敌占据点新乡市，在西汗村住下，为防止敌人骚扰，中队还组织人员放流动哨。

5月4日是行军中最紧张的一天。为了赶到黄河北岸的老田庵车站，一天要走65公里。凌晨三点就动身，天亮前已走了15多公里。中午在获嘉略事休息，喝了口水，又匆匆上路了。大家一边走，一边摸出随身带的干粮啃着。一路上同志们你追我赶，都不甘示弱。真是"不到长城非好汉"，虽然又苦又累，但全中队无一人掉队。当天下午5点多钟赶到目的地时，火车尚未开，大队人马就地休息。到现在，已急走了50多公里路，一听说休息，大家像散了架似的，一个个瘫倒在草地、沙滩上。直到晚上8点多，听到火车鸣笛之声，大家又一跃而起，纷纷登车起程。我们坐的车是辆货运车，车厢没有顶篷，满地散乱着木片，一阵阵臭气直往鼻孔里钻，不难看出，这是刚刚拉过牲畜的车。尽管如此，大家也毫无怨言，只要能早日赶到江南，吃这点苦又算得了什么。火车隆隆驶过铁桥，昂首远处山上高炮可见。列车到达郑州时，已是万家灯火了。又经过一夜的行驶，5日上午抵达开封。在车站稍作休息，吃了早饭，随后又上车继续东行。经兰封、民权、商丘，到徐州，后转南经宿县。一路上车子时快时慢，从车里向外望，一片片稻田，一条条河道。淮河岸边桅杆林立，田头地面黑灰色的水牛，在主人的使唤下，埋头耕田，好一派江南水乡风光。

6日下午，火车在去蚌埠途中停了下来，因为淮河铁桥被破坏，我们只得下车，过浮桥进蚌埠宿营。在蚌埠休息了一天，稍做整理，8日我们乘运过煤的火车又上路了，因前方铁路被破坏，我们不得不下车，就近到了明光镇。休息时，中队领导杨柳同志告诉大家，这里到南京有120公里，路不好走，应作好充分的思想准备。之后又经三天半的行军，走过了嘉山县、滁县、乌衣镇等地。

5月12日下午赶到浦口，这儿与南京隔江相望，江面宽阔，波涛汹涌。对岸烟云蒙蒙，楼台重重。因防空袭，直到下午5时许，我们才从第六码头登轮渡江。望着滔滔江水不禁思绪万千。南京古称金陵，六朝古都，也是清政府与英帝国主义签订第一个丧权辱国的《南京条约》所在地，又是国民党统治中国二十二年的首都。蒋介石"攘外必先安内"，对共产党人"宁可错杀一千，也不能放过一个"等罪恶命令都从此地发出。抗战胜利后，他把本来商定的《双十协定》撕毁，1946年调兵遣将，燃起内战之火。经过三年较量，蒋军损兵折将，焦头烂额，狼狈逃窜。毛主席在1948年秋预言"一年之内基本上打垮国民党反动派"，现在提前实现，南京的解放，说明任人宰割贫穷落后的旧中国已经如江水东流，一去不复返，人民当家作主的新中国即将胜利诞生。在这个关系到亿万人民命运的关键时刻，怎能不令人欢欣鼓舞。

渡江入城后，住在原国民党的交通大楼，楼内纸张满地，杂物乱丢，可见敌人溃逃时的狼狈相。

至此，"打到南京去"的目标已经实现，但"解放全中国"的任务远未完成。解放了的南京秩序井然，街头巷尾到处贴着标语"解放了，天亮了""毛主席万岁""解放军万岁"。南京城欢呼声锣鼓声此起彼伏，一片欢腾景象。但是国民党飞机仍不断轰炸，5月14日下关也遭空袭，到处烟火点点一片瓦砾。

我们中队的同志，绝大多数生活在太岳山区，进入南京这样一个大城市，真是眼界大开，楼房高，马路宽，真是刘姥姥进了大观园。对街上那些手持文明棍、西装革履、穿长衫戴墨镜的男人和烫发描红、花枝招展的女人十分看不惯,特别是看到坐在人力车上要别人拉着跑的人十分厌恶。再就是对那些求神拜佛,求签问卜的善男信女看着不顺眼,因为这些俗风陋习,在根据地早已销声匿迹了,看来,要建设一个新世界,仍是任重道远。

为了防空,我们奉命移到九草山,住原国民党空军司令部所在地。初到时,中队部署各小队结合学习对前一段行军生活作出小结。此间,还有组织地参观了中山陵、明孝陵和玄武湖等名胜,还参观了原国民党的"总统府",大楼顶上红旗迎风招展。所见所闻,不禁使人有"天翻地覆慨而慷"之感。

我们住地的东边紧靠南京城墙,晚饭后散步时爬上城头,看到在一处三藏塔旁边,散落在地的城砖上,都有"太平天国""太平府"字样。大家很自然地联想到近百年前的事,南京曾是叱咤风云,使清廷闻风丧胆的太平天国的首都,起义军为推翻清政府,从广西到武汉,又长驱直入攻下南京,将南京改名"天京"定为国都,但终因内部腐败,产生内讧,闹得四分五裂,仅存十多年就被清军击败,这其中的教训是十分深刻的。

姑苏待命　开赴八闽

在南京住了11天,5月23日下午,我们奉命乘火车东进。次日抵达古文化名城苏州,驻地在阊门外原国民党的军人监狱。后来才知道长江支队在武安出发前,原定是在京、沪、杭地区完成接管任务。因我们南下路途远,时间长,也可以说是大军过江后,蒋军一溃千里,我们行军赶不上敌人败逃的速度,上述地区已由苏南干部接管,我们则要在此地待命行动。

从5月24日到7月13日,都是在苏州度过的。在这一个多月的时间里,仍是军事化生活,从早上起床到晚上熄灯,都是听军号统一行动。为了适应新区情况,我们在晚上也轮流站岗放哨(我们中队负责西面大门)。

安顿下来后,孟健同志在全中队队员大会上对前段行军作简要的总结。他说:"我们中队在前段行军中,基本上是好的,能执行支队、大队分配的任务,在遵守纪律,执行制度方面是表现不错的。"说明多数同志是有一定政治觉悟和组织纪律性的。在劳动互助、阶级友爱方面，大家做的也不错。表扬了在供卫股吃苦耐劳积极服务的师传有，发扬阶级友爱、主动照顾病号的张道安，虽有小病，但坚持打前站，安排大家住宿的常广太，在行军中曾多次主动帮助炊事员挑油桶的郭瑞芝等同志。

会上，还由杨柳同志传达了大队部的规定：要注意安全，外出要有数人相随，不要单独行动；注意保密，特别是不能丢失文件；要注意卫生，饮水饭食要特别注意，防止疾病的发生。

下午，在我们住地，中队开了个庆祝前段行军胜利的晚会。队员们踊跃参加，吹拉弹唱，各显身手，先是小队之间互相拉歌，后由李荣贵吹奏笛子，李纯一同志唱蒲州梆子"乱弹"，师传信表演了唢呐吹奏，女同志们跳起了秧歌舞。一片欢声笑语，好不热闹。

5月27日，全国第一大城市——上海解放。最后经60小时的战斗，守敌四万人全部投降，开赴城郊听候处理。大家高兴之余，有的同志便开始猜测，组织上可能叫我们去上海工作。但到6月初，中队正式传达了支队决定：华东局早在上海未解放前就安排好接管干部。长江支队全体人员要在苏州学习一段时间，再随三野继续向福建进军。听后大家议论纷纷，不少同志找来地图，按图索骥，打听情况，才知道福建古称八闽，没有铁路，土匪时常出没骚扰。方言繁杂，难以听懂，山多路险，雨量多、气候潮湿，毒蛇蚊虫多。因此，不少同志对南进福建，忧心忡忡。

6月12日华东局召开了中队领导（县委以上干部会议），由华东局组织部部长张鼎丞宣布华东局决定。6月中旬，大队政委王竞成在全大队会议上传达了华东局张鼎丞部长的讲话精神。大意是全国的胜利形势喜人，在京、沪、杭解放后，敌人望风而逃，江南地区广大工人、农民、学生、老区群众都在热烈欢迎我们。讲到福建情况时说张部长同我们一道去福建。张部长说福建穷、语言难懂、交通不便是事实，但这些都是可以改变的。山高，这不假，可山上有木材、竹子、茶叶，是座富山。我们去福建彻底消灭敌人，不是孤立的，有大后方的支援。有红旗不倒的苏维埃老区，他们欢迎我们去。先去接管城市、乡村,借粮筹款,支援前线。不仅要吃饱饭打胜仗,还要积极恢复生产,扶持和保护发展工商业,繁荣市场。

最后讲到,要大家抓紧学好城市政策、工商业政策,到农村如何开展工作等。党中央、毛主席早就提出"将革命进行到底""军队向前进,生产长一寸,加强纪律性,革命无不胜"。听从党的指挥,那里有困难,我们就向那里冲!

接着解放军第十兵团给我们每人发了全套黄色军装、八一帽徽、解放军胸章、白衬衣、背粮袋和一床小蚊帐。

在学习期间,还安排去苏州的园林名胜狮子林、拙政园、虎丘山、留园等参观游览,还参观了苏州光裕纺织厂和一家面粉厂。

7月1日,召开了全中队党员干部大会,庆祝中国共产党成立28周年。孟健同志先讲了党成立以来的战斗历程,接着说了共产党的任务是解放劳苦大众的,是四海为家的,只要工作需要,就不怕一切困难,勇往直前,义无反顾。怕这怕那还能算党员,算革命干部吗?在小组讨论时,大家都表示,为了"解放全中国",决不辜负党的期望,服从革命的需要,听党中央、毛主席的指挥,派往哪里就打到哪里。一定要把老解放区的光荣传统带到新区去。此后,大家上街购买雨伞雨鞋等,为进军福建作了充分的准备,整装待命。

华东局为补充进军福建的干部力量,在上海组建了"中国人民解放军华东随军服务团"(简称"南下服务团")两千多人,带队的中队领导人和骨干则从长江支队中抽调。从我们中队调了杨柳、师仁忠、史春荣、乔金来等同志,参加组织带领服务团。7月12日上级还派来华东局财委南下干部刘长发、戴金山、姚秀英、马秀英、张继霞等十位同志到我们中队,编为第8小队。

一切工作都准备就绪后,我们于7月13日由苏州出发南下进军福建。抄近路徒步南行两天半。途经江苏的吴江县、望平镇等地,沿太湖边前进。15日上午赶到嘉兴,下午乘火车,沿浙赣线南行,当快到江山县时,敌机轰炸了贺村,调头来又将目标对准火车,敌机多次俯冲扫射,火车紧急刹车,利用山边有利地形隐蔽。车上人员迅速下车,疏散隐蔽,敌机飞过子弹打在地上,扬起了阵阵尘土,车厢也被打了几个洞,好在大家疏散得快,无一人伤亡。当火车开到贺村站时就不能再往前了，几经曲折行军到了江山县的塘板村。

塘板属浙江省江山县所辖，地处闽浙赣边界，是国民党军统头子戴笠、毛森的家乡。刚解放不久，土匪活动猖獗，中队同志上山砍柴时曾遭土匪袭击。有的地方发生土匪伏击我通讯人员事件，于是，在这里加派了夜间值班人员。这一带蚊虫很大且多，尤其是到了晚上更是让人痛苦不堪，站岗时都得把全身裹得紧紧严严的，头上还得戴上个自制防蚊头罩。

这里是南方乡村，我们到时正值三伏天气，温度高达三十七八摄氏度，深感酷热难耐。由于长途跋涉，水土不服，许多人病倒了，医疗条件又差，小病时能顶住就顶，实在不行了，还得走很远的路，到大队医务室去看。面对这些艰难复杂的情况，支队决定加强各中队武装，从野战部队里领回一批枪支弹药。我们中队领到十多支步枪，在队伍中选有武装斗争经验的同志，组成武装班，以应不测。并要求轻装上阵，每人行李不超过15斤，剩下的物品交给留守人员携带，经江西上饶由崇安入闽。

酷暑行军　直抵芝城

长江支队像一股铁流，面对困难，秩序井然，勇往直前。7月24日下午3点，我们离开塘板，先行出发。当时骄阳似火，路上的沙土都在冒着热气，使人感到窒息。当晚在峡口住下，有不少同志挨不住旅途疲乏和气候酷热生了病。就是这样，稍事休息又上了路，继续往前赶。这一段山高路险，又是土匪活动频繁的地方。一路上大家箭上弦刀出鞘，始终保持着高度的警惕，匆匆向前，上午走过了一条20公里的深谷，然后顺沟爬山，沿途很少见到村庄，所见到的是峰峦连绵、峡谷深邃、丛林茂密，也是土匪易于蛰伏之地。转过一道弯还看到几具尸体，一路快步前进，个个走得汗流浃背，气喘吁吁，好不容易才翻过仙霞岭。事后我们听说，就在这条路上，土匪曾经常袭击解放军。过仙霞岭时看到的几具尸体，就是被我先头部队打死的土匪。晚上在二十八都宿营。第二天出村不远处就到了三岔路口，往西是江西广丰，往南是福建的浦城。我们的队伍向南行走，眼看就要翻过枫岭关了，天又下起雨来，泥泞的羊肠小道，给行军增添了不少的麻烦。队伍艰难地行到庙弯才又住了下来，这个村子很小，但又是交通要道，大军往来、队伍住宿成了问题，有的只好在残垣断壁、杂草丛生的房舍住下，吃饭苦于买不到蔬菜，只能以盐代菜，用盐水煮饭，有的同志用大蒜头对付一餐。

28日到了浦城。这是进入福建的第一个县城。由于伏天行军，酷暑难当，不少同志得了痢疾、疟疾等病，不得已在浦城休息了4天。8月3日，大队部联系到了几辆货车让一些病号先走，其他同志徒步前行，向闽北重镇建瓯城进发。一路经过临江、水吉、建阳、徐墩等地，8月5日才到建瓯（有部分同志迟至8日方到）。

建瓯城简称芝城，是闽北的交通要道，是大军由北入闽的必经之地。在三野十兵团来福建之前，就有由江西湖口、马墩一带渡江后，立即南插浙赣线的二野第四、第五兵团，从江西攻入福建，在闽浙赣游击队的配合下，先后解放了闽北的崇安、浦城、建阳、水吉、建瓯、南平、顺昌、沙县、古田等城。建瓯是二野四兵团十五军四十四师在屏、古、瓯地下党游击队配合下于5月13日解放的。之后长江支队各大队也先后到达建瓯，8月11日在建瓯大戏院召开了南下干部和坚持地下斗争的干部会师大会，省委书记、省政府主席张鼎丞作了报告，省委其他领导叶飞、韦国清、方毅、陈辛仁、梁国斌、曾镜冰（当时任建瓯军管会主任、地下党省委书记）等都坐在主席台上。会上，张鼎丞同志首先向坚持地下斗争的同志表示衷心的感谢，对党中央派来的几千名南下干部行军几千里来到福建表

长江支队二大队二中队部分队员到达建瓯时合影

长江支队在闽北

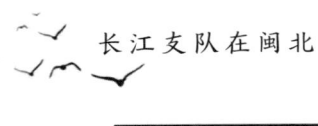

1949年11月17日,建瓯县首届区长会议及县府全体干部合影

1951年,中共建瓯县委领导班子合影

示热烈欢迎。接着重点讲了全国胜利的发展情况和进军福建的大好形势，指出福州市不日即可解放，大军就要推向厦门、泉州、漳州等闽南地区。我们的任务首先要做好接管工作，发动群众征粮筹款，支援前线，吃饱饭打胜仗。会上，还将在台上的南下领导干部和坚持地下斗争的领导同志逐一作了介绍，并鼓励大家在新省委领导下，互相学习，取长补短，团结一致，为建设好福建贡献一切。会上，曾镜冰、刘培善等领导也讲了话。会师大会开得隆重热烈，亲切感人，充满了团结友爱的气氛。

会后得到通知，我们二中队就分配在建瓯县，一中队在建阳县，三中队在邵武县，四中队在浦城县，五中队在崇安县。至此，五个中队同志，离开安泽，出太行、过黄河、跨长江、历时半年多，行程五千里，长途跋涉，风餐露宿，今天胜利地到达了目的地，与坚持地下斗争的同志亲切会师，真让人百感交集，激动万分。

经地委批准，建瓯县组建了新的县委领导班子。县委书记孟健，县长雷宏，组织部部长苏琴，副部长李忠群（地下党同志），宣传部部长梁生光，副部长王耿华（地下党同志），公安局局长杨柳，副局长陈正贵（地下党同志），县大队长陈顺有（地下党同志）。

1951年6月，建瓯县全体区书区长合影

当时除分配到县委、县政府、县公安、税务群团的同志立即到位外，派到7个区的所有同志当即全副武装打起背包，由地方同志带领，分头奔赴工作岗位。县原地下党领导同志李忠群、王耿华、陈正贵等，带领南下同志到各自辖区召开会议，介绍情况。根据县委布置，我们迅速开展宣传发动群众，征粮筹款，支援前线，建立区政府等工作，继南下行军之后开始了开辟新区，建设新建瓯的新长征。

建瓯古称建州，后改为建宁府，福建省的八府之一，也是闽北的首府。全县4000多平方公里，解放初有人口19.6万。境内河流纵横，丘陵起伏，交通方便，公路北通浙赣，南达福州。

崇阳溪由北向南，松溪河由东而来，至建瓯城西南会合，素称建瓯古城，地处"建溪双流，左右挹注"之中。河流两岸散落着村庄，土地肥沃，稻香百里，是闽北重要的产粮县。辖地内山岭连绵，青翠葱茏，有绿色宝库之称。盛产木材、毛竹、笋干、茶叶和莲子、泽泻等林副产品和经济作物，堪称得天独厚，物产丰富。但在黑暗的旧社会，勤劳朴实的劳动人民，在封建地主阶级残酷剥削，军阀横征暴敛，特别是帝国主义势力的入侵后，辛劳一年所获无几，"镰刀挂上壁，米汤没得吃"。冬季则是"火笼当棉袄，蓑衣当被倒"，更谈不到什么温饱生活。加之土匪活动猖狂，瘟疫流行城乡，冬瓜腿（血丝虫病）随处可见，人民处于水深火热之中。

压力愈大反抗愈强。为反抗帝国主义势力的压迫，早在1899年，建瓯城就爆发过反帝爱国运动（史称"建宁教案"），到1926年7月，建立了中共建瓯支部。同年12月，北伐军到建瓯后，在第二军六师党代表肖劲光，师长戴岳的支持下，曾组织起县工会、县农民协会、学生联合会、妇女联合会等群众团体。到1927年，建立了县委，又是中共闽北临时委员会的驻地。革命力量逐步发展起来，开始在农村建立党团支部。开展了抗租抗捐抗丁斗争。1932年组建为中心县委建立了革命武装——闽北工农游击队，之后建、松、政游击队在斗争中不断壮大，解放战争时期在闽浙赣区党委和南古瓯中心县委领导下，在敌人统治薄弱地区建立了区，乡党组织和群众组织"贫农团"，组织发动群众，开展反霸筹粮斗争。在新中国成立前夕县委集中武装力量，四出收缴伪乡政权枪支，分兵截击逃敌，配合大军解放县城，直到1949年5月13日建瓯人民终于盼到解放，全县人民无不欢欣鼓舞。

　　一切反动派都不甘心退出历史舞台。国民党反动派为扩展其反动势力，早在1942年就选择了建瓯的东峰，办起了臭名昭著的"东南训练班"。几年中培养了二千多名残害人民、破坏革命的鹰犬爪牙、特务打手。直到1949年临新中国成立前夕，国民党建瓯驻军师长和县党部书记、县长等人眼看大势已去，妄图做垂死挣扎，他们召集县里的国民党党、政、军、警、特头子，开了个"应变会"，由县保安中队长刘道明，自卫大队副、警察局侦缉组长郑长吉及吴金荣、陆陵汉等人，拉队伍上山，以山区为立足点，网罗地痞流氓，勾结土匪，成立了"反共救国突击司令部"，委任了新编"师长""团长"等匪徒骨干，乘我二野、三野大军换防、大军继续南进之际，到处打家劫舍，绑票勒索，祸害人民。这帮歹徒把目标集中在我刚建不久的区政权身上，从1949年秋到1950年春，先后攻打了吉阳、南雅、小桥、东游、东峰、房村口等区公所。在南雅区工作的南下服务团员石正和东游区工作的周则仁壮烈牺牲。在一区区公所工作的常全同志就是在1950年4月20日和13名武工队去阳泽征粮，返回途中与事先埋伏的十倍于我的匪徒展开搏斗时，中弹牺牲的，时年仅27岁。烈士们为中国人民的解放事业，在建瓯的土地上流尽了最后一滴血。还有原在二区小桥工作，后来调到光泽县担任区长的刘斌（即刘日德）在一次与匪徒遭遇战中英勇牺牲。我们永远缅怀他们，

1951年1月2日，建瓯县公安局干警为庆祝彻底肃清匪特合影

147

并永远学习他们那种完全彻底地为革命事业献身的精神。

南下同志响应党中央号召,在省委、建阳地委、建瓯县委的领导下,同坚持地下斗争、南下服务团、地方干部、军队转业干部并肩战斗,共同完成民主革命和社会主义革命建设中各项任务。有不少的同志因劳累过度而病亡在工作岗位上。在建瓯长眠地下的有:王政民(检察署副署长),张道安(县委统战部部长),任守道(副县长)、师传有、任连登(区武装部长),还有和我们一道南下的炊事员、当时已年过半百的史德功、侯合顺,在南下的路上,辛勤劳动,早起晚睡,到建瓯后当年侯合顺就殉职于工作岗位。

据了解,调离建瓯后,先后去世的还有:

孟 健 雷 宏 靳文华 刘笃材 樊占彪 李宝荣 李修德
张 湧 史道源 李纯一 张公正 苏克林 侯怀德 田泽林
李荣贵 贺锡禄 段玉梅 吴凤贵 王希云 罗汉三 师传信
吕云祥 常光泰 张日新 刘根祥 刘长发 毋小雷 王跃山
马尚英 张 健 李 坤 张文堂

我们在这里寄以深切的悼念,永远怀念他们,并学习他们廉洁奉献、一心为公,为人民奉献一切的可贵精神。

物换星移,四十二年倏忽而过,昔日风华正茂、一同日夜兼程、并肩南来的同志,后来因工作需要,先后调离建瓯、转战异地,现在均两鬓斑白、儿孙绕膝,各人经历不同,行业各异,但有一个共同点,就是绝大多数同志都有五十年左右的革命生涯,历经半生戎马,随着新中国的诞生成长,目睹新中国的巨变,都是对社会主义新中国具有深厚感情的一代老人。每忆当年离开故乡,南下征程,特别是初到建瓯时战斗、工作、生活情景,更为亲切难忘,格外情深。

在党和人民政府的亲切关怀下,在不同的地市县区绝大多数同志过着欢乐充实的晚年生活,有的同志还老有所为,离而不休,在从事各种有益于健康、有利于社会的活动,将余年奉献给社会主义伟大事业。总之,各人用各自所走过的经历,表明无愧于党,无愧于人民。现在又在为建设有中国特色的社会主义，精心探索，孜孜以求，生命不息，战斗不止，誓为共产主义事业奋斗终身。

参考资料：

1. 在老同志座谈会上杨柳、苏琴提供。
2. 戈锐同志的行军日记。
3. 范敬德、张铁民、赵志万：《长江支队太行太岳干部南下纪实》。
4. 温秀清同志提供的一中队第六、七两个小队名单。
5. 安泽、古县有关文史资料。
6. 建瓯县《建瓯党史资料》总第四期。

（选自《峥嵘岁月》，中共建瓯市委党史研究室编）

长江支队二大队三中队（主要由沁源县干部组成）南下福建邵武县工作历程

山西省沁源县政协

1949年2月，全国解放前夕，沁源干部听从党中央、毛主席"打过长江去，解放全中国"的伟大号召，组成一个县的架子116人，编为中国人民解放军长江支队二大队三中队。116人中，除两位同志是外县籍，其余全是山西省沁源县人。这些同志都是经过抗日战争、解放战争锻炼和考验经组织严格挑选出来的干部，政治素质高、组织观念强、有斗争经验、有领导能力、

1949年2月，沁源县欢送南下干部留影

有一定文化水平且年轻力壮。

根据上级布置，县委书记担任中队指导员，县长担任中队长。三中队班子：县委书记南纪舜（沁源籍）、县长郭亮如（沁源籍）、组织部部长袁士杰（安泽县人）、宣传部部长王文麟（沁源籍）、武委会主任王烈章（沁源籍）、农会主席任培诚（沁源籍）、公安局局长王耀华（沁源籍）。三中队下设六个分队（区的架子），区委书记有：邓协和、康通鉴、刘文海、高怀谨、郭志山、孙仁杰（均为沁源籍）；区长有：李发茂、白玉璋、郑学仁、卫廷玺、杨震、赵桂林（除李发茂为沁县籍外，其余均为沁源籍）。在进军途中抽一部分同志到上海参与组建南下服务团，有部分同志由支队调去搞支前，还有的因病留守在地区机关等，实际进入福建邵武88人。

1949年5月，二大队三中队八位女队员在南京合影

1949年8月到1951年底，在两年多近30个月的时间里，三中队主要做了以下几件事情。第一，当务之急的就是剿匪；第二，剿匪基本告一段落后，接着就是反霸和镇反，反霸和镇反实际上是一个很大的群众运动，很重要的是发动群众，这比剿匪时发动群众的面大得多；第三，就是土改。新的政权建设、党的建设、发动群众、建立群众组织、建立区乡政权等，都是和剿匪、镇反、反霸、土改紧密结合进行的。总之，在开展这三项大任务的过程中，结合进行的一是建政建党工作，二是充分发动群众，组织群众工作。在邵武县主要工作概括如下：

新中国成立初期，长江支队二大队三中队部分队员
（后排右七为南纪舜）在邵武合影

1951年10月，邵武县分委书记、区长会议合影

剿　匪

　　三中队到邵武后，和坚持游击战和地下斗争的地方干部任国信、杨兰珍等会师，宣布中共邵武县委成立，南纪舜、郭亮如、袁士杰、王文麟、王耀华、任国信、杨兰珍等为县委委员，县委书记南纪舜兼县大队政委，县长郭亮如，县大队大队长任国信，县大队副政委杨兰珍。县委根据任、杨两同志介绍的情况，研究了如何开展工作的问题。经研究认为最紧迫的任务就是剿匪，这在当时是三中队和邵武群众的共同看法。那个时候土匪问题确实突出，剿匪任务火燃眉睫，不剿匪，新的政权不能建设，党组织不能建设，群众组织不

能建设，一切工作都无法开展，也无法发动群众。因此，在初期这段，必须集中一切力量剿匪，完成开展邵武工作的这一关键任务。邵武县国民党散兵游勇多，封建反动势力大，他们掌握有大刀会和持枪武装者数千人，但大多为乌合之众。反动封建势力之间派别多矛盾大，如东区的好几股都有矛盾，冯家与危则安之间有矛盾，而冯家、危则安又与朱坊的付为璋之间有矛盾，相互争夺势力范围，妄图统治人民。他们过去经常械斗，仇恨很深。在东区和南区也都有矛盾，而南区和古山又有矛盾。二都、三都这方面比较好些，洒溪桥的环境算是比较好的。总之，各派反动势力因利害关系矛盾很深，但对付共产党又是一致的，是互相支援的。根据这些特点，三中队决定发动群众，团结多数，采取武装剿匪与分化瓦解相结合的方针。具体做法是：

首先是发动群众。三中队同志们，除建立县政府与政府各部门工作外（建立县政权当时是很重要的工作，作用很大），其余都集中力量发动群众，把城区敢于接近新政权的青年、小知识分子、邵中的进步师生首先动员出来，有的当翻译、做向导，有的搞情报，有的分配到县政府工作，还有的送到建阳地区去学习。这些同志对新政权发动群众、联系群众、了解情况、开展工作等都起到了重要作用。没有这些同志，三中队这些外来的干部，可以说寸步难行。这些同志在恶劣环境下，勇敢地和共产党一道工作是难能可贵的，对他们的贡献三中队同志们念念不忘，这在三中队老同志们的回忆录中均有叙述。

第二，关键是武装剿匪。新政权有三野一营（营长殷文良）和县大队这两支武装力量是最重要的。殷营虽只有百十来人，但他们是野战军，是主力部队。三中队能在邵武立住脚，进行剿匪，开展各项工作，就是因为有殷营与县大队的力量，否则一切都是不可能的。三中队配合殷营与县大队，有计划有重点地进剿那些顽固抵抗的土匪，如夜袭朱坊，俘虏付为璋，消灭了他们的武装，获缴长短枪数十支，还有大刀会的武器与衣物。这对邵武东区的官华栋、危则安股匪震动很大。接着打竹下，抓住了危则安的儿子危建华，突袭歼灭了顽固抵抗的吴朝启股匪。由于三中队事先得到情报，得知吴朝启股匪聚集在洪墩村口，殷营即连夜奔袭，包围了敌人，经过一天战斗，用炸药炸开吴占据的堡垒的围墙，抓获了吴朝启，俘虏匪徒数十人，缴长短枪数十支，这股股匪被歼灭。这次战斗部队牺牲了两个同志，但对解决东区匪患起到了决定性的作用，对全县剿匪影响亦很大，对威逼危则安、官华栋缴枪投降起了重要作用。东区剿匪取得胜利以后，我方的武装力量就转向南区，殷营与县大队打了宝积、大埠岗。打宝积时俘虏和缴获了大刀会不少人和枪、长矛及衣物，对南区大刀会瓦解发挥了积极作用。南区局面打开后即转向古山乡，消灭了戴茂生、何清股匪。至此，剿匪任务大功告成，只有顽匪王生仔流窜光泽，是最后消灭的一个。

第三，打击隐藏敌人也是重要一面，不容忽视。隐藏的敌人进行暗地活动，操纵蛊惑土匪向我顽抗，如城区的姚慈良、丁得义等人，他们表面上看不出有什么活动，终日闭门在家，实际上和李屏山、泰宁县的严正等反动头领关系密切，暗中活动频繁。三中队到邵武不足20天，就遭到东区、南区古山等股匪、大刀会联合进行的三天三夜围攻，敌人一直打进城区，抢了医院。经殷营和县大队有力反击，在东门打死向城内进攻的十多个敌人，并用小炮向城东敌人轰击，殷营一个排与攻进城区的敌人冲杀，经数天反击把敌人赶出了城区。土匪这次对城区的围攻，布置很周密，割断电话线，切断三中队与外面的联系，阻止军分区部队增援，并约泰宁匪首严正支援。由于我方坚决抵抗，部队积极反击，把敌人联合组织起来的五、六千匪徒的进攻粉碎了，取得反围攻的胜利。当地委肖文玉部长带分区部队到达时，敌人已经撤退，他们第二天也即返建阳。姚、丁是邵武最大、最有势力的反动力量，从这次串联组织各派反动武装围攻县城，就可以看清他们隐藏活动发挥的作用不可低估。三中队了解这一情况之后，迅速采取措施，乘其参与封建花会活动之机，将其抓获逮捕，拔掉暗藏的这两颗钉子，三中队的剿匪就顺利多了。

第四，在剿匪的同时，抓紧时机分化瓦解敌人。如新政权取得打朱坊洪墩、竹下全部消灭其匪徒的胜利，对各派伪势力震动很大。乘此机会三中队通过各种关系，分化敌人，争取官华栋、危则安缴械投降，经过联系约定在拿口与官、危面谈有关事宜。南纪舜和殷营教导员带一排部队，赴拿口与官华栋、危则安商妥，立即交出武器，解散匪徒，安居为民，我方也不再追究其罪责。官、危缴械投诚，付为璋、吴朝启的消灭，东区的一些大刀会、小股匪徒随即瓦解了。除此之外，新政权对俘虏实行了宽严政策。对被俘的罪恶较轻的一百多个匪徒，集中进行教育，讲清形势，指明出路。经过教育提高认识，予以遣散，叫他们回去做宣传工作，劝说为非作歹者改邪归正，安分守己；对罪大恶极、顽抗到底的吴朝启、李坚判处死刑，予以枪决。并以剿匪指挥部名义发表了《告大刀会匪众书》，宣传解放的大好形势，我党的对匪政策，即顽抗者坚决镇压，如吴朝启之流；放下武器改邪归正者，新政权就欢迎，如官华栋、危则安等；胁从者经过教育予以释放。总之，乘我军进剿胜利形势，认真执行党的宽严政策，做好分化瓦解敌人的工作，这对迅速完成剿匪任务发挥了积极的作用。

第五，贯彻党的统战政策，争取可以争取到的人，团结可能团结的人，也是三中队剿匪、镇反、反霸及土改中不可忽视的重要工作。三中队在邵武这段工作中，重视做好青年积极分子工作，在和他们一道工作时，培养他们，使其尽快成为邵武优秀的地方干部。同时努力团结上层愿与新政权接近合作的进步人士，如陈文松老先生及冯玉珊、冯玉琳、程祥钦、吴钟、赖根则等。他们在帮助我方了解情况、协助工作方面都起到了很好的作用。特别值得一提的是冯玉珊、冯玉琳兄弟，即邵武东区水口寨的冯家，是与危则安势不两立进行械斗的一方，有些群众对冯家有怨恨。新中国成立后，任国信、杨兰珍同志带游击队到邵武，他们就接近任国信同志，提供土匪情况。三中队到邵武后，任国信同志即介绍冯家兄弟的表现，并介绍与我方联系。经过一段时间的考验，证明冯家是诚心靠近新政权的，特别对剿匪反霸起了不小的作用。对各地封建恶势力的姓名，过去干什么，现在有多少人马，有多少枪支，能量多大，影响多大，是顽固的还是可以争取的，都反映得清清楚楚。特别对土匪活动，他知道得早，就及时给我方提供情报，准确度很高，如打朱坊俘虏付为璋，打竹下抓获危建华，逼危则安缴械投降，攻洪消灭吴朝启，打宝积大刀会等，都是冯玉琳送的情报，并带部队去打的，新政权取得了全胜。再如三中队到邵武不久，即1949年9月全县土匪联合围攻县城，冯家就事先报告消息，要我方早作准备，我方研究决定无论发生什么事，一定要坚守，并向洒溪桥、铁罗方面派去武装工作队，如发生问题可与地委联系求援。在土匪攻城的情况严重时，有的人害怕，离开新政权躲了起来，而冯玉珊、冯玉琳则把自己母亲、妻子、儿子等都从他们家搬到我方住处，说明他相信新政权，以及和土匪势不两立、同新政权一起行动的决心。冯家过去有剥削压迫群众、搞封建械斗的劣迹，但邵武一解放，不仅没有和我方作对，而且主动接近我游击队，提供情报，协助工作，对剿匪、分化瓦解敌人等都起到了很好的作用。

剿匪阶段，由于我方大力发动群众，依靠群众，做好争取团结工作，加强宣传扩大影响，对剿匪采取集中力量、分区围，如先东区后南区再古山，而不是全面铺开、齐头并进；注意贯彻党的宽严结合政策，攥紧拳头打击顽抗的、分化瓦解一般的，在短时期基本取得肃清全县数千武装土匪的任务，打开了局面，为镇反、土改以及各项建设工作开展铺平了道路。

反霸镇反

反霸镇反是在剿匪取得重大胜利的基础上有计划地开展的。新政权先是认真抓了继续深入发动、组织群众工作，有计划地组织几个小组在城区一面了解情况、一面深入到大街小巷发动群众，后发展到城南香铺一带。1949年9月上旬派康通鉴同志带六七人组成游动武装工作队到洒溪桥、铁罗一带发动群众工作。为了安全，工作队采取游动方式进行工作，水北都、二都、三都也派了工作组，并在城区举办短期的训练班，或者开会培训农民积极分子、知识青年。随着剿匪工作的进展，对拿口，大埠岗、和平及沿山等乡也派了武工队去发动群众。到1949年10月在城区成立一区，故县成立二区，铁罗成立三区（后迁拿口）。到1949年底1950年初，大埠岗四区、古山五区、肖家坊六区也随着剿匪胜利陆续成立了。这时县的党政部门、公安、武安会都较健全了，工、农、青、妇群众团体也成立起来。随着各区的成立，乡保甲废除了，新的基层行政、群众组织产生了，人民群众的革命情绪非常高涨，基本群众大都敢讲话了，局面打开了。这就为全面开展反霸镇反创造了极为有利的条件。

反霸与镇反是结合进行的，首先是从反霸开始。在县城召开了四五人对恶霸姚慈良的斗争大会，各区都派有农民参加，声势很大。会上有几个群众揭发姚的罪恶，申诉被他压榨的痛苦。新政权除表明支持大会群众的行动外，并号召全县劳苦大众团结起来，反对恶霸地主、罪大恶极的土匪头目及欺压群众的乡、保长，并根据大家的要求惩办那些为非作歹、欺压人民、罪大恶极、不思悔改之徒。大会推动了各区乡的诉苦反霸运动，进一步发动了群众，检举揭发恶霸地主、土匪、伪乡长、保长的罪行，要求政府逮捕惩办的呼声甚高。反霸镇反的群众基础就这样形成了。

在群众检举揭发的基础上，县、区政府及群众团体干部，特别是公安人员，深入到区、村基本群众中去，召开各种座谈会（即农民、妇女、青年各种座谈会）。通过群众诉苦，检举揭发，核实应予以惩办者的罪行，同时组织积极分子暗地监视坏人活动，防止行凶或逃跑。总之群众起来了，运动进行得十分顺利。

这时，地委召开了各县公安局长会议。在这次会议上叶飞省长传达了中央镇反决定（叶是从华东局开会回来，途经建阳地区，首先在建阳开会布置的），要求解放新区开展镇反，为民除害，保障社会安定，各地一定要搞好搞彻底，并把杀人权下放到县，要求镇反迅速开展，勿失良机。

王耀华局长回县向县委传达后，县委进行了认真研究和部署，向县区主要干部传达，并组织力量（主要是公安部门）深入乡村，在群众诉苦反霸检举揭发的基础上，认真核实罪行，根据群众要求予以逮捕审讯。县委根据群众揭发的罪行，审讯的结果，提出处理意见，再到所在区、村开座谈会或代表会，征求群众意见，回来才做出判处决定。该枪决的，张贴布告执行枪决。有的是根据群众要求到犯罪所在地执行的。

新政权在镇反中处决人犯是十分慎重的，不枉杀好人，也不放掉恶人。通过召开群众座谈会、代表会，县里反复研究，才决定处理。这次镇反对象主要是罪恶深重、群众坚决要求、不杀不能平民愤的恶霸、土匪头目及伪乡、保长（其中所杀的乡、保长是少数，他们大多也是1949年充当土匪头目或有血债的）。从剿匪开始到镇反结束，大约处决了600人，除处决吴朝启和李坚等少数罪犯外，绝大多数被枪决的人犯，都是经过上上下下、反反复复、多次讨论核实的。所以镇反后还未发现有处决不当的。镇反使正气大涨，人心大快，促进了各项工作，邵武局面大为改观。这说明党中央决定在解放区镇压反革命，从当时和以后情况看，都是必要的、有重大意义的。

土　改

在土匪基本肃清，反霸镇反取得胜利，农民、妇女、青年、民兵都在农村有了组织的形势下，乡村政权亦实行了改造，农民觉悟很快提高，要求没收地主土地，分给农民，至此土地改革的必要条件已经基本具备，正好中央公布新解放区具备条件的在1950年冬天进行土地改革的重要决定，接着福建省成立了土改委员会，由魏金水同志负责。不久地委召开各县县委书记与农会主席参加的土改会议，做了布置，要求各县秋收前做好准备工作，进行土改试点。从1950年底开始到1951年秋收前基本完成土改任务。这样邵武县土改的准备工作就开始了。

首先，培训土改试点干部，准备试点。培训土改试点干部，是由农会主席任培诚与妇联同志负责，集中一部分农会干部和妇女干部，还有当地一些知识青年，以及在剿匪反霸斗争中经过考验的少数农民积极分子进行训练。主要学习中央土地改革法，刘少奇同志所作的土改报告和省、地有关土地改革指示，以及土改试点的做法等。土改试点在下沙乡和肖家坊乡两地进行。土改试点工作队大约是在1950年12月初进行学习培训，共进行五天。12月8日进入试点村，经一个多月完成试点任务。进点后召开农民积极分子会议，以长会短训进行土改政策宣传教育，调查摸底，制订方案。同时成立土地改革领导小组，和工作队统一领导当地土改。整个试点工作经过大会动员，登记土地，划阶级成分，开各种座谈会和斗争会，诉苦斗地主（这是土改高潮），分田地，

1951年，邵武县土改队员合影

选举产生农协、妇联，发展民兵，最后总结，于1952年1月中旬结束。

第二，试点取得经验，即准备全县土改。试点基本结束，就筹划全县土改准备工作。举办村干、农民积极分子（其中有男有女）和脱产土改工作训练班，学习中央土改法、划分阶级成分的规定、试点经验等，制定全县土改规划，先后分别召开了县区干部土地改革扩大会议，以及人民代表大会、农民、妇女代表会和民兵会等近3000人，布置全县土改。

1951年6月，邵武县土改第三次第二期扩干会议合影

第三，准备工作做好后，即展开全县土改。全县土改是从1951年1月下旬开始的，大体分三批进行，各区由区委、区农会为主领导，县派到区的工作队统归区领导，县里则以县委和县农会为主，并抽调各单位一部分干部，组成几个检查组，分赴各区检查，交流经验，互通情况，帮助研究解决问题。在每批基本结束时，都要召开县区主要干部会议，总结经验，调整力量布置任务。三批土改大约在1951年秋收前基本结束，前后近一年的时间完成了邵武县一个革命的最基本的历史任务。

在第三批土改基本结束时，根据地委指示，抽调30多位搞过土改的干部，于1952年去光泽县支援土改，年终返回。

土改后，群众欢欣鼓舞，对党、对人民政府拥护和感激之情溢于言表。党群干群关系非常之好，特别对土改工作队非常爱戴，每当工作队完成任务离村时，农民群众十里相送，难舍难分，对党和人民政府的号召是一呼百应，如党和政府号召为保卫胜利果实掀起的参军支前和生产自救等项任务都完成得很好。此外，极少数在反霸中潜逃或隐蔽很深的地霸、顽匪也被挖了出来，匪首李坚部下江可翘、地霸何国山及土匪陈贵生、曾长生等，都是由于群众提供了他们的窝藏地而被俘、在土改中被镇压的。

全县土改胜利结束的原因主要是：（1）有中央土改法以及划分阶级成分等文件，还有省编的土改手册，搞土改的同志认真学习并执行了中央省、地的指示精神；（2）从准备到整个土改过程，都广泛地、深入地做好充分发动群众的工作；（3）根据政策划准阶级成分，并把恶霸地主斗倒斗臭，这是发动群众、提高人民觉悟的关键；（4）分田地一定要充分发扬民主，做到公平合理；（5）准备工作要充分，要有较强的土改工作队，能严格执行党的政策，善于充分发动群众；（6）邵武是老区，我党活动时间长，打土豪分田地在群众中影响很深，这对发动群众搞好土改是一个很重要的因素。

结合剿匪、反霸镇反、土地改革把其他各项工作搞上去

一是吸收和培养了干部，充实了各级组织。邵武5月解放后，一开始在

这里开展工作的有二野和三野留下驻防的小部主力部队，地委派来的闽赣游击队任国信、杨兰珍、郭苏州、陈芳滨等同志带来的数十个同志，地方干部就是由游击队调来陈芳滨等几个同志和原邵武极少数的几个干部。8月南下干部80余人到邵武，以后地委调来南下服务团干部近10人，革大干部10余人，还有南平公学来的几个，另外就是旧政府、银行、税务的几十个留用人员，靠这些搭起了县区党政群团的架子。后来地委又先后调走了一些县主要干部，如县长郭亮如和宣传部部长王文麟、邓协和及农会主席任培诚等近10名干部。

1960年6月，邵武县委第一书记石毓维深入沿山公社推广连作稻种植，实行单季改双季，与当地农民一同插秧

所以那个时候干部短缺，组织不健全是比较突出的。后经过剿匪、反霸镇反、土改吸收培养了大批很好的地方干部。他们大都有文化、年轻、朝气蓬勃、

1956年6月，邵武县第六次党代会部分代表合影

积极肯干，这些同志陆续被增补到了县区的各个机构，到土改结束时县区党政群团组织都充实、健全、加强了。这就为以后工作的开展创造了组织条件。二是农业生产也有增长（当时可以说没有什么工业），县贸易公司成立，市场也比较繁荣了，征粮征税任务按时完成。三是派民工到建瓯修机场、修崇安公路等均按上级要求如期完成。四是发展党员，党的基层组织工作也有了进展，特别是干部中发展党员的工作成绩很好。土改结束时，县区机关、群团组织普遍建立了党支部或党小组，建立了制度，开展了活动。

补充说明的几个问题

一、县委、县政府宣布成立后，8月下旬又成立了剿匪指挥部，总指挥郭亮如，副总指挥任国信、王耀华，政治委员南纪舜，参谋长王烈章，后又增加三野一营营长殷文良，任务是负责组织与指挥全县的剿匪任务。

二、县委委员因干部变动也有变动。郭亮如同志调走后，王烈章接任县长，为县委委员；王文麟同志调走后，邓协和同志接任宣传部部长，为县委委员；邓协和同志调离，赵进堂同志接任宣传部部长，为县委委员；任培诚同志任农会主席，为县委委员。

三、悼念为邵武人民解放事业奋斗牺牲的同志。二野和三野部队在解放邵武和剿匪中都有少数同志牺牲，如三野部队在铁罗牺牲两个班长；打朱坊股匪牺牲一个战士；打洪墩股匪时牺牲两个同志；税务干部刘国斌被土匪枪杀；县大队副大队长郭苏州率部进剿土匪牺牲四名战士；土匪在洪墩杀害在那里工作的南下干部张清和。这些同志为邵武解放事业奉献了宝贵的生命，应该悼念。另外，县长王烈章到拿口工作，返县城时，遭土匪伏击，头部负伤，经邵武医院抢救脱险。

长江支队二大队四中队（主要由长子县干部组成）南下福建浦城纪实

赵进堂　赵志万　李耀明　李东成　李堆金　邢富山

1949年3月13日，我们长子县南下干部一行108人，响应党中央、毛主席"打过长江去，解放全中国"的战斗口号，按照中共华北局统一部署，编入"中国人民解放军长江支队二大队四中队"，告别家乡的土地和亲人，从长治出发，途经晋、冀、豫、皖、苏、浙、闽等8省60余个县市。过黄河、渡长江，行军3000多公里，历时5个多月，尝尽千辛万苦，于1949年8月抵达福建省浦城县，为解放福建、建设福建、改变福建做出了应尽的努力和贡献。回顾这段难忘的历程，我们历历在目：

一声号令赴征途

1949年春，华北战场捷报频传，蒋家王朝朝不保夕。全国解放胜利在望，进军江南势在必行。

早在1948年9月西柏坡的中共中央政治局会议上，毛主席就指出"夺取全国政权"的任务，要求我党迅速地、有计划地训练大批能够管理军事、政治、经济、党务、文化教育等各项工作的三四万名下级、中级和高级干部，以便在军队前进时随军前进，能够有秩序地去接管新解放区的工作。中共华北局根据党中央的战略部署，决定：由太岳、太行两个区党委选调一批优秀干部，组建南下区党委，包括省、地、县、区的党、政、军、群全套班子，以迎接全国胜利，迅速接管和开辟江南新解放区的工作。为适应形势需要，长子县委根据上级指示提前做好了思想和组织准备，对县、区各系统的领导班子进行了双线配备。

　　长子县归属太岳抗日革命根据地，位于上党盆地、漳河发源地的发鸠山，具有光荣的革命斗争历史。1933年就建立了党的屯长支部组织，1937年10月组建了中共长子县委，1938年有40多个村建立了党的支部组织，有250余名党员。十四年抗战中，长子人民紧密配合八路军，对日军大小战斗达600次，保卫、扩大和巩固了抗日根据地。在上党战役解放长子的战斗中，县委动员参战支前的民兵、民工达18500余人，出动担架1028副、骡马车1029辆，在陈赓司令员领导的三八六旅强大攻势下，将强占长子县城的国民党阎锡山军白映瞻部一举歼灭，1945年9月19日长子人民喜获解放。在解放战争中，长子县先后有3200名健儿参加了人民解放军，4000余名民兵8次参战，684名干部分批支援晋南、晋中、东北、西北、豫西、平津、四川等地，他们南下北上，在解放战争中立下了不朽功勋。这次成建制地选调大批优秀干部开辟新解放区的工作，更是长子老根据地党组织和人民义不容辞的光荣职责。

　　1949年2月下旬，长子县委召开动员大会。县委书记刘正之、县长梁选贤讲了话。刘书记传达了地委指示，讲述了当前的形势，组织广大干部学习了毛泽东新年献词《将革命进行到底》，号召全体干部，特别是党员干部，紧急动员起来，准备南下，为解放全中国作贡献。经过1947年"三查、三整"及1948年整风、整党学习的长子干部，对南下热情很高，认为南下象征着胜利、意味着前进、照耀着前程。一经大会动员、小组讨论，大家争先恐后，踊跃报名。有夫妻成对报名的，有兄弟结伴请战的，有的同志坚守岗位，或者因公外出未参加会议，事后也纷纷打电话，找领导，恳求报名南下，几天中报名人数大大超过应调任务。不少临时接到通知的同志，不讲条件，不讲困难，在一两天内就到指定地点报到集中，体现了共产党员的坚强信念和党性。

　　这次选调干部要求高、任务重、时间紧，尤其是县、区两级党、政、群、武成套班子一起外调，在长子县更是史无前例。县委根据上级指示精神，采取自愿报名与组织批准相结合的原则,按照"党性强、觉悟高、有战斗经验作风正派、身体健康、能吃苦耐劳、自愿出征"的选拔条件,对县、区干部进行全面排队平衡,一半调出南下,一半留下坚持工作。除个别人思想有顾虑发生动摇外,绝大多数干部都能服从组织需要,心情愉快地接受南下。经地委审批,很快地组成长子南下的县、区领导班子:县委书记刘健(河南孟期)、县长秦尚武(万荣籍),县武装委员会主任赵进堂(长子籍)等为县领导班子。还有县委秘书李耀明(安泽籍)、县政府秘书田俊才(长子籍)、财粮科长连成修(长子籍)、税务局长史书田(沁源籍)、银行行长孙达(沁县籍)。五个区委书记是:王进春(长子籍)、李东成(高平籍)、温乐亭(长子籍)、史汉武(沁县籍)、崔来畅(屯留籍)。五个区长是:范天兴(长子籍)、王占国(长子籍)、申根鳌(长子籍)、赵群成(长子籍)、吴政德(长子籍)。每区配备7到10人。全县共派出南下干部91人,其他工作人员17人,共108人,其中县、区级干部46人,党员96人,女干部5人。许多人是抗战时期参加革命,有长期对敌斗争经验的坚强战士。

县委对南下干部出发前的工作做了精细的安排。获准南下的同志一面交接工作,一面安排家庭,准备行装。对南下同志的家庭予以特别照顾,排上"军属光荣"牌,享受军属待遇。经济困难的给予补助,缺乏劳力的给予代耕。家属暂不能随行的,待到达新区后再安排专人来接。从而解决了南下干部的后顾之忧。

1949年3月12日,长子县委在县政府大院召开欢送大会,县委书记刘正之代表长子县党和人民,向南下干部致热情洋溢的欢送词,并亲切地勉励大家:"到了新区要努力学习、加强团结、做好工作,为建设新区做贡献。"南下的县委书记刘健代表全体南下同志表示:"到新区后一定要继续发扬党的光荣传统,努力工作,为伟大的共产党和长子全县人民争光。"会后大家合影留念。刘健还召集区以上干部座谈。县委、县政府还准备了便餐为南下干部送行。

3月13日,全体南下干部身着崭新灰制服,肩背行李包,精神抖擞,告

长江支队在闽北

1949年3月，长子县欢送南下干部合影

别亲友，离别故乡，登上南下征途，开始了空前的壮举。

一路艰辛过大江

北国三月，春寒料峭。我们头顶风雪，脚踏冰碴，徒步25公里，首先到了太岳南下干部集中地——长治市。3月18日，太岳区党委举行隆重的欢送大会，区党委组织部长郭钦安、太岳行署主任牛佩琮亲自来送行，并做了当前形势与任务的报告，要求大家发扬老区光荣传统和作风，同新区干部加强团结，克服困难，做出贡献。会后在莲花池合影留念。每人领了白衬衫、蚊帐、防雨布和印有"打过长江去，解放全中国"的红皮纪念册。

3月19日，太岳区领导及长治市党政军民云集英雄街，敲锣打鼓，载歌载舞，欢送场面热烈，激动人心。南下队伍经潞城、黎城、东阳关、河南店，沿途受到当地党政领导和群众的热烈迎送。徒步75余公里后，在涉县南庄附近乘上拉煤的小火车，行程120公里，车小人挤，个个都成了"煤黑子"，有的人还险些掉下火车。

3月22日，来到河北省武安县进行整训，边集训、边待命，住了一个月。

在武安汇集的太行、太岳两个区党委调出的南下干部，共4000多人，统编为"中国人民解放军长江支队"（省级），支队下为大队（地专级）、中队（县级）、小队（区级）。长子南下队伍被正式编为长江支队第二大队四中队。二大队政委王竞成（女，地委书记），大队长郭述尧（专员），组织部部长萧文玉，宣传部部长崔予庭。四中队教导员刘健（地委成员、县委书记），副教导员段政，中队长秦尚武，副中队长赵进堂。中队部设组织、宣传、保卫、参谋四个股，按县直、5个区架子编为7个小队。区长、区委书记分别任小队长和指导员。

3月30日，南下区党委在武安召开第一次全体南下干部大会。区党委书记冷楚在会上传达了党的七届二中全会精神，做了关于形势和任务的报告，分析了当时国共和谈的斗争形势，要求大家做好渡江的全面准备；指出我们的任务是随第二野战军渡江，接管京、沪，杭地区工作，眼下的重要任务是学习。我们先后学习了有关形势任务，接管工作、工商政策、入城守则、党建及七届二中全会决议等11个报告和文件。认识到在新形势下工作重点由农村转入城市，要警惕阶级敌人糖衣炮弹的袭击，在糖衣炮弹面前，不能打败仗，中队部每天晚上召集各小队指导员汇报学习情况和思想情况，研究解决学习上、思想上存在的问题。我们还按军事化要求，进行防空疏散、战地救护、紧急集合、夜间动作等训练。并加强了后勤人员的配备，从物资供应、卫生保健、衣食住行等方面保证行军顺利进行。上级还调了几个剧团来演出，活跃了大家的文化生活。通过学习，提高了思想，增强了信心，一个个精神饱满，摩拳擦掌，整装待命。

4月19日，长江支队部召开小队长以上干部会，宣布南下进军的训令，要求各级领导要以严肃、认真、高度负责的精神，做好每个同志的思想工作，要严整军风纪，要遵守"三大纪律八项注意"。

4月23日，南下区党委召开第二次全体南下干部大会，传达了北平会议精神，宣布了长江支队到苏南工作，继续向南挺进的命令。支队给每人发了制服、衬衣、背粮袋和一双"铁鞋掌"，要求大家轻装上阵，背包不得超过15斤。

4月24日，在武安城军民"打过长江去，解放全中国"的一片口号声中，在欢呼雀跃的人群夹道欢送下，我们开始了艰苦卓绝的南下长途行军。出发不久，天降大雨，道路泥泞，跋涉艰难。大家衣裳湿透了，有人鞋走掉了，没有一个喊苦叫累，依旧乐观开朗，马不停蹄地冒雨行进。途中，四区干部李其保生病，中队领导刘健立即把自己的马让给他骑。一路上，刘健经常把马让给身体病弱的同志，而他的战友、妻子张兰英，却始终和大伙一起步行。领导以身作则，关心下级的行为，使同志们深受鼓舞，力量倍增。这天夜宿河北磁县城南城村一带，稍加休息，晾晒衣物。25日，又传来24日我军攻克太原的消息，振奋人心。26日，天刚亮即启程，当晚住磁县四村营。次日继续行军，到达河阳县的水冶。28日，我们夜宿离敌人据点极近的安阳河涧村，敌人龟缩没敢动。29日，途经河南汤阴县，中队组织参观了岳飞庙，大家受到一次民族气节的教育。这天，夜突宜沟镇。30日，经淇县，抵汲县，在这里，大家清理个人卫生，过了个愉快轻松的"五一"劳动节。

5月2日，到河南新乡附近的小城村住宿。新乡虽未解放，但已被我军包围。所以，沿途都受到当地干部、群众的热情接待，主动让房、送茶、送水。

5月3日，为了赶郑州下午的火车，大队人马凌晨3点起床、4点吃饭、5点出发。大家沿铁路线行走，你追我赶，急行军130多里，于下午4点左右提前抵达黄河北岸老田庵车站。从武安至此，徒步行军10天，行程280余公里，许多同志脚都起了泡。常常一天两餐饭，中午边行军边吃干粮，晚上还要轮流放哨。特别是打前站的同志，每天要提前一两个小时出发，负责沿途开水、联系住房、购粮煮饭、寻草铺垫等，更是辛苦，从无怨言。负责掉队收容工作的王起才等人付出了艰辛的劳动。行军中，中、小队领导以身作则，经常做群众思想工作，以讲故事、说笑话、猜谜语等形式为同志们鼓劲，解除疲劳。晚上还要开会，研究解决存在的问题，向上级汇报。如中队教导员刘健，一路上给大家讲前途、讲革命道理、讲为人民服务的人生观，每到宿营地，都要叮嘱后勤人员多烧热水，让同志们烫脚解乏，深夜亲自查铺，对同志们关怀备至。第二天一早队伍出发了，他还留在后面，与小队领导一起检查住房是否清扫、借物有无归还、"三大纪律八项注意"执行情况，然后赶上队伍。一路上，同志之间互相帮助，团结友爱，亲密无间，女干部张兰英、杜灵芝、王玉花、王传英、李长凤等都不甘示弱，从未掉队。区干部邢富山年纪虽小，却主动为怀孕的女同志背行李，跑前跑后照顾年长的同志。5月3日深夜，从黄河北岸乘坐简易车厢，过黄河，到郑州，转陇海，经开封、徐州、宿县，于5日中午到达淮河北岸。因淮河大桥被敌人毁坏，大家下午步行走浮桥，在蚌埠市宿营，休整3天，领略了秀丽春光。又获悉杭州5月5日解放的佳音，顿时军心大振。这时，上海已被我军围困，解放指日可待。

5月8日，乘火车继续南下。由于敌军溃逃时破坏了大量铁路，坐到明光镇又不能通行，再徒步60公里，经三界到达安徽滁县，住了三天。大家第一次吃上了南方的鱼，许多人还担心鱼刺扎嘴。第4天，又紧随大部队急行军，日夜兼程，于5月12日到达长江北岸的浦口。登上渡江轮船，眺望气势壮观、日思夜想的长江，同志们心中激荡着胜利的自豪和喜悦。当日下午，我们豪迈地跨进了南京玄武门。

来到刚解放的原国民党首都——南京，大家情绪激动，深深感到这是天翻地覆的伟大胜利。我们四中队与大队部同住在原国民党政府交通部大楼，随处可见敌人逃窜时遍地狼藉、十室九空的情景。因为敌人破坏，大楼没有电灯，晚上漆黑一片，连厕所都找不到，同志们打趣道："住洋楼、受洋罪。"我们参观了"总统府"，浏览了市容和中山陵、玄武湖、雨花台、紫金山等名胜古迹。

5月14日晨，不甘失败的蒋介石又派飞机轰炸南京，长江支队奉命迁往九草山原国民党空军司令部所在地。这期间，我们连接听了南京市领导宋任穷及华东支前司令部、二野有关负责人关于形势、财政、粮食、城管、交运工作报告。根据布置，中队组织了行军小结和有关城市接管工作的学习。

5月23日，大队部传达了继续前进、到苏州待命的通知。我们中队立即清扫卫生，打起背包，当日下午乘火车离开南京，行程270公里，于24日晨来到山水如画、风景迷人的"天堂"圣地——苏州城，在张家花园旧军营住下。

长江支队在闽北

一切听从党安排

5月27日，上海解放，支队抽调一批干部去上海做"南下福建服务团"工作，四中队宣传部部长韩向阳等被临时借调到上海。因苏南地区已由先到的兄弟地区干部接管，中央和华东局决定，长江支队继续前进，随十兵团进军福建，归华东支前司令部领导。从此解放福建、建设福建便成了我们今后的行动方向和战斗任务。这时，每人发了一套黄军装，佩戴了中国人民解放军胸章、"八一"帽徽及行军水壶、枪支弹药等。

对长江支队改调到福建工作的决定，多数同志意志坚定、精神饱满、斗志昂扬，少数同志思想有了波动。有的埋怨从武安出发迟了，没赶上接管苏南地区工作；有的担忧福建气候热、雨季长、湿度大、蚊虫毒、流行病多，难以适应。针对这些思想，中队领导分头做思想工作，刘健多次告诫大家：作为一个共产党员，要无条件服从组织，执行党的决议，为共产主义事业奋斗终生，要讲真理，不能表里不一。

6月12日，华东局组织部部长张鼎丞来苏州做动员报告，讲了当前形势，说要和大家一起到福建工作。他介绍了福建的有利条件，实事求是地分析了困难，说福建是艰苦奋斗几十年的老苏区，群众觉悟是最高的。他号召大家要"先天下之忧而忧，后天下之乐而乐"，做彻底的无产阶级革命者。大家还听取了陈毅、粟裕等领导的报告。中队进行讨论时，围绕"一切听从党安排"的主题，学习张老报告以及《将革命进行到底》《中国人民解放军宣言》，联系实际开展讨论，进行行军小结、纪律检查等，进一步提高了对形势和任务的认识，提高了政策水平，特别是打消了南下福建的顾虑。许多同志说，我们南下，本来就不是来当官享福，是为了实现共产主义的坚定信念，而不顾生命危险来的，那种选择地区和害怕艰苦的错误思想，根本违背了南下时的志愿。全中队一致表示，坚决服从组织决定，接受党的考验，为解放全中国、建设社会主义而奋斗。不少同志积极查找福建地图、资料，了解熟悉福建情况，互相勉励，充分做好南征福建的准备。这时，大队又派来从山东、江苏调来的战友刘振杰等6位同志，编入四中队第八小队。

7月1日，参加了大队召开的建党28周年纪念大会，支队给每人发了一斤猪肉、一条毛巾，改善了生活。休整期间，浏览了狮子林、拙政园、虎丘山等风景区，参观了丝绸厂、面粉厂等，开阔了眼界。

7月13日，从苏州冒暑出发，随十兵团进军福建。徒步经江苏吴江、盛泽，沿太湖，穿稻田。7月15日到达鱼米之乡——浙江嘉兴。改乘火车，经长安镇时遭敌机扫射，有的车厢被打穿，其他中队有一位同志当场牺牲，大家下车隐蔽。在杭州停了2小时，又继续前进。行至浙江江山附近，敌机再次空袭，由于火车停得早，疏散迅速，同志们无一伤亡。

7月17日下午，在江山贺村站下车，住在附近的塘坂村，这一带是国民党特务头子戴笠、毛森的家乡，政治情况复杂，特务活动频繁，散兵、土匪较多，时有打冷枪、搞破坏的情况。在此地休整及由此入闽，都采取了防范措施，一方面部队护送，一方面我们再次轻装。每人随带行李不超过15斤，自带大米5斤。当时气温高达38℃至39℃，北方人很不适应，少数同志病倒了。根据大队安排，中队里身体弱的同志及女同志共22人，暂时留在贺村，后转江西上饶休整，而后进福建。一些笨重物资也等待车辆由上饶入闽。中队还抽调了有军事常识、身体强壮的同志组成武装班，由崔来畅任班长，担负巡逻放哨、保卫安全的重任。

7月28日，大队人马从塘坂步行出发，浩浩荡荡向福建挺进。时值三伏，骄阳似火，酷暑逼人，不少同志中暑晕倒，但无一掉队。途经闽浙边境的大山仙霞岭和峡口、八都、九牧、仙阳等村镇，人烟稀少，山路崎岖，时有遭土匪杀害的尸首横道。大家相互帮助，攻克重重难关，于7月30日到达福建最北的浦城县。休整5天，欢庆了"八一"建军节。8月6日，前往闽北重镇建瓯县，与坚持党的游击斗争的福建同志胜利会师。我们中队百来人，住在桥西七里附近小村。

8月11日，新成立的福建省委召开南下干部和坚持游击斗争的本地干部会师大会。省委书记张鼎丞做了全国胜利形势和福建前线战况报告，说敌人已失去抵抗能力，福建解放指日可待，大军将向闽南推进。他对长期坚持游击斗争的同志表示感谢，对南下干部表示欢迎，并鼓励大家团结战斗互相学习，做好工作，共同为解放福建、建设福建贡献一切。他还布置了当前工作，即：首先做好接管工作，发动群众，进行借粮，支援前线，发动群众剿匪反霸，打击敌人，稳定社会秩序。他强调要保证部队吃饱饭，打胜仗。坚持游击斗争的原省委负责人曾镜冰也讲了话。会师大会隆重热烈，亲切感人。会师后，宣布二大队在建瓯地区工作，被编为福建省第一地委和专署，书记陈贵芳（原闽浙边地委书记），副书记兼专员郭述尧，组织部部长肖文玉，宣传部部长崔予庭。四中队分配到浦城县工作。在建瓯学习10多天，还听取了长期坚持游击斗争的陈贵芳、王文波、张翼、程胜福等领导介绍浦城情况，使大家都有既是工作队、又是战斗队的思想准备。在建瓯还宣布撤销四中队及各小队的行军建制，成立浦城新的县、区领导班子，县委书记刘健，组织部部长张雨辰，宣传部部长韩向阳，工会主席程宗波（游击队），农会常委邱福言（游击队）；县长秦尚武，公安局局长段政，县武委会主任赵进堂。一区书记王进春，区长申来福；二区书记李东成，区长王占国；三区书记温乐亭，区长王起才；四区书记崔来畅，区长吴政德；五区书记史汉武（后改申根鳌担任），区长赵群成。

8月17日，我们满怀战斗激情，一路风生返回浦城，完成随军南下的行军任务，开始了开展浦城工作的历史新篇章。

一生奉献在福建

浦城素有闽北"粮仓"之美称，是一个具有20多年光荣革命传统的老革命根据地，从1927年至1949年，坚持革命红旗不倒。1932年9月，方志敏率红十军攻克浦城，第一次推倒反动县政府，建立了临时红色政权，播下了革命种子。陈贵芳、王文波、张翼等领导的游击队，也长时期在浦城边境活动。1947年夏浦城建立了城工部党组织，为迎接浦城解放进行了曲折的斗争。浦城是1949年5月13日解放的。我们到浦城之前，军管会、浦城县委、县人民政府已先后做了大量工作。8月18日，我们怀着喜悦的心情与长期坚持游击斗争的池云宝、程宗波、邱福吉、严守华等同志胜利会师，共同交流了情况、研究了工作，强调团结一心开展工作。原浦城县委书记池云宝还设宴热情地招待南下干部（后池云宝调任水吉县委书记）。当时我们分别住在县政府和税务局院子里，由于行军途中一再轻装，到浦城后，上级给每人发了毛毯和棉衣。

新的县委、县政府宣布成立后，县委首先分析了当时浦城的政治、经济及匪特情况：（1）浦城地处闽、浙、赣三省七县山区结合部，反动势力较强。当时境内有国民党零散兵、反动地主武装以及小股惯匪20多股、共2000多人，有各种枪支近千支。（2）在我人民解放军渡长江后，国民党浦城县县长应泽，急急忙忙召集了党政军警特要员章复心、孙文杰、季资柔、郭永槐、詹仰孟等策划应变计划，组织武装自卫总队，分散潜伏，企图负隅顽抗，进行垂死挣扎。（3）解放战争形势发展很快，部队全力追赶国民党溃军，浦城未留部队，再加上浙江、江西都在剿匪，城工部部分同志，建瓯公学分配来的学生，还有南下服务团来的和刚参加工作的本地青年干部，加上县大队、公安队，总共才200多人，在数量上与土匪悬殊，敌人比我多十多倍。土匪都被赶到三省交界处，国民党浦城残余匪特见我后方兵力空虚，以为有机可乘，横行乡间，造谣欺骗，威胁群众，绑架抢劫，摊派钱粮，杀害干部、民兵，潜入策反，破坏交通、电讯，烧杀奸淫，无恶不作，企图颠覆人民政权，扰乱社会秩序，阻止各项工作的开展。（4）浦城人民长期受国民党统治压迫和苛捐杂税、高租重利的盘剥，过着暗无天日的饥饿生活，加上国民党的反动宣传，不了解我党的方针政策，不少群众不敢接近我们。

其次，分析了干部情况：（1）除南下干部外，多数人没有战斗经验；（2）南下干部，刚到浦城，人地两生，语言不通，水土不服，生活不惯。县委分析这些情况后,一致认为:目前,虽然敌众我寡,但是敌人已是惊弓之鸟、丧家之犬,一触即溃,他们又是各有自己的势力地盘,各怀鬼胎,乌合之众,尚未形成统一指挥,宜于各个击破;我们的武装力量虽少,却是一支特别能战斗的队伍,有丰富的战斗经验,有省委、地委的领导和人民群众的支持,只要我们正确执行党的方针、政策,紧紧依靠人民群众,提高警惕,一定能以少胜多,战胜敌人,打开浦城工作的新局面。县委统一了认识,要求全体党员干部正确认识当前形势,既要克服轻敌麻痹思想,又要防止恐敌畏难情绪,要在战略上藐视敌人,在战术上重视敌人,全力以赴,配合部队,进行剿匪。县委还分析了两种可能:一是通过宣传教育,发动群众,把土匪孤立或逐步消灭;二是县城暂时被敌人占领,要做好暂时上山打游击的思想准备,但时间不会太长。我们要做好工作,力争实现第一种可能。在认识形势的基础上,县委提出了"剿匪安民,建设政权"的工作方针,具体任务是:发动群众,建立地方武装,配合人民解放军剿匪,结合进行减租减息、反霸斗争,完成征粮、支前任务,安定社会秩序,逐步建立各级政权组织。

当时土匪气焰嚣张,原来在农村及边沿山区活动,后来又窜到城区抢粮,晚上还经常在县委、县政府周围打冷枪、放照明弹,甚至扬言"农历八月十日要拿下城关,到城里吃中秋月饼"。在其煽动下,反动帮会、会道门等组织,也蠢蠢欲动,扩充人员,发展武装,配合行动。我们采取了四条具体措施:(1)县直各单位白天分散各单位办公,夜间集中县政府住宿。各区武装工作队,白天下乡调查研究,宣传党和政府的政策,揭露敌人各种谣言,以实际事实教育群众,晚上集中学习,交流总结经验:还要提防土匪袭击,带领区分队小范围剿匪。(2)所有的干部,每人增发了枪支弹药,既是工作员、宣传员,又是战斗员。(3)县委采取了由点到面逐步铺开的工作方法。(4)派李耀明同志到地委汇报工作,并要求地委派部队来浦剿匪。

县委做出决定的第二天(即8月23日),李耀明同志即带县大队一班随长江支队六大队的军车到达建阳地委,当夜向地委领导汇报了浦城近几天土匪猖狂活动的紧急情况和我们采取的对策措施,地委领导感到浦城情况十分紧急,随即和军分区领导研究,决定派一个连和一个机炮排的兵力,由一个副营长带领来浦剿匪。部队来浦途中,因建阳至水吉之间的公路桥被土匪破坏,等了三天,待桥修好后,于8月20日才到达浦城。这大大鼓舞了广大干部和人民群众协助解放军剿匪斗争的积极性,为开辟浦城各项工作新局面创造了有利条件。

刘健同志在9月初还给华东军区陈毅司令员写过一封信,汇报了南下干部到浦城开展工作的情况和土匪活动情况,要求派浙江剿匪部队来浦城剿匪。时隔不久,刘健和王长福两同志又到驻守在浙江江山二十八都的部队(师部)联系,向他们汇报了浦城的匪情,请求派部队进浦剿匪。部队首长听了汇报,即派二〇八团来浦城剿匪(团部驻九牧)。1949年12月下旬,在我军事严厉打击和强大的政治攻势下,全面清剿很快打开了局面,众匪感到山穷水尽、走投无路,纷纷向我人民政府和剿匪部队投降自首。到1950年初,在短短的一个月中,剿匪获得很大胜利,共俘降匪首、匪众600余人。通过第一阶段的剿匪,浦城境内小股土匪已崩溃瓦解,对闽浙赣边区民众自卫总队也给了严重打击。匪首詹仰孟带领匪众500余人窜入闽浙两省交界山区活动,妄图顽抗。1950年春,在我剿匪部队的沉重打击下,生俘总队副王德有、指挥处长张先进,击毙特务大队长苏文祥,俘降土匪

1950年11月,浦城县委分书会议合影

1950年11月,浦城县人民政府各区区长会议留影

400余人。匪首詹仰孟带30余人，被迫躲进深山老林，在四面楚歌声中，感到走投无路，只得缴械投降。到1950年底，浦城剿匪斗争取得重大胜利。除边沿少数地区尚有零星土匪骚乱外，绝大多数村庄均已安定。剿匪斗争的胜利，促进了减租减息和反霸斗争的开展。同时进行了村级政权的组建、改造工作，建立了农会、妇女会、民兵等组织。

漳州、泉州、厦门解放后，福建部队回师北上剿匪，到浦城的是二十八军八十四师的二五一、二五二两个团，大大加强了浦城剿匪斗争的力量。部队和地方组成剿匪联合指挥部，由秦尚武任总指挥，江勇（部队）、陈志钧任副总指挥，刘健任政委。在剿匪的重点区都由区委和部队组成指挥所。在剿匪联合指挥部统一领导下，以解放军为主，地方武装紧密联合，对土匪采取清剿和政治瓦解相结合的方针，军事上进剿和驻剿相结合，坚决消灭负隅抵抗之敌，发动群众开展强大的政治攻势，宣传党和人民政府对自首坦白者从宽处理的政策，进行瓦解工作，动员土匪走坦白自新的道路。在我军事严厉打击和强大的政治攻势下，全面清剿很快打开了局面，众匪感到山穷水尽、走投无路，纷纷向我人民政府和剿匪部队投降自首。

1950年10月，党中央发出指示，要求各地坚决纠正对敌斗争中出现的宽大无边的右倾倾向，实行镇压与宽大相结合，首恶者必办、胁从者不问、立功者受奖的政策，迅速严厉地镇压反革命分子。在县委的领导下，广大干部群众通过学习党中央指示，纠正了右倾倾向，在全县范围内大张旗鼓地开展镇反运动，贯彻执行《中华人民共和国惩治反革命条例》，实行镇压与宽大相结合的杀、缓、关、管、放的全面政策，打击了匪特、反革命分子的嚣张气焰。1951年1月，在县城召开审判大会，枪决了国民党浦城县党部书记长张复心。5月28日，在梦笔山枪决了横行数年的罪魁祸首应泽等16人，极大地鼓舞了广大人民群众剿匪斗争的情绪，而土匪闻之则不寒而栗，更加惶惶不安，感到末日来临。郭永槐利用反动会道门发展扩充武装，他派参谋长到水北与大刀会头领黄赖皮勾结与策划，组织大刀会暴乱。1950年10月25日清晨，大刀会坛主黄赖皮纠集黄子会、青衣会会徒40多人，胸挂护心符，头戴八角青帽，身系青布条带，手舞大刀袭击水北区公所，江德美带 10 多个匪徒在后助威。在区公所楼上的解放军奋起反击，班长端起冲锋枪扫射，当场击毙黄赖皮等三人、击伤一人。会徒见死了坛主，拔腿就逃，增援的江德美等匪徒见情况不妙，调头鼠窜。第二天，县公安局王德才带领公安一个武装班，到水北进行宣传教育，揭穿大刀会道门的反动本质。经过一个多星期的工作，有 50 名大刀会徒和 4 名土匪携枪自新，并逮捕了土匪大刀会徒 11 人，缴获大刀 2 把、子弹 286 发、法衣 20 套，法旗两面、印章一枚。1950 年初，土匪乘驻九牧大部队调走之空隙，集中小队长以上匪徒 300 余人，在洋溪乡大路沿大山村寺庙开会。驻广丰的解放军赶到九牧，与区长李堆金研究对策，当时九牧仅有解放军一个排 30 余人，接到任务后，无所畏惧，立即出发，急速奔跑百余里坎坷山路，于当夜拂晓前赶到，占领山头，包围寺庙，把这股顽匪打得晕头转向、四处逃窜，当场活捉 19 名，其中有情报室主任季资柔。匪参谋长孙文杰被打伤，匪首郭永槐逃走。逃往广丰的土匪，有的被当地群众扭送政府，有的到家乡自新，孙文杰后来也到九牧区公所投诚。

一面剿匪、减租、反霸，一面发动群众迅速建立区乡政权。1949 年 8 月下旬，建立一区（城关）、二区（观前）、三区（水北）。9 月增设一区仙阳区、四区（莲塘）、五区（石陂）。1950 年 1 月在 5 区 1 镇基础上增加九牧、忠信 2 个区。1950 年 10 月发展到 10 个区、9 个街、97 个乡。任区委书记的有崔来畅、王进春、赵志万、李东成、温乐亭、李鹏鹤、王起才、申来福、郭三友、申根鳌、李耀明、吴政德、王占国。任区长的有李傲霜、赵群成、李其保、王宪、李堆金、高飞、柴培建、宋连群、邢富山、魏有根（后改名卫平）、赵志发、李学勤、郭杰。

1950 年 8 月，浦城县人武部宋部长暨各区武装部长合影

县委在抓好基层政权建设的同时，十分重视全县武装骨干的培训。到浦城的第二天，县委即派武委会主任赵进堂协助县大队指导员时瑞亭集训县大队，并多次带领县大队、公安队出征，深入土匪老巢水北桥亭，西乡的永兴、古楼，北乡的忠信、游枫等地剿匪，取得战果。在各区组建了区分队，由区委书记兼分队指导员，加强地方武装建设。1949年11月，分区派来县大队长陈志钧，县委即派赵进堂、徐干忠（地下党）等筹办县贫雇农积极分子训练班4期，培养减租反霸骨干500多人。接着集训民兵2期、300多人，配发枪200余支。县委农会副主任李东成，主持训练农村积极分子1000余人。以上培训，为开辟农村各项工作创造了条件。到1950年底，全县221个村中有154个村进行了减租反霸斗争，198个村政权得到改造，199个村建立了农会，有105个村建立了民兵组织，有民兵2573人、枪321支，40余个边沿村建立了联防组织，有3373人参加、土枪400余支。

1950年抗美援朝战争中，县委宣传部部长主持全县动员大会，进行爱国主义和国际主义教育，并发动全县人民捐款31.9万元，可购买一架战斗机和一门高射炮，支援朝鲜人民反美战争。县委还以土改为中心，组织训练了1000多名土改干部，用一年半时间完成了土改任务，解放了生产力。经过剿匪、土改、镇反，有力地推动了农村互助合作运动的开展和城镇工商业改造，农村逐步建立起了农协会、民兵和青年、妇联及党团组织，整个工作走上了正轨。

在不到一年半的斗争中，我们发动了群众，进行了大规模的剿匪反霸斗争，上了正轨，建立了各项政权，稳定了社会秩序。取得这些成绩，主要原因是：

（一）在上级党委的正确领导下，浦城县委采取了正确的方针、路线、政策及斗争的策略。

（二）浦城的干部来自四面八方，县委特别重视做团结工作，并重视对工商、文化教育等各方面人士的统战工作，县委书记、宣传部部长、工会主席经常登门拜访各界知名人士，有时请他们到县委机关座谈讨论，征求他们的意见，调动各方面的积极因素。

（三）领导作风民主，以身作则。在当时的困难条件下，领导和大家同甘苦、共患难，心往一处想，劲往一处使，这是我们这一年工作取得胜利的有力保证。

（四）县委重视本地干部和青年干部的培养，把一些青年人放到基层，通过各种实际斗争，锻炼提高他们的思想觉悟和政策水平，为以后培养接班人打下了良好的基础。

忆往昔，峥嵘岁月稠。63个春秋过去了，我们长子县南下干部经受了艰苦斗争的考验，经历了政治斗争的风风雨雨，没有辜负党和人民的重托与期望，无愧于家乡长子人民，

1951年，浦城县支前民工支队全体干部合影

1951年7月，浦城县老苏区人民代表会议

无愧于第二故乡浦城人民。随着岁月流逝，有的同志已将自己的生命献给福建，到目前为止，牺牲、病故的有38人，许多同志仍不遗余力地为党兢兢业业工作着。令人欣慰的是，不少同志的子女，经过党的培育，走上不同的领导岗位，为社会主义现代化大业努力奋斗，正在成长为坚强可靠的革命接班人。

老牛自知黄昏短，不用扬鞭自奋蹄。我们要在新时期党的基本路线指引下，坚持改革开放，为振兴福建、造福人民，为建设有中国特色的社会主义，力所能及地再做贡献。

回顾当年，精神振奋；展望未来，前程似锦。愿浦城在现代化征途上走向辉煌的明天。

（山西省长子县政协提供）

长江支队二大队五中队（主要由屯留县干部组成）南下福建纪实

赵旭光　李　莲　张连庆　山西省屯留县政协

为传承长江支队的光辉历史，弘扬长江支队的革命精神，在收集、整理长江支队相关文史资料的基础上，我们谨以此文真实记录我麟绛优秀儿女——中国人民解放军长江支队二大队五中队奉命南征、千里南下、解放福建的光辉历程，以深切缅怀他们的革命功绩，并对革命先辈们顾全大局、排除困难、英勇南下、无私奉献的革命精神表示深深的敬意。

屯留启程

抗日战争和解放战争时期，屯留县属于岳北革命根据地的一部分，归太岳区第一专区管辖。该辖区共有10个县，即屯留、长子、安泽、沁县、沁源、赵城、霍县、灵石、介休、平遥。岳北地势险要，东至白晋铁路，东南靠上党盆地，西临同蒲铁路，西北环山，交通便利，商贸繁荣，山川秀丽，人杰地灵。

1948年，中国人民解放军连续取得辽沈、淮海、平津三大战役的胜利，消灭了蒋介石的主要军事力量。1949年元旦，新华社发表了新年献词，毛主席亲自撰写了《将革命进行到底》的文章。党中央、毛主席发出了"打过长江去，解放全中国"的伟大号召，同时，决定从老解放区抽调53000名地方干部，随军南下，接管新解放区的工作。

1949年1月，中共岳北地委根据党中央的决定和太岳区党委的指示，从地直机关和五个县选拔500名干部（共产党员478人），其中：地专级8人，县级48人，区级202人，一般干部242人。另有后勤人员111名（党员63人），共计611人（女干部39人）。加上灵石、霍县两县南下干部和后勤人员141人，总共752人，组成一个专区的地委、县委、区委三级的党政、武装、群团的领导班子及其相应的民、财、建、教、金融、贸易等政府职能部门，随军南下福建。

根据岳北地委指示，屯留县委按照"党性强、政治觉悟高，组织观念强，有斗争经验，有领导水平，身体好"的选拔条件，采用自愿报名和组织批准相结合的方法，抽调97名南下干部，组成了一个县的县委、县政府班子，配齐配全了组织部、宣传部、民政科、财政科、教育科、公安局、税务局、武委会、农会、妇会、银行12个办事机构和下设的5个区的党、政、军、群机构的主要工作班子。这些干部均系土地革命、抗日战争时期的骨干和解放战争时期的优秀干部，其中党员74人。任命原屯留县委副书记、屯留县公安局局长李生堂（屯留籍）为南下县委书记，副县长李树荣（屯留籍）为南下县长。1949年3月10日，中共屯留县委在城内召开欢送大会，屯留时任县委书记王锐致欢送词，李生堂代表南下全体干部表态发言，会上宣布南下干部和军属一样优待，发给每人军装一套、军鞋两双，并合影留念、聚餐演戏，以表

1949年3月，屯留县政府为南下干部颁发的优待证

衷心欢送。

在已决定南下的97名屯留籍干部中，思想认识统一，积极服从组织安排。有的干部说，谁都有亲人，谁都有困难，但个人的困难和响应党中央号召"打过长江去，解放全中国"相比，简直算不了什么。有的同志是3月9日才接到南下通知，10日参加欢送大会。在县城开过欢送会后，很快准备就绪，待命集中出发。

1949年3月15日，麟山绛水春回大地，万象更新，屯留南下干部从县城集中出发，开始了南下征途。屯留县的一套班子和各区委领导以及父母妻子、亲戚朋友，将他们送出东关，他们告别了亲人，迈开了千里征途的第一步，这一步是多么艰难而沉重，这才是真正的任重道远啊。

这支不寻常的南下队伍，穿着军装，背着背包，列队出发。"明知前途有艰险，越有艰险越向前"，南下健儿们此时告别了养育他们的麟山绛水，告别了百般呵护的父母双亲，告别了相依为命的妻子儿女，告别了兄弟姐妹，告别了并肩作战的领导同事。他们怕亲人伤心，怕自己难过，强忍着泪水，义无反顾地迈着矫健的步伐向南下第一个集中地长治徒步走去。

1949年3月15日，屯留县南下干部临别留念

长治集中

3月15日，沁县、电留、长子等县的南下干部队伍先后到达长治市，与太岳区其他地委的南下干部会合。太岳区行署主任牛佩琮、区党委组织部长郭钦安亲自到长治送行。郭钦安部长对地县领导分别进行了谈话。对南下领导班子和力量调配，经过三天检查又做了调整补充。3月17日，太岳区党委行署主持召开了欢送南下干部大会。牛佩琮主任在大会上说，当前解放战争胜利形势和南下干部到新区的任务艰巨，要求大家好好学习接管城市的方针政策，要求把老解放区的不怕艰苦、不怕困难的好作风带到新区。同各方面搞好团结，为党争光，为老解放区人民争光。郭钦安部长也讲了话，他要求南下干部要加强组织性、纪律性，反对自由主义，要互相尊重，加强团结，不要计较个人得失。同时指出，到新区后，要同当地干部搞好关系，加强团结。工作还会有困难，要克服一切困难，做好工作，做出贡献。大会后合影留念。太岳区党委还给南下的同志每人发了一件白衬衫、一块防雨布，以及印有"打过长江去，解放全中国"的红色纪念册。

3月19日，太岳南下干部从长治出发，太岳区的领导同志和长治市的党政军民到英雄街夹道欢送，敲锣打鼓，高呼"向南下干部致敬！""打过长江去，解放全中国"的口号。锣声、鼓声、口号声，声声激励着南下干部。队伍经过潞城县、黎城县东阳关，进入河北涉县，大家都不由自主地回头向西遥望，思绪万千！到了涉县后，改乘老解放区武涉铁路特制的运煤小火车。车小人多，既无座位，更无卫生设备，无法方便，大家都憋得十分难受。北方3月（农历二月）夜晚，气候还很寒冷，人们并没有因为又冷又挤而埋怨，是互相逗趣说："挤一点好，不会冷。"不少人是第一次坐火车，感到挺新鲜。火车开得很慢，一夜行了120公里，因此人们都着了急，直喊什么时候能到目的地（运煤车不是客车，中间是不停的）。硬是又挤又憋到天亮，才到了河北武安。

武安集训

太岳区岳北南下干部于3月22日到达河北省武安时，武安县的党政领导和广大群众对他们进行了热烈欢迎，使他们忘记了疲劳和饥饿。太岳太行区的南下干部陆续全部到了武安，共4000多人，大家在一起共同学习、共同训练、共同生活，结成了并肩南下的战友。

3月30日，南下区党委在武安召开了第一次南下干部大会，区党委书记冷楚同志在大会上传达了中共中央七届二中全会精神。他讲了当前形势和任务，分析了解放战争的形势、敌我力量变化。大决战后，蒋介石的主要军事力量只剩下100多万，分散在从新疆到台湾的广大地区和漫长的战线上，首尾无法兼顾。我们打过长江，敌人就没有什么抵抗能力了。今后作战形式主要有三种：一是天津式，用强大的火力消灭敌人；二是北京式，谈判，敌军起义，和平整编；三是绥远式，围而不打，逼敌自动投诚。不管哪种方式，敌人一定垮台，我们一定胜利。冷楚同志的报告，极大地鼓舞了大家，人们情绪沸腾，恨不得一步跨过长江。

冷楚同志接着讲了我党今后的工作方针，过去我们是农村包围城市，现在是以城市领导农村，这是战略的转变。所以大家要有思想准备，南下不仅接管小城镇，还要接管大城市，因此我们要全心全意依靠工人阶级，团结农民群众，知识分子欢迎我们，民族资产阶级靠近我们，这是人心所向；蒋管区各界人民掀起了"反饥饿，反迫害"的群众运动，使敌人孤立，蒋介石根本不能维持他的统治了。毛主席提出和国民党谈判的八项条件，是针锋相对的斗争。我们南下就是要将革命进行到底，夺取全国胜利，这是我们奋斗20多年的目标。党中央的七届二中全会号召全党在胜利面前，务必保持谦虚谨慎、不骄不躁和艰苦奋斗的作风。我们南下有两项任务，一是铲除反动基础，二是胜利后建设新中国。任务是艰巨的，既有有利条件，也有不少困难；新解放区群众对我们不了解；我们多数是北方人，不习惯南方生活，气候炎热，语言不通；我们对新环境不了解，对中央关于新解放区的方针政策学习不够、领会不深，不能把老解放区的农村经验生搬硬套到新区，搞不好会犯错误。当前主要是学习，学习党的七届二中全会精神，认清党的工作。重心转变的重要性和迫切性，要加强党的组织性，反对自由散漫。在新解放区工作，要提高警惕性，防止敌人被坏，警惕资产阶级的"糖衣炮弹"。要主动团结民主党派和民主人士，使他们同我们站在一道。接着区党委宣传部部长周壁同志和组织部部长刘尚之同志安排了学习计划，宣布了南下干部队伍的编制和任职名单。

南下干部队伍编为中国人民解放军长江支队。南下行署主任为支队长，南下区党委书记为支队政委。地委的建制为大队，专员为大队长、地委书记为政委。县委的建制为中队，县长为中队长、县委书记为指导员。区委的建制为小队，区长为小队长、区委书记为小组长。我们岳北地委、专署的南下干部编为长江支队二大队，大队长郭述尧、大队政委王竞成。我们屯留县的南下干部队伍编为中国人民解放军长江支队二大队五中队，中队长李树荣、指导员李生堂。在武安集训期间，我们屯留八泉的申文成同志，突患重病，高烧40度昏迷不醒，饭水不进，全身出红疹。南下前他是在长子工作的，于3月9日晚接到通知，让他直接回屯留报到，不必回家，申文成同志在城里和前来送行的母亲、妻子见了面就踏上南下的征程了。这次大病他生怕组织把他丢下，他积极治疗，重症减轻，在没有痊愈的情况下，毫不犹豫地跟着队伍出发了。

从3月22日到4月24日，全部南下干部在武安经过整编、形势和政策学习、军事训练、纪律教育，人人保证在路上行军不掉队，到新区执行严格的组织纪律，不犯或少犯盲动错误。

英勇南下

4月中旬，河北平原一望无际，春光明媚、鸟语花香、生机盎然。大家换下了冬季的棉衣，换上雪白的衬衫、崭新的灰色夏季军服，军容整齐。生气勃勃、人与自然交相辉映，预示着从胜利走向胜利。4月25日，在军号声中出征，挥师南下，武安城大街上，站满了党政军民的人群，夹道欢送，锣鼓声、鞭炮声响彻云霄，大队人马英姿焕发，斗志昂扬，浩浩荡荡地向南方进发。行军开始不久，天下起了大雨，大家都被雨水淋得全身湿透。道路泥泞，坎坷不平，一步一滑，不少同志滑倒爬起来再走，没有怨言，无人叫苦。大雨稍停，有的同志苦中取乐地说："春雨贵如油，下得满地流。今年好收成，支前不发愁。"日行夜宿，日复一日，一路行军，一路歌唱，高歌猛进！因为当时的通信手段落后，许多胜利消息没有听到，直到武安出发后在路上才听到。一路上的捷报频传：4月21日百万雄师横渡长江。4月23日南京解放。4月24日太原解放。人们欣喜若狂，陶醉在胜利中，胜利消息鼓舞大家前进，行军中人们感到有使不完的劲。4月28日夜宿安阳的梁家掌村，这里离敌人盘踞的安阳城只几公里路，南下干部队伍是支没有武器却穿军装的解放军，不过大家都有作战经验，硬是从敌人枪炮射程之内走过了安阳。5月3日从河南省汲县出发，急行军40公里路，绕过敌人盘踞的新乡市，又经过了一次危险区。5月4日接到命令，为了赶到黄河北岸的老田庵火车站坐火车过黄河，再次急行军，凌晨3点动身，天亮前走了15公里路。大家边跑边吃干粮，边走边打瞌睡，后面的人接连不断地撞到前边的人身上。经过一天的长途跋涉，4000多人的长江支队9个小时连续走了65公里路，于当天下午5时赶到老田庵火车站。大家累得腿像木棍，一坐就睡，当吹军号上车时，费了好大劲才艰难爬上火车。尽管车上没有座位，有的是载牲畜的车厢，有的坐闷罐车，缺乏空气，人们还是感到无比的兴奋。

南下干部队伍从老田庵火车站坐上火车，直达淮河北岸安徽的蚌埠。当行驶到明光时，前方铁路和淮河铁桥却被国民党军队撤退时炸毁了，队伍又下车徒步120公里，又从蚌埠坐火车南下，于5月12日到达长江北岸的浦口，隔江遥望南京，大家都十分高兴。队伍又陆续坐轮船渡过了下关码头，在码头上进行了军纪整顿，排成4路纵队，昂首阔步地走进了六朝古都南京。大部队起初驻扎在原国民党的交通部大楼，因连遭敌机空袭，后又转移到原国民党的空军驻地。

5月23日下午，长江支队奉命乘火车东进抵达苏州。5月24日到7月13日在苏州待命。6月12日，华东局在苏州召开了中队以上领导干部会议，传达宣布了长江支队随华野十兵团到福建的决定。华东局组织部部长张鼎丞扼要地介绍了福建地貌风情和政治条件。福建山高林密，八山一水一分田，交通不便，语言不通，工业落后，农业耕作粗放，面临大海，背靠山林，出国谋生的华侨多。第二次国内革命战争时期，毛主席率领的红军曾到福建省龙岩、漳州一带，播下革命火种，不少地方有共产党领导的游击队，城市里的地下党活动也非常活跃。但由于山高林密，国民党残军、土匪、地主武装活动也非常猖獗。

7月13日，队伍从苏州出发，进军福建，路经江苏的吴江县，徒步沿太湖到达嘉兴。乘火车从浙赣路南下，当快到江山时，敌机炸了贺村，调过头来又对准满载支队战士的火车多次俯冲扫射，火车紧急刹车，大家迅速跳下火车，分散隐蔽。幸未造成重大损失。屯留南下干部贾宛如说："你能把火车打坏、炸烂，我们灭蒋的决心你打不穿、炸不烂，火车不能跑，我们用自己的双腿跑。"离开火车，几经曲折，步行到江山县的塘板村。时值三伏天，气温高达三十八九度，暑热熏蒸，北方人刚到，身体适应不了。一些同志中暑病倒，行军过程中又缺医少药，日子实在难熬，驻村周围环境又不安宁，这里是国民党特务头子戴笠、毛人凤的家乡，土匪、特务不时骚扰。为此，支队部向野战军领来一批枪支弹药发给大队和各中队，挑选一批有战斗经验同志组成武装连，自卫警戒。支队部命令轻装，每个人行李不准超过15斤，把病号和女同志及轻装下来的行李，转运江西上饶送往福建。

7月24日队伍从塘板出发，踏着坑坑洼洼、坎坷不平的大道前进，荡起蒸腾的尘土，酷日当空，汗水湿透了衣裳，有的同志索性光着膀子走，不料晒起满背血泡，有的同志因过度疲劳，中暑晕倒。从浙江到福建这条路上不仅道路炎热难走，还时有土匪骚扰袭击。队伍路过仙霞岭前一天，我华野十兵团曾和国民党大批残军交火，敌人受到歼灭性打击。队伍路过仙霞岭时，气氛紧张，被击毙的残余国民党军人的尸体沿路可见，横七竖八，腐臭难嗅，令人作呕，大家掩鼻跑步而过。同志们明知道路很艰难，越是艰险越向前。越过仙霞岭就到福建的闽北地区，大家跳着、唱着、搂着、欢呼着，纷纷庆贺南下远征的胜利。长江支队这批南下干部，在5个月的时间里，由此向南，历经八省（晋、冀、豫、皖、苏、浙、赣、闽），行程3000多公里，历尽千辛万苦，翻越千山万岭，涉过千山万河，克服千难万险，终于1949年8月5日先后到达闽北重镇建瓯。

接管崇安

1949年7月底，屯留南下干部即长江支队二大队五中队跟着大部队进入福建，到达福建第一个县城就是浦城县。此地已被二野先解放，已由福建地下党的同志所接收。在浦城过了"八一"建军节，又从浦城出发，步行两天于8月5日到达建瓯县，所有南下闽北的干部都要在这里集中，并与福建的地下党会师。

1949年8月11日，新组建的中共福建省委，在建瓯县城前街大戏院召开了首次空前具有历史意义的南下干部和坚持游击战及地下斗争的地方干部会师大会，省委书记、省政府主席张鼎丞同志做了重要讲话，并勉励大家要相互团结，取长补短，共同为解放福建、建设福建做出贡献。省委决定长江支队二大队南下干部到闽北建瓯地区工作，五中队即屯留南下干部主要到崇安县接管工作，李生堂任崇安县县委书记、李树荣任崇安县县长。

崇安县全县地势西北高、东南低，境内群山竞秀，峰谷连绵，盆地众多。总的地形是八山一水一分田，全县总面积2813平方公里，耕地面积为32.15万亩，山林面积352万亩。境内有全国闻名的武夷山和九曲溪，奇峰秀水，山峰倒映，水光山色，上下交映，全县一片美好的南方

南下队伍到达崇安县

景色。五中队的屯留南下干部在李生堂书记、李树荣县长的带领下，于8月26日到达崇安县，在政府大院和地下党会师。地下党代表杨金生同志致了欢迎词，五中队指导员、县委书记李生堂致答词。随后对全体干部进行了分配，当时他们的主要任务是支前征粮、剿灭土匪、维持治安、推进土改、恢复经济、发展生产等，以及社会主义革命和建设。

当时的崇安县社会秩序混乱，财政收入极度困难，物价暴涨。每天发的标菜金赶不上物价上涨，想吃顿豆腐改善一下生活都是非常困难的。公务经费、生活供给全靠地方政府自筹，筹措不来只好忍饥挨饿。夜里土匪骚扰不能安稳睡觉，夜夜抱枪和衣而睡。卫生条件极差，瘟疫流行，患血吸虫病和疟疾病的人到处可见。在崇安县工作的屯留南下干部，许多人都得过疟疾。尽管大家白天公务繁忙，吃不饱，睡不好，精力消耗大，大部分屯留南下干部的体重在100斤以下，非常消瘦，但是大家仍然精神饱满地坚持工作。

当时崇安县剿匪斗争形势依然严峻，土匪活动非常猖獗。反动的国民政府垮台后，残余势力并不甘心失败，他们仍然与人民为敌，组织土匪，负隅顽抗，以数千乌合之众组成"中华共和国自救军闽北指挥部"，长期盘踞在崇安县境为非作歹，其主要匪首是国民党原国大代表、县党部执行委员、县参议长刘午波及原国民党崇安保安大队长杨同英和土匪闽北指挥部副总指挥彭钟鸣。这股土匪枪杀我战士，抢劫我军粮，杀害我群众，收集我情报，扰乱我会议，

无孔不入，无恶不作，不仅直接影响到支前、征粮、修路等政府发动安排的各项工作和老百姓的正常生产生活秩序，而且还威胁到崇安县各区人民政权的生存。

1949年9月5日，为了消灭土匪，巩固区乡政权，稳定社会秩序，完成支前任务，成立了崇安县剿匪指挥部，县长李树荣任总指挥（同年12月李树荣离任，由新县长郭亮如接任），县委书记李生堂任政委（1950年5月李生堂离任，由新任书记任璜接任），县大队长杨金生、公安局局长王克华任副总指挥，刘金生任参谋长。各区也相应成立了剿匪领导机构，即日开始部署剿匪工作。同月，人民解放军三十一军八十四师二八六团进驻崇安，还派鼎山大队护路。在剿匪指挥部统一指挥下，部队、县大队、地方干部、民兵、人民群众密切配合，执行剿匪和政治瓦解相结合、镇压与宽大相结合的方针政策，全力剿匪。10月2日，县委、县政府召开庆祝中华人民共和国成立大会后在县城游行，全县军民一片欢腾，大大增强了全县军民剿匪斗争的信心和决心。11月，崇安县委制订了两个月的工作计划，提出了发动群众和组织群众，全力剿匪，保卫秋收，百分之百地完成支前任务；争取一切社会力量开展群众性的对敌瓦解工作总方针。在军事围剿和政治瓦解的攻势下，刘午波的土匪武装被打得七零八落，大刀会匪徒四处逃散，成股土匪基本被消灭。投降、自首、被俘的土匪千余人，除土匪的大队长、中队长、分队长、小队长等土匪骨干80余人集中关押外，其他一般土匪经过教育后就地释放，体现政府的宽大政策。这一措施极大孤立了最顽固的匪首，使不少匪首下山投降。五区区委书记路坪同志，通过关系争取了一股土匪投降。四区区委书记张连兴同志，通过老金和私人关系，对杨同英匪首进行争取工作，在我党政军民追剿下，杨同英匪首走投无路，终于带领匪徒数十人缴械投降。在集中关押期间，杨同英匪首企图冲击岗哨逃跑，终被我哨兵当场击毙。1950年3月8日，崇安县最大的匪首刘午波在东乡被我剿匪部队击毙，这是崇安剿匪斗争的一大胜利，也意味着崇安剿匪任务基本完成。9月25日，匪首"中华共和国自救军闽北指挥部"副总指挥彭钟鸣在崇安岚谷樟村被击毙，这个当了几十年的老土匪，曾被国民党当局重用的血债累累、罪大恶极、死有余辜的惯匪，终于倒在人民的枪口下。至此，崇安县的土匪全部消灭干净。

五中队接管崇安与地方同志们会合后，立即投入到支前工作中，坚决响应张鼎丞同志提出的"吃饱饭、打胜仗"的号召，为解放福建作贡献。在土匪横行的情况下，征粮筹款十分困难，支援前线付出很大代价。就是在这样的困难条件下，崇安人民全力以赴，尽最大的努力，成百成千的群众肩挑船运，把一批批军用物资运到前线，为支援闽南沿海、福州、厦门人民的解放事业做出了应有的贡献。

五中队的屯留南下干部在支前剿匪的同时，还发动群众恢复生产，发展经济，有力地推动了崇安经济健康发展。据调查统计：1949年崇安全县人口69532人，

1951年5月30日，长江支队干部在崇安县武夷山大红袍原产地现场部署保护工作

1951年9月，崇安县第一区黄柏乡全体农民庆祝翻身发证典礼大会

1950年达到了71109人，较1949年增长了1577人；1949年崇安全县工农业总产值691.15万元，1950年达到了759.57万元，较1949年增长了68.42万元。人口和工农业总产值两项指标的稳步增长，反映了五中队接管崇安后，医治了战争创伤，实现了崇安的由乱到治，继而推动崇安迈入了由治到兴的发展

阶段。这一点在当时的特殊环境下是实属不易的，总之，接管崇安后，长江支队二大队五中队的屯留南下干部，在县委正确领导下，在人民解放军的大力支持下，与地方干部并肩战斗，出生入死赴汤蹈火，冲锋陷阵，勇敢杀敌，不仅彻底肃清了扰乱崇安多年的匪患，而且还稳定了社会秩序，打开了工作局面，为全县进行土地改革和民主建政创造了条件。

长江支队二大队五中队的勇士们，你们是屯留人民的优秀儿子，你们是屯留人民的骄傲和自豪，山西屯留人民不会忘记你们，福建崇安人民不会忘记你们，你们的光辉业绩在中国人民解放战争史上将永放光芒！

长江支队三大队一中队接管福建南平（县级）纪实

郝雪廷　魏　平　山西省武乡县政协

1949年初春，从太行山革命老区走出一支闻所未闻的部队。

这是一支从太行、太岳革命老区组织起的优秀干部队伍，共有干部4000多人，组成了南下区党委、地委、县委、区委四级党、政、军、群成套班子，其任务就是随军南下，接管新生的人民政权。队伍在河北武安整顿集训后向南开拔，行军前，启用了"中国人民解放军长江支队"的番号，南下区党政军机构编成支队，各地级机构编为大队，各县级机构编为中队，区级机构编为小队。武乡县抽调出来的34名干部，与襄垣、昔阳干部一起编为三大队一中队，共93人。部队到达苏南后，根据中央精神随第三野战军第十兵团进军八闽，接管刚刚解放的福建省。

1949年8月11日胜利到达福建建瓯，南下干部与地方干部在建瓯胜利会师。14日，根据福建省委指示，长江支队三大队一中队到达南平县，进行接管工作。

党在召唤

1948年下半年，解放战争取得了重大胜利，特别是具有战略性决战意义的辽沈、淮海、平津三大战役的胜利，消灭了国民党的主要军事力量，取得了推翻国民党反动统治决定意义的伟大胜利。1949年元旦，新华社发表了由毛泽东亲自撰写的新年献词——《将革命进行到底》，毛泽东向中国人民解放军发出了"打过长江去，解放全中国"的战斗号召，同时决定从老解放区选调大批优秀干部随军南下，迅速接管新解放区的广大城市和乡村开展新解放区的各项工作。根据党中央的统一部署，中共中央华北局决定从太行和太岳两个老解放区选调4000多名干部，组成南下区党委、地委、县委、区委四级党、政、军成套班子，随军南下。

1949年2月，根据太行区第二地委的指示，武乡抽调两个区级领导班子，并以武乡为主与襄垣、昔阳联合抽调一个县级班子，组成一个成套的县区领导机构的架子，编为第三地委第一县委班子。县级主要领导抽调情况为：县委书记由武乡县委副书记秦定九（河北赞皇人）担任，县长由襄垣县县长李生旺（山西襄垣籍）担任，组织部部长由昔阳县委委员翟万昌（山西昔阳籍）担任，宣传部部长由武乡县委宣传部部长李耀春（山西沁县籍）担任，公安局局长由武乡县公安局副局长聂石柱（山西武乡籍）担任，武委会主任由襄垣县政工科科长武冲天（山西襄垣籍）担任。郑本善（山西和顺籍）、郝兆文（山西武乡籍）、王道祥（山西武乡籍）等为区级班子主要领导人。这次选调干部，任务重、时间短、要求急。武乡县委积极号召，认真完成，在很短的时间内就完成了任务，总共从武乡县县、区村各级抽调出34名干部，占新组建的县级班子人员总数的三分之一。人员抽调工作完成后，在武乡县洪水镇集中，与襄垣抽调的干部一道前往河北武安县城，与从昔阳来的干部会合。3月2日，太行区抽调来的干部在武安听取了新任南下区党委书记冷楚《南下进军，把革命进行到底》的报告，冷楚书记在报告中说："我们的目的是解放全中国人民，我们已经奋斗了29年，现在是夺取全国胜利的时候了，这次进军江南，必定取得全国解放的伟大胜利。我们有丰富经验的党的领导，有强大的人民解放军做支柱，我们一定能胜利。我们响应毛主席的号召，担负起随军解放江南的伟大任务。"冷楚勉励大家要认真学习政治、军事和各种政策，要做一个听指挥、服从纪律的好党员、好干部。他还带领大家一起宣读了南下誓言："我愿和同志们接受这个任务，愿为党贡献力量，我们是毛泽东、党中央领导的队伍，坚决完成党的任务！"

3月22日，太岳区抽调出来的干部也来到武安。这次抽调来的南下干部中，共有武乡籍干部107人，分散在区党政机关及六个地委机构中。

3月30日，南下区党委在武安召开第一次全体南下干部大会。南下区党委书记冷楚同志传达了党的七届二中全会精神。接着，南下区党委宣传部部长周璧布置学习，要求大家认真学好党的七届二中全会文件精神；弄清接管城市的方针、政策；学习郭沫若的《甲申三百年祭》；学好军事知识。南下区党委组织部长刘尚之宣布了南下区党委、行署、军区及地专领导名单：由冷楚任区党委书记，刘尚之任区党委常委、组织部部长，周璧任区党委常委、宣传部部长，刘裕民任区党委委员、行署主任，侯振亚任区党委委员、组织部副部长，叶松任区党委委员、社会部部长，陶国清任区党委委员、军区司令员。

1949年4月23日，南下区党委在武安召开第二次南下干部大会。由冷楚同志传达了北平会议对南下干部随军渡江的部署要求，同时传达了北平会议研究确定的南下干部所去的地区。太行、太岳这批干部数量多、质量好。中原局要求这批干部到中原局分配工作；饶漱石力争这批干部去华东工作。最后中央决定，这批干部交华东局分配，随三野渡江。饶漱石认为长江支队

1949年3月，长江支队三大队一中队3小队队员在武安集训时的合影

兵强马壮，预定长江支队接管苏南。

为了保密和行军方便，南下区党委对外番号改称为"中国人民解放军长江支队"。区党委、行署、军区改为支队部；下辖6个地专，改称大队，专员任大队长、地委书记任政委；30个县，改称中队，县长任中队长、县委书记任教导员；199个区，改称小队，区长任小队长、区委书记任指导员。还有南下区党委、行署、军区机关和6个地专直属人员编成9个直属中队。第三地委编为第三大队，政委贾久民、大队长侯国英。其中武乡、襄垣、昔阳合编的县委班子改编为第一中队。

艰难历程

4月24日凌晨，这支4000多人的队伍在军号声中出发，徒步南征，经过10天的行军，大队于5月3日下午4时赶到黄河北岸的老田庵车站。为加快行军速度，在此乘坐火车南下。然而，火车到达淮河北岸时，由于淮河大桥被敌人破坏，火车无法通行，大队人马只好下车步行至蚌埠。从蚌埠乘火车继续南下，行至嘉山，因铁路被国民党军队溃逃时破坏，又开始步行。就这样步行与乘车兼程赶路，5月12日到达南京下关码头，轮渡过长江。

长江支队来到苏南，但由于战争形势的飞速发展，苏南地区已经由华东局安排先期到达苏南地区的干部接管。长江支队在苏州待命，准备等待上海解放后进行接管工作。然而，就在长江支队到达苏州后不久，陈毅司令员指挥三野于5月27日解放了上海，而且早在5月4日，华东局就在江苏丹阳召开上海接管会议，并组建了上海市军管会、市政府以及各级接管机构。由于解放战争形势发展很快，中央决

毕千毛、乔显员夫妻在南下时的合影

定三野十兵团提前入闽，为解决干部力量严重不足问题，华东局告知长江支队要继续南下，随三野十兵团入闽接管福建。

6月初，华东局组织部副部长温仰春来苏州了解长江支队的干部情况并传达了华东局的四点指示：（1）长江支队7月随十兵团进军福建；（2）因接管福建干部不够用，从华东地区再抽一批干部随长江支队进福建；（3）原从长江支队调给华野后勤支前的第六大队回长江支队，随长江支队南下福建；（4）从长江支队抽调一批县主要干部去上海带领上海知识青年组建随军南下福建服务团。

1949年7月13日，长江支队从苏州出发，随十兵团向福建进发。28日，第三大队来到了浙闽交界的大山仙霞岭。仙霞岭绵亘在浙、闽茫茫群山之间，相传黄巢起义军入闽时，沿仙霞岭开山伐道350公里，成为当今著名的仙霞古道，并设仙霞关。此关地处浙闽赣三省交通要冲，《东舆纪要》载："仙霞天险，仅容一马。至关，岭益陡峻。拾级而升，驾阁凌虚。登临奇旷，蹊径回曲，步步皆险。函关剑阁，仿佛可拟，诚天设之雄关也。"故为历代兵家必争之地。抗元名臣陆秀夫把持险关，狙击元军。太平天国的石达开，多次在险关作战取胜。土地革命战争时期，红军游击队也在此守关取得胜利。长江支队渡关时，这里却土匪众多，且天气酷热，来自北方的干部们大多水土不服，经不起这里的严酷气候，不少人晕倒在途中。但他们是来自革命老区的干部，能吃苦、能克服一切困难，铸就了他们的坚韧性格，武乡的33名干部，相互帮助，终于克服了困难，渡过了难关。8月1日，进入福建最北端的县城浦城。

8月11日，长江支队大部到达建瓯县城，与在福建坚持地下斗争的当地干部胜利会合。福建省委在此召开了南下干部和坚持地下斗争的干部会师大会。至此，前后进入福建省的队伍，有三野十兵团10万多人；有长江支队4100余人；有华南下干部200多人；有上海南下服务团2300多人；还有长期坚持地下斗争的全体同志。由这五路大军组成了解放福建、接管福建的干部队伍。

长江支队在闽北

根据此前福建省领导机构安排,并请示华东局,确定了长江支队所属的六个大队入闽后接管的地区:一地委到晋江地区工作,二地委到建阳地区工作,三地委到南平地区工作,四地委到闽侯地区工作,五地委到龙溪地区工作,六地委到福安地区工作。长江支队第三大队遵照这一指示,立即做出决定,武乡、襄垣、昔阳干部组成的一中队做接管南平县的工作。为了尽快进入工作状态,15日,武乡南下干部到达闽北重镇南平。

开展工作

南平是闽北重镇,早在汉代置县,寓平定南疆之意,数千年来一直是闽北的主要州府。

1949年5月,中国人民解放军二野四兵团十五军四十四师在向守志师长的率领下,奉命进军闽北,这支由太行山走出来的部队,从武夷山麓直下南平,昼夜追击南逃之敌,解放横峰、上饶、葛源、广丰、建阳、水吉、建瓯、长乐,其部一三二团在游击队的配合下解放了南平。接着,十五军又奉调江西,由十七军一五一团进驻南平,团长刘英、政委李明辉与地方干部配合积极恢

1949年8月的南平县人民政府

1949年12月1日,武乡县南下干部在南平县合影

复城乡生产。

8月15日,由武乡、襄垣、昔阳干部组成的第一中队到达南平县后,由于县府还没有腾出来,只好暂住于乐群社。乐群社是由南平基督教于民国十四年(1925)开始兴建的,该社是一座中西合璧的五层楼房式建筑,占地1000平方米,宫殿式屋顶,内置镶嵌玻璃的30余间房室,并有宽敞大礼堂。该建筑耗时3年,并花费了4万墨西哥银圆,这在闽北算是最时髦的建筑了。队员们并没有因为这里条件不错而放松工作,各小队迅速下到各区开展工作,中队直属人员也积极收拾,县政府机关不久正式住进县政府。

根据第三大队改建的南平地委指示,第一中队与当地游击队、地下干部会合,正式组建了南平县及各区的领导班子。其组成成员为:

县委书记秦定九(河北赞皇籍);副书记周道纯(当地干部);县长武商荣(山西襄垣籍),原在第三中队,任职时与原定县长李生旺互调;组织部部长翟万昌(山西昔阳籍);宣传部部长李耀春(山西沁县籍);公安局局长李金全(山西黎城籍),原在大队直属中队,原定聂石柱任公安局

1950年5月,南平县人民政府县长、科长合影

局长,任职时调沙县任公安局局长;县大队教导员武冲天(山西襄垣籍);县委秘书郝世文(山西襄垣籍);县政府秘书王桂芳(山西武乡籍)。一区(城关)区委副书记兼区长陈国锁(山西襄垣籍);二区(大凤)区委书记毕千毛(山西昔阳籍),区长胡昌(山西昔阳籍);三区(樟湖)区委书记兼区长岳健(山西平顺籍);四区(夏道)区委书记李恩举(山西襄垣籍),区长李怀智(山西襄垣籍);五区(西芹)区委书记秦继耀(山西昔阳籍),区长刘忠汉(山西左权籍);六区(王台)区委书记兼区长郑本善(山西和顺籍);

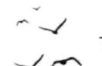

1950年召开的南平县委扩大会议全体合影

七区（峡阳）区委书记李凌云（山西襄垣籍），区长王靖一（山西左权籍）；八区（大横）区委书记郝兆文（山西武乡籍），区长王道祥（山西武乡籍）。

不久，中华人民共和国正式成立。刚刚解放的南平也百废待兴，而此时还有许多土匪盘踞，新政权的最大任务就是剿匪反霸，减租减息，恢复生产，稳定社会秩序，逐步建立农会和民兵组织。仅南平县就有土匪45股1200多人，他们拥有各种枪支540多支，此外还有大刀会3000余人，遍及境内各个区乡，峡阳、西芹、王台、南山、樟湖等地犹多，特别是六区王台，大量土匪活动猖獗，区委、区政府组成人员都无法进驻，只好先到峡阳与七区区委、区政府一起办公，等待部队护送方才进入。刘书木、李如江、赵凤山、关拴纣等人与部队一起进入王台后，土匪经常在夜晚对他们进行袭击，他们每人配备长短枪各一支、三颗手榴弹，夜晚和衣而睡，一有动静就立即进入战斗状态。有一天晚上，天黑得伸手不见五指，就在这时，土匪突然包围了区公所，区委、区政府工作人员与游击队员一起向后山撤退，由于人生地不熟，再加上高大的杉树下更是什么也看不清，而土匪则已经习惯了夜袭，他们在黑暗中向我工作人员开枪，副区长兼游击队长黄二苟为保护工作人员不幸负伤。在南平，这群土匪抢劫民财、绑票抓人、偷袭政府、暗杀干部，两年时间里，共发生抢劫6160余起、杀害干部189人。匪患不除，民无宁日，在剿匪运动

1950年10月1日，南平县人民政府庆祝中华人民共和国成立周年纪念

中，认真贯彻了"首恶必办，胁从不问，立功折罪"的政策，通过歼灭、瓦解、劝降等手段，彻底解决了匪患问题。与此同时，对土匪、恶霸、特务反动党团骨干以及反动会道门头子等五方面敌人进行了重点打击，剿匪斗争的胜利，为巩固人民政权，安定社会秩序和开展土改工作奠定了基础。南平的县、区两级干部组成武工队，与解放军部队相互配合，到全区大部分仍为国民党反动残余势力所盘踞的乡村开展工作，一面剿匪，组织农民向地主展开减租反霸斗争，一面筹粮支前。1950年下半年，大股土匪被歼灭，大批农民积极分子涌现，民兵组织初步形成。在此基础上，在全区展开土地改革、镇压反革命、抗美援朝三大运动，以汹涌澎湃之势，消灭千年封建剥削制度，摧毁国民党反动政权的残余势力，建立起人民的基层政权和民兵队伍。在南平，占总人口50%的贫雇农，土地占有量不足10%；而人口仅占7.4%的地主、富农，土地拥有量却达70%以上。农民租种地主的土地，要将大量的粮食用来缴租，而自己的劳动所获所剩无几，辛苦一年不得温饱。而地主却大量屯集

粮食，一区地主臧心恒一年收租就达 12 万公斤。地主还要用借毛谷还净谷、大秤进小秤出等手段盘剥农民。八区贫农何齐庸借了地主吴生妹一石谷子，由于利滚利难以还清，只得卖了两岁的儿子还债。区委书记郝兆文了解到这一情况，在农民群众中进行了广泛的宣传发动，并召开了各种形式的诉苦会。由于武乡是太行老根据地最早进行土改的区域之一，有着丰富的工作经验，很快群众发动起来，通过揭发斗争，进行阶级成分划分，没收了地主的土地分配给了穷人，全县没收并分配土地 22.5 万亩、竹林 1.1 万亩、树木 781 万株。农民从经济上翻了身，思想觉悟也大大提高，通过土改，全县人民都拥护党、拥护政府，为南平的建设与各项工作发展铺平了道路。

建设南平

南平是闽北重镇，古有"占溪山之雄，当水陆之会，负山阻水，为八闽襟喉"之说。然而，在国民党反动派的长期统治下，再加上战乱影响、土匪与地主的掠夺与欺压，在长江支队第三大队接管南平时，这个古老的山城，已为憔悴之躯。农业低产，口粮需要外来补充，工业萧条几乎不能维系生产。

1956 年 5 月，中国人民政治协商会议福建省南平县第一届第一次全体委员会议合影

鹰厦铁路建设给南平带来新的生机，1956年5月18日，南平县峡阳区欢迎铺轨部队胜利到来

"道路不平，电灯不明，电话不灵"，是当时南平的真实写照。面对这一情景，县委书记秦定九对第一中队全体成员讲道：我们南下，不是为南下而南下；我们来福建，不是为来福建而来福建。我们的目标，是在党的领导下建设福建，建设一个像华北解放区那样的新福建。在县委的动员下，南平的经济建设也进入了一个翻天覆地的时代。

通过土改，发动农民组织起来，发展生产，从解放生产力走向发展生产力。在此基础上，接管了国民党政府的官办企业，恢复了大批私营企业，依靠工

1958年5月20日，南平造纸厂一期工程建成投产

南平大洲贮木场引进的第一台机械化爪机

人阶级发展工业生产。南平的造纸业始于宋代，由于当地植物茂盛、物料丰富，成为传统的土特产，土纸产量一直是福建之首。抗日战争时期，省政府在此投资创办了公营造纸企业，其产品远销东南、中原，占了半个中国。然而抗战结束后，工厂回迁福州，红极大江南北的造纸业顿失往日风采。县委决定成立了工商科，任命南下干部乔献祥担任科长，在县委、县政府与工商科的努力下，争得国家投资南平造纸厂工程——"一〇二工程"，经过六年的建设，终于建成了日产100吨新闻纸的大型企业。南平的纺织业亦源于宋代，古诗有"家家余岁计，吉贝与蒸纱"之句，就是反映的这一景象，特别是樟湖染布业驰名八闽。为再现闽北纺织业的辉煌，县委特别注重发展棉麻，并重点建设了南平纺织厂。民国十六年，南平白叶山人纪廷洪曾在夏道镇富商中集资筹建了第一座水电站，开创了电力先河，1953年为满足鹰厦铁路建设需要，南平地、县两级积极筹建大型发电厂，组织了"一〇三工程"，两年后，年发电350万千瓦的大型电厂正式运行。在南下干部接管南平的短短10年中，南平工业得到了快速发展，造纸、纺织、电力成为南平三大经济支柱。

　　南平的森林面积占总面积的88.2%，发展林业是南平经济的重要渠道。为加强林业生产，1952年南平县政府决定设立农林科，任命武乡籍干部刘书木为农林科科长。刘书木上任后，走遍了南平的山山水水，充分利用森林优势，努力发展山地经济，增加农民收入，加快社会主义工业化进程。为了适应全国性社会主义经济建设的需要，原有的林业、森工、贮运生产方式都已经不能适应发展的需求，刘书木建议扩大南平贮木场，在南平县夏道区大洲岛筹建了闽北地区最大的机械化贮木场。

　　忽如一夜春风来，千树万树梨花开。长江支队第三大队第一中队，从英雄威武的太行山麓武乡县，响应党的号召，遵照党中央、毛主席"打过长江去，解放全中国"的战斗号召，来到了九峰山下、闽江之头的南平县，南下人员与当地地方组织一道，接管了南平县旧政权，通过剿匪反霸、减租土改使南平顺利进入了社会主义建设，书写了南平历史的新篇章。从1949年8月长江支队第三大队第一中队接管南平县，到1956年11月撤南平县设南平市，短

1961年7月，南平水东大桥建成通车典礼

短7年，南平的经济发生了翻天覆地的变化，经济总量大幅度提高，1960年1月南平县并入南平市。财政收入从1953年县财政开始独立预算时的370.7万元，到1960年的2077.5万元，7年增长5.6倍。随着时间的推移，长江支队的老队员先后离开了工作岗位，而长江支队的二代又成为建设南平的骨干力量。改革开放以后，南平发展更加迅猛，这个老工业基地，涌现出以"五南"企业为代表的一批骨干工业企业，即南纸（福建南纸股份有限公司）、南纺（福建南纺股份有限公司）、南孚（南孚电池有限公司）、南铝（南平铝业有限公司）、南缆（南平太阳电缆股份有限公司），成为南平工业的支柱产业。实现科学发展新跨越，工业化、城镇化和农业现代化同步推进，在新一轮发展的基础战略中，主动对接全省产业群、城市群、港口群建设，加快结构调整步伐，推动经济发展走上创新驱动的轨道，南平将以一个崭新的面貌展现在世人的面前。

在解放战争的峥嵘岁月中，从武乡走出来的南下干部，把自己的青春年华，献给了福建人民的解放和社会主义建设事业，为自己的第二故乡南平做出了突出的贡献。今天，许许多多的长江支队二代、三代又成为建设福建的生力军，他们将太行山与武夷山永远牵在了一起，武乡与南平，共写着建设社会主义新福建的华章。

长江支队三大队二中队接管福建沙县纪实

张盛钏

沙县人说的"南下干部",一般包括长江支队成员和南下服务团成员。

一、干部南下的历史背景

随着解放战争胜利进展,中共中央在1948年下半年即谋划打过长江去、解放全中国的战略部署,并决定从晋冀鲁豫等老解放区调配大批干部南下。1948年8月24日,邓小平同志在给党中央的报告中就提出:"新区所需干部数目极大,按中原所需用干部的标准,如在江南开辟一万万人口的地域,所需合格干部当在三四万之间,应请中央预为准备。"(《邓小平选集》第一卷,第129页)1948年10月28日,中共中央作出《关于准备夺取全国政权所需要的全部干部的决议》。决议指出,估计在解放战争的第三、第四两年内,人民解放军可能从国统区夺取大约包含1.6亿人口、500个左右的县及许多中等的和大的城市,并在这些区域建立政权,为此需要准备共约5.3万名左右从中央局到区委一级的各级干部。中央指示各解放区必须把准备足够的干部,当作目前一项迫切的战略任务来实现。要求各大区党委、地委、县委、区委都要大量轮训、培养、选拔各级干部,尽可能配备双套班子,随时准备抽调干部随军南下,迎接全国的解放。

1948年12月,中共华北局根据党中央的部署,专门召开会议,讨论决定:由太行、太岳两区选调得力干部,组建一个南下区党委。具体要求包括

1个南下区党委架子、6个地委、30个县委、100多个区委的党、政、军、民各级干部及后勤人员共4000人左右。并决定：区党委主要领导、军区司令部、财政金融干部由太行区调配，行署主要领导、组织部、政治部由太岳区调配。两区各负责3个地委、15个县委、55个区委成套班子的调配组建。任务确定后，两区党委分别于1949年1、2月份开展了紧张而有序的动员组建工作。

　　具体动员组建工作，是在辽沈、淮海、平津三大战役取得胜利的形势下进行的。动员方法是由下而上报名，由上而下批准。大多数是以县为单位召开干部大会，进行动员，由主要领导讲形势、讲任务，自愿报名，领导批准。由于三大战役取得辉煌胜利这个大好形势的推动，地、县、区各级领导带头报名，广大干部出于对解放全中国的责任感，很快就完成了报名、批准工作。

1949年2月，左权县欢送南下干部合影

　　太行区各地县的南下干部于2月25日至27日先期到河北省武安集中；太岳区各地县的南下干部于3月15日在长治集中后，于22日到武安。

　　紧接着，于1949年6月初，华东局组织部副部长温仰春到苏州了解长江支队情况，南下区组织部部长刘尚之详细汇报了长江支队的情况。温副部长传达了华东局的四条指示，其中一条是：从长江支队抽调一批县主要干部去上海，招收一批革命知识青年组成南下服务团，稍后随军南下福建。这就

长江支队在闽北

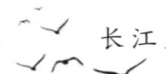

1949年3月，三大队二中队队员在武安集训留影

是南下服务团的来历。南下服务团全称是中国人民解放军华东随军服务团，1949年6月在上海组建。团长为张鼎丞，副团长为陈辛仁、伍洪祥，全团2942人，绝大部分在上海各大中专院校招收，其中大学生1101人。南下服务团中有老干部401人，团员2334人，勤杂人员207人。他们抛弃繁华的都市生活，投笔从戎，随军南下，有些人为解放福建献出了生命。南下服务团成员在沙县工作的有十多人，其中最杰出的代表袁启彤同志，从沙县团县委干部起步，后任沙县一中校长、沙县县委宣传部部长、南平专署文化局局长，一步一个台阶，历任永安县委书记、三明市委书记、福州市委书记兼市人大常委会主任、福建省委副书记，最后荣任福建省第八、第九届人大常委会主任，离休后仍然为社会奉献光和热，担任福建省老年人体育协会主席。

2016年11月17日，袁启彤（中）、时任沙县县委书记杨兴忠（右二）与盖竹村民亲切交谈

（一）长江支队南下历程

太行、太岳两区南下干部在武安汇合后，便开始了组建、学习、培训工作。按党中央和华北局的要求，首先确定组建了南下区党委一级的机构：由冷楚、刘尚之、周璧、刘裕民、叶松、陶国清、侯振亚七人组成区党委。两区各地委、专署、军分区调来的干部编为六个地委、专署、群团、军分区的框架；县区调来的编为30个县委、县政府、群团框架和105个区委、区政府、群团的框架。区党委对外的番号为"中国人民解放军长江支队"，组织6个地委、专署架子编为6个大队，专员任大队长，地委书记任政委；30个县委编为30个中队，县长任中队长，县委书记任教导员；105个区编为105个小队，区长任小队长，区委书记任指导员。

这支从晋冀鲁豫解放区的太行、太岳两个革命老区抽调的由老红军、老八路（占总数的40%强）和老解放区地方干部及军队、地方武装干部组成的一支接管新解放区军地政权的队伍，先隶属于刘邓的第二野战军，追随二野向南挺进；后由华东局向渡江战役总前委请求并经渡江总前委书记邓小平报请党中央同意并正式批准划归中共中央华东局，随第三野战军第十兵团进军福建，接管政权。中国人民解放军长江支队先后隶属第二野战军、华东局、福建省委。

队伍组建就绪后，1949年3月29日分别召开了县委委员以上领导干部会议和第一次全体南下干部会议。会上，南下区党委书记冷楚传达了西柏坡召开的党的七届二中全会精神，分析了当前的形势与任务。明确长江支队南下主要有两个任务：一是铲平反动统治基础，二是在胜利后建设新中国。

会后，开始了紧张而又活泼的军事化学习生活，统一作息时间，每天早上以中队为单位出操跑步，白天讨论、学政治或上军事课，晚上组织文娱活动或看戏剧节目。经过一个月的政治、军事学习生活，4000名南下干部坚定了革命决心，增强了到新区工作克服困难的信心。

1949年4月14日，华北局薄一波同志通知说，毛主席要接见南下区党委书记冷楚、南下区党委宣传部部长周璧、太行区党委书记陶鲁笳三位同志。

4月15日，他们到毛主席的住所北平香山"双清别墅"。毛主席、朱总司令接见他们，毛主席亲切地询问了情况后，说："我们的经济政策可以概括为一句话，叫作'四面八方'。什么叫'四面八方'呢？'四面'即公私、劳资、城乡、内外。其中每一面都包括两方，所以就是'四面八方'。这里所说的内外，不仅包括中国与外国，在目前，解放区与上海也应包括在内。我们的经济政策就是处理好'四面八方'的关系。实行公私兼顾、劳资两利、城乡互助、内外交流的政策。"毛主席、朱总司令在百忙中安排了这次接见，对整装待发的长江支队领导和全体南下干部，都是一个莫大的鼓舞。

1949年4月21日，党中央在北平召开了一次会议。参加会议的有朱德、聂荣臻、薄一波、刘澜涛、华东局的饶漱石、太行区党委书记陶鲁笳、太岳区党委书记顾大川、中原局负责同志等，冷楚、周璧同志参加了会议。会议听取了有关国际国内形势报告，讨论了进入新区应遵循的方针、政策，研究了南下干部拟去的地区问题。会议认为太行、太岳这批干部数量多、素质高。

毛主席、朱总司令于1949年4月21日发布了《向全国进军的命令》，长江支队即时把命令发到各大队、中队学习讨论，大家都感到欢欣鼓舞。4月23日，长江支队召开第二次全体南下干部大会，冷楚、周璧同志传达了北平会议对南下干部随军渡江的部署要求，对南下作了具体安排，并宣布24日出发。为了4000多人马顺利行军，长江支队组织了打前站人马：一部分由冷楚、李伟、王竞成等乘中型吉普车先行出发，负责联络，先到开封。另一部分，由杨文蔚、赵源、马鸣琴、常廷襄等同志负责后勤，带领大队人马安排每天行军路线、粮秣供给。

1949年4月25日，4000多名南下干部徒步行军，向南挺进，沿途受到工人、学生、农民的热烈欢迎。他们沿平汉线南下，有时乘坐火车，夜过郑州，转向陇海路，经过开封、徐州等地，于5月5日抵达淮河北岸。淮河大桥被破坏，队伍步行过桥到蚌埠宿营休整。5月8日，从蚌埠继续乘火车南下，行至明光（嘉山），因明光以南铁路被破坏，队伍只能步行前进，经安徽滁州，日夜走路，于5月12日下午到达长江北岸的浦口，6个大队都陆续到达。然后乘轮渡过长江，抵达下关码头，再改乘汽车进入南京玄武门，支队部和几个大队住国民党交通部大楼，第四、第五大队住下关。

1949年5月23日从南京乘火车出发，24日抵达苏州，在苏州休整待命。这期间华东局组织部部长张鼎丞向邓小平同志提出，福建缺少干部，要求长江支队4000多名干部调配给福建。邓小平答应说："可以，西南需要的干部我们再想办法。"华东局告知长江支队，继续南下，到福建工作。6月初，华东局组织部副部长温仰春来苏州了解长江支队情况，南下区组织部部长刘尚之详细汇报了长江支队的情况。温副部长传达了华东局的四条指示：一、长江支队7月随十兵团进军福建；二、因接管福建干部不够用，从华东再抽调一批干部随长江支队进福建；三、原长江支队调给华野后勤支前的六大队，回长江支队，随支队南下福建；四、从长江支队抽调一批县级主要干部去上海，招收一批革命知识青年组成南下服务团，稍后随军南下福建。同时还透露，张鼎丞同志要到福建任省委书记。6月12日，华东局组织部部长张鼎丞来到苏州，给长江支队作了《目前形势和我们的任务》的报告，并说他要和大家一起到福建工作，还介绍了福建的情况。说福建是红旗不倒的老苏区，群众觉悟高，欢迎我们去。随后长江支队领导安排了学习，要求大家认真领会张鼎丞同志的报告，组织学习了《将革命进行到底》《解放全中国》两篇文章。

1949年7月13日，长江支队从苏州出发，随十兵团顶着酷暑进军福建。7月15日抵达嘉兴，从嘉兴坐火车到江山县贺村。路上敌机两次突袭扫射，一次是火车前进到浙江长安镇时，五大队乘坐的车厢被打穿，张振叶同志当场牺牲，还有其他同志负伤。火车行至杭州站时，留下牛德胜等人专门处理后事，把伤员送到杭州医院治疗。对牺牲的同志在车站举行悼念仪式，送到杭州公墓安葬，并通知原单位和家属。火车行进到江山县附近时，又遭到敌机扫射。这次因有了前次的教训，发现敌机时，火车立即停下，车上的人员火速疏散，没有人员受伤，也未影响火车通行。长江支队在贺村站下车后，步行到宿营地，支队部驻兴塘边，有的大队驻市上村，有的驻贺村，有的驻塘坂。兴塘边是长江支队进入福建的最后一站。

张鼎丞、梁国斌等同志率领华东的一批领导干部在兴塘边同长江支队会合。张鼎丞组织召开了地委以上领导干部会议，南下区党委组织部部长刘尚之、宣传部部长周璧、南下行署主任刘裕民向张鼎丞汇报了长江支队的情况，张鼎丞同志传达了6月20日中共中央华东局建议，以张鼎丞同志为首组成中共福建省委。省委委员为张鼎丞、曾镜冰（原地下闽浙赣省委书记）、叶飞、韦国清、方毅、梁国斌、伍洪祥、刘培善、范式人（未到）、冷楚、陈辛仁、黄国璋。张鼎丞同志任省委书记，同时宣布了各部委领导人。正式宣布中共福建省委组成后，宣布南下区党委的建制撤销，并重新安排南下区党委领导的职务。

在浙江省江山停驻时，正值三伏季，气温高达三十八九摄氏度，有时还略高，真是骄阳似火，天气闷热。有些同志身体虚弱，加上生活、气候不适应，生病了。面对这种情况，福建省委决定：一是迅速抽调干部去上饶、江山设留守处，重病号送上饶十兵团医院救治，身体不适不能跟队伍走的和怀孕的妇女送江山留守处；二是从江山县进入福建要翻越几座大山，还有一段相当艰苦的路程，为减少酷暑行军的负重，每人行李不超过15斤重；三是进入福建的这段路山高林密，国民党散兵、土匪多，按中队选调身体强壮、有军事常识的同志组成武装连，保护队伍行军、宿营的安全。随后福建省委主要领导张鼎丞、方毅等于7月下旬先行出发，向闽北行进。1949年7月28日，福建省委机关直属单位、6个地区专署及30个县的大队人马从江山县兴塘边出发，浩浩荡荡向福建挺进，翻过仙霞岭，经浙江的二十八都，一路跋山涉水，经过五天的急行军，于8月1日到达福建省浦城县。在浦城休整两天后，又向闽北重镇建瓯城前进。

1949年8月11日，福建省委在建瓯大戏院，召开南下干部和长期坚持地下斗争的干部会师大会。会上福建省委张鼎丞书记讲话时，首先对坚持地下斗争的同志们艰苦奋斗几十年直到全国解放，表示十分感谢；其次对党中央派几千名南下干部行军几千里来到福建，解放福建，建设福建表示热烈欢迎。

会后省委主要领导同建瓯、南平地委主要领导，分别研究了坚持地下斗争的领导同志参加地委领导人的名单，要求建瓯、南平两地委和两专署立即到达自己的目的地开展工作。省委研究宣布了除省委、省政府机关的干部外，大部分下去地方搞接管工作。

（二）南下服务团随军入闽

1949年6月中下旬，中国人民解放军随军南下服务团（简称"南下服务团"），招员组建，编成4个大队、21个中队、1个附属队，中队之下设分队、小队（班）。南下服务团实行严格的军事化生活，实行供给制。组建之后在上海驻地开展了教育培训，一面学习，一面进行行军的实战训练。

1949年7月19日拂晓，南下服务团战士全副戎装，从上海江湾火车站乘火车出发南下。但刚出上海，在郊区莘庄就遭两架敌机低空扫射，当场4人牺牲，14人受伤。直到下午6时，再乘火车南下，到石湖荡附近下车，步行6公里后，改乘民船沿运河直下到枫泾镇。

20日从枫泾镇出发，21日凌晨抵达杭州艮山门火车站，疏散到下菩萨一带宿营，休息到傍晚7点才登车出发。接下来一路南下，于8月1日抵达距仙霞岭70余里的上淤头、下淤头驻营。本来打算翻越仙霞岭入闽，但考虑到山高岭大路难行，岭上潜伏的散匪猖獗，便改道从上饶经分水关入闽。8月8日从浙江江山的贺村火车站登车西行。8月9日凌晨抵达上饶。稍事休整后于8月12日沿赣闽公路行军。路途艰辛，8月28日抵达福建崇安县（今武夷山市），并在崇安县进行了休整。9月6日离开崇安，7日抵建阳县，然后抵达南平，再从南平转向福州。到9月25日南下服务团全部抵达福州。

10月8日，第一大队长郭良代表团部，召集全团人员会议，宣布工作分配去向：财经系统300人，文教系统150人，十兵团机要人员训练队90人……福州市、厦门市及闽侯、龙溪、晋江、南平、建瓯、福安六个地委各100人。当时沙县属于南平地区，从南平分配到沙县（或后来调进来）的有十多位。根据1950年沙县档案馆县委全宗12卷资料，南下服务团由福建省委、南平地委分配安排到沙县共七人，他们是：陆本澄、袁启彤、徐焕明、孙复唐、龚蓉生、林有荣、丁尧之。

10月18日,团部召开最后一次会议,并宣告"南下服务团"建制撤销。

二、接管沙县地方政权

根据省委和南平地委的安排,原长江支队第三大队第二中队留三个区的干部去建宁、泰宁、将乐任职,其余到沙县开展工作。在第二中队里,郑钦礼任指导员,王德甫任中队长,王泽民任组织部部长,白子文任宣传部部长,石毓维任公安局局长,武英富任武委会主任。

沙县于1949年6月16日解放,当日中共闽西北地工委接管沙县,成立中共沙县县委。唐仙有为县委书记,王德标、林华、李万珍、陈宗芽、马书贵、张子谦、胡盛鸿、翁崇周为县委委员,曾德聪为县委候补委员兼秘书长。同日,成立沙县人民民主政府,中共闽西北工委决定王德标任县长。同时,县政府任命张子谦、张承业等14名游击队干部为乡镇公所的乡镇长,接管国民党旧政权的14个乡镇公所,建立基层人民政权机构。

1949年8月17日晚,原长江支队第三大队第二中队一行37人首先抵达沙县,18日同沙县地方干部会合,并根据上级指示,调整了县委、县政府主要领导成员,任命郑钦礼为县委书记,唐仙有(地方)、王德甫、石毓维、白子文为县委常委;沙县人民民主政府县长由王德甫担任,王德标任副县长。1949年8月,沙县党政领导由南下干部接管,沙县地方原来的干部任副职或一般干部。1949年10月23日,沙县人民民主政府改称为沙县人民政府。

南下干部到达之后,沙县也按北方的区划进行了改革,县下一级设立了区一级的行政机构。1949年8月,建立党、政、农协组织等,全县进行了第一次行政区域划分,设立凤岗、镇头、高砂3个区分委和区人民政府。三个区党政主要领导都由长江支队成员担任。夏茂镇和彭梨、儒罗、高桂、扬光、湖源6个乡镇直属县人民政府领导。

1949年10月,全县进行第二次行政区划分,增设了夏茂区人民政府,下辖夏茂镇和彭梨、儒罗乡,人事也略有变动。1949年12月,全县进行第三次行政区划分，县长王德甫发布公告，将全县原有14个乡镇改设为5个区，即凤岗镇、富溪乡为第一区，镇头、南霞、潮阳乡为第二区，高砂、郑湖、青溪乡为第三区，夏茂镇和儒罗、高桂乡为第四区，扬光、湖源乡为第五区，并设立各区政府，全称为"沙县县人民政府第×区区政府"。1950年2月，全县进行了第四次行政区域调整，增设第六区，区委、区政府设在高桥，下辖高桥、官庄、新圩、杉口、正地等乡。各区的领导也略做调整，但基本是以长江支队的干部为主。1951年3月，全县进行了第五次行政区域调整，将原有的第四区（夏茂）改称为第七区，原第二区下辖的潮阳及第三区下辖的郑湖两乡合并，设为第四区。各区区政府自3月1日起改称为区公所，全称为"沙县县人民政府第×区公所"。之后沙县行政区域划分也多有变动，名称叫法也有变动，各区的党政主要领导绝大多还是长江支队南下干部担任。但沙县地方游击队地下党的优秀干部也有个别进入区一级担任领导。全县进行第五次行政区域调整后，曾德聪担任第六区公所区长（1951.3—1951.4）。1951年6月全县进行第六次行政区域调整后，沙县本地的青年干部王立勋先后担任第二区公所区长（1953.7—1954.5）和城关区（第一区）区长（1954.5—1955.9），胡宗湘担任第四区公所区长（1954.8—1955.6），

1950年元旦，南下干部在沙县

1950年国庆节，沙县人民政府县科长合影

乐九均担任第二区公所区长（1954.3—1955.9）等。

1949年7月组建县人民武装县大队（营级，辖3个中队）和各区中队，闽西北游击队编入县大队。8月整顿县大队，改为武工队，以区长为肃匪队长，县大队军事干部为副队长，区委书记为指导员，并以此为骨干发展区武装。以县委书记、县长、县大队副、驻军营长组成指挥部，指挥全县消灭国民党残余分子、镇压反革命分子和剿匪等工作。1950年12月，成立中国人民解放军沙县人民武装部，冯廉玉任部长。

1952年8月，沙县人民政府第四区公所全体干部合影

1950年5月2日，设立了中共沙县县委纪律检查委员会，书记石毓维兼任（1950.5—1952.6），之后由县委第二书记董年维兼任（1956.2—1956.5），副书记先后由赵福生、张石丁担任。

三、不断加强党的建设

新中国成立初期，沙县的共产党员数量不多。1949年8月，全县党员只有75名，主要是新民主主义革命时期的地下革命工作者和南下到沙县工作的干部。

1949年8月长江支队入闽，接管福建以后，根据中央和福建省委的干部政策，福建省的干部以南下干部为主干，团结依靠地方干部和广大新干部。因此，原长江支队第三大队第二中队一到沙县，根据上级指示，就调整了县党政领导，郑钦礼任县委书记，王德甫任县长，县委常委五人中，除原县委书记唐仙有一人外，其余都是南下干部；沙县人民民主政府王德标县长一职由南下干部王德甫接任。在县与乡镇之间，设置区一级的行政单位，建立党、政、农协组织等，全县进行了第一次行政区域划分，设立凤岗、镇头、高砂3个区委和人民政府，三个区主要领导都由南下干部担任。

在开展减租减息、剿匪反霸、镇压反革命、土地改革等工作中，县委在工农积极分子中发展党员，壮大党的组织，到1952年底，全县有乡镇党委9个，党支部33个，党员224名，其中女党员34名。根据中共中央和福建省委的指示，1950年8月，县委召开区领导干部和新干部会议，开展整党整风工作。主要任务是，提高干部和一般党员的思想政治水平，克服以功臣自居的骄傲自满情绪，克服官僚主义和命令主义，改善党与人民群众的关系。

按照中国共产党第一次全国组织工作会议通过的《关于整顿党的基层组织的决议》精神和省委关于开展整党整风运动的部署，1952年9月下旬和1953年1月15日，县委分别举办了两期县、区、乡干部整建党训练班，抽调县、区干部91人，乡主干445人，积极分子90人，参加整建党学习。通过对共产党员标准的教育，特别是关于社会主义、共产主义前途的教育，对全县党员坚定政治信念和政治方向，树立全心全意为人民服务的思想，具有深远的意义。

1952年下半年，县委遵照中共中央《关于在"三反"运动的基础上进行整党建党工作的指示》精神，大量培养积极分子，"严肃、慎重"地发展新党员。根据"发展一批、巩固一批"的方针，计划用3年时间基本完成农村基层党组织的建设任务。

在土改、剿匪、减租反霸等各项运动中，许多同志经受了地主阶级和资产阶级金钱引诱的考验。1950年6月5日，南平纪检委通报表扬沙县二区区长马补留在减租反霸运动中拒收南霞乡下洋村保恶霸王田春的250块银圆和2.5两黄金、三区区委副书记杨保年拒收涌溪地主乐家尧的征粮款10万元（旧币）的模范事迹。

之后一直到"文化大革命"前的1966年，沙县党政军和群团组织，主要由南下干部担任领导职务。1952年6月，县委书记郑钦礼调到南平地委工作，上级任命石毓维为县委书记；1954年7月石毓维调到南平地委工作，上级任命李新文（长江支队第三大队第四中队）为县委书记（其中1955.12—1961.9为第一书记）；1961年9月2日，李新文调到崇安任职，上级任命董年维为第一书记（1961.9—1963.6。1963年6月14日撤销县委书记处，1963.6—1966.5任县委书记）。沙县人民政府县长王德甫于1952年10月调离后，接任县长一职的是聂石柱（长江支队第三大队第一中队），1954年3月聂石柱调离后，接任县长为赵仕经（其间1958年6至8月为刘积卿任县长），一直担任到1965年8月。其他各区党政主要领导、县直机关等多为南下干部。

南下干部调动比较频繁，有调进也有调出的，有调到其他县、南平地委或行署，也有调到省里、调到外省、调到中央部委等处工作的，还有回到原籍的，也有其他中队的南下干部调到沙县工作的。

四、重视培养本地干部

1949年底，全县188名干部中，其中南下干部和转业干部72人，留用旧职人员116名。县委、县政府和各部、办、科以及区委、区公所的主要领导职务由南下干部担任；留用人员主要分配在银行、邮电、财粮等部门担任技术业务工作。剿匪反霸、镇压反革命、土地改革和抗美援朝等各项工作任务繁重紧迫，干部数量明显不足。南下干部进入沙县时间不长，对当地的情况不够熟悉，经验不足。由于长期的游击战，缺乏严格的组织生活与党的教育，有的本地干部作风散漫。为适应工作需要，县委积极而又慎重地从农民、工人、营业员、失学青年及旧政权留用人员中吸收人员参加工作，从中培养、选拔干部，扩充干部队伍。为了培养沙县本地干部，县委贯彻落实省委"关于大量提拔和调整干部补充干部缺额"的指示，在"三反"与整党的基础上大胆放手地培养提拔干部。1950年12月，通过全面动员，自愿报名，挑选123人组成土改工作队，协助政府开展工作。举办全县土改训练班，学习土改政策和步骤方法。在建立的区、乡农民协会和乡政府中，使用一批本地乡村干部。

在土改工作中，吸收积极分子和先锋模范到区、乡政府工作。在区主干中进行培养、审查，符合条件的通过组织批准，成为脱产或半脱产干部。在城镇，经过社会民主改革、镇反、"三反""五反"等运动，吸收一批优秀的基层工人成为脱产干部，充实到各个部门。

1952年5月至8月，根据地委调整干部的基本精神，县委对全县干部进行了通盘调整，从五种渠道提拔干部173名，充实到各个部门。一是将"三反"运动中立场坚定、廉洁奉公、艰苦朴素、联系群众的好干部，尤其是乡村基层干部，提拔到重要的工作岗位上；二是将符合干部条件的土改队员整编到干部队伍；三是从基层店员、工人中提拔干部；四是将部队转业干部安置到机关，充实干部队伍；五是将原基层主干提为脱产干部。

新中国成立初期，县委、县政府的领导成员由上级任命，各区委、区公所的领导成员由县委任命，各镇乡干部由区公所派出。随着工作机构、干部数量的增加，根据中央和上级精神，结合沙县实际，县委、县政府对机构进行紧缩整编，干部管理权限下放，实行干部分级管理制度，政府部门干部由人事科管理，县委只管区级以上干部。

南下干部在沙县各部门担任主要领导，他们注重培养沙县当地的优秀青年干部，十多年间让一批青年人走向领导岗位，例如：李振坦，沙县湖源乡西洋村人，1949年参加工作，历任沙县人民政府财委秘书，县委办副主任，崇安县委办主任，南平地委办秘书，南平市委委员，南平地区中心支行行长，中国工商银行福建分行副行长，上海远东银联有限公司总经理等职；王立勋，沙县南霞乡蒋坡村人，历任沙县第二区公所副区长、区长，城关区（第一区）人民政府区长，沙县人民政府副县长，县革委会主任，县委副书记、县委书记，三明地委副书记、三明地委副专员，省林业厅副厅长等职；胡宗湘，沙县南阳乡人，1952年10月任第四区（南阳）副区长，1954年8月提拔为第四区区长，1955年9月任第五区（洋溪）区委书记，1959年4月任上游人民公社（洋溪）党委第一书记，1961年9月任大洛工委（下辖洋溪、大洛、湖源3个人民公社党委）书记，1963年11月任大洛人民公社党委书记，1965年8月任县委常委、宣传部部长，1968年10月任县革委会生产指挥组副组长、组长，1976年10月任县革委会副主任，1978年3月兼任县委常委。1980年11月，任沙县人民政府县长（1981年11月病故）；乐九均，虬江街道田口村人，1949年参加工作，历任镇头区（第二区）副区长、区长，沙县公安局副局长、局长，夏茂公社党委书记，沙县县委副书记，建阳地区商业局局长，南平市供销总社主任等职；胡德亲，虬江街道安坪村人，1952年后任山峰乡团支部书记、乡财粮主任、农业合作社社长，1955年8月选调为国家干部，历任镇头乡副乡长、镇头公社党委副书记，梨树公社党委书记兼革委会主任，县供销社主任、县农委主任兼党委书记，县委统战部部长、县政协副主席等职；郑永辉，凤岗街道三姑村人，沙县一中1962届高中毕业。他在高中就读时，加入了中国共产党，毕业后回到三姑村当村干部，1971年2月当选为中共沙县第二届委员会委员，历任城关人民公社革委会党的核心小组组长，城关人民公社党委书记、第一书记，三明团地委书记等职。

五、全力开展剿匪斗争

新中国成立前夕，沙县的国民党残余势力为了对付共产党，维护其反动统治，从上而下"应变"部署。将乐、顺昌、沙县等3个县的国民党县长在沙县城关召开"应变"会议，妄图做垂死挣扎。"应变"会后，中统特务、国民党沙县党部前任书记长洪德溪，沙县民革救国团指导员、县救济院院长郑旭在商会召开"维持会"，布置"应变"任务。沙县解放时，周边的将乐、明溪、三元、大田4个县还没有解放，国民党沙县党部书记长杨应祯逃到明溪，暗中组织活动；国民党沙县前县长汤永年逃到顺昌，上山组织土匪进行武装对抗；国民党沙县党部秘书林良魁在青溪乡组织大刀会，勾结南平土匪麻路子，杀害乡公所税务员；杨高堂在夏茂地区秘密召开国民党区分部委员以上骨干会议，组织破坏活动，散布反革命言论；洪德溪在家中密谋策划，安排人员混入农民协会，伺机破坏，还组织"反共救国军"，指定姜圣川、张先雅、罗宗周任支队长，纠合同党上山为匪。国民党党政军警的中下层人员以种种借口抵制登记。此外，还有几股外地土匪流窜沙县。1949年11月，从尤溪窜入沙县郑湖乡活动的吴曲九股匪100多人，有步枪50支、机枪3挺。12月，从德化窜入沙县、尤溪、大田交界的大盂、管南、湖源一带活动的"反共救国军"张清股匪25人，有步枪16支、短枪6支。1950年5月，从德化窜入南霞、镇头、湖源、扬光一带活动的王虎股匪40人。从德化窜入沙县南霞一带活动的土匪"中国人民救国军闽北自卫大队第3中队"林铭勋股匪50多人。他们不甘心失败，进行反革命破坏活动，十分猖獗。

到1949年底，县内的国民党军队残余武装及土匪有39股1063人，步枪439支、短枪35支、机枪8挺。大刀会24股，会徒1000多人，分布在10个乡镇28个村庄，部分乡镇被土匪占领，无法正常开展工作。

据1951年12月的调查统计，解放以来的一年多时间里，全县有49人被匪特杀害，其中干部6人、民兵9人、妇女3人、农民24人、商人2人、工人5人。妇女被强奸12人。

国民党残余势力及土匪武装猖獗的反革命破坏活动，严重威胁人民政权的巩固和人民生命财产的安全，扰乱党和政府的各项工作。

在县委郑钦礼书记、县政府王德甫县长等领导下，联合先后进驻沙县剿匪的中国人民解放军28军84师250团第2营和中国人民解放军32军教导团，县地方武装县大队、公安局、区中队，以及发动群众组成自卫队，开展了历时3年的剿匪工作，彻底消灭了国民党残余力量和土匪武装，取得了重大胜利。据统计，从新中国成立以来到1951年9月，全县共剿灭大小土匪11股943人，其中击毙57人，缴获步枪96支、短枪23支、土枪31支、土炮10门，步枪子弹1321发。至此，剿匪工作取得基本胜利，进入了清剿散匪、潜匪的阶段。到1952年7月，剿匪斗争取得全面胜利，为害多年的匪患被消除，为恢复国民经济和安定社会秩序提供了重要保障。

六、镇压反革命和取缔会道门

在消灭土匪的同时,根据中央、省委、地委的指示,从 1950 年 11 月开始,沙县开展了大规模的镇压反革命运动。镇压反革命运动分为三个阶段进行。第一阶段(1950.9—1951.11)逮捕法办土匪、恶霸、特务、反动党团骨干、反动会道门头子及现行反革命分子 599 名,依照"首恶必办、胁从不问、立功受奖"的政策,分别给予杀、判、管、关处理;第二阶段(1951.11—1952.10)逮捕法办土匪、恶霸、特务、反动党团骨干、反动会道门头子等各类反革命分子 75 名;第三阶段(1952.11—1953.3)根据上级指示,按"罪恶大、民愤大、成分坏"的标准,逮捕法办各类反革命分子 35 名。镇压反革命运动扫除了国民党反革命残余势力,基本肃清了特务、地下军等反动组织和反革命分子,巩固了新生政权,安定了社会秩序,保障了社会各项事业的顺利进行。

新中国成立前,沙县就存在大刀会、同善社、青帮、红帮、婆婆佛、月福会等反动会道门,这些组织与土匪、特务等混杂交织在一起,给社会带来了极大危害。沙县大刀会没有统一组织。解放初有会徒 1182 人,有一部分大刀会参加攻打解放军、人民政府乡公所活动,危害很大。1951 年沙县人民政府宣布取缔大刀会,逮捕会首 101 人,会徒自新 583 人。同善社 1921 年传入沙县,1953 年 3 月 17 日,全县统一行动,取缔同善社,依法逮捕道首 10 人,705 名道徒有 699 名退出,组织被摧毁。青帮于 1945 年由驻沙县城关国民政府军事委员会后勤部某军第八教养院的医官组织成立,1951 年被沙县人民政府依法取缔,并逮捕 9 名骨干分子。红帮于 1945 年由国民党政府军事委员会后勤部某军第八教养院伤兵在沙县城关西门外福州会馆组织成立。1951 年被依法取缔,逮捕 5 人。婆婆佛于 1921 年 2 月由福州鼓山和尚在夏茂建立,有信徒 48 人,1953 年被取缔。月福会于 1950 年由三区溪坪村(现青州镇溪坪村)农民以时年不顺、敬神保平安为名成立,成员 13 人,1951 年为首者被逮捕教育后释放，该组织即告解散。会道门组织被依法取缔，会首被逮捕法办，会徒悔过自新，给社会带来了和平安定。

七、开展土地改革运动

新中国成立初期，土地改革是党和政府工作的核心工作。在中共中央土地改革政策引领下，在省委部署领导下，沙县党政主要领导全力抓好落实土地改革工作。

土地改革前，沙县有耕地27.2万亩，除了千余亩属县政府农场和各乡（镇）公所所有之外，公田和民田各占一半。地主人均占有民田11.2亩，贫农人均仅有民田0.45亩。公田有学田、渡田、宗庙田之分，实际上被有财有势的地主或族长所把持。从实际情况来看，占全县总人口8%的地主、富农，占据或控制了全县耕地总面积的77%，而占全县总人口92%的贫农、雇农、中农所拥有的耕地，仅占全县耕地总面积的23%。土地大部分被地主阶级占有，山林也是如此。

从1949年12月15日开始，沙县实行"二五"减租减息政策，先后在140个保进行减租，虽然在一定程度上减轻了农民负担，但是农民还是处于贫困的境地。

1950年6月30日，中央人民政府颁布《中华人民共和国土地改革法》，明确规定土地改革的路线、方针、政策。土改的基本内容是：没收地主的土地、耕畜、农具、多余的粮食及其在农村中多余的房屋；征收祠堂、庙宇、寺院、教堂、学校和团体在农村中的土地及公地等；所有没收的土地，除依法收归国有者外，都统一公平地分配给无地或少地及缺乏其他生产资料的农民；对地主也分给一份土地，使地主能依靠自己的劳动维持生活，并在劳动中改造自己。11月，省委根据毛泽东和华东局对福建有关"加速与加宽实行土改"的指示，决定在全省43个县进行土改。11月22日，南平地委确定沙县为全地区土改的试点县之一。

根据省委、地委指示，从1950年11月下旬开始，县委着手进行土改准备，开展四项工作。一是进行土改试点；二是召开全县党代会，训练骨干，制订土改计划；三是举办训练班，建立土改队伍；四是召开全县农民代表会和各界人民代表会，成立沙县土改委员会。

从1950年11月27日至1951年1月24日，县委在工作基础较好的一区一街（即西门外）进行土改试点。土改工作队进驻后，与群众同吃同住同劳动，遵照中央的"依靠贫农和雇农，团结中农，中立富农，有步骤、有分别地消灭封建剥削制度，发展农业生产"的政策，分四个阶段进行试点工作：一是访贫问苦，发动群众，培养骨干阶段；二是划分成分，组织说理斗争阶段；三是没收、征收和分配土地阶段；四是总结土改，进行农业发展方向教育阶段。贯彻发展农业生产的"谁种谁有"等十大政策，把土改激发的劳动热情引向发展生产。

土改中，没收、征收了地主和封建性公田1800.48亩，无地和少地的贫雇农及部分中农等251户分到土地1547.15亩。土改后，贫雇农、中农及其他劳动者共有土地2259.85亩，占全街土地面积的70.43%。

1950年12月5日，县委发出《关于加紧发动群众与加快土改准备工作的指示》，揭开沙县全面进行土改的序幕。12月20日至22日，召开各区区委委员与科长级干部参加的党代会，介绍西门外土改试点情况，着重介绍其工作基础与土改条件、步骤与做法，制订全县土改计划并做出具体部署。

1950年12月，沙县首届土地会议全体干部合影

12月24日至29日，举办全县土改训练班，参加者为村干部、贫雇农积极分子234名，其中妇女45名，另有区干部27名。通过培训，培养了一批农村骨干，并从中挑选123名组成土改工作

队。经过短期学习培训后，工作队分头深入到各区、乡、村进行宣传，发动群众开展轰轰烈烈的土改运动。

沙县的土改工作分两期进行。从1951年1月中旬开始，在环境安定的地区开展第一期土改。开展土改的有45个乡112村（保），占全县158个村的70.88%；有17064户，占全县总户数的69.18%；有65521人，占全县总人口数的64.3%。到1951年4月20日，第一期土改任务基本完成。本期土改只分耕地，其后才进行山林的改革分配工作。

划分农村阶级成分是土改中极其复杂而又重要的工作，是决定土改工作能否顺利开展的关键。根据中央人民政府政务院《关于划分农村阶级成分的决定》，划分农村阶级成分以人们对生产资料的占有状况、劳动状况和生活来源状况为依据，分清剥削与被剥削的关系，不以政治态度、吃穿好坏为标准。土改工作队对每户土地占有和使用关系进行调查，登记造册，交贫雇农小组审查，召开农民大会，划分本村的地主、富农阶级成分，防止漏划和错划。

农村阶级成分划分后，根据《中华人民共和国土地改革法》，组织农民群众有秩序地没收地主的土地、耕畜、农具、多余粮食及房屋等财产，征收富农超出规定范围以上的出租土地。在分配土地财产中，严格执行县土改委员会的有关规定，以小乡为分配单位，按田亩、产量进行分配。分配的原则是"原耕基础，抽肥补瘦，自报公议"，确定各户分田的亩数、地段及耕畜、家具等。在分配土改胜利果实时，力求做到公平合理，防止绝对平均主义，尽量避免不必要的变动，以利于生产。分配的次序是先满足雇农、贫农的需要，适当照顾中农及其他阶层的利益。对地主也保留一份土地，使他们能够通过守法劳动，逐步改造成为自食其力的劳动者。

在土改中，发动群众惩治不法地主和镇压反革命分子。据统计，截至1951年4月16日，开展斗争的村有122个，60944人，占全县总人口数的63.29%；参加斗争群众达44888人。全县已斗争的对象有507人，管制466人，关押362人，判刑131人。

从1951年7月开始，沙县在工作基础较差的地区开展第二期土改，包括进行山林权属改革。开展土改的有25个乡43个村,约占全县乡村总数的30%。参加土改的干部(包括军大、土改队、分区人员)有392名。县委和土改委员会特别重视领导第二期土改工作,充分发挥有利条件,吸取第一期土改的成功经验,更加深入细致地工作,到10月,除桂岩乡外,完成土改任务。

为保障农民已分得的土地(包括山林、房屋)所有权,1951年7月,县委在七区大布、三区涌溪、一区六街等3个乡(街)进行颁发土地证试点。到9月结束后,又在另外5个乡进行发证。由于大多数乡尚未进行山林改革,到1952年1月,发证工作才在全县展开。到2月底,除一区5个街因属于中小街镇范围,未明确规定发证外,有69个乡(街)颁发了土地证。到6月中旬,城关的几个街也进行发证工作。颁发土地证,是土改最后阶段的工作,对稳定和提高农民的生产情绪,发挥生产积极性具有重大意义。

土地改革是解放初期一次伟大的群众运动,彻底废除了封建土地所有制,确立了贫雇农在农村中的优势地位,"耕者有其田"的理想在中国共产党的领导下变成现实,长期被束缚的农村生产力获得了历史性的解放,为引导广大农民走上集体化道路创造了条件。沙县农村发生了翻天覆地的变化,广大农民生产积极性空前高涨,普遍添置了耕畜、农具,改善和扩大经营,掀起了生产热潮。

八、建立新的经济秩序

新中国成立解放后,沙县随即着手恢复国民经济工作,开展各项事业的建设发展。1949年6月25日,成立中国人民银行沙县办事处(1950年6月1日,改称中国人民银行沙县支行),宣布人民币为唯一合法流通货币。

为整顿金融秩序、稳定金融市场,在1949年至1953年的国民经济恢复时期,县政府采取有效措施,恢复管理和整顿县域金融秩序。统一管理使用人民币,严厉打击以金银为货币的交易活动,推行现金和转账结算制度,开展私人存款业务,人行沙县支行对有利于国计民生的事业和私营工商业发放短期贷款。

1950年，县政府采取整顿财税、抓税收、抓粮食、组织收入等办法，并对供给制人员的衣食等日用品折价供应，保证生活必需品价格的稳定和人民群众生活的安定。1953年10月，全国开始实行粮食统购统销的经济政策。同月，县政府颁布《沙县人民政府指示》，对粮食实行统购统销，严格控制私营工商业对粮食采购的限额，严禁自由经营粮食。县政府定期进行物价检查，物价混乱局面得到有效遏制，物价基本保持平稳。

1950年3月3日，政务院颁布《关于统一全国财政经济工作的决定》，统一全国财政收支、物资调度和现金管理。沙县政府成立财政整理委员会，整顿税收，发行公债，紧缩银根，统一财政经济管理。按照中央规定的统一编制和供给标准，核实人员，调整薪酬，明令各单位不准擅自招收新人员额外开支。财经工作取得显著成效，稳定和巩固了市场物价秩序。

根据政务院、省政府的有关规定，沙县财政体制经多次演变。1950年，实行"统收统支、高度集中"的管理体制。1951年3月，实行收支挂钩，按核定数额以收抵支的管理体制。1953年，开始建立县级财政和县级财政预算，实行"固定收入、固定比例留成收入、调节分成收入"的分级管理制度，实行"统一预算，分级管理，增加收入，减少开支"的财政方针，实行"收入打足，支出打紧，并有结余"的预算方针。1954年，开始实行"划税分成，固定比例，支出包干"的预算管理体制，开始形成预算内、预算外收入。1956年，农业税和工商营业税的县地方分成分别提高到50%和30%，提高了县级财政收入。在国民经济恢复时期（1950—1952年）和第一个五年计划时期（1953—1957年），随着工农业生产的发展，沙县财政收入不断增加，收入规模逐年扩大。1956年，沙县财政收入达87万元，比1950年的49万元增长77.55%。

疏通工农业产品流通渠道。新中国成立初期，因连年战乱，沙县的商品流通渠道遭到严重破坏，造成农村中农副土特产品找不到销路，农村生产生活所需的工业品又难以买到的困难。1952年3月18日，沙县召开第一届第八次各界人民代表会议。会议号召参会代表，按照"自愿结合、民主管理、

长江支队在闽北

1964年国庆节在沙县合影

等价交换"的原则,带领农民组织起来走合作化道路。5月23日,组建沙县供销合作总社,全县建成联乡性的供销合作社17个,社员24977人,占农业人口数的27.8%,共有股金28827万元(旧币)。

沙县有以赶圩的方式进行物资交易的传统,圩市按农历5天一集,各地圩期互相错开。交易的商品以农副产品、土特产品为主,也有日用品。县委、县政府贯彻"开展物资交流运动,为生产和消费者服务"的方针。1953年,在城关、镇头(琅口)、高砂、洋溪、南坑仔(南霞)、南阳、郑湖、富口、夏茂、渔溪湾等10个初级市场举办物资交流会37次,参加者达163522人次。交流会组织工业日用品及肥料下乡、农产品进城,打开了土特产品的销路,总成交额859519万元(旧币),比1952年增加30%以上。县供销合作社组织系统内部物资调剂会3次,成交金额275980万元(旧币)。各种商品交流会在城乡交流中起到重要作用,城乡间的商品流通渠道得到疏通和拓展,沙县商品市场逐步走向繁荣。

在沙县县委、县政府的领导下,经过艰苦复杂的斗争,沙县新的经济秩序逐步建立起来,工农业生产和财政经济得到迅速恢复和发展,各项事业也有了一定的发展,人民逐渐过上安定的生活。

九、南下干部家属

南下干部大多数是男性,他们来到沙县时,年纪小的还不到20岁,年纪大的将要奔四十了,跨度很大。许多二三十岁的人,已经在北方老家结婚生子了。

1949年春在选调干部时，为解决南下干部的后顾之忧，太行、太岳两个区党委对南下干部提出了五点照顾：

1. 南下干部家属按军属待遇；
2. 家庭经济困难的给予补助；
3. 家中缺乏劳动力的，由区村给予代耕；
4. 南下干部家属在农村的，可以批准回去探亲；
5. 女干部不能跟队行军的暂不南下，等新区环境安定后，派专人来接。

他们南下来到沙县之后，妻子、孩子也陆陆续续南下来到沙县。1951年3月10日，南平地委组织部致沙县县委组织部的公函：

兹介绍王德甫同志之爱人裴秋祥同志前往你处工作。该同志前任区妇联委员女干部。该同志工作由你处分配其适当工作为荷。

该同志系正式党员，组织关系介绍到省委，待转回再给你处介绍。

随从小孩一人，系十四岁。

据沙县档案馆档案记载：

裴秋祥（裴秋香），山西和顺人，粗通文字。1951年35岁。1948年10至11月任区妇联委员。1949年3月加入中国共产党。来到沙县后，曾任沙县一区妇联委员，1951年2月，提任县妇联委员。

1951年4月12日，南平地委组织部又致沙县县委组织部公函：

关于南下干部爱人段玉香、魏兰巧、马桂莲、张袁爱、王媚香、弋荣、冯改仙、李锐英、王玉兰、张菊仙、李福花等十一位同志工作分配，今我研究你们县委意见，希接通知执行。

据沙县档案馆档案资料记载：

段玉香，女，山西武乡县人。1951年28岁。高小文化。1945年入党。曾任村妇女队长，南调时高小文化程度。1951年安排在县公安局任收发员。

李锐英，女，山西左权县人。初小文化。1942年2月入党。1951年26岁。曾在沙县一区工作，五区妇联任妇女委员。

李福花，女，山西和顺县人。初小文化程度。1949年2月入团。1951

年 4 月参加工作。在沙县贸易公司工作。

马兰英，女，山西和顺县人。生于 1927 年。高小学历。从小童养媳。1944 年 6 月入党。1950 年前后，在沙县任一区妇联委员，1951 年 2 月提任一区妇联主席。（根据其他资料补充：是沙县人民政府县长赵仕经的妻子。1966 年调南平商业局工作。1983 年离休，享受副县级待遇。）

巩桂香，女，山西和顺县人。粗通文字。1951 年 24 岁。小时候在家纺织，16 岁结婚。1946 年任村妇救主席。1949 年 2 月参加工作，随长江支队南下来到沙县，任妇联委员，1951 年 1 月提拔为沙县三区妇联主席。

南下干部的妻子，一般分配在县、区妇联工作，任干事、副主席、主席等，也有安排到商业部门当营业员的，还有到企业当工人的，个别到单位分发报纸、信件。她们在家里浆衣煮饭带孩子，已经十分辛苦，在单位也勤勤恳恳、任劳任怨，做出了自己的一份贡献。

十、南下干部的优良作风

长江支队队员主要是山西太行、太岳两个老解放区的基层优秀干部，在即将解放之际，听从党的召唤，舍家卫国，毅然决然随解放大军挥师南下福建。他们不仅有丰富的工作经验，而且有很强的党性。南下服务团成员是从上海等各大中专院校主动报名参加南下的学生中选拔出来的，他们对前程充满美好向往，是一群热情奔放、壮志凌云的青年。他们来到沙县，在工作中克服种种困难，开展剿匪反霸、土地改革、抗美援朝、改造社会等方方面面工作，巩固和发展了新生的革命政权。他们公而忘私，呕心沥血，廉洁勤政，全身心投入经济建设，带领群众改变贫困的山区面貌，谱写了一曲曲战天斗地的革命颂歌。他们也在历次的政治运动中，特别在"文革"时期遭受过委屈，甚至历尽磨难，但他们以革命者宽广的胸怀，不计个人得失，仍在各自的岗位上以身作则，吃苦耐劳，作风朴素，密切联系群众，表现出了共产党人的优良品质，给沙县人民留下了不可磨灭的印象，赢得了沙县人民的拥护和爱戴。

长江支队三大队三中队南下福建纪实

山西省潞城市政协

1949年初，中共华北局积极响应党中央、毛主席"打过长江去，解放全中国"的伟大号召，从太行、太岳两个老解放区选调4000多名得力干部，组成"中国人民解放军长江支队"随中国人民解放军第三野战军第十兵团进军福建、解放福建、接管福建，在中国人民解放战争史上留下了光辉的一页。其中主要由潞城籍和黎城籍干部组成的长江支队三大队三中队，途经河北、河南、安徽、江苏、江西、浙江六省，千里转战进驻尤溪，扎根八闽，把一生融入了解放福建、建设福建的伟大事业中。

一

中共潞城县委根据上级党委指示，把选调南下干部作为一项艰巨而光荣的政治任务来抓。1948年下半年，县委领导分头深入基层，了解干部的思想状况，开始选拔南下干部。当时土地改革后，受"三十亩地一头牛，老婆孩子热炕头"的小农意识影响，干部中不愿意离开家乡的思想问题比较突出。能否彻底解决这个问题，是顺利完成选拔南下干部任务的关键。为此，县委领导高度重视思想工作，县委副书记吴炳武多次深入各区调查研究，发动和选拔干部。

1949年1月中旬，县委、县政府召开动员大会，组织全县干部认真学习了毛主席《将革命进行到底》的新年献词，号召全体干部，特别是党员干部紧急动员准备南下。全县干部热情高涨，争先恐后踊跃报名。采取自愿报名与组织批准相结合的原则，按照"党性强、觉悟高、身体健康"的选调条件最终确定了总数为36人的南下干部名单。（其中8人为外县籍，另有9名潞城籍干部从外县参加，编入其他队伍）

2月12日，全县南下干部到晋东南地委（今长治市）集中，进行了学习编组，440余名干部编成3个县和23个区的领导班子，其中三大队三中队主要由潞城籍和黎城籍干部组成。20日，地委举行欢送大会。24日，南下干部离开长

1949年1月25日，黎城支行欢送南下干部合影

治，途经潞城、黎城，于27日到达河北省武安县城，与太行区南下干部会合，在武安集中学习整训了50多天。为适应长途行军与随时战斗的需要，在政治学习的同时，全面强化了军事训练，以中队为单位上军事课讲防空、疏散、作战常识以及战场急救等，并进行了模拟实战演习。每名干部配发了军服、蚊帐、雨布、挎包、搪瓷碗、水葫芦、粮食背袋、军袜、军鞋、急救包等，

1949年2月，潞城县欢送南下干部合影

为长途行军做了充分准备。

二

1949年4月24日凌晨，由4100余名太行、太岳优秀儿女组成的中国人民解放军长江支队，怀着对党和人民的无限忠诚，告别巍巍太行，从河北省武安县城冒雨行军，向南挺进。武安党、政、军、工人、农民和学生夹道欢送，锣鼓声、鞭炮声响彻云霄，长江支队雄赳赳、气昂昂，踏上了南下的征途。从武安出发不久，天降大雨，道路泥泞，同志们不怕苦、不怕累，滑倒了爬起来继续前进。中午，传来我军23日解放南京的胜利消息，大家无不欢欣鼓舞。25日又传来我军攻克太原的胜利消息，极大地鼓舞了士气，振奋了军心。

三大队三中队队员在武安集训时合影

长江支队原定到苏南一带开辟新区工作，但由于解放战争势如破竹，革命形势发展很快，等到长江支队风尘仆仆抵达南京时，中共中央华东局已派其他地方的干部接管苏南，令长江支队到苏州待命。5月24日，队伍抵达苏州，学习待命，准备待上海解放后接管。

5月27日，上海解放后，中央决定三野十兵团提前入闽，为解决干部力量严重不足，要求长江支队继续南下，入闽接管福建。从被誉为"人间天堂"的苏南一下子转到山高路险、穷乡僻壤的福建，很多人思想上产生波动，极个别同志甚至动摇。6月12日，中共中央华东局组织部部长张鼎丞（后任福建省委书记、省主席）来苏州做了《当前形势和我们的任务》的报告，针对南下干部的思想实际，详细介绍了福建省的情况，要求大家服从命令听指挥。三中队进行了深入学习和广泛动员，大家一致表示，坚决服从组织安排，只要革命需要，党指向哪里就战斗到哪里。

长江支队在闽北

1949年8月17日,长江支队队员抵达尤溪县接管政权,他们与旧政府留用职员、新培养的本地籍干部发扬五湖四海精神,并肩接管、建设尤溪

7月13日,长江支队从苏州出发,徒步向南挺进。行进途中,敌机对我进行扫射、轰炸,三中队无大伤亡。进入福建后,正值中伏,天气酷热多雨晴天骄阳似火,汗流浃背;雨天道路泥泞,举步维艰。加之气候突变,水土不服,与当地群众语言不通,国民党残匪和地主武装骚扰,行军困难无法形容。长江支队健儿临危不惧,视死如归,冒着危险阔步前进,于8月14日到达闽北重镇南平。中共南平地委决定,三大队三中队共115人,除2个小队留在南平外,其余87人全部向尤溪县进发。8月17日,在吴炳武的率领下进驻尤溪县,与长期坚持革命斗争的本地干部会师。

三

尤溪县地处闽中山区,是福建省和平解放的第一县,也是闽中土匪最多的县。

8月17日,三大队三中队进驻尤溪县,准备从先期接收的解放军部队手中接管尤溪。21日,中共尤溪县委第一次会议召开,宣告中共尤溪县委正式

1950年12月,中共尤溪县政府支部公开纪念

中共尤溪县委会全体庆祝1951年新年合影纪念

成立,吴炳武任县委书记。县委委员有:吴炳武(书记,长子籍)、李生(县长,襄垣籍)、李芝(组织部部长,黎城籍)、路炳生(宣传部部长,晋城籍)、原宪文(公安局局长,长治籍)。县委设秘书室、办公室、组织部、宣传部等4个办事机构。县委机关干部有:县委秘书魏守一(沁县籍)、组织干事陈晋龙(潞城籍)、宣传干事郝志方(襄垣籍)等。

中共尤溪县委成立后,尤溪县人民民主政府更名为尤溪县人民政府。李生旺任县长,蒋荣德任副县长。设秘书室、民政科、财粮科、公安局、建设科、文教科、邮政局。栗树旺(黎城籍)任政府秘书兼民政科科长,程继枝(平顺籍)任财粮科科长兼地方税稽征处主任,原宪文(长治籍)任公安局局长,陈增进任建设科科长,谢竹生任邮政局局长。

根据尤溪县的传统区划和社会情况,县委将全县划分为6个区、160个乡,在区设立区委、区政府,组建武装工作队,分赴基层开展工作,在条件较好的一区、二区、六区率先开展党和政府的组建工作。

1949年8月,中共尤溪县第一区(驻地城关)、第二区(驻地梅仙)委员会

1951年4月,尤溪县人民政府区长会议合影

1951年10月,中共尤溪县召开第二次党代会议全体合影纪念

1951年9月,中共尤溪县全体区委书记联席会议合影

建立。一区区委书记王芳芹(黎城籍)、二区区委书记秦进忠(潞城籍),配有副书记、组织委员、宣传委员、秘书等。1950年1月,中共尤溪县第六区(驻地新桥)、第三区(驻地西洋)委员会相继建立。六区区委书记彭建文(黎城籍),三区区委建立后,彭建文调任三区区委书记,六区区委书记由李全盛(黎城籍)接任。3月,中共尤溪县第四区(驻地溪尾)、第五区(驻地坂面)委员会建立。四区区委书记杨森堂(黎城籍),五区区委书记李恩庆(黎城籍)。至此,全县6个区全部建立了党委。

各区公所与区党委同步建立。1949年8月,第一区、第二区建立区公所,一区区长李景堂(潞城籍),二区区长赵树德(潞城籍)。1950年1月,第六区、

1951年2月，尤溪县第一区政府全体同志合影　　　　1952年元旦，尤溪县三区全体区干部合影

第三区建立区公所，六区区长王显禄（黎城籍，第四区公所建立后调任四区区长；苗全成，潞城籍，后接任六区区长），三区区长霍芳（黎城籍）。3月，第四区、第五区区公所建立，四区区长王显禄，五区区长茹景先（潞城籍）。是年12月，6个区公所全部改称区人民政府。

新政权面临的工作千头万绪：接收旧政权，招收地方干部，深入发动群众，支援大军解放全闽，以及剿灭土匪、减租减息、生产备荒度荒等。首要任务是接收旧政权，建立新政权。根据党中央"自上而下，按照系统，原封不动，整套接收"的方针，对23个旧政权机构做了分别处理：对县政府、警察局、司法处、参议会、邮局、中学、民众教育馆、卫生院、联谊社、电报局、电话局、农业推广所、商会、民船工会、救济院、国民兵团部、教育会、农会、兴化社、闽北文化促进会尤溪分会20个单位进行全面接收和管理；对青年党部暂未接收和管理；对省、县银行及县国民党部接收后暂缓管理。对旧政权机构人员走留自愿，共留用工作人员37名。全县粮食仓库14座，接收12座，接收粮食184万多斤，接收现金402元、电话机32部。

在基层政权机构尚未完全建立之前，人民政府还得利用旧政权基层的保甲长，完成征粮、运粮和征税等工作。一些保甲长对新生的人民民主政权了解不够，不肯尽心为人民政府工作。为了尽快结束这种局面，县委将宣传群众、发动群众，培养骨干力量，组建农民协会，作为当时农村工作的重心，大力

1951年4月，尤溪县第一次区长会议合影

培养贫苦农民中的积极分子，建立以贫苦农民为骨干的阶级队伍。经过一段时间的宣传发动，一大批积极分子和基层群众坚定地站在了人民民主政权一边。1949年11月，县委因势利导，组建县农民协会筹委会，王甲寅任筹委会主席。1950年3月11日，县委召开县第一次农民代表大会，已建立的106个乡农会和1082个农会小组，共选派代表250余人参加会议。大会号召各地农会会员广泛联系群众，支持政府工作，积极投入减租反霸斗争。同年10月12日，县第二次农民代表大会召开，正式成立尤溪县农民协会，王甲寅当选首任农会主席。

同期，召开了全县各界人民代表会议，建立了县武装大队和民兵组织，建立了中国新民主主义青年团尤溪县工作委员会、民主妇女联合会、总会、抗美援朝分会、中苏友好协会等人民群众团体，既密切了党和政府同人民群

1950年5月，尤溪县第一届各界人民代表会议全体合影

众的广泛联系，同时也充分调动了社会各界人士为完成政府工作献计出力的积极性。

1951年8月，尤溪县抗美援朝分会与赴朝慰问团代表合影

1951年10月，尤溪县第一区第一届第一次妇联代表会合影

四

解放初期的尤溪，满目疮痍，百废待兴。在组建机构的同时，县委、县政府积极发动群众，大力开展了清剿土匪、减租反霸、镇压反革命、土地改革、山林权属改革、禁毒禁赌禁娼和平抑市场物价等各项工作，维护和稳定了全县安定团结的政治局面。

清剿土匪 尤溪县是民国时期土匪军阀卢兴邦的老家，是闽中地区土匪最多的县。据不完全统计，解放初期全县土匪约有5000余人。这些土匪多是国民党的残兵败将，他们不甘心灭亡的命运，相互勾结，暗中活动，藏枪支弹药和黄金，伺机进行反革命破坏活动，妄图长期与我人民政权相对抗，等待蒋匪反攻大陆，推翻新生的人民政权。

原尤溪县参议会参议长洪钟元在阻挠尤溪和平解放失败后，暗中网罗兵痞、土匪，组织了特务组织"中国闽南反共救国军尤溪城关地下纵队"。一方面派遣特务混入人民政府机关窃取情报，散布谣言，一方面积极发展反革命武装。1949年11月，洪钟元上山为匪后，又与德化匪首陈伟彬勾结，于1950年3月组建"尤溪县政府"，自任县长。而后又将割据一方、互争地盘的土匪统一编成"中国人民反共救国军闽南军区闽中纵队挺进总队"，编成4个大队。各匪大队烧掉了全县匪占区的所有土堡，伏击通信兵，围攻区公所，包围驻夏阳武工队，抢劫仓库，劫走干谷，疯狂杀害我税务人员和为我工作的保甲长，气焰十分嚣张。

在后楼一带活动的土匪，以"自新"为名，诱杀了乡农会主席和农会委员。在台溪一带活动的土匪，将傅家四兄弟和陈家父子活埋。在纪洪地区活动的土匪，组织了100多人的"纪洪自卫队"。有的匪首投诚后再度上山为匪，与台湾特务头子王调勋搭线，组建反革命武装"福建人民反共突击队第一纵队第十八支队"。一时间，地霸、匪特倾巢而动，流氓、兵痞纷纷出笼，到处烧杀抢掠、征粮派款，甚至袭击、包围我区、乡公所，残杀我干部和群众，严重威胁着人民群众的生命财产安全，妨碍了党和政府各项工作的正常开展。

据不完全统计，截至1950年8月，土匪袭击、攻击我区公所3次、乡政府2次、工作组8次；烧毁民房45座、2020间，强奸妇女246人，派款65865块银圆，派粮88.5万公斤，抢、杀耕牛166头，猪84头，抢掠棉被1200多条。我方牺牲区干部3人、积极分子12人、解放军战士4人，被害群众69人。

1950年2月，在尤溪十二都与剿匪部队三野十兵团第28军第84师250团第三营首长合影

不灭匪患，无以为安。清剿匪特是巩固新生人民政权的重要保证。县委、县政府在做好接管工作的同时，把全面剿匪作为中心任务，整顿充实县、区地方武装，配合解放军坚决剿灭土匪，稳定社会秩序。1950年3月，县委召开首次农民代表会议，部署组织农会、组织民兵，号召"一手拿锄，一手拿枪，消灭土匪，保卫家乡"。是年7月，全县有106个乡组织起农会，在农王会中组建了民兵组织。至10月，又有97个乡建立起民兵和自卫队组织，

1950年8月，尤溪剿匪指挥部领导与剿匪部队领导合影

1950年，尤溪县领导与剿匪部队领导合影

全县共有民兵4656名、自卫队员8289名。拥有步枪237支、毛瑟枪147支、土枪1323支、土炮304门。广大民兵白天带枪下田保卫生产，夜间站岗放哨设卡巡逻，堵截流窜土匪，搜捕资匪、窝匪、通匪的坏人，并搜集匪情，提供情报，积极参与和配合剿匪。

在剿匪工作中，尤溪县委、县政府坚决贯彻福建省委确定的"军事政治双管齐下"的剿匪基本方针，"争取多数、打击少数，利用矛盾、各个击破，以政治分化瓦解为主，结合军事打击"的斗争策略，和"首恶必办、胁从不问立功受奖"的政策。1950年5月，县召开第一届各界人民代表会议，组成广泛的剿匪斗争统一战线，成立了瓦解土匪工作小组，推选地方知名人士卢兴荣、詹化南等9人参加，在县委、县政府的直接领导下，向土匪开展强大的政治攻势，配合武装清剿。是年8月，县剿匪指挥部发出《告土匪官兵书》，警告土匪认清形势，放下武器，向人民投诚自首，争取从宽处理。《告土匪官兵书》极大地震慑了土匪及其亲属，不少土匪在亲属的动员下下山自新。

在中国人民解放军的大力配合下，至1951年2月，历时20个月的剿匪斗争取得了全面胜利。据统计，共歼匪3057名（其中毙匪98名、伤匪15名、俘匪767名、自新投诚2035名），缴获轻机枪6挺、冲锋枪2支、步枪485支、短枪170支、子弹5万余发。尤溪人民饱受半个多世纪的匪患从此结束。广大人民群众在剿匪斗争中受到了教育，经受了锻炼，提高了阶级觉悟，为后来开展的减租反霸斗争打下了良好基础。

减租反霸斗争　减租减息是党在新民主主义革命时期行之有效的土地政策。它减轻了农民受地主剥削的程度，提高了农民的阶级觉悟和组织程度。实行土地改革前，尤溪县委、县政府首先领导农民进行了减租斗争。新中国成立前的尤溪，多数缺地无地的农民租种地主富农和族众的公田，向土地所有者缴纳租额不等的租谷。租额确定视土地等级有"二八分成""三七分成""四六分成""五五分成"数种。农民使用自己的种子、肥料、农具辛辛苦苦劳作一年，只能得到收成的少部分，地主、富农不劳动却获得收成的大部分。遇到灾年，农民用汗水换来的粮食全部进了地主的谷仓，只能悲伤地叹息："禾割断，没米饭。"

1949年11月20日，尤溪县委召开扩大会议，决定领导农民组织起来成立农民协会，开展减租减息运动和反霸斗争。减租，当时实行的是"二五"减租，按地租原额减少25%，即每50公斤租谷减少12.5公斤；减息，即高利贷只还本，不付或少付利息。是年，全县被减租减息户1136户，谷子198.33万公斤，得益户14814户、56818人，户均减租134公斤。

反霸斗争与减租减息运动是同步进行的。因为不打击地主恶霸的嚣张气焰，许多贫雇农就不敢放手向地主恶霸要求减租减息，甚至白天从地主那儿挑回租谷，晚上又偷偷给送了回去。

1950年1月，全县开展了轰轰烈烈的斗争地主恶霸运动。受迫害受苦难的农民提高了阶级觉悟，联系自己的亲身遭遇，上台控诉长期压在他们头上作威作福的地主恶霸的罪行。一些作恶多端、民愤极大的恶霸，如一区的周维菜，三区的吴作舟、陈规山，四区的陈天佑等，受到了人民的清算。其中陈天佑被判处死刑，就地执行。在减租反霸斗争中，全县共批斗恶霸地主和不法分子458人，占地主总数的37.9%。收回被霸占农田124亩、被强收谷子372233公斤、被霸占山地11片、房屋48间、耕牛20头。得益户4063户、7158人。

通过减租反霸斗争，广大贫苦农民提高了阶级觉悟，纷纷要求参加农会、参加民兵，农会组织迅速壮大。到1951年3月，全县农会会员达4万余人，其中女会员1.3万人；在农会中发展民兵组织，有民兵7770人、自卫队员7382人。全县初步形成了"一切权力归农会"的政治形势。

镇压反革命 1950年7月21日，政务院和最高人民法院公布了《关于镇压反革命活动的指示》，10月10日，中共中央发出《关于纠正镇压反革命活动的右倾偏向的指示》，要求各级党委纠正在一段时间和一些地方存在的对反革命分子"宽大无边"的偏向，对一切继续进行反革命活动的分子予以严厉制裁。县委遵照中央指示和广大群众的强烈要求，大张旗鼓地开展了镇压反革命运动。运动中，全面贯彻"镇压与宽大相结合"，即"首恶者必办，胁从者不问，立功者受奖"的政策。在广大群众的检举揭发下，再经公安司法人员的缜密调查，对一些罪大恶极、怙恶不悛、不杀难平民愤的土匪头子、地主恶霸、反动党团骨干、特务分子、反动会道门分子，坚决予以枪决。

1950年至1952年，先后侦破"东南人民反共救国军自卫大队""中国人民反共救国军福建第一自卫大队""东南人民反共救国军闽北纵队独立大队"等反动特务组织事件，缴获大量枪支弹药、法书、法器等。其间，共庭公审118次，参加公审大会群众11万余人（次），上庭控诉反革命分子罪行的受害群众1844人（次）。

在镇反运动中，各区、乡建立了治安保卫委员会、治安保卫小组53个，有治保人员2262人。运动中涌现出的大批积极分子，成为后来各项革命工作胜利开展的中坚力量。

土地改革 尤溪县是个闭塞的山区，封建统治非常严重。1949年，占农村人口仅2.59%的地主，占有全县13.83%的耕地；而占农村人口53.36%的贫雇农，只拥有全县8.62%的耕地。贫雇农人均耕地0.37亩，地主人均耕地7.12亩，是贫雇农的19.2倍。广大贫苦农民为生存，不得不向地主租种地，租额一般高达三七分成，地主不劳而获得七成，农民辛苦一年只能得三成。1949年，全县粮食平均亩产仅86公斤。广大农民过着"地瓜当粮食，火笼当棉袄"的穷困生活。推翻沿袭千百年来的封建土地所有制，是广大农民的迫切要求。只有实现耕者有其田，让农民真正成为土地的主人，才能解放农村生产力，才能迅速恢复发展生产。

1950年6月30日，中央人民政府颁布《中华人民共和国土地改革法》，在全国掀起了大规模的土地改革运动。12月，县委召开县第四次各界人民代表会议。县委书记吴炳武在会上做了《关于土地改革的建议报告》。会后亲率工作组深入二区梅营乡进行土地改革试点，总结土地改革经验。1951年，县委先后召开党员代表会、干部会、各界人民代表会议、农民代表会，组织学习《中华人民共和国土地改革法》，使土地改革政策深入人心。

在此基础上，县委抽调2164名干部，与200名省委派来的军事政治大学学员和几十名福建人民革命大学毕业生,联合组成土地改革工作队。经过短期学习培训后,工作队分头深入基层,开展了轰轰烈烈的土地改革运动。划分阶级,分清界限,是土改分田地工作关键的一步。各乡村认真学习了《中央人民政府政务院关于划分农村阶级成分的决定》。划分阶级主要是分清界限,正确执行党在农村的阶级政策,区分谁是依靠力量、谁是专政对象,达到团结95%以上群众的目的。划分阶级时,一般以乡(即现在的村)为单位,以贫雇农为骨干,以农会为主体,吸收非农会会员的农民参加,通过本人自报、群众公议、民主评定、上级人民政府批准等环节予以评定。

根据成分划分结果,按照《中华人民共和国土地改革法》,没收了地主的土地和土改法规定的有关财产,征收了半地主式富农和祠堂、寺庙、教堂等在农村的土地及公地。没收征收后,用抽、补、调的方法,合理分配了土地、房屋、耕牛、农具和粮食。

通过土地改革,实现了真正意义上的"耕者有其田",为全县财政经济状况好转和实现农业合作化创造了条件。

山林权属改革 尤溪是个林业县。1950年前,尤溪的山林权属以村落姓氏族众公有的山林为多,占山林总面积的54.84%;乡村公共山林占29.13%;地主、半地主式富农、富农山林占5.01%;贫雇农、中农及其他劳动群众山林占9.1%。

县委根据尤溪县八山一水一分田的实际,在土地改革分田地时,同步进行了山林改革。1951年6月,在第一批土改基本结束时,县委派出工

1952年元旦,尤溪县第五区土改结束全体干部合影

作组,深入林区七尺乡进行林改试点,随后全县分两批进行:第一批53个乡,于1951年12月底完成;第二批70个乡,于1952年夏结束。

在林改工作中,根据《中华人民共和国土地改革法》和《福建省土地改革中山林处理办法》,主要采取了以下措施:一是原山主自报登记,工作组抽户检查落实;二是将自报的山林占有情况张榜公布,听取群众意见;三是依法没收征收山林;四是依法分配山林;五是各乡成立护林委员会,进行护林育林工作。

通过山林权属改革,各阶级占有山林情况发生了根本变化:地主人均0.687亩,比林改前减少了6.17亩;富农人均1.14亩,比林改前减少了0.15亩;劳动人民人均2.22亩,比林改前增加了1.53亩。

禁毒、禁赌、禁娼 同土地改革、镇反运动相配合,县委、县政府对于旧社会遗留下来的贩毒吸毒、聚众赌博、卖淫嫖娼等恶习,予以坚决的打击与查禁。

1952年6月,县委发出《关于尤溪肃清毒品流行准备工作计划的指示》,要求对全县烟毒情况进行调查收集与材料整理,为下一步的打击做好准备。6月25日,县委肃清毒品指挥部正式成立,县长李生旺任总指挥,关合义、程继枝任副指挥,委员有杨森堂、李景堂、秦进忠、茹景先、赵树德、王芳芹、王福珍7人。从公安、司法、民政、检察等部门抽调干部组成若干组,到一、二、四、五、七、十一区6个重点区进行调查,摸清了全县的烟毒情况。有吸食鸦片烟的,有以贩卖毒品为生的,一些偏僻乡村有种植罂粟的,还有走私贩毒的,禁毒形势非常严峻。县政府除采取强制和群众监督、帮助等办法严禁吸毒外,明令禁种鸦片,收缴毒品,查禁非法烟土交易,严厉打击贩毒分子;对于中毒过深、禁烟后产生软瘫症状的"烟鬼",强制施行医药戒毒。全县共查获贩运、吸食毒品案3起,缴获大烟0.6公斤,禁绝了吸食鸦片现象。

在禁毒的同时,开展了禁赌。县政府在城内严肃教育处理赌头赌棍46人,没收大量赌具,赌博现象基本禁绝。

新中国成立前夕,尤溪没有公开的妓院,但是有少数暗娼卖淫。新中国成立后，人民政府坚决打击和查禁娼妓活动，对从事卖淫的暗娼进行教育改造，安排她们从事力所能及的生产劳动，学习文化和技术，最终将她们改造成自食其力的新人。

平抑市场物价 物价关乎国计民生。尤溪解放初期，物价以市场调节为主。1950年，中央人民政府发出"整理收支、稳定物价"的指示，尤溪县政府采取整顿财税、组织物资交流会等措施，保障了生活必需品价格的稳定，同时对哄抬物价和抢购、套购粮食的不法商人予以打击。此外，对一些农副产品采取逐步缩小季节差价，直至取消季节差价等措施；适当调高了农产品价格，调低了日用工业品价格。1953年，大米价格由1951年的每50公斤8.7元上调至10.4元，龙头白布价格由1951年的每匹36.72元下调为35.2元。1951年，50公斤大米可兑换25.6尺龙头白布，1953年调为兑换33.5尺。

1953年，对粮食、食用植物油和木材实行计划价格管理。县政府规定粮食、花生等必须在指定市场集中交易，按定价购销；木材按国家统一牌价收购。是年3月开始，分期分批调整了全县商品的地区差价和批零差率。在严厉打击投机倒把的同时，定期进行物价检查，及时制止了市场物价混乱的局面。国有贸易部门掌握了粮食、棉布、食用油、食盐等有关国计民生的重要物资，通过供销合作社进行配售，避免了投机商人的中间盘剥，从而平抑了市场物价，安定了群众生活，为国民经济的恢复和经济建设的发展创造了有利条件。

五

长江支队三大队三中队坚决服从党的领导，背井离乡，舍生忘死，千里行军，进驻尤溪后，把尤溪作为自己的第二故乡，紧密团结本地干部和广大群众，顺利接管政权，圆满完成了剿匪、反霸、土改、镇反等各项政治任务，为尤溪的和平解放事业和社会主义建设做出了不可磨灭的贡献。其中潞城选派的36名南下干部（其中8人为外县籍）中，2人牺牲：王凤善1951年在尤溪被敌特杀害，王甲寅1952年在南平因公殉职。

1951年4月,长江支队十位战友在尤溪县青印溪跃进桥附近留影

16人留在尤溪县工作:吴炳武(长子籍)曾任中共尤溪县委书记,后调南平地委和福建省厅工作;李根深长期在尤溪工作,曾任尤溪县县长;郝志芳(襄垣籍)曾任尤溪县县长,后调南平地委和建阳地委工作;宋炳龙曾任尤溪县公安局秘书,后调南平市公安处工作;陈晋龙曾任尤溪县七区区委书记,后调南平地委和国家外经贸部工作;李廷俊长期在尤溪工作,曾任县人武部副部长、交通局副局长;刘双有(壶关籍)长期在尤溪工作,离休前任尤溪县工会主席;赵树德曾任尤溪县一区、二区区长及县民政科科长,后调南平行署和建阳地区工作;茹景先曾任尤溪县五区农会主席、五区区长、县政府财政科科长、县政府、县委秘书、后调南平地委工作;苗全成曾任尤溪县三区农会主席、六区区长、人武部副部长,后调南平军分区、晋江军分区工作;宋忠则曾任尤溪县人武部征集科科长,后调泰宁县工作;秦进忠曾任尤溪县二区区委书记、检察院检察长,后调福建省检察院和公安厅工作;李景堂曾任尤溪县政府民政科科长、司法科科长、法院院长、南平中级法院副院长,后调三明地区工作;王群聚曾任尤溪县区委宣传委员、专署副科长、县粮食局局长,后调中科院福建物质结构研究所工作;赵裕存曾任尤溪县区分委书记、县委秘书、科长、社长,后调南平地委工作;韩宝奋曾任南平电厂和化工厂厂长,后调任尤溪县工交部部长、手管局局长。

5人在南平市工作:魏起忠曾任南平市公安局副局长、法院副院长后调杭州工作;赵树枝在南平市顺昌县工作;李国安、王安贵在南平市工作;赵联考(平顺籍)离休前任南平专区工会组织部部长。

7人回原籍：郭珠海（曾任尤溪县区委书记）、秦存德、史荣芳、史春红、马国骏、吕七孩、段买苟调回原籍工作。

史喜福1人调河南省工作。

另有：卫守一（沁县籍）离休前在厦门大学工作；耿全保（平顺籍）生前任区武装部长；张育魁（平顺籍）1949年8月入闽后任龙岩地区建委主任以后情况不详；申苗喜、张开基（垣曲籍）情况不详。

三中队的南下干部把一切献给党，献给了尤溪人民。其艰苦奋斗、无私奉献的精神，是太行人民的骄傲与自豪，是留给后人的宝贵的精神财富，永远值得我们继承和发扬。

潞城人民、尤溪人民永远不会忘记南下干部的历史功绩。长江支队精神永放光芒！

长江支队三大队四中队南下福建回忆

王耀源　许天保　刘印波口述　林剑英整理

随着解放战争节节胜利，中共中央决定从晋冀鲁豫等老解放区调配大批干部随军南下。1949年1月，中共华北局根据党中央的指示，从太行、太岳两行政区建制中抽调出4000多名干部，准备随军南下，接管新区工作。当时，中共中央西柏坡会议已提出："打过长江去，解放全中国！"大家群情振奋，积极报名，经选调，这些干部组建成长江支队。内部组成6个地委、30个县委、105个区委，配备党、政、军各级干部。2月中旬经集中、编队，太行三地委组建为长江支队三大队。下属5个中队，我们平顺、长治县的干部编为四中队。2月下旬，

1949年2月，山西平顺县委欢送南征干部合影

1949年2月，太行三分区平顺县豆口村南征干部合影

太行各地、县抽调的340余名南下干部在武安县城集训50多天，经过一段政治、军事学习，坚定了革命到底的决心，增强了克服困难到新区工作的信心和决心。当时决定，这批干部由华东局分配，随三野渡江，预定去接管苏南。

1949年3月，长江支队三大队四中队部分队员在武安集训期间合影

1949年3月，三大队四中队（平顺县南庄村）叔侄4人在武安集训时合影

4月21日，毛主席、朱总司令发布了"向全国进军"的命令，4月24日我们从武安出发，徒步冒雨行军，向南挺进。途中不断传来"解放南京""解放太原"等胜利消息，格外振奋人心。雨天在黄泥地上行走十分困难，滑倒了爬起来，满身泥水，但大家不喊一声苦。5月3日，为了赶郑州的火车，我们还急行军65公里，到达黄河北岸的老田庵车站，上了火车，夜过郑州，转向陇海路，经开封、徐州等地，于5月5日中午到达淮河北岸。5月8日继续乘火车南下，经过明光，后沿三野八兵团进军路线，继续步行。5月12

日到达刚解放的原国民党首都南京。大家情绪激动，深感伟大胜利来之不易。5月20日，我们到达苏州，在城外待命整训。5月27日，陈毅司令员指挥三野解放了大上海，听到这个消息，我们群情振奋，革命热情高涨。6月19日党中央批准，由张鼎丞为书记的中共福建省委及省政府在苏州组成，按建省当时旧行政区8个专区64个县4个市部署建立专

三大队四中队队员在南京"总统府"前留影

区级和县市级组织，这就需要大量干部，中央批准了张鼎丞将长江支队4000多名干部分配到福建的建议。而当时我们经过长途跋涉，过度劳累，体质下降，还不适应江南的气候和生活习惯，不少人病了。听说要进军福建，有的人思想波动，对福建山区交通不便、雨水多、蚊虫毒蛇多、容易生病早有所闻。正在这时，张鼎丞来支队驻地做动员报告。使支队上下坚定了解放福建、建设福建的信心和决心，大家都说：从苏南"上有天堂，下有苏杭"的好地方换到山多地穷的福建是一次考验。但革命者应当以解放劳苦大众为任，以四海为家，服从革命需要。

7月13日，长江支队从苏州步行出发，冒酷暑进军福建，长途跋涉，历尽艰险。在江西江山县的兴塘边，正值三伏天，气温高达三十八九摄氏度，天气热得使人喘不过气来，不少同志病倒，而进入福建要翻越几座大山，还有相当艰苦的路程，为减轻酷暑行军的负重，每人背包不超过15斤。进入福建这段路，山高林密，不少同志鞋穿破了，就用布条或稻草打草鞋穿，许多同志还忍痛带病跟上队伍，经5天急行军，8月1日抵浦城。5日胜利到达建瓯县城，与长期坚持游击战争的地方同志会师。8月13日，我们四中队一行80多人分乘敞篷车，由黄辰禹等带领到达最终目的古田县城。从汾岸边抵

达山区县城，我们总征程长达3000公里，历时7个月，路经山西、河北、河南、安徽、江苏、浙江、江西、福建8省63县，翻过中条山、太岳山、仙霞岭、武夷山等大山脉，跨过黄河、沁河、漳河、卫水、淮河、长江、钱塘江、江等大小山川河流，穿过河北、河南、安徽、江苏、浙江五大平原。出发时的北国初春还是冰天雪地，风刺骨，可到了南方福建却是骄阳似火、热浪难当的炎夏。在这样大跨度的行军中，由于铁路、公路被破坏，只有几段路可以坐煤车、敞篷车、闷罐车、木炭车，其他路程绝大部分是靠两条腿行走。为了赶路，还得起早摸黑，在南京、嘉兴、建阳、建瓯还遭敌机的空袭，不时遇到国民党特务、散兵游勇、土匪的骚扰、袭击，并且气候反差大，水土不服，但同志们仍以顽强的意志随军南下，奔赴新的岗位。

到达古田后，我们即与古田地方同志叶明根、郑荣堂、郑向中等在旧城二保堂会师，互相介绍情况，共商大计，并且由上级统一调配，充实了县、区领导班子，蔡竞（和顺籍）任县委书记，卢士辉（广东佛山人）任县长，张育魁（平顺籍）任组织部部长，赵苏健（武乡籍）任宣传部部长，李新文（壶关籍）任县委常委，牛天福（壶关籍）任公安局局长，傅德义（黎城籍）任县大队副教导员；各区区委书记、区委分别是：一区路堂锁（潞城籍）、李荣生，二区刘毅（平顺籍）、秦海保（平顺籍），三区张成好（长治籍）、郭泉发，四区王义科（平顺籍）、叶金水，五区牛进财（平顺籍）、王月孩（平顺籍），六区王进（平顺籍）、李成玉（平顺籍），七区关麒麟（平顺籍）、张健（平顺籍）。1950年6月成立八区，书记叶宗游，1951年张马龙（平顺籍）继任。

当时古田刚解放，群众尚未发动，情况复杂，人地两生，语言不通。而当务之急一是征粮支前，支援解放福州；二是剿匪反霸，恢复发展生产；三是建立农会和民兵组织，培养农村干部。为此，我们与地方同志团结一致，以满腔热情分赴各区开展工作。为支援解放军挺进福州和闽南，我们克服了当时粮食、物资少的困难，县里成立支前委员会，7个区各成立支前供应站筹备206万公斤公粮和充足的柴片马草，接待过境军队。动员组织民工5000

三大队四中队在古田接管政权后,政府工作人员在古田旧城县政府大院合影

多人,肩挑粮食随军远送福州,受到省委书记张鼎丞的表扬。在积极做好支前工作的同时,我们还在剿匪主力部队的支援下,开展剿匪斗争。1950年2月12日,匪首黄直云、黄炳午纠集土匪200多人武装进攻杉洋,当时设在鹤塘的七区区委书记关麒麟率武装班4人和工作组成员3人,在敌众我寡、力量悬殊的情况下,驻守杉洋村公所,部署守卫,坚持斗争2天2夜,匪徒硬攻不成,改为火攻。为了保护杉洋群众和国家百万斤粮食的粮库,关麒麟等人毅然挺身而出,关麒麟、刘学孔、孟连珠、赵克俊4名南下干部及程际村主任余养强被杀害。面对严峻的匪患,2月15日,由县长任总指挥、县委书记任政委的县剿匪指挥部成立,组织地方武装、公安武装、公安干警、民兵、地方自卫队等配合解放军95师剿匪部队,开始大规模剿匪。1951年初,解放军82师246团接防,全县军、警、民全面动员,经过2个多月的军事围剿,黄直云、黄炳午等10多个匪首先后落网,大股土匪均被剿灭。共歼灭和瓦解土匪1200余人,缴获各种土炮30门、机枪18挺、长短枪810支及长矛、大

1955年4月,古田县九区工作同志合影

刀、子弹和一大批军需民用物资。至1951年底,境内各股土匪均被消灭。我们在古田这块热土上,亲历了剿匪、反霸、镇反、民主建政、土改、恢复经济、发展生产等各项社会主义革命和建设,直到党的十一届三中全会后,又经历了以经济建设为中心的改革开放的各方面工作,做出了应有的贡献。60多年来的火热斗争,我们与古田人民同呼吸、共命运,建立了深厚的感情和血肉联系,共同经受创业的艰辛,一起饱享胜利的欢乐。古田已成为我们的第二故乡,我们对古田的山山水水、朴实的人民一往情深。这里记载着我们的青春、信念和理想,凝聚着我们的血汗、智慧和忠诚。在60个春秋岁月中,一些同志为人民流血牺牲、一些同志也先后逝世、一些同志调往外地,他们永远为古田人民所怀念。如今健在的同志都已离休,安度晚年,即使年逾古稀,但还在关心着党和人民的事业,还在通过各种方式发挥余热。我们的一生,无私奉献给了古田人民,我们为此而感到自豪和欣慰。

(山西省平顺县政协提供)

长江支队三大队五中队南下入闽记

苏 里 李增福 山西省壶关县政协

1949年，中国革命进入了新的阶段。为了彻底摧毁国民党反动统治，夺取全国胜利，党中央、毛主席发出了"打过长江去，解放全中国"的伟大号召。壶关县委根据党中央选调干部、随军南下的指示，采用"党政为主、配套出征"的办法，抽调了大批干部，与长治县抽调的干部一道，编入了中国人民解放军长江支队第三大队第五中队。

壶关出发

1949年元旦，壶关县委书记李森同志在全县干部大会上做动员，阐明出

1949年1月，壶关县欢送南征干部全体合影

师南下的伟大意义和"打过长江去，解放全中国"的光荣任务。全县干部争先恐后报名。经上级党委审查批准，将县委、县政府班子一分为二，一套留任壶关坚持工作，另一套以李森、杜继周（县长）等五人组成县委领导班子，另配从县政府科长直至区长的全套班子，共选调干部71人待命南下。1949年2月15日，县委召开了"壶关县欢送南征干部大会"。2月16日，选调干部在新组成的南下县委领导班子的带领下，遵照上级的指示，从壶关起程，坚定地迈出了南征路上的第一步。

1949年1月，壶关县公安局欢送南下干部留影纪念

1949年2月，壶关县武委会南征干部合影

长江支队在闽北

长治集中

太行区地委所辖6个县市，共抽调南下干部340人，他们首先统一到太行区地委所在地长治集中。在长治停留期间，做了两件事：

一是将全区抽调的干部进行编组。把6个县市抽调的干部组成3套县委和政府架子。壶关和长治县的干部组成一套班子，内有县委委员5人，县委书记李森，县长杜继周，组织部部长鲍志学，宣传部部长苏里，公安局局长李晋湘，还有县武委会主任吕文龙、县农会主席王九松。壶关、长治两县共抽干部98人，加上勤杂人员共104人。

二是组织干部学习文件，明确任务。地委书记任雷远、宣传部部长贾俊分别向干部做了形势报告，阐明了南下的重要意义和任务，以及南下的有利条件和困难。经过6天的学习讨论，大家明确了任务，坚定了信心。2月20日地委召开欢送大会，苏里同志代表南下干部在会上表了态。2月24日，全体同志离开长治，经过三天行军，2月27日早上顺利到达太行区指定的集中地点——河北省武安县。

武安整训

武安是太行六地委所在地，到武安集中的有太行、太岳两个区党委抽调的南下干部4000多人，统编为6个大队（即6个地委的架子）和30个中队（县架子）。太行三地委抽调的南下干部编为第三大队，壶关干部编在大队五中队。对外名称为"中国人民解放军长江支队"。支队党委书记冷楚，支队长刘裕民，第三大队党委书记贾久民，大队长侯国英，组织部部长陈玉山，宣传部部长刘健夫，公安处长赵仲田。

在武安50天集训学习期间，听了三次冷楚同志的报告。此外，还听了第三大队贾久民书记所作的《关于城市政策》的报告；侯国英专员所作的《关于财政经济工作》的报告；刘健夫同志所作的《关于知识分子、文化教育政策》的报告；赵仲田所作的《对蒋伪人员中国民党三青团政策》的报告等，较全面系统地学习了进入新区工作的方针政策。集中学习期间，完全是军事化生活，每人发一套二野的粗布军装和单人小蚊帐，并佩有解放军胸章。集训期间，实行军事化管理，学军事、上早操，上街要遵守军人风纪。卫生队队长还讲解了行军中需要注意的卫生常识及注意事项。

3月15日，地委领导亲自检查了五中队的生活纪律，并批示："看了你们五中队的生活纪律，感到你们的思想工作和军事生活管理，都搞得较好，今后要进一步抓好，及时掌握干部的思想变化，实行分工负责。地委要了解区主干的思想，县委要系统地了解全队干部的思想。要加把劲，把干部思想工作和军事生活管理做得更好，保证完成南征任务。"

4月19日，支队召开小队长以上干部会议，宣布南下进军的训令。训令规定："各级领导必须以严肃认真的态度，以高度负责的精神，做好每个人的思想工作，建立严格的军事化制度，即外出必须请假，不准无故外出，要严整军风军纪，要衣冠整洁、行动整齐；进入城市，按小队住房，不准随地大小便；上下车必须遵守时间，按时到达；所有同志自带的黄金和银币，不准乱用，使用时要到支队供给部兑换。并强调，进入新区必须遵守三大纪律八项注意，要爱护公共财物。"

紧急行军

1949年4月21日，毛主席、朱总司令发布《向全国进军的命令》。从此人民解放军开始了向江南和西北广大地区规模空前的全面大进军，4月23日南京解放。4月25日，长江支队奉命南下，从武安出发，开始在华北大平原上急行军。4月28日至5月2日，队伍经汤县、汲县，绕过安阳、新乡两个敌军据点。于5月3日晚，到达距新乡城10公里的东原风村宿营。5月4日，急行60公里，于当天下午5时左右赶到黄河北岸的老田庵车站，是夜10点钟，部队乘车南下。5月5日早晨，到达郑州车站。在列车上，领导传达了上级命令："随军的目的地是京、沪、杭。"5月6日，队伍到达安徽的蚌埠市，因淮河铁桥被敌军炸毁，只能到达河西岸，后步行进入市区。5月8日，便乘运煤列车到了明光镇。5月9日，部队从明光镇出发，经滁县、乌义镇等地。经过4天步行，12日下午到达浦口乘轮船过长江，进入南京。

南京休整

5月12日晚，队伍到达南京，宿营在下关车站的一个仓库里。5月13日，敌机在南京狂轰滥炸，目标集中在车站、仓库和军舰。5月15日，为了安全，南京军管会将长江支队移往原蒋军的空军司令部住宿。

南京休整10天，一方面检查行军中党纪、军纪、群纪，一方面学习市容管会的四条命令：不准到戏院看戏，不准到娱乐场所，不准进妓院，不准自由外出。部队以小队为单位过了三次组织生活会，对照检查，开展批评与自我批评。在南京期间，宋任穷、彭涛同志分别前来看望他们，大家深为感动。

休整中三中队根据大队部的通知，全队同志重新学习了党的城市政策、新区政策和知识分子政策。休整过程中同志们还参观了中山陵、"总统府"、雨花台等名胜很受教育。5月23日，大队部传达了继续南进的命令，当日下午6时乘火车前往苏州。

苏州待命

5月24日，队伍到达苏州后，住在国民党原陆军监狱。由于南下路途远、时间长，赶不上敌人败逃的速度，原分配的苏南地区，已经由其他地区的干部接管。24日下午，为庆祝渡江南下行军胜利，在苏州以中队为单位召开了欢庆会，由队员们自拉、自唱、自演。25日，上海解放。当天下午，县委书记李森同志传达支队通知:"继续南进,进军福建,待命出发。"大家纷纷找地图、查情况。据说,福建山高路窄,天无三日晴,路无三尺平。还有"三多"即老虎多、老蛇多、蚊虫多。再加上土匪、大刀会等。不少同志对进入福建顾虑重重,怕天气炎热,怕环境恶劣,怕生活艰苦,怕离家太远。总之,对继续南下有抵触情绪。这是部队南下以来引起的一次思想大波动。29日,全队集中。大队政委(地委书记)贾久民同志做了再次南下的动员报告。要求大家要服从革命需要,将革命进行到底。

6月3日,在队干部大会上,李森同志做了学习小结。12日,张鼎丞主席向支队干部作了《关于当前形势和我们的任务》的报告。7月1日,以大队为单位召开了党诞生28周年纪念会。大队政委贾久民作了报告,指出:坚决遵照毛主席的指示,进军福建,解放福建,决不辜负党的希望,以进军福建的实际行动,纪念党的生日。

进军福建

7月13日,南下十兵团从苏州出发,向福建进军。7月15日,队伍沿着太湖穿过稻田,步行到了浙江嘉兴,又乘坐载运货的火车,经杭州、金华,于第二天下午到达靠近福建的贺村车站。

当火车快到江山的时候,突遭敌机袭击,江山车站被炸毁。部队乘坐的列车也遭到射击,由于停车快,又停在山边,同志们便迅速下车,分散隐蔽之后,又急行军约5公里到塘板村宿营,并在那里休整了六七天,待命入闽,为准备武装进军福建,大队部给中队发了50支步枪,分给每个小队平均每两人有一支枪,为做到彻底轻装,每人行李不超过15斤,只带两套换洗的衣服、一双鞋子、一床被单和蚊帐,余下的东西给体弱多病的同志携带转移到江西上饶,由崇安老区进入福建。

7月28日,队伍从塘板村出发,五中队作为大队的前锋,一直保持战斗状态。在大山沟里行军4天,途经浙江峡口镇、二十八都,第五天越过仙霞岭,

8月1日进入福建境内的第一个县城——浦城。

在浦城休整了三天，中队组织申增甫、李增福等几位同志进行社会调查。浦城县于5月13日由二野的先头部队解放。虽已解放两个月，但因土匪造谣惑众，致使人心惶惶，再加上言语不通，我们开展工作就更加困难。好不容易才找到一位讲普通话的老乡，在交谈中了解到城里解放了，乡下还是国民党的残兵和土匪势力在活动。他们不让群众把粮草送给解放军，群众顾虑今天的解放还和过去的红军一样，待不了几天就要走。通过调查感到进入新区，首先要开展宣传工作，清剿土匪，才能稳定人心，才能做好征粮支前等项工作。

8月5日，部队乘运货的汽车从浦城到达建瓯。建瓯是5月13日解放的，敌机仍不断来轰炸，同志们住在磨盘街，每天到城东天王庙去防空。8月11日，在建瓯大戏院召开了南下干部和坚持地下斗争干部的会师大会。省委、省政府领导张鼎丞、叶飞、韦国清、方毅、陈辛仁、梁国斌到会并作报告。主要内容是：搞好接管工作，发动群众支援前线，剿匪反霸、打击坏人，稳定人心，保证支前胜利。接着曾镜冰、刘培善等领导讲话，会师大会充满了团结友爱的热烈气氛。12日，大队被分配在南平地区。南平地区共9个县，有5个县在5月中旬由二野五十一师解放，有4个县仍为地霸土匪所盘踞。大队五个中队分别分配在南平县、沙县、尤溪县、古田县、顺昌县。13日五中队离开建瓯，步行两天，14日到达南平，住在原剑津中学。

1949年，洋口剿匪留影

顺昌接任

1949年8月17日,同志们乘汽船抵达洋口镇。当天福州解放。当时南平至洋口一路土匪很多,经常在沙溪口、峡阳一带森林里袭击过往的解放军。地委领导要求武装行军,随时警惕土匪袭击。由于全副武装,土匪以为是大部队行动,所以不敢轻举妄动。8月18日,全体同志徒步行军,胜利到达顺昌县城,住在旧县城政府几间大房子里,集体睡在地板上,等待会师和分配工作。

1949年,南下干部接管顺昌县旧政府时的留影

顺昌县是1949年6月23日正式解放的,坚持地下斗争的同志已接管了国民党县政府。由于乡下土匪、特务和大刀会活动猖獗,人民政府只坚守在城关、洋口两地工作。

8月26日,召开了会师大会。会师以后,经省、地委批准,又组成了新

1950年10月,顺昌县人民政府全体干部合影

的领导班子。

县委书记李森（五中队政委，陵川籍）；

县委副书记暨文海（原地下工作同志）；

县委宣传部部长苏里（长治籍）；

县委组织部副部长吕文龙（壶关籍）；

县长杜继周（壶关籍）；

县大队副大队长陈维新（原地下工作同志）；

公安局局长李晋湘（榆社籍）；

公安局副局长李光耀（原地下工作同志）；

县委秘书申增甫（壶关籍）：

县政府秘书王志献（黎城籍）；

县农会主席王九松（壶关籍）：

县财粮科科长马鸣珂（潞城籍）；

税务处主任张崇阁（山东掖县籍）；

县银行办事处主任刘兴旺（平顺籍）；

县民政科科长路元存（壶关籍）；

县建设科科长侯仁礼（壶关籍）。

1951年10月，顺昌县各机关干部欢送二八八团土改队留影

另外组成五个区架子即：

一区（城关）书记董森木（长治籍），区长杨春生（壶关籍）；二区（洋口）书记赵布礼（壶关籍），区长梁财富（壶关籍）；三区（大干）书记李增福（河南林州籍），区长徐松根（壶关籍）；四区（元坑）书记段守城（壶关籍），区长李万珍（原地下工作同志）；五区（仁寿）书记张双喜（壶关籍），区长秦来胜（壶关籍）。

根据省地部署，迅速投入大宣传，发动群众，剿匪征粮和支前工作。领导群众巩固抗日成果，巩固新政权。

总之，五中队和大队同志一道，积极响应党中央、毛主席号召，随军南征，下太行，过黄河，从江北到江南，经苏杭，进福建，行军7个月，行程3000余公里，经受了种种严峻考验，终于胜利完成了南征任务，光荣地走上了新的工作岗位。

献身顺昌

五中队全体同志，经过风雨同舟，并肩战斗，进入顺昌后，积极开展工作。他们为摧毁旧政权、建设新顺昌，付出了极大代价和牺牲。李双喜同志为人民剿匪而英勇牺牲；王根书同志为抢救国家财产，在与洪水搏斗中献出了自己年轻而宝贵的生命，国务院授予其"烈士"称号；李森同志为了顺昌人民土改翻身、抗美援朝在日夜操劳中不慎触电身亡；申增甫、李增福、王九松、杨春生、赵沧海……他们为顺昌、南平市等地的解放和建设事业，呕心沥血，忘我工作，终因积劳成疾，先后去世。赵布礼、申增甫等同志直到生命垂危之际，还关心着顺昌的建设。他们这种全心全意为人民服务的英勇献身精神，永远是人民学习的榜样。他们的光辉业绩，将永载史册。

长江支队在闽北

回忆建瓯地区的剿匪斗争

侯林舟　赵　毅　郭亮如

　　1949年8月，建瓯专区（1950年9月改为建阳专区）各县虽然解放数月，但是，国民党原乡、保、甲基层政权尚未改造，由于敌人的欺骗宣传，人民群众不太了解我们，形势依然十分严峻。福州、厦门、闽南沿海尚待解放，支援前线任务十分繁重，社会秩序混乱，物价暴涨，财政收入极度困难。当年冬天，闽北的气温零度左右，而我们政府工作人员无棉衣可发，只得从敌人遗留的仓库中，拣旧棉衣御寒。每天发的标准菜金赶不上物价上涨，能吃到豆腐就算改善生活了。城镇基础设施几乎是零，有40000多人口的建瓯县城是闽北的政治、文化、交通中心，但实际是道路不平，电灯不明，电话不灵，卫生条件极差，瘟疫流行，患血吸虫病和疟疾病的人到处可见。农民处在贫病交加，饥寒交迫之中。国民党的残渣余孽、散兵游勇和封建迷信组织、恶霸、地主、土匪，横行乡里，骚扰破坏，杀人放火，无恶不作。南下干部人地两生，语言不通，许多人都患过疟疾，在这样困难的情况下，同志们坚持深入农村访贫问苦发动群众，组织开展支前剿匪工作。

　　各县领导班子到任，与地方同志会合后，面临的首要任务是做好支前工作，坚决响应张鼎丞同志提出的"吃饱饭，打胜仗"的号召，为解放全福建做出贡献。在土匪横行的情况下，征粮筹款十分困难，支援前线要付出很大代价。建瓯县一区财粮助理员常全同志和武工队17人，前往阳泽乡北通村进行征粮时，路上被土匪伏击，常全等14位同志壮烈牺牲。此类事件，各县不同程度都有发生。就是在这样困难的情况下，闽北人民为了支援福州、闽南沿海的解放，全力以赴，尽最大的努力，成百成千的民工肩挑船运，把一批批军用物资运往闽江下游，其中有军械炮弹，有粮油、柴草等。建溪、富屯溪上的大小船只接连不断，源源驶向下游；公路上的民工肩挑背扛，经建瓯筹岭运往古田，供应前线十几万大军所需和福州市民的日常生活所需。建瓯专区9个县征集粮食达五千多万公斤。建阳县1949年底1950年初，组织700名民工、300条船，将600万公斤粮食，100万公斤架草运往指定地点，供应军需。军队向前进，粮草随后跟，福州和闽南的解放，是解放军的功劳，也和先解放了的闽北人民无私大力支援分不开。当时，一面支援前线作战，一面进行剿匪。土匪活动非常猖獗，邵武县城曾两次被土匪骚扰，第三次被大刀会暴徒3000余人包围了三天三夜，割断通往地委机关和外地电话线，截堵县城周围的道路桥梁，直向县城进攻。县剿匪指挥部掌握的武装力量连同南下干部在内不满200人，在敌众我寡的危急情况下，县剿匪指挥部的领导同志沉着指挥，南下干部和地方同志团结一致，共同对敌，坚持了三天三夜。地委组织部部长肖文玉同志带领的解放军终于赶到，内外夹击，一举粉碎了土匪的围攻。土匪的破坏，使我们遭受不少损失。据建瓯县的档案材料记载：新中国成立后的一年时间里，土匪杀害我们的军人、干部以及群众381人，其中：地方干部24人，军人90人，群众267人。为了清剿土匪，巩固新生的人民政权，维护社会秩序，在省委统一领导、十兵团副政委刘培善指挥下，解放军整师、整团、整营地开进闽北各县与当地军民紧密配合，共同剿匪。在强大的军事围剿、政治攻势下，使一度横行的土匪土崩瓦解。据浦城县材料记载，1950年的1个月里，生俘土匪1500余人。建瓯县歼灭土匪3768人，并缴获步枪1148支，还有小炮、机枪等。在剿匪中，南下干部、地方干部、地方部队同志并肩战斗，出生入死，赴汤蹈火，冲锋陷阵，勇敢杀敌，一些南下干部在剿匪中光荣牺牲。到1951年上半年，闽北土匪已基本消灭，安定了社会秩序，为全区进行土地改革和政权建设创造了条件。

（摘自《中国人民解放军长江支队二大队回忆录》，编者略有删减）

回忆关麒麟等四位同志牺牲的情况

许天保　王耀源

中国人民解放军长江支队第三大队第四中队由平顺和长治两个县的105名干部组成，经过5个月的长途跋涉，途径8省63县，总行程4000多公里，于1949年8月15日到达福建省古田县。

这105人中的78名同志被分配到古田县工作，其余干部留在南平地委。被留在古田县的同志，经上级党组织安排，这些人分别担任古田县委及下属各个区委的领导干部，建立基层人民政权。

古田县是1949年6月14日解放的。解放军主力部队已继续南下去解放福州、厦门，古田剩余的武装力量，除一个县大队外，各区还有由10人组成的武装班。当时全县境内有大小土匪11股1200多人。其中盘踞在第七区（大东）杉洋、大甲、鹤塘、卓洋等地的黄杰云、黄炳午两股土匪有430多人，号称千余人。他们与国民党残余武装、潜伏的特务相勾结，进行颠覆破坏活动，到处残害干部、群众，抢劫财产，严重威胁着新生的人民政权和人民生命财产安全。

1949年农历十一月，已近年关时节，土匪头目黄杰云、黄炳午，派人送信到杉洋的商店，扬言要勒索3000银圆，并威胁如不按期交钱就要把杉洋人杀光，村庄烧光。

杉洋农会干部获悉后，向第七区区委书记关麒麟（28岁）报告，关麒麟立即召开区委会议研究对策，并向古田县委报告。同时区武装班林宏宇、李张德、阮周铨、李叶富4人赶到杉洋与工作组配合保卫国家粮库。

到了12月下旬，勒索不到钱财和物资的黄杰云、黄炳午又扬言要武装占领杉洋，在杉洋过年，并要把杉洋全村人杀光，村庄烧光。获悉这一消息后，区委书记关麒麟立即从区委所在地鹤塘赶到杉洋，并调区委宣传委员孟连珠（23岁）、区委组织委员刘学孔（23岁）、区委农会干部赵克俊（21岁）3位南下干部以及本地干部余养素、黄数意、曾树启等同志到杉洋研究对策，农历十二月二十六日，黄杰云、黄炳午等土匪420多人分别占领杉洋四方山头，正在山上砍柴的农会委员李振朝发现情况后迅速赶回村里报告，村干部李康祥、余养炽、余理民立即将这一情况告知关麒麟。村干部为了区委干部的安全，劝关麒麟和区委干部从杉洋撤退回鹤塘区公所。面对严重的匪情和敌我过分悬殊的力量，关麒麟坚定地对在场的干部和武装班战士们说："我们一个都不能撤回（鹤塘），一是区上没有通知，二是国家上百万斤的粮食需要保护，三是杉洋人民的生命财产更需要我们保护。"他对杉洋的几位干部说，"你们平时工作积极，土匪又熟悉你们的情况，你们将重要文件随身带上，去区里（鹤塘）过年。"大家听完关麒麟书记的话，都坚决不走，在关麒麟指挥下，把住处搬进墙壁坚固、易守难攻的余泽丙家，并交代余养炽写一封信，派余泽银送往鹤塘区委，让区里做好应急准备。然后关麒麟下令关闭杉洋八个城门，分工把守。

不料，就在关麒麟等吃饭时，潜入杉洋做内应的土匪李德包、李持书等人趁机打开城门，土匪从四面八方冲进杉洋村，包围并攻打他们的住所余泽丙家，到晚间十时许，古田县委接到告急文后，立即命令县大队增援，县大队教导员傅德义立即派大队参谋刘步魁带一连战士赶赴杉洋。古田离杉洋80多公里，当部队到达离杉洋2公里的马鞍亭时，已是半夜，由于天黑情况不明，敌我力量悬殊，刘步魁没有带领部队正面冲进杉洋，而是下令部队先占领马鞍亭周围山头，用机枪连续扫射，打一阵机枪后，刘步魁就率领部队向溪边村方向移动，准备从溪边方向下山占领杉洋的上院，再进攻杉洋。听到城外机枪声大响，关麒麟就在余泽丙家的三层屋顶向土匪喊话："我们的援兵来了，你们走投无路了。"土匪听到机枪声，开始逃跑，不料逃到门外机枪声又不响了，他们就再次组织围攻。这样坚持了两天两夜，一直到农历十二月二十八日，由于敌我力量悬殊，子弹也打完了，他们被围困在余泽丙家里。外面的土匪逼迫杉洋下庄村的彭铭庆（其弟是武装班战士）的父母和杉洋的群众喊话：关书记你们不要再打了，

古田县沙洋村

开门出来吧，你们不出来，土匪就要烧毁杉洋全部房屋，还有人喊"儿子啊，不要再打了，黄先生（土匪）是好人，不会亏待你们，快开门出来"。土匪一边强迫乡亲们喊话，一边点火烧毁杉洋的一条街（今供销社所在地）的房子。面对熊熊燃烧的大火和哭喊的父老乡亲，为了保护杉洋人民的生命财产安全和国家粮库不被烧毁，关麒麟与五位区干部、七位区中队战士一起被土匪带到他们设在余泽爱家的临时指挥所，二十九日凌晨时分，关麒麟等五人被土匪捆绑带走，经宝桥、茶洋到达洪湾，土匪在洪湾燃起一大堆火，并将刘学孔、孟连珠推入火中，二人拼死反抗欲跳崖逃生，被土匪当场开枪杀害。关麒麟、赵克俊、余养强被土匪押到廖厝（今卓洋的一乡），被土匪活埋于廖厝的后门山，面对凶残的土匪，在临牺牲前，关麒麟面不改色，高喊："共产党是杀不尽的，我敢南下，来福建干革命，就不怕死"，最后高呼口号："共产党万岁"，壮烈牺牲。

29日清晨五点，区里派来救援的刘步魁率领部队从上院方向打进杉洋村时，土匪已抢走关麒麟等人。南下古田县鹤塘区委的4人平顺籍的干部都被杀害，把本地干部全部放了。

杉洋事件发生的第四天后，古田县委在旧城三保教堂，召开了关麒麟等同志追悼会，县直机关和各区代表共有200多人参加追悼会，县委书记蔡竞致悼词。参加当年追悼会的有傅德义、范彬、刘毅等（现都在福州）、刘锦昌（南平市民政局原副局长，当时任第七区区委员）等人。

关麒麟等人牺牲后，第七区区委派人将五位干部安葬，除余养强同志是本地人，由家属负责安葬外，其余四位平顺籍同志的棺材，被临时安放在七区区委所在地鹤塘镇政府对面山上。

大概是1953年秋，关麒麟等人的亲属从山西省平顺县来到古田，时任七区区委书记王耀源带领他们到鹤塘供销社购买了白布和四只藤制手提箱，再到停棺的地方，打开棺材用白布分别包裹好他们的遗骨，放入藤箱中，带回山西平顺老家安葬。

后来在申报追认关麒麟等5位同志为革命烈士过程中，由于当年复杂的政治原因，他们还曾被定为叛徒。1984年杉洋村干部群众曾呼吁县委落实并要给关麒麟等人平反，并评为先烈。

顺昌匪特围攻元坑区公所纪实

吕文龙

新中国成立初期，蒋军的残兵和特务在顺昌的一些乡村活动频繁，到处打家劫舍，杀害群众，妄图推翻我新生的人民政权。军统特务分子全璋琳组织了"闽浙赣特击司令部"，企图东山再起，同时还有其他特务分子架设电台，与台湾特务机关联系。被敌特所操纵的大刀会与土匪的数量相当庞大，约有千人，严重破坏社会治安。当时，各级党委把剿匪作为首要任务，组织地方武装和民兵开展剿匪斗争，不断取得胜利。

探敌情深入谟武乡　寡敌众受困肖家祠

1950年5月间，县委派我到元坑区帮助进行剿匪工作，5月27日下午，我和元坑区委组织委员郭根友率领6名区中队战士，到离区公所3.75公里的谟武乡，了解该乡附近的匪情。根据事前情报，离谟武10公里的山上，有蒋军闽北特击司令王石均部在活动，同时也知道这个乡的乡长郑兰腾和这股匪徒的关系。当晚乡长郑兰腾向我建议召开群众大会，我答应了。郑兰腾很快把群众召集起来，表现格外积极。会上，郑悄悄对我说："已派三个人去侦察匪情，要等三个钟头才能回来。"要我们在会议结束后在那里等回音。我问郑派谁去，怎样进行侦察，为什么知道三个钟头后才能回来？郑言语支吾，神色失常，一时回答不上，这情况引起我的警惕。因为谟武人生地疏，我们人手太少，郑又不可靠，如果遭土匪暗算，势必吃亏。估计到这些不利情况，我觉得不可久留，于是写了一张条子交给正在群众大会上讲话的郭委员，郭看了条子后，很快地结束会议，我们几个立即回到区公所，到达区公所时已是深夜 11 点。我告诉区中队战士回去后（区中队住在教堂）要加强警戒，布置好岗哨，发现敌情速来报告，若无法联系则朝空鸣枪为号。交代后，我即与区委书记段守城、组织委员郭根友一起分析研究当晚情况。我们三人一致认为：元坑的恶霸地主肖理文和蛟溪的大刀会有来往，又和王石均部的吴兴生、梁隆贵等股匪有联系，这些家伙如果勾结一起，很有可能要来围攻元坑。因此，开完会后大家就把区公所详细地巡视一番，把大门闭紧。返回宿舍，我躺在硬床上辗转反侧睡不着觉，还在考虑如何对这股土匪进行军事围剿和政治瓦解。

不出所料，当晚郑兰腾引来的土匪在谟武扑了空，便跟踪到元坑。恶霸地主肖理文也纠合大刀会匪徒，用白布做成"不服军"符号为内应，把区公所和区中队驻地分别包围起来。凌晨两点半，我听见附近传来狗吠声，立刻披衣起床，走到天井侧耳细听，又从大门缝往外探望，只见外面一片漆黑，没有什么动静。停了一会，我回到房间，再次全神贯注地辨析着周围每一细微的响动。近四点半，远处隐约传来枪声，大家不约而同地一跃而起，齐集在大厅上。我嘱咐大家别声张，一起悄悄地窥探着大门外，仍没发现什么。

元坑区公所战斗旧址（肖氏宗祠）

可是，还不到一袋烟的工夫，远处的枪声越来越密，好像响在区中队驻地上空。因为没有掌握真实情况，我叫大家做好战斗准备，并分配好每个人的守卫地点。

区公所原是肖家祠堂，周围土墙已有部分破损，敌人容易爬进来。当时的守卫分工是：我和郭委员守看三面围墙；段区委守大门；右边的小门、屋顶由王保荣监视。我们4个人只有3支步枪、1支驳壳枪、200多发子弹和9枚手榴弹。其余7个干部都无武器，只能在各处协助防守。

干部中，我们对区公所文书廖帮麒不放心，他作风不正派，和肖理文有勾结，行动可疑。区委布置县下乡干部暗中监视，以防廖乘机破坏。准备就绪，我向空中开了两枪跟区中队联系。枪声一响，大门外射来一梭子弹，顿时"缴枪不杀，缴枪不杀"的喊声四起。匪司令王石均带领的第八大队吴兴生部和梁隆贵大刀会匪徒，把区公所团团包围起来，大门和右侧小门都被敌人封锁住，枪弹像密雨般射来，在人们头顶飕飕地呼啸而过。

手榴弹炸退越墙匪　阴沟水浇灭门上火

敌人开始爬墙了，几十个人的上半身露在墙上，枪往下扫射，紧靠墙根的郭根友同志，摸出手榴弹，左两枚、右两枚扔过去，匪徒号叫着退了下去。

区公所的枪支弹药不多，没有正规军，敌人是知道的，他们满以为可以轻易取胜，但频频飞出的手榴弹使敌人迷惑不解，不敢再贸然越墙，只在墙外放空枪。

四周的枪声一阵比一阵激烈，敌人妄想用疯狂的火力迫使我们投降。电线被切断无法同县里联系，胜负关键决定在几个南下干部身上。我深知战友们都是久经考验的忠诚战士。段书记和郭委员都是1938年加入部队的有丰富武装斗争经验；王保荣也是个胆大心细，勇于战斗的小伙子。但是参加工作不久的新干部没有战斗经验，从未经受战争锻炼。我和段守城同志不断给大家鼓气，一次又一次对大家说："我们都是共产党员，是革命干部，要坚决战斗下去。对敌人不能抱任何妄想！"

敌人在墙外狂叫："缴枪吧，缴枪就保你们性命，缴枪不杀。"段守城同志回喊："枪在我手里，你们有几个脑袋，不要命就来试试吧！"段书记的豪言壮语，响彻夜空。它激励着手无寸铁的新区干部，使他们个个挺直身子，更加沉着镇定下来。13岁的小通讯员卢来福跑来跑去警惕地张望着，步伐显得那么坚定，好像这并非一场你死我活的激战，而是人们在门外燃放鞭炮似的。

天渐渐亮了，在第一道天井里忽然"轰隆"一声，响起了敌人扔进来的手榴弹，"卧倒！""轰隆"又是一响。

当第二道天井里浓烟弥漫时，第二道天井的屋角上，露出匪徒的两张凶脸，敌人在逾墙偷袭了。机警的王保荣，沉着地瞄准着送死的匪徒，"砰！"第一个刚跨上墙头就给他打翻了，第二个刚露头，"砰"的一声又一个倒栽葱跌落墙外。偷袭的匪徒一个个龟缩下去了，只有狗叫声、枪声和狂嚎仍在墙外无休止地喧叫着。

"大门着火了！"段书记闻声迅速地问了我一声，"怎么办？""兵来将挡，火来水灭"。段书记转过身喊着，"水！"喊声未停，小通讯员和空手的区干们立即奔向房间，一盆盆从厨房里舀出来的阴沟水泼向门板，发出吱吱的响声。火浇熄了，又烧起来。这时，大门被烧了个大洞，敌人的一挺机枪，从门洞里伸进来，朝屋内盲目地扫射着。接着，敌人又放火烧门。干部们一边躲着枪弹，一边紧张地传着水，火又被浇灭了，这时右侧小门也被烧着了。敌人乘我方紧张救火时，用粗大木头撞门，门闩被震得眼看就要断了。大家忙着一边端水灭火，一边搬来一段段大木头和石块堵小门，一重、二重门重新堵好，火再次被浇灭。

段书记侧着身子，紧靠门边，用步枪向外瞄射，门外的匪徒应声倒地，被迫暂停攻门。但是，不久大门又被火烧着了，火势比前几次凶猛得多，而这时水缸没水了，阴沟里的水也舀干了，子弹也不多了。我和段书记、郭委员迅速交换一下意见，准备撤退。大门洞里又伸进两挺机枪交替着扫射，大厅的壁上出现了许多大大小小的弹孔。这时大家一边把重要文件烧掉，一边把四个人的火力都集中到大门来。敌人以为我们要从大门冲出，就把后墙的兵力调到大门外来。门外喊声和枪声像狼嚎鬼哭似的响着。

巧施计安然脱重围 重兵剿匪徒被全歼

早饭后，大门终于被烧开了，敌人呼喊着进来。廖帮麒乘乱投向敌方去了。我率领着同志们退到第二道天井，利用小门边厚墙掩护，用步枪向冲来的匪徒射击。敌人越聚越多，眼看就要爬上台阶了。郭委员扔出一颗手榴弹，敌人慌乱后退一步，我指挥区干部迅速向右边小门退出，自己和段书记、郭委员、王保荣且战且退，敌人爬上前厅，拼命大喊："抓活的，抓活的！"

我们退到院子里，靠宿舍墙壁掩护，继续射击着。段书记拉过一张小梯，靠在后墙，叫我先上。我说还有几发子弹，要断后掩护。段、郭二人走上梯子喊："吕部长快上！"同时向敌群扔去两颗手榴弹，接着一声"冲啊"就跳下后墙。这时我和王保荣要上梯已经来不及了。保荣同志情急智生，抱起一块石头向敌人砸去。敌人被这突如其来的一击吓呆了，以为又是投来一颗手榴弹，争着向后退避。二人乘势登上梯子，往墙后跳了下去。我跳墙摔伤，保荣要背我，我不让背，催王快跑。埋伏在墙后大树底下的匪徒正在追段、郭二人。这时又发现墙上跳下我二人，就分出一部分来追我和小王。正当危急关头，郭委员手上最后一颗手榴弹在敌人面前炸响了。敌人慌作一团，四个人就势绕过大树，一齐向密林子里跑去，匪徒在后面紧追，敌人越集越多，四个人被冲散了。

段书记一个人向一片烟叶田跑去，钻进烟叶丛中，七八个匪徒紧紧跟在后面。穿过烟叶田，快跑进东郊村时，突然听到前边有人轻声在喊："段区委，这边走！"青年农民陈松角敏捷地一把拉住段书记，把他隐藏在他家的楼上暗室里。随后接过枪，向追赶的土匪瞄准。那几个匪徒望着村子，不知虚实，不敢再追进村子，站了一会儿就转身溜回去了。

我和郭根友一行三人，一边抵抗一边后退。最后子弹打光了，敌人却越追越近。跑到祠堂附近，山坡上突然响起枪声，坡上农民正在向我们招手。

原来坡上民兵用土炮轰击敌人，追敌看着自己人少，怕吃亏，慌忙停住，也不再往前追。正在犹豫时，敌人吹起了集合号（因时间拖得过长，怕被反包围），准备撤围逃走。冒险向敌人开火的是该村村主任叶碧焕和他带领的民兵，我们3个人和民兵会合了。

不一会儿，县里的援兵来了。原来，当区公所被围时，农民叶畹约就主动一气跑到县城报信求援。和援军会合后，我们立即带领部队赶回区公所，可是匪兵已仓皇撤逃了，小通讯员卢来福被匪徒杀害在右面围墙下，他那天真稚气的小脸上，

元坑区中队驻地旧址（福峰教堂）

露着不屈的豪气，仿佛在对我们说："首长啊，我也没有屈服！"几个新干部和我们同时越墙一起冲出来。黄长严同志在离区公所不远的水里面，被匪徒抓住。敌人逼他投降，他毫无畏惧，当匪兵剥他衣服时，他趁机挣脱衣服就往福峰村里跑。尽管匪徒开枪射击，但黄长严安然无恙。

匪兵包围区公所之前，先包围了区中队驻地。区中队6人被俘，他们宁死不屈，后被匪首吴兴生吊死、刺死在郑坊的山坡上。

事后三个多月，顺昌县在人民解放军的配合下，全面展开剿匪行动，这股匪徒，分别在大干、宝山一带先后被歼，匪首王石均、吴兴生及恶霸地主肖理文，均被我镇压。

2020年11月，顺昌县元坑镇党委、政府，顺昌县政协文化文史和学习委、顺昌县委党史和地方志研究室，南平市和顺昌县长江支队历史研究会联合在顺昌元坑区公所保卫战遗址立碑纪念

先烈鲜血映红的南雅山乡

杨卫国

建瓯是闽北的重镇，地处交通要道，物产丰富。建瓯古称建州，是福建八府之一。中国共产党早期就在建瓯建立支部，点燃革命的火种，新中国成立前党领导的革命组织就与敌人展开了长期的斗争。同时，新中国成立前国民党反动政权也在建瓯大势扩展反动势力，建立特务组织，以巩固反动统治。1949年，国民党反动势力在大陆土崩瓦解，解放军进军福建，建瓯又是长江支队进入福建与地方干部会师之地。

长江支队到达建瓯后，建瓯县以二大队二中队为主体接受及支队调配其他中队的干部接受政权。由于建瓯地理位置特殊，反动势力在建瓯山区纠集武装人员与新生政权对抗，隐藏在政府内及收买新生政权不坚定的人员为其通风报信，里应外合，他们袭击干部，抢劫物资，杀人放火，给新生政权和人民安危造成了巨大的危害。长江支队的干部一到建瓯就带领群众投入到剿匪和征粮支援部队的紧张工作。

建瓯南雅镇是接收政权后划为一区区公所所在地，下辖五个乡。一区临近盘踞小桥乡山区匪首郑长吉活动的区域，土匪时常袭击我干部群众，抢劫物资，南雅与土匪斗争形势十分严峻。

在新中国成立初，建瓯南雅发生了长江支队二大队二中队干部常全与武工队在征粮工作中遇土匪袭击，与土匪战斗英勇牺牲事件。

1950年4月26日，在一区工作的长江支队干部常全同志与南雅区武工队副队长王新洪奉命率十三名武工队队员去一区阳泽乡北通村征粮。北通村是土匪经常出没的地方，村保长通敌，假惺惺地接待他们，却向土匪何世禄、郑长兴通报我征粮队去向。土匪纠集一百多人在鼓顶岩上埋伏袭击征粮队。鼓顶岩周边是悬崖峭壁，下面是阳泽溪，无处隐蔽，在敌众我寡的形势下，常全和武工队十三名队员不向土匪屈服，在悬崖峭壁上与敌人展开一场持续两小时的殊死的战斗，终因寡不敌众，全部壮烈牺牲，常全烈士是接收建瓯后长江支队二大队二中队南下福建牺牲的第一位同志，阳泽乡人民抬回了烈士的遗体，为永远记住为人民利益牺牲的烈士，常全和其他牺牲的烈士被安葬在本乡的登云桥旁。1965年6月，常全烈士的遗骨由亲属迎回山西安泽县桃曲乡故土安葬。

常全同志1922年出生于山西省安泽县桃曲乡的一个贫苦农民家庭，1942年参加革命，1945年加入中国共产党，他服从组织分配，在安泽一区任油房会计，工作认真负责，年年都账目清晰，工作出色。1949年2月他响应党中央号召，报名参加长江支队。南下

地处小桥镇北通村与阳泽村之间鼓顶岩，当年十三烈士牺牲地，1965年墓地迁移到阳泽村岐山林中

行军的途中，他吃苦在前，乐于助人，经常帮助体弱的同志。到达建瓯后，常全分配到一区区公所担任区财粮助理员，当时首要任务就是完成征粮工作，他经常下乡催粮，克服语言不通、道路不熟等困难，他以共产党员的奉献精神，得到了广大民众的信任，在人民群众的积极协助下，不到三个月就完成了四十五余万公斤的征粮任务，保证了前方部队的供应。体现了共产党员在困难面前无所畏惧的精神。当年建瓯的长江支队每一个干部在到达福建的最初的岁月里，遇到了在故乡根据地更艰难的环境，但他们从不畏惧，从不退缩，他们心中始终将党和人民的利益作为一生奉献的目标。

二大队二中队山西古县籍南下建瓯干部刘日德同志（刘斌），分配在土

匪猖獗的小桥区任副区长，1950年调光泽县任城区副区长，3月被组织派往光泽县最边远，匪情最严重的司前区任区长，刘日德同志本着共产党员越是艰险越向前的精神，不畏艰险，在司前区带领干部群众剿匪建政屡立战功，被土匪恨之入骨。1950年11月4日，土匪乘虚突袭围攻司前区公所，刘日德在突围转移中被土匪收买的区公所通讯员开枪杀害，刘日德烈士为新中国和福建人民的解放奉献出了年轻的生命。

在建瓯县盘踞在深山的土匪不但袭击下乡的干部群众，而且利用潜伏在城镇和政府机关的匪特刺探情报，攻打政府机关，杀害我政府干部，扰乱新生政权的军心、民心。建瓯一区区中队副队长因通敌鼓动队员上山为匪被处决，阳泽乡乡长何世禄、乡队副也煽动武装队员变节上山投匪。

1950年2月24日深夜，盘踞在建瓯小桥深山的匪三师首领郑长吉利用潜伏在南雅镇一区区公所事务长通风报信，得到了我部队进山剿匪和部分干部去县里开会，南雅镇区公所里我武装人员不足的情报。纠集两百多个土匪下山围攻在南雅的一区区公所，一区书记郭佐唐和少数在区公所的同志发现土匪进攻区公所，上楼房和屋顶用卡宾枪和手榴弹与土匪展开战斗，击毙了多名土匪，使土匪不敢轻易进入区公所。激战中，在农会工作的长江支队女干部史文兰同志为向县里报告匪情，突围越过百姓屋顶时，由于屋顶年久失修，她踩踏屋顶跌入百姓的厨房灶台边，左大腿脱臼无法行动。此时房外遍布土匪，房内的群众发现是一位穿军装受伤干部。广大人民群众深知共产党是为民众谋利益，不顾自身的安全，及时将史文兰抬到隐蔽的屋内，并为她换上百姓的服装保护起来。分配在南雅工作的南下服务团干部石正同志在与土匪战斗中负伤后突围，被土匪抓获后不

建瓯小桥镇阳泽村烈士陵园

向匪徒屈服，被凶残的土匪丢进燃烧的区公所的大火中壮烈牺牲。坚守在区公所的干部顽强抵抗到清晨，土匪担心我大部队赶到不敢恋战，慌张地退出了南雅镇。

在战斗中负伤被土匪投入火中英勇牺牲的石正烈士，1928年出生于江苏南京，家庭贫寒，父亲早逝，与母亲相依为命。在中学时积极参加共产党领导的学生运动，1949年5月上海解放，他与同学报名参加南下服务团随二大队二中队南下福建与其他三位南下服务团队员分配建瓯一区南雅镇工作。在一区的日子里，石正同志在领导的带领下发动群众，组织农会，始终坚持在第一线工作，得到了区领导的好评。在土匪围攻区公所的当晚，他用步枪抗击土匪，突围时受伤被土匪抓获坚贞不屈，被土匪抛入正在燃烧的区公所大火中焚烧，牺牲时不到二十一岁。他是第一位在与土匪战斗中牺牲的南下服

2017年4月6日，长江支队二代、山东南下干部历史研究会、新四军历史研究会赴建瓯小桥镇祭扫当年在建瓯建政、剿匪、征粮牺牲的解放军、长江支队、南下服务团同志

务团干部。石正同志安葬在建瓯南雅镇阳泽乡烈士陵园里，他的英名永远留在建瓯人民的心中。

　　在建瓯猖獗一时的土匪因得不到广大人民群众的支持，匪首郑长吉等在1950年底被抓获镇压，盘踞在闽北的土匪势力也被彻底剿灭。

　　今天当我们生活在和平安详的日子里，回望着当年革命前辈们在新中国成立初南下福建血雨腥风的岁月，英烈们他们不惜年轻的生命为后人创建一个和平幸福的环境，永远被人民赞颂。南雅，当年多少英烈将热血撒在了这片土地上，他们的英魂永远映照在闽北青山绿水之间，映照在共和国的土地上。

李双喜血洒闽北多壮志

王志刚

"金色盾牌，热血铸就，危难时刻显身手……"每当这首豪迈激越的歌曲在我耳畔响起时，就会让我不由自主地想起一位为了新中国人民政权的建立与巩固而英勇献身的公安英烈，他的名字叫李双喜。

李双喜同志1916年5月出生于山西省壶关县一个贫苦农民的家庭，1940年3月加入革命队伍，次年加入中国共产党。1949年初随中国人民解放军长江支队南下来到当时的福建省南平县，担任了该县樟湖镇派出所第一任所长。

那是1950年的盛夏，刚刚沐浴着新中国阳光的樟湖镇，呈现出了万象更新的情景。人民群众翻身解放，扬眉吐气。到处可闻"解放区的天是明朗的天，解放区的人民好喜欢，民主政府爱人民呀！共产党的恩情说不完"的歌声；到处可听见当家作主后的人民群众发自内心的欢声笑语。然而，被推翻的反动势力不甘心于自己的失败，他们在暗中网罗了一批土匪武装和国民党散兵游勇，对新生的人民政权和当地群众进行大肆骚扰。这帮穷凶极恶的匪徒，伺机烧杀抢掠，奸淫妇女，无恶不作，新生的人民政权面临着严峻的考验。为了打击土匪及反动势力的嚣张气焰，维护新生人民政权的稳定，保卫人民群众正常生产生活秩序，当时的南平县公安机关在县委和县政府的领导下，积极配合人民解放军剿匪部队，辗转于闽北的山山水水，全力追歼土匪武装和反动势力，取得了显著战果。在强大的攻势和压力面前，许多匪徒惶惶不可终日，不少人纷纷向解放军和公安机关自首投降。但是仍有少数冥顽不化的土匪，以化整为零的形式，分散活动，继续侵害百姓……

1950年6月25日中午，知了在树荫间懒洋洋地啾鸣，农舍屋顶在骄阳的灼烤下冒着腾腾热气。此时，在樟湖镇派出所里，所长李双喜正与所里的同志们一道在研究工作。忽然，一位群众气喘吁吁地跑进派出所报告："土匪头子沈书明刚刚潜回家中……"

李双喜霍地站了起来，"情况可靠吗？"

"完全可靠，是我亲眼看见的。"

"做好抓捕准备！"

李双喜的眼中放射出了灼灼亮光，这位年轻的山西南下干部似乎有一股与生俱有的果敢决断气质。黄土高原的风霜雨雪以及严酷战争环境的磨砺，更是铸就了他的一身钢筋铁骨和坚毅的性格。提起土匪，他便有一股难以抑制的怒火。他曾亲眼看见过被土匪杀死后又被肢解了的老乡的尸骸；他还看见过被土匪吊死在树上的年迈老人……沈书明就是个杀人不眨眼，手上沾满了无辜受害者鲜血的匪首。他心下思忖：这回决不能让沈书明逃脱。民警们一听有情况也都来了精神。

"这回咱们可得给他来个瓮中捉鳖。"

"沈书明的末日到了！"

望着群情激昂的民警，李双喜冷静地想道：虽然咱们人多，但武器奇缺，全所仅有两支老掉牙的短枪，而土匪的武器却十分精良。咱不能光靠鲁莽冲动行事。为确保抓获沈书明，李双喜给镇公所打了电话，请求派几名武装民兵协助围捕沈匪。一张罗网悄然拉开了。

当李双喜带领民警和民兵

2022年10月，南平市公安局延平分局，延平区樟湖镇党委、政府，南平市长江支队历史研究会联合在樟湖"中国工农红军北上抗日先遣队渡江遗址"纪念碑旁设立"延平区樟湖镇剿匪纪念碑"

摸到沈书明家附近时，匪首沈书明正躲在家中狼吞虎咽地喝酒吃菜。李所长命令大家四处散开，将沈宅围个严实。一切布置妥当之后，李双喜握着手枪，一马当先冲进了沈宅。

"沈书明，举起手来，你跑不了啦！"

如同惊弓之鸟的沈书明，即便是在吃饭时也把枪搁在桌面上。他被这突如其来的断喝惊呆了，手中的酒杯"哐啷"落在了地上。当他从瞬间惊恐中反应过来时，飞快地抓起桌面上那支亮闪闪的二十响快慢机驳壳枪。说时迟，那时快，李双喜猛地扣动了手枪扳机。可是枪没有响，原来枪膛里竟是颗臭火的子弹。就在李双喜拉动枪栓退出臭火子弹的当头，沈书明的枪响了。罪恶的子弹穿透了李双喜厚实的胸膛，殷红的鲜血从胸前喷涌而出。李双喜踉跄了几步站住了，他圆瞪双目怒视着如同丧家之犬的沈书明，坚持撑开双手堵住大门。急红了眼的沈书明像头困兽般地冲向大门，面对金刚似的李双喜，

南平市延平区樟湖镇剿匪纪念碑揭幕仪式合影

长江支队在闽北

沈书明不禁打了个寒战倒退了一步。但求生的欲望使他再次不顾一切地朝李双喜撞去。失血过多的李双喜终于支撑不住,铁塔般的身躯轰然倒了下去。沈书明慌忙夺路而逃。闻讯赶来的同志们抱起了躺在血泊中的李双喜。"快追……别让沈书明跑了。"李双喜嚅动着发白的嘴唇,微弱地说出了最后一句话。悲愤满腔的民警和民兵,分成数路奋力追击沈书明。许多群众也自发地加入追捕的行列中。解放军小分队也赶来了。在军警民同心协力下,匪首沈书明终于落入了法网,而年仅34岁的李双喜同志却把一腔热血洒在了异乡的土地上。共和国英烈史册上无疑将镌刻着他的光辉名字。

剿匪安民献青春
——刘斌烈士传略

李 任

刘斌出生于太岳老革命根据地山西省古县旧镇燕儿崖村，青少年时期就投身革命，担任古县农会干部。他积极参加抗日战争和解放战争，在解放区发动、带领群众，开展减租减息、土改、支前等工作，为人民的解放事业做出贡献，并光荣地加入了中国共产党。经多年的革命工作和斗争实践的锻炼，使他由一个积极上进的热血青年成长为具有丰富的革命工作和斗争经验的党的优秀基层干部。

1949年，中国革命形势发生决定性的转折。随着辽沈、平津、淮海战役的胜利，消灭了蒋介石反动军队的主力。人民解放战争的洪流排山倒海，势不可挡。蒋家王朝风雨飘摇，土崩瓦解。随着解放大军飞速前进的步伐，有大片新解放区需要开辟、接管。繁重的建政、支前等工作需要大量有实践经验的干部去具体实施。太行、太岳区党委，遵照党中央的指示，选拔大批思想觉悟高、有实践经验的干部随军南下。在这革命的紧要关头，在党和人民最需要的时候，刘斌同志坚决响应党中央、毛主席"打过长江去，解放全中国"的伟大号召，义无反顾地报名南下，被编入长江支队二大队二中队。他和4000多名战友一道，放弃和平、安定的生活，告别家乡、亲人，为了解放全中国人民，踏上南下的征途。经历了半年多，3000多公里路的艰难行程，于1949年8月到达目的地——福建省建瓯县。

到达建瓯后，刘斌和二大队二中队的战友们，征尘未洗，立即投入繁重的建政、剿匪、土改、支前等工作中去。他先后担任建瓯县县委管理员、小桥区副区长、区长。1950年2月，调任光泽县城关区区长。同年3月，他又主动要求调到最偏远、艰苦、危险的光泽县司前区担任区长。光泽县是福建省最偏远的北部山区县，解放初期人口不足十万，贫穷落后，土匪众多，而司前区又是光泽县最偏僻的地区。刘斌和他的战友们面临的工作、生活环境是十分艰苦和危险的。主要表现在以下几方面：

一、经济落后、贫穷。司前区地处福建省北部偏远地区的崇山峻岭中，不通公路，交通不便，经济不发达。在国民党反动政府的压迫、掠夺和封建地主阶级的残酷剥削下，人民群众的生活非常困苦，食不果腹衣不蔽体。征粮、支前等工作基础差，难度大。

二、民情、社情、敌情错综复杂。由于司前区地处偏僻山区，信息闭塞。解放初期，人民群众对共产党、人民政府的方针政策不了解，又受国民党反动派和仇视人民政府的剥削阶级、各种反动势力的欺骗宣传。思想上有顾虑，害怕反动势力变天，反攻倒算，不敢接近人民政府。还有，北方干部到南方，语言不通，对当地风俗习惯、社情、民情不熟悉，发动群众、开展工作困难重重。

三、对敌斗争形势十分严峻。解放初期光泽县境内，旧社会遗留下仇视人民政府反动势力较为强大，活动猖獗。主要有：国民党反动政府败退时潜伏下来的特务勾结土豪劣绅，网罗地痞流氓和国民党军队的散兵游勇，组成的政治土匪；占山为王靠打家劫舍，劫掠民财为生的惯匪；以及被封建地主阶级利用、操纵的大刀会等反动会道门组织。土匪总数达千余人，匪患成灾。

司前区更是匪患危害的重灾区，有以郑荣山、邱贵轩、洪启述为首的股匪数百人频繁活动。反动势力预感到人民政权的建立，人民群众翻身当家作主之日，就是他们灭亡之时。他们绝不甘心坐以待毙，等待灭亡，而是以百倍的仇恨，千倍的疯狂反扑。他们频繁袭扰新生的人民政府，造谣惑众，破坏土改、征粮、支前工作。他们以暴力手段，劫掠群众财物，杀害革命干部、群众，制造白色恐怖。一时闹得群众人心惶惶：谈匪色变。新生的人民革命政权，受到严峻的挑战。

四、明枪易躲，暗箭难防。明火执仗和人民政府对抗的土匪，不是最可怕的。危害最大的是，混入革命队伍的内奸。反动势力为达到搞垮人民政府的目的，利用各种手段拉拢、收买、策反革命队伍中意志薄弱者充当内奸。而初来乍到、人地两生的长江支队队员，很难在短期内发现、识破内奸。

当时福建全境尚未全部解放，解放军主力主要是担负消灭国民党军队残余力量的任务，由于前方战事紧张、兵力不足，派不出正规部队保护各县、区的人民政府。各县、区人民政府的安全，主要靠原当地地下党游击队改编的县大队、区中队担任。由于时间紧迫和当时的历史条件限制，无法做到仔细甄别，改编时极容易混入内奸。担任刘斌区长警卫和通讯任务的司前区区政府通讯员，就是被土匪匪首洪启述买通、策反的内奸。刘斌和他的战友们，不仅要承担艰苦的建政、征粮、土改、支前等繁重的工作任务，还要冒着经常遭受土匪袭击，人身安全没有基本的保障，随时都有流血牺牲的巨大风险。面对如此艰苦、险恶的工作环境，他们没有犹豫、没有退缩，而是发扬革命老根据地干部英勇顽强、不怕流血牺牲，一往无前、大无畏的革命精神，把个人的生死、安危置之度外，义无反顾地挑起重担，重上战场。

刘斌同志充分运用共产党人战胜一切敌人和困难的法宝，那就是相信群众、宣传发动群众、依靠群众，和人民群众打成一片。刘斌区长与区委书记率领区委、区政府一班人，深入群众访贫问苦，宣传党的各项方针政策。深入田间地头，与当地农民群众同吃、同住、同劳动，了解群众疾苦，帮助群众解决困难。他以身作则，用一个共产党员、革命干部无私奉献的模范行为，感召群众、团结群众、组织群众，共同为劳苦大众的解放事业奋斗。通过不懈的努力，党的方针政策得到很好的贯彻，人民群众发动起来了。土改、征粮、支前等各项工作，也搞得风风火火，取得可喜的成绩，得到上级的好评。新生的人民政权得到初步的巩固。通过访贫问苦、调查了解和亲身感受，刘斌深切地体会到，匪患肆虐是对人民群众生命、财产的严重威胁，匪患不除，人民群众永无安宁之日。他把剿灭土匪，保境安民作为头等大事来抓。他亲自整顿、训练充实区中队，增强战斗力。为了防止土匪偷袭下乡工作的干部，每次下乡都尽可能派区中队武装保护。同时，不厌其烦地叮嘱下乡的同志要有风险意识，做到枪不离身，随时准备战斗，以防不测。每当接到土匪袭扰的情报，他总是身先士卒，亲自带领区中队去剿匪。多次带队配合军分区和县大队的剿匪行动，屡立战功。1950年7月28日，刘斌率领区干部、积极分子共26人，到清溪乡一带开展工作，同时派区中队18人武装保护。突遭匪首郑荣山、邱贵轩与匪首王钟铭、兰启文率领的两股土匪及大刀会匪徒，共计百余人的武装袭击。面对兵力、火力数倍于己凶狠残暴土匪的围攻，刘斌区长和区中队何永春队长，临危不乱、沉着指挥战士们对匪徒展开反击。激烈的战斗持续了6个多小时，打退土匪多次进攻，毙伤匪徒多人。由于指挥得当，战士们英勇战斗，虽然以寡敌众，但土匪没能捞到什么便宜，最后只好狼狈逃窜了。

  刘斌区长率领区委、区政府干部和区中队指战员进行的坚决、果断的剿匪行动，狠狠打击了土匪的嚣张气焰，有效地保护了人民群众的生命财产安全，稳固新生的人民革命政权。同时也使土匪对他恨之入骨，视为眼中钉、肉中刺。他们勾结混入人民政府内部的内奸，采取卑鄙无耻的暗杀行动，对刘斌区长下毒手。1950年11月4日，匪首洪启述得到已被策反叛变的区委通讯员的情报，乘只有刘斌区长和那个通讯员两人到负责包伙的群众家吃饭的机会，带领十多名匪徒包围那家群众的屋子，发动突然袭击。刘斌区长毫不畏惧，持枪反击，英勇战斗，与匪徒激烈交火。而那个内奸则从背后开枪，刘斌区长身中数弹，壮烈牺牲。刘斌同志的牺牲，激起全县广大干部、战士和人民群众，对凶残的土匪极大义愤，引起了建阳地委、军分区高度重视。烈士的鲜血再次警醒了大家：剿匪反霸是保卫胜利果实、巩固新生的人民革命政权的头等大事。只有干净、彻底地肃清匪患，才能保证各项工作的顺利进行。建阳地委、军分区下定决心并周密部署，对光泽境内的土匪进行大会剿。给光泽县大队增调一个连的兵力，从正规部队调一批军事骨干，重新组建、整顿、扩充各区中队。县大队兵力发展到三个连，组建了独立营，极大扩充和加强了剿匪军事力量。

1950年12月，在建阳地委、军分区的支持、领导和指挥下，发动全县军民，采取军事打击和政治瓦解相结合的措施，对光泽县境内的各股土匪发起总攻。猖狂一时的土匪，立即陷入人民战争的汪洋大海，遭到灭顶之灾。在我军民的铁拳重击下，各股匪徒纷纷土崩瓦解，溃不成军。12月20日，在我军民包围和打击下，刘介、毛景涛、郑荣山等股匪已成瓮中之鳖，走投无路，被迫缴械投降。杀害刘斌烈士的匪首洪启述、陈英、毛景涛及其他13名匪徒，无一漏网。于1951年2月10日，被执行死刑。1951年2月17日，在庆祝光泽县解放一周年和剿匪重大胜利的大会上，宣布对蔡缄三、高仰贤、刘介、郑荣山等19名匪首，执行死刑。到1955年7月，曾经引起中央、省、地重视的最后一股顽匪——王生仔股匪，在光泽、黎川、邵武闽赣两省三县军民合力围剿下，彻底被歼灭。全县共消灭土匪1192人，缴获机枪9挺、步枪485支、手枪107支、手榴弹38枚、子弹20240发、马8匹、电话机20部、山炮1门。至此光泽境内的匪患彻底根绝。

　　刘斌烈士离开我们已67年了。为了福建人民的解放和建设事业，他千里迢迢来到光泽县，为剿灭土匪，建立和巩固人民政权，无怨无悔地抛洒了一腔热血。他的革命精神和光辉业绩，将永远铭记在人民心中。

　　刘斌烈士永垂不朽！

参考资料：

1.《长江支队回忆录》。

2. 南平长江支队历史研究会提供资料《剿匪英雄刘斌》。

3. 刘斌烈士档案资料。

温锁成烈士传记

施树有

温锁成（1926—1950），山西省沁源县沁河镇侯家园村人。1926年出生于沁源县城郊一个贫苦农民家庭，他刚满12岁时，父亲就病故，家庭更加贫困，经常吃不饱穿不暖。母亲含辛茹苦抚养温锁成、温润成兄弟俩成人。穷人的孩子早当家，温锁成农忙时帮助母亲种地，冬闲则起早贪黑赶着牛车，去柏子、李元等集镇拉冬煤，挣些零钱，贴补家用。艰苦的生活环境，培养了温锁成勤劳勇敢，吃苦耐劳的性格。

1942年10月，日军伊藤大队500余人占领温锁成的家乡——山西省沁源县城。沁源位于八路军太岳根据地腹地，是太岳军区党政军机关所在地，日军占领沁源，对太岳军区威胁极大，八路军决心拔掉这颗钉子，为此先后集中万余兵力，和日军交战十几次，但均以失利告终，八路军伤亡很大。从1943年初开始，太岳区党委发起了沁源围困战。为围困日军，沁源军民开展了大规模坚壁清野，以沁源城关为中心，发动群众统统转移出来，把水井填死，粮食深埋，用品搬空，使周围数里的村庄成为"无人区"。敌人的补给线也被八路军和民兵用地雷封锁，使日军的补给运不上来。

在围困日军的斗争中，各种袭扰敌人的良策妙计不断涌现出来。夏季，酷热难耐，民兵们把死狗、死猫、死耗子趁夜扔到碉堡下，白天太阳一晒，整个城内臭气弥漫，熏得鬼子无处躲藏。民兵们还想方设法断敌水源。他们趁夜摸进城，往水井里扔动物尸体，倒粪便、垃圾，拆毁井上的辘轳和碾盘上的转轴。在敌据点周围2.5公里内遍布马坑、草人、标语，荆棘铺满了日军所有通道；沁源城四周山头上插满了红旗，八路军和民兵经常不分昼夜在山头上摇旗呐喊，让鬼子不得安宁。在太岳区党委的正确领导下，经过长达两年半的艰苦抗战，到1945年4月11日，也就是日本投降前的四个月，伊藤大队被调回日本国内参加本土防御作战，日军被迫退出沁源县城，八路军重新占领沁源县城，两年半的沁源围困战胜利结束。

温锁成青少年时期，就是在这两年半的沁源围困战中逐步成长起来的革命战士。他积极参加当地的儿童团，站岗、放哨、查路条；不久，参加村里民兵组织，积极开展抗日宣传，铺荆棘，断水源，插红旗，埋地雷，坚壁清野等灵活机动的游击战术打击敌人。解放战争时期，他随部队参加大小战斗数十次，在前线冲锋陷阵，出生入死。母亲念子心切，在家乡托人给他介绍了一个姓贠的姑娘。这个姑娘是沁源县龙头村人，听说温锁成的生动事迹后，十分乐意嫁给这个积极投身革命的热血青年，但温锁成无暇顾及个人私事。

1949年3月，温锁成等248名沁源籍热血青年积极响应党中央和毛主席"打过长江去，解放全中国"的伟大号召，又参加了中国人民解放军长江支队二大队，义无反顾地辞别故土和亲人，冒着天上敌机轰炸、地上散匪骚扰的危险，靠着坚强的革命意志和为人民奋斗到底的一颗红心，跋山涉水3000多公里随军南下支援福建的革命与建设。温锁成于1949年8月抵达闽北邵武，任中共邵武县委交通员。1950年春，调任中共松溪县委交通员，后任松溪县二区（渭田区）武委会干部。

新中国成立后，正当松溪人民欢天喜地，希望从此过上安居乐业的日子时候，被推翻的国民党反动派不甘心失败，他们网罗残兵败将、散兵游勇、地霸武装上山为匪，到处烧、杀、抢、掠，骚扰城乡，无恶不作，企图颠覆新生的人民政权。从1949年12月到1950年8月，土匪先后袭击郑墩、花桥、大布、官村、竹贤等区乡公所7次，抢夺长短枪30余支，杀害干部、战士18人。当时全县3个区12个乡镇都有土匪活动，给解放初期的松溪各项工作的开展，带来极大的困难。面对严峻的斗争形势，温锁成他们在党的领导下，紧紧依靠觉醒的广大群众，深入基层，发动群众，组织农会，宣传政策，开展减租减息，征粮支前等各项工作。

1950年7月9日，渭田乡蔡世有、吴礼忠两位干部深入到潘墩、东厝村组织动员民工，赴建瓯县修建飞机场，被刘世洪股匪残忍地活埋在岭根村。当时土匪猖獗，渭田乡乡长黄世銮三四天没有见蔡世有、吴礼忠的音讯，担忧两位同志安全，向渭田区报告。区委书记赵林保、区长何仁昌闻讯，立即带领温锁成、林圣育、伊世松等8人，前往洋源村、东厝村、岭根村一带搜寻。当他们途经洋源村头外厝桥时，遭遇刘世洪股匪的伏击，顿时枪声大作。

当时，匪徒仗着人多势众，气焰极为嚣张，一边吹冲锋号，一边狂呼"抓活的！"富有战斗经验的区委书记赵林保、区长何仁昌在敌众我寡，地形不利的危急情况，当即指挥大家反击，并向匪徒火力薄弱的方向突围，分散隐蔽。温锁成、林圣育在突围中，中弹牺牲，倒在了一片翠绿的稻田中，鲜血染红了大地，他们把自己宝贵的生命，献给了福建的革命和建设事业。

为了保障人民生命财产安全，稳定社会，安定人心，巩固新生的人民政权，确保支前，土地改革等各项任务的完成，1950年5月，松溪县剿匪指挥部成立，县长郭国柱任总指挥，县委书记叶风顺任政委，配合中国人民解放军一个营，开展了一场声势浩大的剿匪斗争。剿匪指挥部主要采取三条措施：一是采取军事手段，武装清剿；二是加强政治攻势，分化瓦解；三是大力发动群众，群防群治。在剿匪斗争中逐步组建民兵组织，有力地增强了农村剿匪防匪的力量。与此同时，松溪县委在城乡各地发动群众开展反霸斗争，批斗82个大小恶霸，清算回被掠夺稻谷5万公斤，田地135亩，并将有历史血债、民愤极大的25个恶霸逮捕法办。

经过一年多的剿匪反霸斗争，松溪县境内公开上山的股匪大部肃清，匪患基本消除，剿匪斗争取得了巨大胜利，充分显示了党和政府政策的强大威力。全县共歼灭土匪328名，其中击毙28名、俘虏、投降184名、自新116名。1950年11月，杀害温锁成的匪首刘世洪在共产党的强大军事围剿和政治瓦解下，失去耳目，断绝供应，走投无路，下山自新。这股土匪受到了应有的惩罚。从而结束了松溪匪患久远、危害甚烈的历史，有力地保护了人民安居乐业，稳定了社会秩序，巩固了新生的人民政权。

为深切缅怀他们的英雄事迹，中共松溪县委、县政府在温锁成、林圣育生前战斗和工作过的松溪船坑村修建了墓地，将他们和之前二野五兵团十六军侦察营在松溪洋源战斗中牺牲的三位烈士合葬在一个大墓中。1964年温锁成的弟弟温润成，将哥哥的遗骨运回沁源县侯家园老家安葬。烈士英魂，终归故里。

七十多年前，在党中央和毛主席"打过长江去，解放全中国"的伟大号召指引下，广大太行太岳干部积极响应，包括温锁成在内的248名沁源籍优秀干部冒着枪林弹雨，历经艰辛跋涉，抵达东海之滨、武夷山下，南下支援福建的革命与建设，成为解放初期，福建人民政权建设、经济社会发展的重要领导力量。他们用青春和热血铸就了伟大的南下精神，在八闽大地树立了一座座辉煌壮丽的历史丰碑。

为铭记先辈革命历史、弘扬其风范精神，2019年沁源县委、县政府与长江支队福建联谊会共同投资200余万元，兴建中国人民解放军长江支队纪念园，其主体包括纪念雕塑和纪念园两部分。纪念雕塑中间为不锈钢锻造红旗及石头基座，总高度6.7米、长8.2米、宽1.35米，红旗部分为3米不锈钢板锻造成型，基座上雕刻有毛泽东主席题写的"打过长江去，解放全中国"的题词。两侧为花岗岩浮雕墙体雕塑，东侧墙体雕刻"沁源长江支队简介"，西侧墙体雕刻了温锁成等"长江支队沁源南下干部英名录"。纪念园总占地面积5.6万平方米，绿化面积达到90%以上。

长江支队是一面光辉的旗帜，也是一座辉煌的历史丰碑。他们在革命实践中形成的赤胆忠心、英勇奋斗、不屈不挠、敢于胜利的伟大精神，与"沁源围困战"精神一脉相承，共同成为沁源红色文化的重要组成部分。中国人民解放军长江支队纪念园的建立，对于铭记革命历史，传承红色基因，教育广大党员干部大力弘扬长江支队革命精神，具有十分重要的历史和现实意义。

（作者系中共松溪县委党史研究室原主任）

甘洒热血写春秋
——张清和烈士传略

吴建兴

张清和同志，山西省沁源县李元镇新章村人，1916年出生。少年至青年时期，在具有光荣革命传统的家乡，不断接受革命思想的熏陶。抗战结束后，地处太岳革命根据地的家乡正发生着翻天覆地的变化，家乡的民主改革取得巨大的成就。广大农民在自己的家乡享受着胜利果实，减租减息，锄奸反霸；土地改革搞得热火火朝天，农民获得土地，翻身做了主人，真正实现了"耕者有其田"。张清和同广大解放区人民一样，在自己的家乡，过着和平、安宁的日子。

1948年下半年，中国人民解放军在东北、中原、华北连续进行了辽沈、淮海、平津三大战役，消灭了国民党党反动派的主要军事力量。党中央和毛泽东主席发出了"打过长江去，解放全中国"的战斗号召，决定从老解放区选调大批优秀干部随军南下，迅速接管新解放区。1948年12月根据党中央的统一部署，中共中央华北局决定，从太行和太岳两个老根据地选调一批得力干部，组成一支南下队伍。

1949年2月份，中共华北局从太行、太岳两区各根据地抽调了4000多名干部，组建了中国人民解放军长江支队。选调干部，严格按照有关的条件和要求，要求政治觉悟高，组织观念强，有斗争经验，身体条件好。其中有一些人产生抵触情绪，满足于"分到耕地有了牛，老婆娃娃热炕头"而不愿南下。但也确实有新婚夫妇依依不舍，有的父母年迈无人照顾，有的儿女幼小正需照料等实际情况。张清和却毅然决然响应号召，告别妻子，踏上南下的征程。

在即将跟随队伍南征时，张清和知道了上级为解决南下人员的后顾之忧，各级党委对南下干部给予许多照顾：1. 南下干部家属按军属待遇；2. 家庭经济困难的给予补助；3. 家中缺乏劳动力的，由区村给予代耕；4. 南下干部家属在农村的，可以批准回去探亲；5. 女干部不能跟队行军的暂不南下，等新区环境安定后，派专人来接。去除后顾之忧的张清和，更加信心百倍、意气风发地踏上行程。

1949年8月，张清和和长江支队的战友们经过数千里跋涉，在"建瓯大会师"后，与二大队三中队的同志们一起，在县委书记南纪舜、县长郭亮如（张清和妻兄）的率领下，来到闽北重镇邵武县。中国人民解放军长江支队二大队三中队，基本由沁源人组成，成建制接管了邵武的新生革命政权。张清和担任邵武县拿口乡武委会主任。他与战友们虽然初来乍到，人地生疏。但他怀着一腔革命热情，凭借丰富的革命工作经验，克服生活习惯不同，语言不通等困难，很快便在剿匪反霸、征粮征款、土改支前等一系列繁忙工作中大显身手。

解放伊始的邵武，百废待兴，困难重重，但最大的威胁是匪患。各种派别的土匪，加上潜伏的国民党残兵败将和特务，从闽北的崇山峻岭中，不断袭扰新生的革命政权，"大刀会"是当时对邵武威胁最大的一支土匪。面对剿匪斗争的严峻形势，8月份邵武县立即成立了剿匪指挥部。总指挥：郭亮如；政委：南纪舜；参谋长：王烈章；副总指挥：任国信、王耀华。当时南下干部人员60余人，地下党、游击队员30余人，共计100余人。而全县的大小土匪帮派与匪特却有数千人。鉴于匪情严重，上级及时增调野战军三野一个营前来增援，营长殷文良也是剿匪指挥部领导。冥顽不化、气焰嚣张的大刀会匪徒，曾经数次公然攻打邵武县城。规模最大的一次，曾经有6000余匪徒围攻县城，切断县委、县政府仅有的通往地委、行署的电话线，包围了县城三天两夜。

张清和的战友、长江支队老队员董进庭回忆：一次，凶悍的大刀会匪徒又来进攻，将他们围困在县城东关原福建协和大学（抗战时福州内迁至邵武）院内。吃了朱砂、满面通红的匪徒，头裹"刀枪不入"布条，身穿红肚兜，有的用枪，有的挥舞着大刀、长矛，冲击大门，狂呼乱喊。他和张清和等战友们临危不惧，沉着冷静。张清和比他年长14岁，武装斗争经验也更丰富。只见张清和招呼他们利用房屋、院落等有利地形，左右移动，一起用手枪、步枪从门缝和墙角不断对外射击，顽强抵抗。由于解放军部队的及时增援，终于击溃了匪徒。

经过艰苦卓绝的多次清剿，1949年底至1950年初，邵武的剿匪任务告一段落，社会秩序逐渐恢复。张清和因为工作业绩突出，调往二区（今拿口乡）任武委会主任。董进庭随同郭亮如调往崇安县（今武夷山市）。1950年的春节刚过，闽北大地还是春寒料峭。这天，张清和得到线索，带人下基层到谢坊村（今属卫闽镇）抓获一伙赌徒，消除旧时恶习，整顿社会风气。其中三个赌徒，原本就是土匪残余，一贯好吃懒做，怀有对新生革命政权的刻骨仇恨。赌局被端，更使得他们恼羞成怒，便伺机报复张清和，甚至幻想抢回赌资。

这天，他们埋伏在路口，见到张清和背着步枪走来，就张牙舞爪地扑过来。警惕性极高的张清和远远看见鬼鬼祟祟的三人，立即大声喝问。这三个匪徒见只有张清和一人，越发嚣张，继续扑来。他见状又端起步枪鸣枪警告，"啪——"。穷凶极恶的匪徒一愣，又扑上来围住张清和。英勇不屈的张清和终因寡不敌众，当场被三个匪徒活活打死。

匪徒们在死去的张清和身上没搜到钱财，恼羞成怒，便残忍地将他身子砍为三段。为消除犯罪痕迹，又将张清和尸首绑上绳子，丧心病狂地抛到附近的富屯溪。

听到枪声的乡亲们赶到现场，发现了张清和被残忍杀害的情况后，立即愤怒地报告了上级政府。远在崇安的郭亮如得到张清和牺牲的消息后，一面悲愤地立即向时任邵武县公安局局长的王耀华问明情况，要求限期破案；一面通过组织，电告当时正在赴闽途中的张清和妻子。

张清和妻子正在一批由组织来福建与丈夫团聚的家属队伍中。她满心喜悦地盼望夫妻团圆，生育子女，过上幸福生活。得到这一噩耗，五雷轰顶，悲痛欲绝。在经过组织慎重考虑与劝说之下，无奈的她，只得怀着无比悲痛，转而回乡。

邵武县公安局的同志们，义愤填膺，悲愤难忍，决心为战友报仇雪恨。在王耀华、安天恩的直接指挥下，很快将杀害张清和烈士的三个凶手捉拿归案。为祭奠烈士，将三个匪徒枪毙在了张清和烈士的墓前。

富屯溪滔滔，唱不尽张清和同志的英勇事迹；武夷山巍巍，诉不完人们对烈士的思念之情。

张清和同志，从太岳革命根据地来到福建仅半年多，日夜辛劳，英勇斗争；壮烈牺牲，以身殉国。他短暂的一生，是英勇奋斗的一生，是无愧于老区故土的一生，是有功于邵武人民的一生。他的青春热血，永远激励着后人勇往直前！

参考资料：

1. 中共沁源县委、县政府史志办提供史料。
2. 《长江支队人物志》。

（本文选自《长江支队英烈》）

永恒的记忆　深切的怀念
——忆顺昌县原县委书记李森

赵　辉　苏　里　李增福　秦来胜　路元存　杜扎根　秦和英

　　人民不会忘记，1951年8月1日，第一任中共顺昌县委书记李森同志，离开了我们，离开了顺昌人民。霎时，青山树木，万众悲痛。8月3日上午，中共顺昌县委、县人民政府在公安局门前的广场上举行隆重的追悼大会。参加追悼大会的有全县各区、乡村选派的代表，有以区为单位组成的吊唁团及县直机关全体党员、干部群众共3000多人。南平地委组织部部长陈玉山同志也专程来参加追悼大会。整个会场庄严肃穆，气氛凝重。人们痛感失去了一位好领导、好战友。许多群众自发赶来参加追悼会。一区的一个农民长时间伏在李森同志的灵柩上失声痛哭，充分表达了顺昌人民对县委书记的深厚的革命感情。40多年前的感人场面至今还历历在目，令人难以忘怀。

　　早在山西壶关老区时，我们就与李森同志相识。李森同志原籍山西省陵川县北石门村，1920年6月出生，1938年12月加入中国共产党，1939年到壶关县工作，1947年8月任中共壶关县委书记。他生活简朴，平易近人，在壶关县的广大干部群众中享有很高的威望。1949年2月，全国解放之际，急需大批有经验的干部随军南下，开辟新区。作为壶关县委书记的李森，积极响应党中央、毛主席的号召，亲自带领县区党政干部104人参加了南下长江支队，任三大队五中队政委。1949年8月1日，李森同志率领五中队南下干部60多人，经过艰苦的长途跋涉，首批抵达地处闽北山区的顺昌县城。经省、地委批准，成立了顺昌县新的领导班子，李森同志任县委书记。

当时的顺昌县，土匪猖獗，恶霸横行，加之将、建、泰三县尚未解放，形势十分严峻。百废待兴，群众需发动，生产待恢复。但以全璋琳为首的土匪却时常威胁广大人民群众的生命财产安全。肩负重担的李森同志忙得不可开交，摆在眼前的第一件事是肃清匪患。1949年8、9月间，县委专门组织了一个由各机关派员参加的剿匪联合办公室，李森同志兼任主任、亲自领导第一线的剿匪工作。大家都知道剿匪是残酷的敌我斗争。而在这场斗争中哪里有危险李森同志就出现在哪里；哪里有困难，哪里就有李森同志的身影。1949年9月29日潜逃到将乐的伪顺昌县县长吴承昌和匪首全璋琳纠集将、顺、邵匪徒和大刀会徒上千人围攻顺昌县城，举行所谓的"百里大暴动"。在敌众我寡的不利条件下，李森冷静沉着，往返于东、西、北城门前沿阵地，指挥战斗。在他的正确指挥下打垮了匪徒的猖狂进攻，保住了县城，毙伤匪徒30多人，而我方却无一人伤亡，同志、战友的生命受到威胁之时，李森同志总是竭力救援，急他人所急，想他人所想。1950年5月8日，元坑区公所遭到匪首吴兴生、梁隆贵和元坑大刀会300多人的包围，县委组织部副部长吕文龙、区委书记段守城等10多位县区干部被困，尽管他们顽强抵抗，但敌众我寡，情况十分危急。李森同志接到匪情报告后，心急如焚，马上率领县大队战士急行军奔赴元坑救援，使吕文龙、段守城等同志脱离险境。土匪被打跑后，李森同志亲自看望、慰问了受伤的同志及死亡同志的家属，并对区委下一步工作计划作了周密细致的安排。李森同志这种身先士卒、关心同志的思想作风给广大干部群众留下了深刻的记忆。

正当剿匪工作顺利进行之时，顺昌县的土地改革和镇反工作也全面展开了。土地改革是项艰巨的任务，搞得好坏直接关系到顺昌县经济的恢复和发展，关系到党的威信和广大农民兄弟的切身利益，而镇反工作的成败则牵涉到新生政权的巩固。李森同志经常教育机关干部和土改、镇反工作队员要以自身的行动去搞好群众关系去影响群众、教育群众。还再三强调，要关心群众疾苦，倾听群众呼声，依靠贫雇农，团结全体农民，才能取得土改镇反的彻底胜利。他经常深入实际，调查研究。为了掌握第一手资料，李森同志亲自到城关三街蹲点抓土改和镇反工作。在李森同志的带动下,当时的干群关系亲如鱼水,密不可分。每当夜深人静,我们的土改和镇反工作队员熟睡之际,总有农民悄悄地为他们放哨。工作队员在农民家中吃饭时都会吃到最可口的饭菜。从这些事例中,足可见干群关系之密切。这与李森同志的言传身教是分不开的。

作为一县最高的领导者——县委书记的李森同志,深知自己的一举一动,一言一行都要对党负责、对广大干群负责。因此,每当贯彻党中央的新政策、新路线方针之际,他都认真地学习,自己先琢磨透精神,然后才贯彻到全县干部群众中去。在他遗留下的几本日记中,密密麻麻地记录了他的学习心得体会。1951年春,党中央要求新区的县委书记都要亲自向毛主席写工作报告。李森同志由于工作繁忙,叫李晋湘与李增福先为他起草工作报告,但几易其稿,他都不满意,最后还是亲自动笔把报告写好。从这件事,人们不难看到他一颗对党对人民高度负责的赤诚之心。李森同志在顺昌工作虽然只有两年的时间,却留下了许多业绩,并深深地埋藏在顺昌人民的心里。尽管岁月不停地

1952年4月18日,中华人民共和国中央人民政府主席毛泽东为李森同志签发的《光荣纪念证》

流逝，却抹不去李森同志那忠于党、忠于人民、全心全意为人民服务的高尚品德和那艰苦朴素、平易近人、密切联系群众的思想工作作风。

  顺昌人民为了永远怀念李森同志，1951年8月3日，在他遗体安葬的城关东门外一个向阳山坡上的墓前立了一块碑，碑上刻下这样的一幅颂联，上联是：领导全县群众推翻旧制度功绩不朽；下联是：团结各界人民建设新顺昌鞠躬尽瘁；横批是：忠诚为革命。这是顺昌全县人民对他一生最好的总结。李森同志永垂不朽！

（摘自中共顺昌县委党史研究室1990年4月编印的《老干部回忆录》）

回忆王根书同志做人处事的工作作风

赵群枝

王根书，男，汉族，1928年4月出生，1948年参加革命，1945年加入中国共产党，南下前任山西省壶关县东王宅村村主任、党支部书记；1949年随着革命形势的发展，他积极南下参加了长江支队第三大队五中队，来到了福建省顺昌县，参加了剿匪、反霸、镇反、土改等工作，曾被评为"顺昌县土改工作模范干部"，受过模范奖励，先后担任顺昌二区区委书记、顺昌团县委书记、县委秘书主任，县委宣传部副部长、部长，顺昌县委组织部部长，顺昌县委副书记。

1958年工业上马，调到南平专区水电站任党委书记，南平专区通用机器厂党委书记，南平水轮泵厂党委书记，福建省水力发电设备厂党委书记，1966年根据国家工业发展的需要他积极参与创建南平电机厂的工作，并被任命为南平电机厂第一任党委书记，为了创建和发展南平电机厂，王根书不辞劳累，呕心沥血，进行了大量艰苦细致的工作，为党为人民作出了贡献。

他和工人一样在饭堂排队买饭吃，听说有一次排队买菜，排在他前面的工人买了

一角钱的菜,他也买一角钱的菜,发现自己的菜比工人的菜多一点,他马上找炊事员讲,为什么我的一角钱菜比工人的多,难道我这一角钱更大,以后谁也不敢多给他了。在1961年国家暂时困难的时候,工人同志不但饭吃不饱,连一点青菜都吃不上,吃的是盐水,王根书同志看在眼里,痛在心里,他就跑到在他曾工作过的地方顺昌县运来很多包菜皮给工人吃,当时我听他妈妈说:"孩子,听说你运来很多包菜皮,咱也买2斤吧。"他说:"不行呀妈妈,你不知道我那炉头工有多辛苦,一点青菜都吃不上,怎么行呢?"有一次不知什么人把自己种的空心菜,偷偷放在我家门口一把,就跑了,老王下班回家发现有一把青菜马上追问,直到找到这个工人,把菜还给人家,才放心地回家。记得有一次他病了,炊事员做了一碗面给他吃,他说我病了,你给我一碗面吃,老工人病了你有没有做一碗面给他吃呢?快拿走。

  我们一家三代人住的是一间小房子,王根书住的是集体宿舍,他和工人住在一起,吃在一起,劳动在一起,工人的情况他最了解,他常常说老工人是国家的宝贵财富。厂里盖的房子首先考虑的是安排好老工人,工人的生老病死都在他的脑子里,有一次老王刚下班回家端起碗来正准备吃晚饭,这时有一个工人家属来找他,说他老头子病重,听她把病情一说,老王饭没吃,放下碗,就往病人家跑,看到病人后他快速送医院,医生检查后说马上要开刀,老王就守在医院,等老工人开完刀,脱险后才放心的回家,这时天已经亮了。他的工作作风,当时也感动了专区医院的医护人员。

  他是一个厂领导,就好比一个当家人,时时刻刻都要为厂考虑,哪怕是一分钱能省的绝不浪费,厂里有一个车队,南平离他厂有16多公里,他每次到南平开会,或星期天回家,从来都是坐公共汽车。在一起等车的人问他,王书记你怎么不坐车队里的小车呢?他说:"我一个人,花一角钱就到西芹了,走一小段路就到厂里了,坐小车要人力、汽油,你说哪个合算呢?当家不能不算账呀。"

  老王一贯对自己要求严格,比如他的老母亲有高血压病,有一天母亲突然中风,不会说话了,他自己背起母亲就往医院跑,到医院后经医生抢救无效病故了。他是个孝子，这件事对他的打击也很大，他强忍悲痛，在外雇了几个人和我们家人一起把母亲安葬了，我说厂里知道了会不会生气，他说这是我们家的私事，不能麻烦厂里。

王根书同志于1968年6月抗洪救灾中，为了全厂职工的生命、财产的安全，献出了自己年轻的生命，终年仅三十九岁。1968年6月中旬，闽北山区连日暴雨不止，洪水猛涨，山体滑坡不断，是五十多年来罕见的一次特大洪水，严重地威胁着电机厂的安全。当时的王根书同志正在医院治病（他是在厦门搞社教时玻璃厂拉玻璃把腰扭伤的），特大洪水暴发，使他再也躺不住了，不顾自己的腰背痛严重发作，不顾医生的反对出院，他毅然决然地忍着腰痛，绑好特制的钢丝腰围带，于6月15日赶回厂里，投入到抗洪救灾的工作中去。他以顽强的斗志，带领大家加固堤坝，堵塞防洪堤下的漏洞抢运重要物资，冒着倾盆大雨，全身湿透，日夜奋战，量水位疏通排水沟。在他的鼓舞下，全厂工人齐心协力，抢救了大部分的重要物资和车间精密仪器设备。由于连续大雨，水位不断积蓄猛涨，堤坝仍有随时决口的危险，危急关头王根书同志沉着果断，指挥现场人员撤离，当大部分人员撤离后，他仍不放心，督促还留在车间的同志快撤，自己却一直战斗到最后。6月19日凌晨2时许，防洪堤决口，洪水咆哮着淹没了整个生产区，已经带病连续奋战三天三夜的王根书同志和厂保卫科长沈晋元同志还留在车间组织最后的工人撤退，他们高呼着让车间的人往高处爬，突然老沈同志被水冲倒了，王根书一把抓起了他，这时又游过来一个工人，他们三人想手握着手走过去抱住电线杆：没走两步，老沈又被水冲倒了，王根书同志再去拉他时车间里的铁和杂物被洪水冲过来打在他们身上，俩人再也起不来了，剩下的那个工人刚好抓住一根木头，幸运地漂出来，他上气不接下气地在黑暗中大叫，我们的书记还在水里，大家快来救救他们。当时下着大雨，又没有电，大家急的不知该怎么办好，有水性好的干部、工人都跳进水中去摸他们的好书记，也没有摸到，天亮后，一部分人划着竹筏，一部分人挖渠排水，终于在泥巴里找到了他们的书记和沈晋元同志。国家的财产和工人的安全都保住了，可王根书同志和沈晋元同志，却永远地离开了我们，献出了他们的宝贵生命，为此福建省人民政府追认他们俩为革命烈士并按照全厂干部、职工的要求将他们的两位烈士葬在电机厂最高的山上（他的坟当时是按照焦裕禄同志的坟样建成的），工人同志们说："书记在高山上，我们每天上下班都会看见我们的书记。"

多年来，每到清明节，电机厂厂部、工会、青年团、厂里的学生，还有南平中学师生和南平有关单位都会到烈士坟上参加纪念活动。王根书同志牺牲后有五六个老工人家属，流着泪给我讲，在困难时期因为我们子女多生活非常困难，都是书记经常给我们钱帮助我们渡过难关。

2022年清明期间，南平市长江支队历史研究会在王根书烈士墓地举行敬献花篮仪式

平时老厂长、老工人在工作上或是家中碰到不顺心的事，都会走到老王的坟上坐一坐把心里的话和老王说一说，尽管老王不会说话了，他们说了以后感到心情好多了。老王的一生是艰苦奋斗的一生，是全心全意为人民服务的一生，王根书同志牺牲是我们家一大损失，也是党的一大损失。他的为人处事的工作作风，使我时时刻刻铭记在心，这些年来我在工作上，家里也碰到不少难题，都离不开老王同志对我的鼓励，我一想起他的做人、处事，我什么困难都能克服。

（作者系王根书妻子）

峥嵘岁月协和楼
——记邵武县新生人民政权保卫战遗址

和 勇

"协和楼"国内不少，但坐落于福建省邵武市第四中学校园内的这座百年"协和楼"，因为承载着红色记忆声名远播、名扬天下。

一

"5·19"，邵武解放纪念日。

1949年5月初，在解放大军入闽之际，国民党江西黎川县后备队三个中队在武全夫率领下于黎川湖坊起义，"宣布成立中国人民革命军赣闽粤边区纵队，反对蒋介石，投诚共产党……5月中旬，武全夫率赣闽粤边区纵队攻入邵武。5月18日二野五兵团十七军五十一师一五三团从建阳出发，19日近午兵分三路和平进驻邵武。"（《闽北革命史》）邵武成为全省继崇安（武夷山）、建阳、建瓯、浦城、南平（延平）之后第六个由中国共产党领导的人民解放军解放的县。由此，5月19日，成为新中国邵武解放纪念日。如今，"五一九"路，横亘于市区繁华街区，路面各种线路入地，路旁商铺鳞次栉比，人流摩肩接踵，络绎不绝。

"同年5月底6月初，闽浙赣省委在建瓯县城召开会议，对已解放的县进行接管……任命任国信为邵武县县长""6月下旬，新福建省委书记张鼎丞抵达建瓯。之后，南下六个地委的班子也陆续抵达建瓯。以张鼎丞为首的

福建省委开始主持福建工作。闽浙赣省委的历史使命宣告完成"。(《闽北革命史》)

在中国人民解放军的军史上，有一支特殊的队伍，它成立时间短不到一年（1949年初至年底），但它撒播的种子已生根开花，繁衍至今70多年，目前全国近10个省（市）有30多家长江支队历史研究会（联谊会），有30多个长江支队纪念园（亭），其中1999年建瓯建成长江支队纪念亭，南平市顺昌、浦城、邵武相继成立长江支队历史研究会。2017年南平市建成长江支队纪念园，2020年建瓯建成长江支队南雅会师馆，2021年6月顺昌建成纪念园；顺昌元坑、邵武四中、延平樟湖、浦城枫岭关、建瓯市区已分别建成纪念碑。它虽然同穿军装、携带武器，却大多数由干部组成，其中80%以上是党员、46%以上是经历过大革命和土地革命战争、抗日战争考验的老红军、老八路；它虽是武装部队，却主要从事地方工作，这就是——中国人民解放军长江支队。

长江支队，是1949年初，中共华北局响应毛主席、党中央"打过长江去，解放全中国"号召，从太行、太岳两个老解放区选调4000多位干部组成的南下干部队伍，接管建设江南解放新区。长江支队共6个大队30个中队，6个大队接管6个县区，每一个中队"成建制"（党、政、军、群，县、区）接管一个县，以山西沁源籍为主的二大队三中队接管建设邵武。

二

"5·19"邵武已经解放，迎接新生人民政权的到来不是敲锣打鼓、载歌载舞，而是隆隆的枪炮声。

"1949年8月18日，随军南下干部——长江支队二大队三中队80余人到达邵武，即日成立中共邵武县委员会，改邵武县人民民主政府为邵武县人民政府……8月19日，大刀会进攻县城，县委组织部队和县大队奋力反击……9月10—12日，和平、沿山和光泽县地方反动武装6000余人，猖狂进犯县城，杀害群众10余人，烧毁民房两栋，抢劫邮政局、圣教医院和34户群众

财物。县委组织驻邵部队和县大队与之展开激战,打死打伤和俘获匪徒100余人,截获部分被抢物资,众匪溃逃。"(《中共邵武历史大事记》)

邵武匪患为何如此猖獗?这里有个历史背景:为了加快解放大西南,二野驻军撤出转向西南,而三野尚未入闽,闽北驻军形成"真空";周边的光泽、建宁、泰宁、将乐尚未解放,国民党闽浙赣游击司令部等武装土匪仍盘踞在周边;投诚的国民党军摇身一变组成"中国人民革命军";境内土匪横行乡里,原国民党邵武县长成为"革命军"参谋长;反动分子李某乘机把他的大刀会武装编入革命军第四支队;特别是蒋介石企图以福建作为反攻大陆的基地,潜伏了大量特务,重金收编散兵游勇,军统局长的族叔毛森任厦门警备区司令,毛人凤专程到福州密谋……1949年9月10日—12日,由国民党原邵武县参议长姚某某、县党部书记丁某某组织策划,纠集四乡土匪、大刀会和国民党残兵6000多人围攻县城长达三天三夜。

"当年鏖战急,弹洞前村壁",当年保卫战的战场在哪里?

位于邵武市区东关的邵武第四中学内,有一栋建于20世纪初的教堂——"协和楼":青砖黛瓦、斜坡屋面二层、半圆形花窗、内饰木地板木扶梯。"协和楼"外墙弹洞累累、弹痕斑斑,似在诉说当年的激战;弹眼似在看着过往人流发问,山河无恙,你可安好!楼前两株樟树葳蕤挺拔、峨冠蔽日、随风摇曳,似在点头,也像招手欢迎过往的人。樟树,邵武市树,常绿大乔木,树冠扩展、枝叶茂盛、气势恢宏,枝干相依、相守。

邵武第四中学协和楼

南纪舜，红军战士，新中国成立初期邵武县委书记，行政九级。他在《邵武的历程》中写道："到达邵武县城时，正遇和平方面反动大刀会攻打邵武城，一直打到当时任国信等同志住的协和大学旁。"县长郭亮如在《纪念大会上的讲话》中写道："协和大学院内，有一个解放军护路连，还有县大队、公安队六七十人。"董进庭在《南下，难忘的革命历程；邵武，难忘的第二故乡》中写道："在邵武最让我刻骨铭心的是1949年9月10日—12日那三天，我记得那是邵武大刀会匪徒三次围攻邵武城中规模最大、组织策划最严密、最层次有序的真正意义上的军事围攻……把县政府和县大队据守的协和大学教学楼（现邵武四中校园内）和当时县政府所在地两处团团围住。"游家兆，邵武市政协办公室原主任，他回忆说，1949年8—9月，他当时16岁，在东关"福州会馆"对面的"健康京果店"当学徒，吃住都在店里，距离协和楼不到500米，一天，从协和楼方向不断传来枪弹声，从店面门缝向外看到大刀会匪徒来回跑，后出来看到浮桥上躺着伤员在呻吟，桥的铁柱被枪击裂开……

协和楼，建于1915年，用于教堂；抗战时期，省协和大学由福州迁到这里；新中国的县人民政府府址，现为邵武四中办公楼。

百年来，邵武四中协和楼饱经沧桑：100年前因教建楼；80多年前，在战火中坚持教学，救民族科学火种于战乱之中；70多年前，见证了长达月余新生人民政权保卫战的枪炮硝烟；如今这里传道授业解惑，年复一年，迎来送往一批批莘莘学子，成长为国家民族栋梁、社会英才、守法敬业公民。

"风华正茂出两山，一生辉煌留八闽"，长江支队队员因这座楼而与邵武这一闽北千年重镇结缘，新中国成立以来，先后有25位同志担任邵武县（市）书记，其中长江支队队员有12位，先后有近200位长江支队队员曾在这里工作、生活、学习。他们视邵武为家乡，在党的领导下，团结当地干部群众，开展剿匪反霸、土地改革、民主建政、社会主义革命建设和改革开放，进入到中国特色社会主义现代化建设新时代。如今他们大多数人已先后故去，唯有这座"协和楼"仍在诉说过往的峥嵘岁月。

长江支队在闽北

三

习近平总书记来闽考察时指出，福建是革命老区，党史事件多、红色资源多、革命先辈多，开展党史学习教育具有独特优势。

中国人民解放军长江支队历史，是地方党史、军史的组成部分，讲好党史的"闽北故事"，亟须挖掘红色文化遗址，变遗址为遗产为资产。南平市中国人民解放军长江支队历史研究会积极响应，发函邵武市委组织部，求见领导、介绍历史事件及遗址，并建议勒石纪念，为今后申报"非遗"打好基础。得到大力支持，市政协有关领导积极协调市财政落实经费，市党史和地方志研究室认真查找资料，字斟句酌，特别是当四中领导得知他们日常往来工作的场所居然是红色遗址时，激动不已，立即行动：选石料、挑工匠、定字形字体、勒石吊装安放一气呵成，市委办、教育局、财政局、融媒体中心领导关注进度。邵武市领导调整到位后，南平市长江支队历史研究会再次发函，走访市直有关单位，建议择日举行"邵武县新生人民政权保卫战"遗址勒石纪念揭幕仪式。

2021年8月19日，在邵武四中协和楼举行"邵武县新生人民政权保卫战"纪念碑揭幕仪式

2021年8月19日，72年前的这一天，邵武县新生人民政权保卫战的战斗打响，经月余战斗，在援军、驻军、县游击大队及乡绅民众大力支持下，11位干部、战士牺牲，打死、打伤、俘虏敌人100多人，取得保卫新生人民政权的胜利！

蓝天白云下，邵武第四中学"协和楼"前，邵武市领导，邵

武市委组织部、宣传部、党史和地方志研究室、教育局、财政局，第四中学，融媒体中心等单位领导，长江支队老队员代表，南平市政协老领导，南平市、顺昌县长江支队历史研究会，邵武联谊会的乡亲乡贤莅会，共同见证了这一历史时刻。邵武，

2021年8月，南平市长江支队历史研究会在邵武四中协和楼"邵武县新生人民政权保卫战"遗址开展"追寻先辈红色足迹 弘扬长江支队革命精神"主题活动

又多了一处红色文化遗址，多了一个爱国主义教育基地，多了一个党史学习教育场所，这必将激励铁城儿女为建设富美新邵武而努力奋斗。

协和楼，扬天下；新邵武，致远方！

"八闽楷模"
——洋口林场与长江支队

吴建兴　赵福龙

北有"塞罕坝精神",南有"洋林精神"——位于福建省顺昌县的洋口林场,是我国林业系统的两大先进典型之一。2021年6月1日,国家林业和草原局专门发文,确定福建省洋口国有林场为我国目前唯一的"国家林业科技园区"。大家是否知道,洋口林场今天的成就,其中凝聚着长江支队干部的心血。

2019年10月,世界林业林木种子学术大会在南京召开。会议期间,来自美国、加拿大、法国、希腊等13个国家的林业专家,专程来到福建省顺昌县的洋口林场考察。当亲眼看到连绵起伏的杉木林海、认真考察一株株苗壮成长的杉树苗木,这些世界级专家眼中闪烁着惊奇与赞许的目光。经过专家考察鉴定,专家们一致认定:世界林木遗传育种达到第四代水平的国家目前只有三个:美国(火炬松、湿地松),澳大利亚(桉树),中国(杉木)。

"世界杉木看中国,中国杉木看洋口",这是国内外林业界对洋口林场的一致评语。我国第一个杉木优树收集区、第一个杉木无性系嫁接种子园、第一个杉木种子园子代测定林、最大的杉木第一代生产性种子园,2009年被国家林业局确定为全国唯一的"国家杉木种质资源库"……洋口林场的杉木育苗优良品种,已在江西、广东、广西、福建、四川、湖北等11个省(区)推广应用。洋口林场的绿色苗木,蔚然成林,遍布祖国的千山万岭。

创建林场　披荆斩棘

世间有辉煌,皆因磨砺出。洋口林场一个接一个的高光时刻源于他们的"洋林精神"。"洋林精神"的发轫,固然离不开林场一代代科研人员、干部群众的辛勤奉献,但不可忘记的是,其中也凝结着长江支队南下干部的心血与汗水。

洋口林场今天的成绩,不得不提到其第一任场长,他的名字叫伊树莲。

伊树莲,山西垣曲人,这位抗日战争时期就投身革命的南下干部,1949 年随长江支队来到福建。伊树莲本在福建省林业厅的机关大院工作,1956 年,他毅然舍弃大城市的舒适生活,来到陌生而艰苦的闽北大山,领命组建洋口林场。伊树莲没有将家小留在省城而独自一人调动工作,而是像当年许多干部调动一样,举家迁徙到举目四望野茫茫的林海深处。当伊树莲带着妻子儿女来到洋口大山时,连简陋的住房都没有,一家人只能栖身于一座破庙。

洋口林场首任场长、长江支队干部伊树莲

就是在这样的处境下,伊树莲毫不畏惧,意气风发地带领一班干部群众,开始了洋口林场的草创时期。数九寒冬,他们抵御冰雪风霜大搞基建;夏日酷暑,他们不惧烈日蛇虫植树造林。伊树莲和林业技术人员、工人们不畏艰险,披荆斩棘,劈草炼山,植树造林……仅第一年,他们就炼山整地出 3000 多亩林地。在伊树莲身先士卒的带领下,大山变绿洲,荒野变林海,洋口林场初具规模。在一任接一任场领导、科研技术人员和广大职工胼手胝足、从无到有的不懈奋战下,洋口林场逐步成了集生产、科研为一体的全国闻名的先进林场。1959 年,洋口林场就与南京林学院（今南京林业大学）开展场校合作，在全国率先开展杉木第一代品种改良攻关，由此开启了洋口林场的"产学研"现代林业新模式。

献身大山　无怨无悔

无独有偶，洋口林场在20世纪60年代的第二个艰难时刻，又迎来了一位掌门人——长江支队干部赵沧海。

赵沧海，山西壶关人，1942年就参加了抗日战争，入党后在地处太行山区的家乡工作，1949年随长江支队南下入闽。"文化大革命"爆发后，全国乱哄哄，福建省林业厅无暇顾及洋口林场，临时将其"下放"给顺昌县，县里急需得力干部前去洋口林场担任领导。林场地处偏僻，条件艰苦，且人员复杂、"派性"激烈，有的干部托词不去。赵沧海时任顺昌县法院副院长，当同是长江支队的顺昌县委主要领导征求他的意见，让他考虑考虑、与家人商量后再答复时，赵沧海当即表示：不用考虑，服从安排！

1949年冬，赵沧海在顺昌

又是一位放弃机关工作和城镇生活，献身洋口林场的长江支队南下干部！

像许许多多南下干部人生履历丰富，足迹遍布八闽乃至全国一样，赵沧海曾先后在顺昌、南平、福州、上海、永安等地工作和学习。1962年，永安水泥厂项目下马，他又调回到顺昌县工作。而在1968年春寒料峭的岁月，赵沧海就像19年前的那个春天里毅然南下一样，义无反顾地一头扎进大山深处。

当时洋口林场没有通电，晚上靠自备发电机供电，每晚10点就停机。林场没有学校，孩子们要步行五里到洋口镇上学，早出晚归中午不回家，带饭到学校吃。夏天菜馊了，冬天饭冻了，许多孩子肠胃都吃坏了。林场及附近没有商店、粮店，买菜买粮，甚至连买盐买酱油都要去洋口镇。拖家带小，远离城镇，交通不便，生活清苦……孩子上学怎么办？爱人工作怎么办？自己还背着"走资派"的身份，如何面对愈演愈烈的派性斗争？赵沧海以一个真正共产党员的革命毅力，默默克服着家庭的巨大困难，顶着艰巨的工作压力，毫不退缩，激情满怀，毅然投身于洋口林场的青山绿水之中！

赵沧海初到洋口林场时，林场虽然已经成立了"革委会"，表面实现了"大联合"，但两派斗争依然激烈。加之干部群众来自不同地方，地域观念掺杂其中，林场情况十分复杂，处理问题稍有不慎就会激化矛盾，甚至引火烧身。面对错综复杂的情况，他不顾自己刚从斗争对象中"解放"出来，考虑的不是个人利害得失，而是如何尽快恢复生产。赵沧海凭着对党的忠诚和对事业的执着，注意工作方式方法，先行开展调查研究。他来到林场后不怕山高路远，跋山涉水，足迹踏遍林场的各个工区。他深入干部职工中，倾听基层群众的意见。针对派性斗争，他始终坚持原则，对群众晓之以理动之以情；对地域山头观念产生的矛盾，他秉公办事，不偏不倚。经过调查研究，他带领领导班子及时调整工作方向，把工作重点转移到发展生产上来。1969年春，赵沧海提议大张旗鼓地开展扩建西坑工区大会战。当时，他们组织了场部领导班子和各工区的大部干部职工，除留少量人员在场部值班，其余全部集中到西坑工区开山造林。理直气壮、大张旗鼓地开展生产，及时扭转了思想混乱、人心不稳的派性斗争局面，干部职工把精力放到了造林育林、发展生产上来，林场的各项工作很快步入了正轨。

1975年，赵沧海又组织开发了南山良种工区，营建了全国第一代杉木嫁接种子园，为洋口林场大面积营造速生丰产林、杉木造林实现良种化打下了坚实的基础。洋口林场现有的六个工区，有两个工区是在赵沧海任职期间开发建设的。

赵沧海在工作中平易近人，待人和蔼，始终保持劳动人民本色，同干部职工同吃同住同劳动，与干部职工打成一片。林场的干部职工有什么话都跟他说，有什么情况都向他反映，他成了群众的知心人，与林场的干部职工结下了深厚的感情。他十分关心干部职工的疾苦，不顾年龄大、身患疾病，经常翻山越岭深入各工区，到职工家里访贫问苦。遇到职工有困难，他总是积极想办法给予解决。林场职工林幸福深情回忆道："我当年结婚时，当时一切都凭票供应而且数量有限。赵场长看到我办喜事时请客的香烟不够，就把自己的供应烟票给了我，解了我的燃眉之急。"

赵沧海牢记参加革命时的诺言，处处按照党员的标准要求自己，吃苦在先，享受在后，以身作则，处处起模范带头作用。他不仅对自己，对家人也是严格要求。赵沧海爱人原属永安水泥厂"六二压"的职工，20世纪70年代，林场曾有多次落实政策的机会，按政策她完全可以恢复工作。但场部每次开会研究，赵沧海首先不同意他爱人恢复工作。他解释说："在林场我的工资最高，我们家的生活还过得去。要先照顾那些工资低、家庭困难的干部职工。"他爱人只好乘赵沧海出差时，自己去找了顺昌县有关部门申诉。他爱人虽然最后按政策在县里的小企业恢复了工作，但退休后领到的退休金，还不到洋口林场同等工龄退休职工工资的一半。

赵沧海儿子赵福龙对父亲严格教育子女的许多言行记忆犹新。1971年秋季的一天，林场后勤部门从协作单位购来一批橘子，给职工发福利。橘子发完后，管理员把几个场领导的孩子叫到库房里挑拣一些因挤压损伤而剩下的橘子让孩子们吃。孩子们回到家后这件事被赵沧海知道了。他狠狠批评了他们一顿。赵沧海严肃地说："管理员为什么没叫其他职工的子女，偏偏叫你们去？以后这样搞特殊化的事，你们不准去。"赵沧海就是这样通过生活中的点滴小事以身作则，言传身教，教育着自己的子女们。

赵沧海从不计较个人的名利得失。20世纪70年代初，洋口林场被编为福建生产建设兵团十三团的直属三连。上级领导顾虑他的资历当连长不合适，担

赵沧海在洋口林场

心这位县处级的南下干部受委屈，征求他的意见，商调他到团部工作。面对又能回到城里的机会，爱人孩子都希望能借此回城，因为洋口林场远离乡镇，生活、学习等各方面条件太艰苦了。然而赵沧海却明确表态：自己擅长做基层群众工作，职务大小、名称高低不要紧，只要干好工作就行。

赵沧海是这么说的，也是这么做的！

——洋口林场的人们不会忘记，他献身洋口林场的13年里，多次谢绝了进城的机会。

——洋口林场的人们不会忘记，他在13年里没有调过一次级却一次次把调级调资、照顾家属工作的机会，让给了林场更困难的干部职工。

——洋口林场的人们不会忘记，他把各种荣誉一次次让给科研人员和干部群众。1978年，全国第一届科技大会召开，省里特意给洋口林场一个参会名额。他是党委书记兼场长，完全可以参加。但他主动提议，让林场科研组组长陈士彬代表单位去北京参会并领奖。

……

赵沧海坚守在洋口林场13年，是洋口林场任职时间最长的主要领导。他牢记共产党员的宗旨，始终保持劳动人民本色，密切联系群众，从不把自己当成凌驾于群众之上。他怀着一颗为人民服务的赤子之心，甘当人民的老黄牛，坚持实事求是的工作作风，为洋口林场的发展壮大殚精竭虑，奋斗一生。赵沧海自1968年调到洋口林场后，呕心沥血，积劳成疾，最终于1981年病逝于洋口林场的领导岗位上。

在洋口林场的大院里，有一棵高大挺拔的桂花树，那是当年赵沧海亲手种植的八月桂。这棵树被林场干部职工亲切地称为"桂花王"，在树坛边还立有一块群众刻的"赵沧海手植"的石碑。有一年，曾经有个房地产开发商看中这棵"桂花王"，欲出价30万元买这棵"桂花王"。林场当时虽然资金困难（有一段时间工资不能按时发放），但大家出于怀念老场长，不为重金所动，坚决不卖"桂花王"。如今，在每年的金秋时节，香气四溢，香飘满场，人们就不由得想起老场长赵沧海。

光耀八闽　洋林精神

2006年，在纪念洋口林场成立五十周年大会上，福建省林业厅厅长傅圭璧动情地说："'文化大革命'期间，社会上你争我夺，拉帮结派闹革命，而林场却继续在抓生产，'文化大革命'期间造林总量达如今全场约1/4。充分体现了林场人清醒的头脑与对林业事业的忠贞不渝，换来了今天洋口林场的累累硕果。"这是对洋口林场干部职工赤诚奉献、科研报国精神的充分肯定，也是对赵沧海在此期间临危受命、鞠躬尽瘁品德的公正评价。

伊树莲！赵沧海！这两个富含诗意的名字，是否在冥冥之中，为洋口林场的一路艰辛和日后辉煌蕴涵着某种启示和寓意——树伴莲花，始结创业之果；沧海横流，方显英雄本色。

如果说伊树莲在20世纪50年代是筚路蓝缕，披荆斩棘，创业艰难百战多；那么，赵沧海则是春蚕蜡炬，无怨无悔，奉献终生心无憾。由此，产生了一个严肃的人生命题和心灵拷问：究竟是什么缘由，驱使这两位长江支队干部不约而同地舍弃繁华的城市生活先后走进洋口大山的密林深处？

是一种对闽北大山的仰慕和朝圣？

是一种对青山绿水的向往与期冀？

也许都有。但最重要的，应该是他们出于一种真正共产党员崇高使命的责无旁贷的担当！

洋口林场的发展之路，还与一位千里之外的长江支队干部有关，20世纪70年代，时任南京林学院院长、同为长江支队干部的李力（后为南京农学院党委书记、院长），大胆排除"文化大革命"干扰，实行"产学研"结合。在李力的大力倡导和支持下，南京林学院与洋口林场恢复并加强了"院场合作"，派出以陈岳武教授为骨干的一批专家学者，下到洋口林场实地搞科研，加大杉木育种科研，促进了洋口林场的科研发展。

艰难困苦，玉汝于成。他们的英名，注定镌刻在这个中国著名林场的史册上。如今，他们在云端里，欣慰地看着洋口林场纷至沓来的不凡成就："国家杉木种质资源库""首批国家重点林木良种基地""国家林业和草原长期科研基地""全国国有林场先进单位""全国森林经营示范林场""全国林木良种基地先进单位""全国十佳林场"国家储备林示范林场"……2020年8月，中共福建省委宣传部授予福建省洋口国有林场杉木育种科研团队"八闽楷模"称号，号召全省人民学习他们"坚守初心，赤诚奉献，久久为功，科研报国"的"洋林精神"。

"八闽楷模""洋林精神"，这八个沉甸甸的金光大字，饱含着科研团队、干部群众的汗水与智慧，也永远闪耀着长江支队干部奉献于斯的不朽功绩。

参考资料：

1. 朱建华：《绿涌八闽——美丽中国生态文明永不褪色的"洋林精神"》，《中国绿色时报》2020年9月3日。

2. 赵福龙：《口碑——记长江支队队员赵沧海在洋口林场》。

3. 《南京农业大学发展史·人物卷》，中国农业出版社，2012。

永远的长江支队

赵洪生　和　勇　张　瑛

在中国人民解放军的史册上,有一支特殊番号的队伍:它成立时间短,不到一年,但它播撒的种子却已生根开花,至今已70多年。目前,全国有30多家长江支队历史研究会或联谊会,有30多个长江支队历史纪念园或文化园。它人数不多,仅4000多人,但它的命名却来自中国革命最高统帅部;它虽然同穿军装,携带武器,却大部分由干部组成,其中80%以上是党员、46%以上是经历过大革命和土地革命战争、抗日战争考验的老红军、老八路组成的;它虽是武装部队,却主要从事地方工作,这就是中国人民解放军长江支队。

中国人民解放军长江支队,是解放战争期间,中共华北局执行党中央、毛主席"打过长江去,解放全中国"的战略部署,从太行、太岳两个老解放区"成建制"选调4000多名干部组成的一支南下干部队伍。1949年4月15日,毛主席、朱总司令在北平香山双清别墅亲切接见长江支队书记冷楚、宣传部部长周璧、太行区党委书记陶鲁茄,第一次系统提出了党在新民主主义"四面八方"的经济政策,实行公私兼顾、劳资两利、城乡互助、内外交流的政策。他们经武安集训、苏州休整、建瓯会师,行程3000多公里,途经8省、历时3个多月,南下接管建设除龙岩、厦门以外的福建。长江支队共6个大队,其中二大队接管建设建瓯(后为建阳)地区,三大队接管建设南平地区。他们在党的领导下,紧紧依靠当地干部群众开展了剿匪反霸、土改支前、民主建政、社会主义革命和建设,直至改革开放和社会主义现代化建设、进入到中国特色社会主义新时代。

"风华正茂出两山，一生辉煌留八闽"，如今，他们绝大多数人已先后故去，但"听党指挥、信念坚定，艰苦奋斗、不怕牺牲，永葆初心、务实奉献，清正廉洁、勤政为民"的长江支队精神永放光芒！

1949年初，饱受日寇蹂躏和解放战争洗礼的太行人民，完成土改，刚刚开始过上"老婆孩子热炕头"的生活，这时要南下，思想难免波动，但他们舍小家为国家，听党指挥。王义科时任山西省平顺县二区区长，南下前有5个子女，长子12岁，他行前交代妻子，不要给政府添麻烦，日子实在过不下去了可以将除长子外的其他孩子送人，南下当年的5—6月间其妻把一子一女送人。牛进才，时任平顺一区区长，南下时有4个孩子，第二年妻仅带两个孩子到福建，另两个因饿而夭折，这就是解放区的区长啊！

长江支队南下目的地一波三折：原定"宁、沪、杭"，继之西南（云、川），终向东南（福建）。当时福建，无铁路，公路不到200公里，土匪多，严重缺粮，方言复杂，处于对台前线。当组织上宣布南下目的地由原来的"宁、沪、杭"鱼米之乡的苏南，改为"不毛之地"的福建时，队员们思想波动大，经过苏州休整学习后，绝大多数服从组织分配南下福建。

1949年8月11日建瓯会师后，根据新的福建省委部署，长江支队各中队"成建制"分赴各地，但是，迎接他们的并不是鲜花锣鼓、载歌载舞，而是隆隆枪炮声。

1949年5月19日邵武解放，8月19日长江支队二大队三中队80多人到达，即日成立中共邵武县委，改邵武县人民民主政府为邵武县人民政府。9月10日—12日，县委、县政府驻地（现四中"协和楼"）遭到由潜伏特务组织策划纠集的大刀会会徒、土匪和国民党军残部共6000多人围攻。县委书记南纪舜、县长郭亮如指挥全体队员、驻军、县游击队共200多人，在援军、乡绅民众支持下顽强反击三天三夜，打死打伤和俘敌共100多人，众匪溃逃，取得保卫新生人民政权的胜利。

1950年6月12日凌晨4时许，国民党军残部"闽浙赣特击"司令部纠集匪徒及大刀会会徒 80 多人，偷袭顺昌县元坑区公所驻地萧家宗祠和区中队驻地福峰教堂。县委组织部副部长吕文龙、区委书记段守成等四位长江支队队员，凭借着经过抗日战争、解放战争考验的战斗经验，仅靠一支驳壳枪、3 支步枪、200 多发子弹和 9 枚手榴弹顽强抵抗 4 个多小时。匪徒后改火攻，大门被叛徒打开，我方人员从后院成功突围，但区通讯员及区中队 12 人惨遭杀害。三个月后，这伙匪徒被剿灭、镇压。

1950 年 2 月 14 日，古田七区区委书记关麒麟等四位长江支队队员在杉洋被匪徒围攻三天三夜后，为保护群众的生命财产安全和粮库，惨遭杀害（其中三人被活埋），酿成"杉洋惨案"，震惊全国。

1950 年 2 月春节刚过，邵武县二区（拿口）武委会主任张清和在去卫闽谢坊村抓捕匪徒路途时遭埋伏被活活打死，砍为三段抛尸富屯溪。几天后，其妻带着刚刚出生几个月的孩子从家乡来到邵武，夫妻、父子已阴阳两隔。

……

"青山处处埋忠骨，何必马革裹尸还。"有 66 位长江支队烈士长眠在八闽大地上，其中 47 位是在剿匪斗争时期牺牲的，浩气长存，精神永存！

75 年来，在党的领导下，长江支队紧紧团结依靠当地干部群众，为福建社会主义革命建设、改革开放和现代化建设做出了重要贡献，涌现出了一批先进人物和集体。谷文昌就是其中的优秀楷模。1949 年南下时为长江支队五大队三中队队员。1950 年 5 月，先后任东山县一区工委书记、组织部部长、县长、书记及省林业厅副厅长、龙溪行署副专员等。2009 年被评为"100 位新中国成立以来感动中国人物之一"。

2020 年 8 月 20 日，顺昌洋口国有林场杉木育种科研团队被省委宣传部授予"八闽楷模"，其中长江支队两位队员功勋卓著。伊树莲，首任场长，1956 年省上选址建设洋口林场，他当时在省林业厅工作，主动报名到洋口林场任第一任场长，并带领全家从省城到满目荒山乱坟的洋口道吴村拓荒，没有住处，全家人住进一座破庙，成为洋口林场的开拓者。赵沧海，任场长时间最长达 13 年，在场长岗位上殉职。1968 年，洋口林场瘫痪，县委派他到洋口林场"救场",他举家迁到林场,拨乱反正,创建了全国第一个杉木育种基地。

太行太岳风骨八闽扬,长江支队精神放光芒。叶飞同志曾题词:"长江支队为福建的革命和建设、改革开放做出了重要贡献";方毅同志评价长江支队:"功在八闽"。75年弹指一挥间,如今那些来自太行、太岳的长江支队南下干部的背影,如同一片片山林、一座座丰碑,矗立在闽江之畔、闽山之巅。在迎接我党新中国75年华诞的今天,我们可以自豪地告慰先辈,今日盛世如你所愿:山河锦绣、国泰民安!长江支队的后代,仍然行进在中国特色社会主义新时代的征程上,步调一致,一路高歌。

长江支队第二大队名单

第二大队（共653人）

（一）大队直属队（96人）

王竞成（女）	郭述尧	肖文玉	崔予庭
任开宪	张明达	赵植民	赵元祥
赵志万	郭国柱	张铁民	李　旭
徐尚贤	何海瑞	李　敏	孙振纪
贾宛如	任　璜	侯林舟	卫慎之
王子俊	武殿魁	李波涛	刘立山
李林元	郭建民	李洪模	王采三
周越甫	李丙武	张志新	王克宽
王锋敏	李文明	段瑞彩	刘英汉
赵连壁	王培先	任富贵	张闹年
李士英	王子布	许剑锋	孙兴义
胡麟凤	李泽民	董杰三	郝　隆
任玉林	任世清	王世清	马效良
张作栋	王文彬	郝占凤	李万鳌
韩忠杰	巩良玉	李其英	武国熙
贺福堂	李守禄	王明浪	赵圣武
张振国	李　蒙	赵秀卿	张锡泉

陈海旺	张稚斋	石呆荣	杜耀庭
刘　荣	马维秀（女）	李志珍（女）	杨先汝（女）
任　俊（女）	杨　英（女）	王培英（女）	温桃英（女）
李　成（女）	陈改翠（女）	杨清莲（女）	董　静（女）
赵宝登	张　斌	郭水孩	郭汉安
王怀金	龙月琴（女）	张相国	张淑华（女）
伍代民	裴春俤	李彬吾	郭蒲香（女）

（二）第二大队一中队（125人）

赵　毅	胡锦望	张贵文	肖更旺
郑怀生	桂俊清	李一农	张子峻
张进荣	程治国	傅永祚	冯孟昌
李保生	王俊峰	杨志平	王秀林
王生旺	张守忠	冯丹如（女）	牛静华
牛映江	赵德忠	武争和	马巨文
王安荣	张云山	张留和	李来义
李怀德	傅留壮	李聚才	霍凤梧
李寿保	王银珍（女）	曹进贤	魏福如
马俊先	韩景范	魏克敏	李金锁
刘水金	申二堂	高建学	邱焕先（女）
裴兴元	李太云	倪学忠	王道直
张焕成	解贵旺	李俊慧	栗金旺
李秀恩	李麦成	张虎香（女）	刘水仙（女）
段文华	霍仲生	王光明	李　伟
田守业	张永胜	李树林	骈守和
张国华（女）	桂庭芳	李培荣	王应龙
张清弼	崔庆福	张　健	郭福义

郭春秀	南春娥（女）	张文堂	李成元
温秀清	王少舟	李　坤	张景莲（女）
曹希佺	张水庆	王耀山	李先堂（女）
申庆余	郭敬之	桂香庭（女）	邱广厚
李存茂	马尚英	桂槐志（女）	卫广生
阎子青	李树林	崔金虎	冯海云
李会文	周玉堂	霍怀文	吴俊德
温广兴	贾树荣	李芳林	魏文戍
樊怀维	张敬玉	李焕章	郑木生
龙仕林	阎来庆	杜兴民	李春莲（女）
田　宏（女）	宋进勇（女）	陈春莲（女）	魏秀莲（女）
霍月仙（女）	宋兰英（女）	张进先	郭青福
宋怀忠	李四和	李树堂	李富茂
李桂芳			

（三）第二大队二中队（109人）

孟　健	雷　宏	杨　柳	苏　琴
梁生光	杨培林	雷　普	王安民
牛采连	张日新	常广太	任连登
靳文华	秦　光	刘国亮	刘笃才
师仁忠	史道源	罗汉三	胡家凤
王俊荣	赵存旺	李纯一	李修德
李生贵	王政民	史春荣	郭维平
张海明	王希云	杨成森	王宝进
张道安	段旺梅（女）	侯怀德	张公正
何宗汉	戈　锐	王长祥	李宝荣
韩　秀	郭高明	苏克林	史文兰（女）

亓西舟	李荣贵	樊占彪	高存信
田泽林	黄伟栋	汪太平	郭秀珍（女）
王素香（女）	郭佐唐	刘根祥	孙西林
贺锡禄	张永福	李　健	王长禄
乔　健（女）	常　全	韩荣光	张庚寅
师传信	张占胜	任守道	龙高鹏
张　湧	杨　鹏	刘怀文	吴凤贵
李长瑛（女）	裴玉凤（女）	刘　斌	白怀谨
李玉贞（女）	苏　良（女）	师传有	乔金来
李宗龙	曹政喜	吕永祥	母小雷
李文明	赵其纲	薛连富	张福全
张海云	吕茂丰	柴新民	侯合顺
史德功	赵云成	梁之今	刘长发
戴金山	刘吉贞	张儒堂	马玉英（女）
马秀英（女）	姚秀英（女）	裴玉秀（女）	靳玉兰（女）
杜荣华（女）	郭蔚如（女）	陈　琪	郝　英（女）
刘月英（女）			

（四）第二大队三中队（128人）

南纪舜	郭亮如	袁世杰	王文麟
王耀华	王烈章	郝　云	宋振声
郭增祥	任培诚	孙乔保	刘文海
邓协和	郭志山	康通鉴	高怀谨
孙仁杰	郑学仁	白玉璋	卫廷玺
杨　震	赵桂林	李发茂	田茂先
郭奠中	孙振才	李　斌	李蔚良（女）
李纯正	安天恩	金有林	张汉功

329

宋秉健	刘光威	郝跻福	张慕萍（女）
庞福明	孙宝三	李鸿禧	田　珍（女）
李　华	李生福	王金香（女）	严志圣
王富恩	李治斌	雷彩珍（女）	谭学恭
苗秀珍（女）	庞一峰	史国泰	唐利民
李何元	梁庭富	郭殿英	胡汉光
崔兰香（女）	韩殿华	廉惠芝（女）	武殿屏
郭光先	胡　璋	范思俭	阎　峰
席清香（女）	郭耀先	范永寿	张高云
任文蔚	宋焕谨	李永瑞	胡和如
刘文焕	赵林保	南纪亮	南喜英（女）
王芝兰（女）	庞富明	郭水宝	王广庆
李正贤	耿国盛	常栓劳	李传来
续水成	常广德	郭玉宝	姚改梅（女）
任　彪	王振川	刘翠芝（女）	孙加明
邓喜福	郝志宏	董进庭	宋明星
郭仕鑑	李洪全	田守业	杜逢其
张清和	姚天才	郝安森	豆恒业
卫锁生	郝长生	王光喜	龙风清
霍恩宝	杨府昌	蔡明星	李贵荣
赵殿中	侯金明	郭锦莲（女）	孟德明（女）
高　政（女）	杨景芳（女）	谢桂兰（女）	曹坤贞
邱芝香（女）	杨秀英（女）	史金兰（女）	梁建政（女）
温锁成	李　英（女）	邓秀峰（女）	张玉兰（女）

（五）第二大队四中队（101人）

刘　健	张雨辰	韩向阳	李耀明

李鹏鹤	李傲霜	秦尚武	田俊才
连成修	郭　杰	陈希国	龙庆麟
杨绍修	孙　达	郭吉祥	史书田
李振铨	段瑞安	段　政	赵　宏
张守渊	赵进堂	曹永旺	魏有根
彭加元	李成义	柴培建	张兰英（女）
王进春	李堆金	郭三友	范天兴
连文宏	陈　凯	李文芳	李学勤
郭三锁	李长风（女）	李东成	曹义仁
赵志发	王占国	李启鳌	王　宪
邢富山	郭安文	王玉华（女）	温乐亭
王振则	张　斌	申根鳌	高忠贤
郭陈根	高　飞	窦有库	张德安
王英传（女）	史汉武	王　凯	郭贵兴
赵群成	申来福	张来有	和进昌
李其保	郝国贤	崔来畅	田大有
吴政德	宋连群	王起才	杜灵芝（女）
李　纲	胡贵则	陆清水	任反俊
史耀先	张晓帆	张海全	李三龙
张全兴	李永盛	李　文	平青山
申贵红	贾群生	郭增喜	吴拴槽
傅国华	刘振杰	殷延泉	蒋玉池
王德才	王贤武	张继霞（女）	李全兴
宋　振	吴志清（女）	杨瑞珍（女）	曹清莲（女）
王沁峰			

（六）第二大队五中队（94人）

李生堂	李树荣	韩晋元	张显仁
李鸿斌	路　坪	王文奎	席兆基
李希森	姚学用	刘汉民	王雪毅
邢忠智	郝勤先	贾宛成	任吉选
李子贤	秦聚宝	袁显斌	刘文清
刘光汉	薛仁锁	王仁虎	刘玉兴
贾金元	刘镇保	周文礼	崔砚奇
郝光正	徐世昌	任振华	贾忠元
王太邦	赵文美	吴丕兴	张德禄
宋连昌	杨文卿	李进修	王　瑛（女）
邱炳成	李有成	张连兴	王欣声
李双群	罗俊安	邵育华	罗忠仁
张佩贵	张　佩	张彭林	宋秋鲜（女）
韩力民	李安林	乔　品	常新元
刘持忠	申海文	王守行	张永庆
戴玉娥（女）	刘全有	郭洪元	张文秀
申瑞凝	李会福	姚　萍（女）	王克华
申文成	徐宗祥	周存陵	刘持孝
张春英	亓忠真	闫学智	燕进着
秦福腾	段言则	李鸿恩	田永春
卢颜德	刘拴好	张连发	明支力
陈秀美	张福管	王言英	王振喜
郭爱忠	王桂芳（女）	王春英（女）	姚淑华（女）
程秀美	王勤文		

长江支队第三大队名单

第三大队（共685人）

（一）大队直属队（125人）

贾久民	侯国英	刘健夫	陈玉山
赵仲田	刘于更	武士诚	申步超
赵苏健	白讲文	靳苏贤	赵靖国
王向荣	白世林	马象图	王尚先
李安唐	霍庆林	赵常有	张保来
程　克（女）	吴利珍（女）	贾凤仙（女）	郝　绍
秦苏才	刘进福	秦树林	郭福祥
白永堂	张扎根	徐德景	常新贵
魏绍文	于金水	阎庆芳	陈子明
耿世民	王栓保	张力羽	常昌厚
王宪仁	王成秀	许明德	李金全
王喜福	白书林	常　杰	赵考唐
吕德生	樊贵新	王焕然	田连生
韩春华	郭孝义	张新有	曹士林
吴世鸿	赵安德	申增华	王云章
崔海山	刘　瑛（女）	王亚朴	胡定疑
陈　琅	狄文琏	石　川	张培顺

333

王仲升	李永德	沈明廉	任春煊
申　斌	刘春元	刘庆厚	赵凤鸣
杜和顺	江增禄	刘子庆	栗过计
关河清	宋怀元	马秋宝	唐四德
邢玉声	张福运	裴河则	王苏贵
陈三孩	李克勤	段怀旺	毛良小
胡玉宝	裴立柱	桑林清	于景龙
孙大禄	乔成刚	王子贵	赵喜梅（女）
江增喜	王守宪	苏学礼	王教美
沈贤普	刘国太	张立忠	连克英
田双庭	王文子	史桃园	罗安福
连清云	连福堂	王三玉	阎端祥
连振清	李乐有	张志栋	王秉文
刘孝官	徐玉清（女）	诸英溪（女）	魏有富
张秋梅（女）			

（二）第三大队一中队（101人）

秦定九	李生旺	翟万昌	李耀春
郝世文	孔庆满	周永旺	刘玉堂
王桂芳	刘德贵	聂石柱	李林旺
武冲天	张进胜	侯　同	张性善
李福田	赵恩光	范春德	郑本善
赵奋三	李如江	王靖一	刘书木
任文明	曹改花（女）	关栓纣	李桂荣
郝兆文	李玘鸿	成　桂	王道祥
崔天保	杜金贤	刘　斌	徐瑞卿
向广昌	李凌云	任德贞	李吉昌

游荷香（女）	栗守和	岳　健	张维仁
史培堂	陈郭锁	张全福	陈二亭
王来富	常效先	李恩举	李怀智
赵兴柱	王满堂	王　彪	王玉镒
王同富	毕千毛	李怀恒	郝存福
胡　昌	杨章锁	张凤山	乔显贞
秦继耀	王启贤	赵来春	刘忠汉
史喜成	赵　亮	赵会锁	李　万
陈玉卿（女）	段元明	孙先太	胡玉斌
王永盛	阎丑生	张有太	关拴捞
王福秀	王二孩	史文书	安中秋
梁仲祥	李福贵	姜凤如	陈庆河
李圮运	孟喜英（女）	王莲菊（女）	王桂华（女）
庄元昌（女）	牛惠卿（女）	段玉香（女）	程新娥（女）
李凤英（女）	胡桂英（女）	韩改英（女）	冯改仙（女）
张志明（女）			

（三）第三大队二中队（113人）

郑钦礼	王德甫	王泽民	白子文
石毓维	武英富	原效先	赵顶良
申玉辉	李尚仁	郝海泉	陈福科
陈耀华	梁兰江	李儒清	张谦福
张　铭	郝变玲（女）	李栓林	董年维
安庆余	秦保昌	马占胜	曹由烨
马补留	冯廉玉	赵仕经	房金锁
乔辛卯	李海珠	石海泉	孙福山
刘四货	张福祥	张小东	张　荃

卢荣生	马文选	孙福星	梁三货
赵有年	张四货	张巧仙（女）	周运书
刘玉亮	吴槐保	梁殿兰	杨保年
张振清	崔贵重	郝福贵	刘改祥（女）
温仲堂	王政和	赵方向	原世祯
李建平	赵三蛮	周苏民（女）	程景伊
杨守恩	刘彦锁	李兆林	崔运来
韩全和	甄成柱	张有贵	杨子林
徐养德	阎耀庭	左武生	苗春喜
孙兴旺	白魁元	武占鳌	李桂梅（女）
刘素兰（女）	马三县	王共和	赵福生
赵米贵	石　林	李生有	张石丁
郝如贤	王三成	赵瑞生	郝魁虎
梅忠锁	王小四	张玉泉	马安钵
卢庆斌	王贵书	李保林	侯燕极
李宪文	乔怀福	苏殿选	江海鱼
姚金来	张科员	杨兔年	王凤池
吕六二	秦维忠	刘维俊	刘敬孝
马兰英（女）	张喜爱（女）	郝　云	庄元昌（女）
巩桂香（女）			

（四）第三大队三中队（131人）

吴炳武	武彦荣	李　芝	路炳生
原宪文	关合义	王甲寅	栗树旺
李文从	程继枝	卫守一	李根深
李国安	刘桂生	王增田	马国俊
赵裕存	宋炳龙	张毓先	张平心

史春城	宋林英（女）	关月花（女）	马向荣
杨富义	李福英	李开枝	吕七孩
史改娣（女）	魏起忠	李银河	陈晋龙
梁松金	郎土琴	王安贵	李廷俊
史喜福	史春红	史虎头	赵洪岗
程文明	李连科	赵富亮	赵起仓
程有才	宋文正	郭玉琴	张欣荣
张贵奇	刘志贤	李恩庆	李全盛
王何辰	陈淼琴	王河魁	李忠孝
王有先	陈永禄	张瑞廷（女）	王芳芹
李二丑	范拴柱	王有定	傅宪忠
原德树	王龙瑞	康　裕	刘芳彦
花巧平（女）	杨森堂	霍　芳	郑福旗
杜联定	杜生德	申有贤	岳忠壁
王建功	郝志方	李　凤（女）	彭建文
王显禄	王福珍	张三吞	韩树德
王书魁	王逢吉	栗记贤	郭珠孩
赵树德	王凤善	茹景先	苗全成
宋忠则	秦进忠	李景堂	耿全保
刘双有	王群聚	段买狗	赵联考
韩宝奋	陈士贤	赵沧海	王玉明
李富全	申苗喜	安文俊	李春则
黄境河	申安贵	赵树枝	成协忠
秦存德	傅文虫	牛　勇（女）	王月香（女）
王群柱	刘来富	刘训如	刘少英（女）
李　瑛（女）	李云秀	李云清	宋小忠
初增元	张美心	赵子青（女）	程连枝

栗软娥（女）　　岳世苗　　　　成莲芝（女）

（五）第三大队四中队（106人）

蔡　竞	卢士辉	傅德义	张育魁
李新文	牛天福	王　进	刘　毅
王耀源	许天保	刘印波	张步华
李怀清	李怀旺	康天才	郭聚发
王有顺	牛玉山	张富顺	岳培煊
牛进才	王申友	王月孩	张克勤
赵土城	尚怀德	赵致中	李承玉
关麒麟	刘学孔	刘锦昌	张　键
段大保	关耀明	王喜秀	赵国祥
赵复生	石铭玉	赵克俊	孟连珠
宋　则	辛明则	田　健	桑照有
桑六则	白彦成	石三和	崔三龙
梁羊顺	刘憨则	李润生	张献珍
王英贤	王宋保	刘兴旺	李金龙
王志勇	宋林忠	邓喜来	王长群
王义科	秦海保	张铁旺	张富山
刘步魁	杨保富	张马龙	张成群
张富贵	路堂锁	张成好	韩芝勤
关耀庭	牛健清	任治民	郭兵屯
张积善	王长保	范　彬	申怀珠
赵何生	岳金水	王双贵	刘三咀
贾秋林	张月魁	杨瑞其	郭发富
郭国政	王永祥	王科则	赵守经
原东林	秦凤鸣	石四虎	柳福伍

王龙则	段锁贵	宇文根堂	栗 英（女）
赵 勇	王万明	申先开（女）	王曼乔（女）
宋世洪（女）	王爱霞（女）		

（六）第三大队五中队（109人）

李 森	杜继周	鲍志学	苏 里
李晋湘	吕文龙	马鸣珂	王天保
王保荣	王月则	牛郭有	冯石栓
申光明	申赵龙	阎春玉	刘魁敏
张 悦	张 辉	张土生	张开基
张双喜	张志芳	张国英（女）	张崇阁
张贵全	杜扎根	李玉义	李买栓
李常保	杨锡玲	武师发	和国富
赵 辉	赵计锁	赵金虎	段守城
姜明则	秦 伟	秦来胜	徐松根
徐德树	屈安稳	郭民泽	郭根有
郭惠胜	栗运水	贾全则	盖永发
梁财富	程万里	韩文周	李常发
董森木	琚复明	路元存	蔡元明
雷 铭	王煊南	向怀丑	宋耀芳
和肥则	侯仁礼	韩占荣	鲍昌则
屈起富	窦玲则	申增甫	李双喜
王根书	赵布礼	李增福	杨春生
李常管	王九松	王柏锁	申景锁
向春保	张 勇	郑庆荣	秦和英（女）
赵松林	徐礼泉	阎子华	董福有
靳铜山	马来生	王河旺	王志献

王重阳	许秀功	乔献祥	郭保忠
阎根女	王茂盛	张海顺	郭杰则
李富德	郭根兴	马战奇	左　峰
隋云刚	牛月英（女）	赵夫真	王爱英（女）
周起英（女）	杨松巧（女）	随裕发	连福堂
李富玲（女）			

长江支队支队部及其他大队曾在南平工作人员名单

(共 144 人)

智世昌	毕际昌	蔡良承	皇甫琳	赵德惠
高宏光	晋静波	张书田	杨什维	张伍魁
于政斌	郭金堂	王仪廷	苏清云	程永恭
赵德润	郭　林(女)	张海源	崔景秀	王春耕
崔维华	郑俭平(女)	刑秀文	梁吉平	李桂芳
刘万镒	赵登英	王西新	郝　杰	唐振兴
梁富文	赵荣信	杨洁保	郭友富	刘汉卿
潘善卿	靳全旦	乔　坦	李过成	赵继夏
张安生	王力军	孔祥贵	郭喜则	鄁秋生(女)
席传江	赵天顺	赵锦铭	王天昌	李修吉
张雨霖	孔繁琮	常清兰	王同义	郝映鲜(女)
段俊江	吴光轩	张耀南	张茂贵	焦德纯
张家农	冯　光(女)	吴越飞	王瑞芝(女)	申　超
王　彪	张太和	杨素珍	程少康	赵　祥
郭玉梅	吴　彬	宋文学	马瑶华(女)	伊树莲
王蓉香	武国清	常青兰	王乐道	张海旺
何峰涛	张成财	王洪志	王统业	闫金胜
金东新	李玉仙(女)	魏锦荣	王宝珍(女)	郭留贵
李　捷	韩荫恒	肖艺华	郑振声	王秀英(女)
周世珍	任殿琦	郭文华	王宝鼎	程光灿

长江支队在闽北

史春兰（女）	张文魁	樊如珍	刘治国	张建国
安　晋	周扶西	李永发	陈聚祥	苗士才
常文河	段国霖	李建业	陈培儒	杨如意
贺玉振	范善养	安莫旺	赵天顺	李洪保
赵保才	李东成	田一民	窦延荣	王雨青（女）
段良祥	胡进虞	武　克	王保胜	管瑞雪（女）
申德明	王家普	栗致荣	何凤英（女）	王竣峰
刘成义	焦秀清	杨攀森	高振华	畅乙萍
刘任道	董　杰	韩　惠	贾吉庆	

长江支队英烈谱

支队部

冷　楚

一大队

姚德强	胡绪和	靳三庆	张锡铭
宋　义	谷起仓	石天宝	高兴库
郭玉田	李允富		

二大队

| 杜耀庭 | 温锁成 | 任　璜 | 李　敏 |
| 赵德忠 | 常　全 | 刘　斌 | 张清和 |

三大队

刘芳彦	王凤善	王根书	李双喜
关麒麟	郭保忠	刘学孔	孟连珠
赵克俊	牛玉山	随裕发	王满堂
张有贵			

四大队

吉国英	张锦心	席长茂	徐英贤
王天佑	刘玉山	朱　华	郭怀忠
崔金平	朱石山		

五大队

王世禄	王　锦	田　启	栗来贵
原允瑞	岳风朝	马万银	李羲之
张振业	常伍元	侯虎江	马玉骏
李承尧			

六大队

常子善	吕学政	杜志奇	苗鸿文
毕晚运	李鸿儒	崔丑和	任益民
李传玉	李　岳	张会民	

长江支队二、三大队烈士简介

张有贵（1927—1949），男，山西省和顺县人，三大队二中队队员。1949年6月行军至苏州时，因病逝世，被追认为革命烈士。

牛玉山（1922—1949），男，山西省长治市人，三大队四中队队员。南下福建后，任古田县三区区助理员，1949年10月，在支前运粮途中因公殉职，被追认为革命烈士。

李双喜（1916—1950），男，山西省壶关县人，长江支队三大队五中队队员。1950年2月，南平县樟湖派出所所长李双喜在樟湖乡溪口村率区小队和民兵配合解放军部队，对匪首进行剿匪的战斗中，身先士卒，冲锋在前，不幸腹部中弹，壮烈牺牲，被追认为革命烈士。

张清和（1916—1950），男，山西省沁源县人，二大队三中队队员，南下福建后，任邵武县二区（今拿口镇）武委会主任。1950年春节刚过，张清和带队到谢坊村（今卫闽镇）抓捕一伙土匪残余赌徒途中，遭土匪埋伏，张清和当场被三个匪徒活活打死，丧心病狂的匪徒竟将张清和尸首绑上绳子抛弃到富屯溪，被追认为革命烈士。

王凤善（1927—1951），男，山西省潞城县人，长江支队三大队三中队队员，牺牲前任尤溪县八区区长，1950年12月，任尤溪县第八区区长。1951年10月26日，在区公所被叛徒杀害，被追认为革命烈士。

刘芳彦（1926—1949），男，山西省黎城县人。三大队三中队队员，1949年8月入闽后，担任尤溪县六区农会主席。1949年11月11日，在剿匪战斗中牺牲，被追认为革命烈士。

常　全（1922—1950），男，山西省安泽县人，长江支队二大队二中队队员。1950年4月26日，时任建瓯南雅区助理员常全与南雅区武工队副队长王新洪奉命率领13名武工队员去阳泽村征粮。由于被内奸出卖，遭遇百多名土匪伏击，虽经常全和战友们奋勇还击，终因寡不敌众，子弹用尽，全部壮烈牺牲，被追认为革命烈士。

温锁成（1926—1950），男，山西省沁源县人，长江支队二大队三中队队员。1950年春，从邵武县委调任松溪县二区（现渭田乡）武委会干部。1950年5月，在二区洋源村剿匪的战斗中，壮烈牺牲，被追认为革命烈士。

刘　斌（1920—1950），男，山西省古县人，长江支队二大队二中队队员。1949年8月入闽后，先后任建瓯县小桥区区长、光泽县城关区区长。1950年3月任光泽县最边远、匪患最严重的司前区区长，在剿匪战斗中，屡立战功。1950年11月，在与土匪战斗中被内奸杀害，被追认为革命烈士。

关麒麟（1922—1950），男，山西省平顺县人，1943年加入中国共产党，同年参加太行军分区组织的"营救美军飞行员特别小组"行动。1945年后先后任平顺县六区武委会主任、六区区委书记、虹梯关区区委书记。1949年3月参加长江支队随军南下福建，为三大队四中队队员。1949年8月入闽后，担任古田县七区（鹤塘）区委书记。1950年2月，在古田县杉洋与土匪激战三天三夜，为保护群众生命财产安全，壮烈牺牲，被追认为革命烈士。

刘学孔（1927—1950），男，山西省平顺县人。1946年加入中国共产党，1947年入伍。1949年3月参加长江支队随军南下福建，为三大队四中队队员。1949年8月入闽后，担任古田县七区（鹤塘）组织委员。1950年2月，在古田县杉洋与土匪激战三天三夜，为保护群众生命财产安全，壮烈牺牲，被追认为革命烈士。

孟连柱（1927—1950），男，山西省平顺县人。1946年加入中国共产党，1947年入伍。1949年3月参加长江支队随军南下福建，为三大队四中队队员。1949年8月入闽后，担任古田县七区（鹤塘）宣传委员。1950年2月，在古田县杉洋与土匪激战三天三夜，为保护群众生命财产安全，壮烈牺牲，被追认为革命烈士。

赵克俊（1929—1950），男，山西省平顺县人。1947年入伍，同年加入中国共产党。1949年3月参加长江支队随军南下福建，为三大队四中队队员。1949年8月入闽后，担任古田县七区农会干部。1950年2月，在古田县杉洋与土匪激战三天三夜，为保护群众生命财产安全，壮烈牺牲，被追认为革命烈士。

郭保忠（1916—1950），男，山西省长治市人，三大队五中队队员，南下福建后，任顺昌县三区农会委员。1950年，因积劳成疾不幸去世，被追认为革命烈士。

随裕发（1921—1950），男，山西省长治县人，三大队五中队队员，南下福建后，在建阳地区工作。1950年2月调任建宁县三区区委书记。1950年6月因病去世，被追认为革命烈士。

李　敏（1921—1951），男，山西省屯留县人，二大队直属队队员，南下福建后，曾任建阳地区公安处秘书科副科长、建瓯县委常委兼公安局局长。1951年5月，因积劳成疾不幸去世，被追认为革命烈士。

赵德忠（1921—1959），男，山西省沁县人，二大队一中队队员，南下福建后，历任建阳县公安局治安科副科长、南平专署公安处治安科副科长。1959年2月，被福建省公安厅抽调参加追捕外逃反革命分子，因积劳成疾3月在上海病故，被追认为革命烈士。

杜耀庭（1924—1962），男，山西省沁源县人，二大队直属队警卫员，南下福建后，历任建阳地委警卫员、建阳专署公安处干事、水吉县公安局政治助理员、小湖农场指导员、场长、建阳县黄壖洲农场党委书记、场长。因建设与管理建阳劳改农场卓有成效，二度进京受到表彰，1962年2月9日，因公殉职，被追认为革命烈士。

王满堂（1926—1963），男，山西省襄垣县人，三大队一中队队员，南下福建后，在南平市人武部工作。50年代调华东海军工作，参与组建海军东海舰队，荣立战功。因积劳成疾，1963年12月不幸去世，被追认为革命烈士，安葬于上海龙华烈士陵园。

王根书（1928—1968），男，山西省壶关县人，三大队五中队队员，南下福建后，历任顺昌县二区区委书记、县团委书记、县委秘书主任、县委宣传部副部长、县委副书记。1958年后，历任南平水电站党委书记、南平通用机器厂党委书记、南平水泵厂党委书记、南平电机厂党委书记等职。1968年6月为抢救国家财产和保护工厂职工的安全，不幸被洪水卷走，光荣殉职，被追认为革命烈士。

任　璜（1919—1970），男，山西省天镇县人，二大队人武部副部长，南下福建后历任建瓯（建阳）地委党校校长、崇安县委书记、建阳地委组织部部长、副书记和南平地委副书记等职，长期带病坚持工作，1970年5月因公殉职，被追认为革命烈士。

后　记

长江支队的历史是闽北地方党史、新中国史、改革开放史、社会主义发展史的重要组成部分。编撰出版《长江支队在闽北》，是广大长江支队老前辈蕴藏已久的心愿。

进入新世纪，抢救研究长江支队历史工作日益紧迫。2013年新中国成立和长江支队入闽64周年之际，福建电视台首播12集大型文献纪实片《永远的长江支队》，引起社会积极关注。2010年南平市长江支队历史研究会成立后，长江支队南平历史研究取得重大进展。特别是2018年6月以来，先后挖掘、考证出顺昌元坑镇、邵武第四中学、洪墩镇、延平西芹镇、樟湖镇，建瓯小桥镇阳泽村，浦城盘亭乡仙霞关，光泽司前乡，建瓯会师地等一批长江支队重大历史事件发生地、长江支队烈士生前战斗工作、牺牲地等遗址，并逐一勒石立碑，永志纪念。2017年以来，长江支队南平纪念园日益成为市、区机关、企事业单位、驻军、学校、社区等开展革命传统教育的重要场所。2021年党史学习教育期间，南平市长江支队历史研究会组建宣讲团，深入到高校、机关、部队、企事业单位、乡村、社区宣讲80多场（次），长江支队南平纪念园全年讲解接待近百场（次）。省、市电视台、报纸杂志、新媒体播报、刊登有关南平长江支队内容文章、视频约60多条（篇），2024年8月5日《闽北日报》专版介绍长江支队史，这些都为本书编撰出版提供了良好的社会环境。

本书是南平市长江支队历史研究会初步成果的汇总小结；考证出牛玉山、刘斌、郭宝忠三位烈士的生卒年；较全地收集到每个中队的出发地、接管地的珍贵合影照片。

本书的编撰出版得到南平市政协和各级领导的高度重视和支持。老领导、原建阳地委书记，福建省委原常委、秘书长，省人大常委会原副主任黄文麟为本书题名。老领导林克敏、宫维棋、徐肖剑、廖荣元、石建华、卓立筑、郭建声、林景华等始终予以关注支持。在编撰出版《血脉——闽北历史文化名人》《血脉——闽北革命历史人物》系列丛书之后，南平市政协文化文史和学习委将编撰出版《长江支队在闽北》摆上议事日程，作为《血脉》红色系列的延伸，精心组织审阅修改。南平市委党史和地方志研究室进行了认真的审读。本书组稿、编撰，参阅了有关历史资料，得到了福州市长江支队历史研究会孟明明、山西省长治市长江支队历史研究会赵福龙、顺昌县长江支队历史研究会章凡等同志的热情帮助，收录了有关同志的研究成果和文章，南平市长江支队历史研究会李建平、关绍敏、饶勤锋、徐云等同志提供了难得的信息资料，兄弟长江支队历史研究会热心人士积极撰稿，众多乡贤提供了珍藏的图片资料，在此一并表示衷心感谢！

　　长江支队入闽已 75 年，大多数队员都已辞世，许多资料是通过多渠道挖掘、收集和整理出来的。由于编者学识水平有限，书中的疏漏、差错、不足之处在所难免，恳请读者批评指正。

编　者

2024 年 8 月

图书在版编目(CIP)数据

长江支队在闽北/南平市政协文化文史和学习委员会,南平市中国人民解放军长江支队历史研究会编. — 福州:海峡文艺出版社,2024.9
ISBN 978-7-5550-3812-2

Ⅰ.I251

中国国家版本馆 CIP 数据核字第 2024MX1708 号

长江支队在闽北

南平市政协文化文史和学习委员会 南平市中国人民解放军长江支队历史研究会	编
出版人	林 滨
责任编辑	刘徐霖
出版发行	海峡文艺出版社
经 销	福建新华发行(集团)有限责任公司
社 址	福州市东水路 76 号 14 层　　邮编　350001
发 行 部	0591—87536797
印 刷	福建新华联合印务集团有限公司
厂 址	福州市晋安区福兴大道 42 号
开 本	720 毫米×1020 毫米　1/16
字 数	320 千字
印 张	22.5　　　　　　　　　　插页　22
版 次	2024 年 9 月第 1 版
印 次	2024 年 9 月第 1 次印刷
书 号	ISBN 978-7-5550-3812-2
定 价	75.00 元

如发现印装质量问题,请寄承印厂调换